U0055843

國際學術研討會

古龍武俠小說 領先時代半世紀

【記者賴素鈴／報導】江湖代有才人出，這廂古龍凋零二十載，那廂今朝懸賞百萬獎新秀，浪淘不盡，唯有武俠熱愛，不隨時間變易，在學術研討會上更見分明。以「一代鬼才：古龍與武俠小說」爲主題，淡江大學第九屆文學與美學國際學術研討會昨起在國家圖書館，展開爲期兩天的議程，紀念武俠小說家古龍逝世二十周年，新生代學者與古龍故舊齊聚一堂，以文論劍話武俠。

日前與淡大中文系教授林保淳共同發表《台灣武俠小說發展史》，武俠小說評論家葉洪生昨天在專題演講中，直批胡適1959年底發表「武俠小說下流論」是「胡說」，學界泰斗的不當發言以及隨即展開的「暴雨專案」，反而促成1960年起台灣武俠新秀的繁興，「武俠小說迷人的地方，恰恰在門道之上。」，葉洪生認定，武俠小說審美四原則在文筆、意構、雜學、原創性，他強調：「武俠小說，是一種『上流美』。」

集多年心血完成《台灣武俠小說發展史》，葉洪生認爲他已爲從十歲起迷上武俠小說的半世紀畫上完美句點，並且宣布他「以後決心退出武俠論壇，封劍退隱江湖」。

雖然葉洪生回顧武俠小說名家此起彼落，套太史公名言「固一世之雄也，而今安在哉？」，認爲這是值得深思的嚴肅課題，昨天意外現身研討會而備受矚目的溫世禮，則爲了紀念同是武俠迷的哥哥溫世仁，推出第一屆「溫世仁武俠小說百萬大賞」，即日起至今年10月3日截止收件，經兩階段評選後於明年12月7日公布首獎得主，預料將會是一場武林新秀的龍虎爭霸戰。

看明日誰領風騷？風雲時代出版社發行人陳曉林眼中的古龍，其實領先他的時代半世紀，以致如今雖然古龍逝世20年，陳曉林認爲大家對古龍的了解仍然有限，預言未來世代更能和古龍的後設風格共鳴。

昨天這場研討會，也凸顯武俠小說作爲一項文學研究門類，仍有待開發學習空間。多位與會者都指出，武俠小說的發表、出版方式和管道具考證難度，學術理論與論文格式的建立待加強。而武俠名家的版權之爭、市場競爭力，也增加出版推廣困難，古龍武俠小說的版權糾紛、司馬翎作品的版權官司也成爲研討會的場外話題。

與

第九屆文學與美

古龍兄為人慷慨豪邁、跌蕩自如，变化多端，文如其人，且饒多奇氣，惜英年早逝。余與古兄當年交好，且喜讀其書，今睽不異其人，又喜新作可讀，深自悼惜。

金庸

一九九六．十．十一．香港

金庸

陸小鳳傳奇

（二）

繡花大盜

決戰前後

古龍精品集 26

陸小鳳傳奇（二）

繡花大盜 決戰前後

【繡花大盜】

目錄

【決戰前後】

繡花大盜

一 繡花的男人

一

酷熱。驕陽如火，曬在黃塵滾滾的大路上。常漫天臉上的刀疤，也被曬得發出了紅光。

三條刀疤，再加上七八處內傷，換來了他今天的聲名地位，每到陰雨天氣，內傷發作，骨節痠痛時，想到當年的艱辛血戰，他就會覺得感慨萬千！

能活到現在真不容易，能夠做每個月有五百兩銀子薪俸的副總鏢頭，更不容易，那實在是用血汗換來的。近年來他已很少親自出來走鏢，「鎮遠鏢局」的總鏢頭跟他本是同門的師兄弟，兩個老人早上練練拳，晚上喝喝酒，已享了好幾年清福，就憑他們一桿「金槍鐵劍旗」，東南一帶的黑道朋友，已沒有人敢動「鎮遠」保的鏢。

但這趟鏢卻實在太重要，鏢主又指定要他們師兄弟親自護送，總鏢頭的風濕最近又發了，常漫天就只好又掛上他那柄二十七斤重的巨鐵劍，親自出馬了。

「鎮遠……揚威……」趟子手老趙吃這行飯已有二十年，年紀雖不小，嗓門卻還是很衝，再加上中午打尖時喝了十二兩燒刀子，此刻正賣弄精神，在前面喊著鏢。

常漫天掏出塊青布帕擦了擦汗，歲月不饒人，他忽然發現自己真是老了，走完這趟鏢，也該到了掛劍歸隱的時候。天氣又實在太熱，前面若有陰涼的地方，歇一歇再走也不遲。

常漫天一提韁繩，縱馬趕了上去，正準備關照老趙，忽然發現前面有個人端端正正的坐在道路中央繡花。一個滿臉鬍子的大男人。

常漫天闖蕩江湖三十多年，倒還沒見過男人繡花的，更沒有見過有人會在這麼大的太陽底下，坐在大路上繡花。

「這人莫非是個瘋子？」他實在像是個瘋子，在這種雞蛋擺在路上都可以曬熟的天氣裡，他身上居然還穿著件紫紅緞子大棉襖。

奇怪的是，穿著紡緞單衫的人都已滿頭大汗，他臉上反而連一粒汗珠子都沒有。

常漫天皺了皺眉，揮手攔住了後面的鏢車，向趟子手老趙使了個眼色。

老趙畢竟也是老江湖了，從常漫天第一趟走鏢時，他就跟著做趟子手。

老主人的意思，他當然明白，輕輕咳嗽了兩聲，打起精神走過去。

這大鬍子專心繡著花，就好像是個春心已動的大姑娘，坐在閨房裡趕著繡她的嫁衣一樣，十六七輛鏢車已因他而停下，他竟似完全不知道。

他繡的是朵牡丹，黑牡丹，繡得居然比大姑娘還精緻。

老趙突然大聲道：「朋友繡的這朵花實在不錯，只可惜這裡不是繡花的地方。」

他的嗓門本來就大，現在又是存心想讓這人嚇一跳的。誰知道這大鬍子卻連頭都沒有抬，眼都沒有眨。

「難道他不但是個瘋子，還是個聾子？」

老趙忍不住走過去，拍了拍他的肩，道：「朋友能不能讓讓路，讓我們……」他的聲音突然停頓，臉色突然變了。剛才伸手過去拍肩的時候，大鬍子手裡的繡花針剛好抬起，在他手背上扎了一下。

連挨一刀都不會皺眉頭的江湖好漢，被繡花針扎一下又算得了什麼？

老趙本來連一點都不在乎，可是想縮回手的時候，這隻手竟縮不回來了！他半邊身子竟似已完全都麻木！這根繡花針上，莫非有什麼邪門外道的花樣？

老趙後退三步，看了看自己的手，手並沒有腫，卻偏偏不聽使喚了，他又驚又怒，剛準備發作。

常漫天已飄身下馬，搶過來向這大鬍子抱了抱拳，道：「朋友繡的好標緻的牡丹。」

大鬍子還是沒有抬頭，卻忽然笑了笑，道：「我還會繡別的。」

常漫天道：「繡什麼？」

大鬍子道：「繡瞎子。」

常漫天也笑了笑，道：「瞎子只怕不好繡。」

大鬍子道：「瞎子最好繡，只要兩針就能繡出個瞎子來。」

常漫天道：「怎麼繡？」

大鬍子道：「就是這樣繡。」他突然出手，在老趙臉上刺了兩針。

老趙一聲慘呼，手蒙著臉，已倒在地上，疼得滿地打滾，指縫間鮮血沁出，正是從眼睛裡沁出來的！常漫天臉色驟變，反手握劍。

大鬍子卻還是悠悠閒閒的坐在那裡，悠然道：「你看，我豈非兩針就繡出了個瞎子來？」

常漫天冷笑道：「朋友好快的出手。」

大鬍子淡淡道：「瞎子我繡得最快，七十二針就可以繡出三十六個瞎子來。」

走這趟鏢的人，連常漫天自己正好是三十六個，隨行的三位鏢師也都是一等一的硬手，現在也都已縱馬趕了過來。

所以常漫天雖然吃驚，卻還沉得住氣，厲聲道：「朋友是來尋仇的？還是劫鏢的？」

大鬍子道：「我是來繡花的。」

常漫天道：「你還想繡什麼？」

大鬍子道：「先繡三十六個瞎子來，再繡八十萬兩鏢銀回去。」

常漫天縱聲大笑，道：「恰巧我這口劍也能繡點東西！」

大鬍子道：「繡什麼？」

常漫天道：「繡死人，一個死人！」笑聲突頓，劍已出鞘。

這柄巨鐵劍雖然不是什麼神兵利器，卻是昔年「鐵劍先生」的真傳。

常漫天在這柄劍上，至少已下了四十年的苦功夫，否則他又怎麼能活到現在。

隨行的鏢師也都亮出了兵刃，一口雁翎刀、一根練子槍、一柄喪門劍。

鏢客們對付劫鏢的綠林朋友，是用不著講什麼江湖道義的，也不必講究單打獨鬥。

常漫天厲聲道：「亮青子，一起上，先廢了他的一雙招子！」招子就是眼睛。

想要別人變成瞎子的人，別人當然也想要他變成瞎子！江湖豪傑們的原則，本就是：「以牙還牙，以血還血！」大鬍子卻還在繡花，二十七斤重的鐵劍，已夾帶著風聲削過來。

練子槍「毒龍取水」，也從旁邊直刺他的腰。鎮遠的鏢師們，武功大都得過他們師兄弟的指點，招式出手，當然都配合得很好！

大鬍子忽然笑道：「繡完了。」

他的牡丹已繡成，繡花針斜斜挑起，常漫天只覺得寒芒閃動，忽然間已到了眼前。

沒有人能形容這種速度，幾乎也沒有人能閃避。常漫天狂吼一聲，鐵劍突然脫手飛出，他的人卻已倒下。「奪」的一聲，鐵劍遠遠的釘入道旁大樹上，入木一尺。這時，大鬍子已繡出了他的第四個瞎子。

七十二針，三十六個瞎子。好快的出手，好狠的出手！一面白綢，蓋在常漫天臉上，上面繡著朵大紅的牡丹。

二

江重威走路的時候，身上總是叮叮噹噹的響，就像是個活動的鈴鐺一樣。他當然不是鈴鐺。江重威是平南王府的總管，是個很有威儀、也很有權威的人。

王府中當然有很多機密重地，這些地方的門上，當然都有鎖。所有的鑰匙，都由他保管，一個身上帶著二三十把鑰匙的人，走路當然會叮叮噹噹的響。

他的確是個值得信任的人，不但謹慎沉著，忠心耿耿，而且一身「十三太保橫練」雖然並不是真的刀槍不入，但無論任何人都已很難能傷得了他。他要傷人卻不難。

他的鐵砂掌，已有九成火候，足可開碑裂石，擊石成粉。王爺將鑰匙交給他保管，一向都很放心的。現在他正要替王爺到寶庫去取一斛明珠、兩面玉璧。

今天是王爺愛妃的芳辰，王爺已答應她以明珠玉璧作賀禮。

就像世上大多數男人一樣，王爺對自己所鍾愛的女人，總是非常慷慨的。

長廊裡沉肅安靜，因爲這裡已接近王府的寶庫，無論誰敢妄入一步，格殺勿論！

入了禁區後，每隔七八步，就有個由江重威親手訓練出的鐵甲衛士，石像般執槍而立。

這些衛士都經過極嚴格的訓練，就算是有蒼蠅飛上了他們的臉，有人踩住了他們的腳，他們也絕不會動一動的。江重威不但極有威信，而且號令嚴明，若有人敢疏忽職守，就算放了條狗進入禁區，也格殺勿論！連他自己進來時，都得說出當天的口令。

今天的口令是：「日月同輝。」因爲今天是個很吉利的日子。

甚至連江重威冷峻嚴肅的臉上，都帶著三分喜氣，今天他也是王妃壽筵上的貴賓，辦完了這趟差使，他就要換上華服，去喝壽酒了，所以他腳步也比平常走得快了些。

八個腰佩長刀的錦衣衛士，跟在他身後，錦衣衛士們都是衛士中的高手，這八個更是百中選一的高手。江重威一向是個非常謹慎的人。

寶庫的重門嚴鎖，一尺七寸厚的鐵門共有三道，鎖也是名匠特別配製的。

江重威終於打開了最後一重門，一陣陰森森的冷風，撲面而來。

這地方也正如世上大多數別的寶庫一樣，陰森寒冷如墳墓。

只不過墳墓裡還有死人，這裡面卻連一隻死螞蟻都沒有。

江重威每次進來時，心裡都有種很奇怪的想法──一個人雖然擁有這寶庫中所有財寶，若是只能生活在這裡，又有什麼用？就算將世上所有的財寶全給他，他也不願在這地方留一天。

現在他還是有這種想法，他推開門走進去，只希望能快點出來。他絕不會想到，這次一走進去，就永遠也出不來了！

寒冷陰森的庫房中，竟赫然有一個人。一個活人。

這人滿臉鬍子，身上穿著件紫紅棉襖，竟坐在一只珠寶箱上繡花。

江重威做夢也沒有想到會發生這種事，他幾乎不能相信自己的眼睛。

可是他面前卻的確有個人坐在那裡繡花，一個活生生的大男人。

「這人莫非是個鬼？」除了鬼魂，還有誰能進入這地方？

江重威只覺得背脊忽然發冷，竟忍不住機伶伶打了個冷顫。這大鬍子專心一意的繡著花，就好像大姑娘坐在自己閨房裡繡花一樣。他繡的是朵牡丹，黑牡丹繡在紅緞子上。

江重威終於鎮定了下來，沉聲道：「你是怎麼進來的？」

大鬍子並沒有抬頭，淡淡道：「走進來的。」

江重威道：「你知道這裡是什麼地方？」

大鬍子道：「是繡花的地方！」

江重威冷笑道：「難道你是特地到這裡來繡花的？」

大鬍子點點頭，道：「因爲我要繡的，只有在這裡才能繡得出！」

江重威道：「你要繡什麼？」

大鬍子道：「繡一個瞎了眼的江重威！」

江重威仰面狂笑。他只有在怒極殺人時，才會如此狂笑。狂笑聲中，他的人已撲過去，雙掌虎虎生風，用的正是裂石開碑的鐵砂掌力。他突然覺得掌心一麻，就像是被蜜蜂叮了一口，掌上的力量竟突然消失無蹤。就在這時，一陣閃動的寒芒，已到了他眼前。

十三太保橫練，雖然是並世無雙的硬功，卻也練不到眼睛上的。

外面的衛士突然聽見一陣驚呼，趕過去時鐵門已從裡面關了起來。等他們撬開門進去時，江重威已暈倒在地上，一塊鮮紅的緞子，蓋著他的臉。緞子上繡著朵黑牡丹！

三

禪房裡燃著香。花滿樓已沐浴薰香，靜坐在等候。

要想嚐到苦瓜大師親手烹成的素齋，不但要沐浴薰香，還得要有耐性。苦瓜大師並不是輕易下廚的，那不但要人來得對，還得要他高興。今天的人來得很對，除了花滿樓外，還有黃山古松居士，和號稱圍棋第一，詩酒第二，劍法第三的木道人。

這些人當然都不是俗客，所以苦瓜大師今天也特別高興。蒼茫的暮色中，終於傳來了清悅的晚鐘聲。花滿樓走出去的時候，古松居士和木道人已經在院子裡等他。晚風吹過竹林，暑氣早已被隔絕在紅塵外。

花滿樓微笑道：「要兩位前輩在此相候，實在是不敢當。」

木道人笑了，這位素來脫略形跡，不修邊幅的武當長老，此刻居然也脫下了他那件千縫萬補的破道袍，換上了件一塵不染的藍布衫。

就爲了不願受人拘束，他情願不當武當掌門，可是要嚐苦瓜大師的素齋，他也只好委屈點了。

苦瓜大師的怪脾氣，是人人都知道的。

古松居士卻嘆了口氣，道：「看來你這老道果然沒有說錯。」

花滿樓道：「道長說什麼？」

木道人笑道：「我說你一定知道我們在這裡，就算我們一動也不動，你還是知道！」

古松居士嘆道：「但我卻還是想不出，他怎麼會知道的？」

木道人道：「我也想不出，只不過我有個你比不上的好處。」

古松居士道：「什麼好處？」

木道人微笑道：「想不出的事，我就從來也不去想！」

古松居士也笑了，道：「所以我常說你若不喝酒，一定能活到三百歲！」

木道人道：「若是沒酒喝，我爲什麼要活到三百歲？」

禪房裡竹簾低垂，隔著竹簾，已可嗅到一陣陣無法形容的香氣，足以引起任何人的食慾來。

古松居士嘆道：「苦瓜大師的素席，果然是天下無雙。」

木道人笑道：「他自己常說，他做的素菜就算菩薩聞到，都會心動的。」

古松居士道：「看來現在菜已上桌了，我們還等什麼？」

他們掀起竹簾走進去，忽然怔住。菜不但已擺上了桌，而且已有個人坐在那裡，開懷大吃。

這不速之客居然沒有等他們，居然既沒有薰香，也沒有沐浴。事實上，這人的身上不但全是泥，而且全身都是汗臭氣。苦瓜大師居然沒有趕他出去，居然還在替他挾菜，好像生怕他吃得還不夠快。

木道人嘆了口氣，道：「這和尚偏心。」

古松居士道：「他請的是我們，卻讓別人先來吃了。」

木道人道：「他一定要我們去薰香沐浴，這人卻好像剛從泥裡打過滾出來的！」

苦瓜大師大笑，道：「和尚的確偏心，但也只不過對他一個人偏心而已，你們生氣也沒用。」

木道人道：「你爲什麼要對他偏心？」

苦瓜大師道：「因爲遇見了這個人，連我也沒法子了。」

木道人也笑了，道：「我不怪你，上次這人偷喝了我兩罈五十年陳年的女兒紅，我只有看著他乾瞪眼！」

花滿樓苦笑道：「遇見了這個人，只怕連菩薩都沒法子。」

這個人當然就是陸小鳳。

四

一盆素火腿、一盆鍋貼豆腐，都已碟子底朝了天，陸小鳳才總算停了下來，向這三個人笑了笑，道：「你們儘管罵你們的，我吃我的，你們罵個痛快，我也正好吃個痛快。」

木道人大笑，道：「別人上你的當，我不上。」他也坐下來，霎眼間三塊素鴨子已下了肚。

花滿樓在陸小鳳旁邊坐下來，立刻皺起了眉，道：「你平時本來不太臭的，今天聞起來怎麼變得像是條剛從爛泥裡撈出來的狗？」

陸小鳳道：「因爲我已經有十天沒洗澡了。」

花滿樓吃驚道：「幾天？」

陸小鳳道：「十天。」

花滿樓皺眉道：「這些天你在幹什麼？」

陸小鳳道：「我很忙。」

花滿樓道：「忙什麼？」

陸小鳳道：「忙著還債，賭債。」

花滿樓道：「你欠了誰的賭債？」

陸小鳳嘆了口氣，道：「除了司空摘星那混蛋，還有誰？」

花滿樓道：「你怎麼會輸給他的？」

陸小鳳苦笑道：「上次我跟他比賽翻跟斗，贏得他一塌糊塗，這次他居然找上了我，要跟我比賽翻跟斗了，你說我怎麼會不答應！」

花滿樓道：「你當然會答應！」

陸小鳳道：「誰知這小子最近什麼事都沒有做，就只在練翻跟斗，一個時辰居然連翻了六百八十個跟斗，你說要命不要命？」

花滿樓道：「你輸給他的是什麼？」

陸小鳳道：「我們約好了，我若贏了，他以後一見面就跟我磕頭，叫我大叔，我若輸了，就得在十天內替他挖六百八十條蚯蚓，一個跟斗，一條蚯蚓。」

花滿樓笑了，道：「這就難怪你自己看來也像是蚯蚓了。」

木道人也忍不住大笑，道：「你真的替他挖到了六百八十條蚯蚓？」

陸小鳳又嘆了口氣，苦笑道：「開始的那幾天蚯蚓好像還很多，到後來那幾天，要找條蚯蚓簡直比癩蛤蟆找老婆還難。」

古松居士也忍不住問道：「那位偷王之王要這麼多蚯蚓幹什麼？」

陸小鳳恨恨道：「他根本就不要蚯蚓，只不過想看我挖蚯蚓而已！」

木道人大笑，道：「想不到陸小鳳也有這麼樣一天，這實在是大快人心！」

陸小鳳眼珠子一轉，道：「你是不是也想跟我賭一賭？」

木道人道：「賭什麼？」

陸小鳳道：「賭酒。」

木道人笑道：「我不上你這個當。」

陸小鳳眼角瞟著他，道：「你難道認輸了？」

木道人道：「我早就認輸了，喝酒我喝不過你，劍法我比不上西門吹雪和葉孤城，你若真的要賭，我就跟你賭圍棋！」

陸小鳳大笑道：「你以爲我會上你這個當？」

木道人傲然道：「別人都知道我圍棋天下第一，卻不知除了圍棋之外，我還有件事是誰也比不上的！」

陸小鳳道：「什麼事？」

木道人道：「吃飯，你敢不敢跟我賭吃飯？」

陸小鳳嘆道：「我本來是想賭的，只可惜我不是飯桶！」

木道人也嘆了口氣，道：「想不到鼎鼎大名的陸小鳳也會認輸，真是難得的很。」

苦瓜大師忽然道：「其實近來江湖中最出鋒頭的人，早已不是他了！」

陸小鳳道：「不是我是誰？」

苦瓜大師道：「你猜呢？」

陸小鳳道：「西門吹雪？」

花滿樓道：「據說他最近一直在陪著峨嵋四秀中那位孫姑娘，已經很久沒有在江湖中露面！」

陸小鳳道：「想不到他也有這麼樣一天，我本來以爲他遲早要做和尙的！」

苦瓜大師道：「佛門中不要這種和尙！」

陸小鳳道：「若不是西門吹雪，難道是葉孤城？」

苦瓜大師道：「也不是！」

木道人道：「葉孤城最近病得很重！」

陸小鳳愕然道：「他也會病？什麼病？」

木道人笑道：「跟我一樣的病，無論誰得了這種病，都不會再想出鋒頭了！」

陸小鳳想了想，道：「那麼難道是老闆和老闆娘？」

花滿樓笑道：「老闆的懶病更重！」

陸小鳳道：「老實和尙也不是喜歡出鋒頭的人，大悲禪師更不是……」

他沉吟著，又道：「莫非是棲霞山的那條母老虎？」

苦瓜大師道：「不是，這個人你非但不認得，而且連聽都沒有聽說過！」

陸小鳳道：「他究竟是個什麼樣的人？」

苦瓜大師道：「是個會繡花的男人！」

陸小鳳怔了怔，又笑道：「會繡花的男人其實也不少，我認得的裁縫師傅中，就有好幾個是會繡花的！」

苦瓜大師道：「可是他不但會繡花，還會繡瞎子！」

陸小鳳又怔了怔，道：「繡瞎子？」

苦瓜大師道：「據說他最近至少繡出了七八十個瞎子！」

陸小鳳道：「瞎子怎麼繡？」

苦瓜大師道：「用他的繡花針繡，兩針繡一個！」

陸小鳳總算已有些明白了，道：「他繡出的瞎子都是些什麼人？」

苦瓜大師道：「其中至少有四五個是你認得的！」

陸小鳳道：「誰？」

苦瓜大師道：「常漫天、華一帆、江重威……」

他還沒有說完，陸小鳳已動容道：「東南王府的江重威？」

苦瓜大師道：「除了他還有別的江重威？」

陸小鳳皺眉道：「但這個江重威自從進了王府以後，就絕不再管江湖的事了，怎麼會惹上這個人的？」

苦瓜大師道：「他根本沒有惹這個人，是王府裡的十八斛明珠惹的！」

陸小鳳道：「這人不但刺瞎了江重威，還盜走了王府的十八斛明珠！」

苦瓜大師道：「另外還得加上華玉軒珍藏的，七十卷價值連城的字畫、鎮遠的八十萬兩鏢銀、鎮東保的一批紅貨、金沙河的九萬兩金葉子！」他嘆了口氣，接著道：「據說這人在一個月之間，就做了六七十件大案，而且全都是他一個人單槍匹馬做下來的，你說他是不是出盡鋒頭？」

陸小鳳也不禁嘆道：「這些事我怎麼沒有聽到過？」

苦瓜大師道：「你最近一直都在西北，這些事都是在東南一帶發生的，前幾天才傳到這裡來，你又偏偏在忙著挖蚯蚓！」

陸小鳳道：「這是最近才傳來的消息，但你卻已知道了！」

苦瓜大師道：「嗯！」

陸小鳳道：「你是什麼時候變得消息如此靈通的？」

苦瓜大師嘆了口氣，道：「莫忘記我一直有個消息最靈通的師弟。」

陸小鳳道：「金九齡？」

苦瓜大師苦笑道：「幸好我只有這麼樣一個師弟！」

陸小鳳忽然長長嘆了口氣，道：「我明白了。」

苦瓜大師道：「你明白了什麼？」

陸小鳳道：「金九齡是江重威的好朋友，又是當年的天下第一名捕，雖然早已洗手不幹，但這些事他還是非管不可的。」苦瓜大師承認，無論誰只要吃了一天公門飯，就一輩子再也休想脫身了。

苦瓜大師嘆道：「我直到現在還不懂，他當初為什麼會吃這行飯！」

木道人道：「你難道要他也做和尚？」

苦瓜大師道：「和尚至少沒有這麼多麻煩！」

木道人笑道：「但和尚也沒有老婆！」

苦瓜大師不說話了。江湖中人人都知道，金九齡一生中最大的毛病，就是風流自賞。他昔年入了公門，據說也是為了個女人。

陸小鳳道：「金九齡被公認為六扇門中，三百年來的第一位高手，無論大大小小的案子，只要到了他手裡，就沒有破不了的。」

苦瓜大師嘆道：「所以我總認為他最大的毛病就是太逞能，聰明太過了度。」

陸小鳳道：「但無論多聰明的人，遲早也總有一天會遇著他解決不了的難題。」

苦瓜大師同意。

陸小鳳道：「這件案子，也許就正是他解決不了，所以他一定要找個幫手！」

苦瓜大師也承認。

陸小鳳道：「你既然只有這麼樣一個師弟，當然要幫著他找幫手！」他嘆了口氣，苦笑道：「最倒楣的是，我恰巧就是個最理想的幫手，無論誰遇著解決不了的事，總是會來找我的，所以……」

苦瓜大師道：「所以怎麼樣？」

陸小鳳嘆道：「所以你請我來吃這頓飯，只怕沒安什麼好心。」

苦瓜大師道：「莫忘記這是你自己撞上來的，我並沒有請你來！」

陸小鳳苦笑道：「也許我正好倒楣，所以才會一頭撞到這裡來！」

木道人笑道：「你最近好像一直都在倒楣！」

陸小鳳道：「但這次我卻說什麼也不幹了，管他會繡花也好，會補褲子也好，都不關我的事，這件事說出大半天來我也不會管的！」

苦瓜大師淡淡道：「他並沒有要你管這件事，你何必自作多情！」

陸小鳳怔了怔，道：「他沒有？」

只聽一個人微笑道：「我真的沒有！」

這個人當然就是金九齡。

五

江湖中有很多人都知道，金九齡身上有兩樣東西是很少有人能比得上的。他的衣服，和他的眼睛。金九齡的眼睛並不特別大，也並不特別亮，但只要被他看過一眼的，他就永遠也不會忘記。

金九齡穿的衣服，質料永遠最高貴，式樣永遠最時新，手工永遠最精緻。他手裡的一柄摺扇，也是價值千金的精品，必要的時候，還可以當作武器。金九齡認穴打穴的功夫，都是第一流的，事實上，他無論什麼事都是第一流的。

不是第一流的酒他喝不進嘴，不是第一流的女人，他看不上眼，不是第一流的車，他絕不去坐。但他卻並不是第一流的有錢人，幸好他還有很多賺錢的本事。他精於辨別古董字畫、精於相馬，就憑這兩樣本事，已足夠讓他永遠過第一流的日子。

何況他還是個很英俊、很有吸引力的男人，年紀看來也不大，這使得他在最容易花錢的一件事上，省了很多錢。別人要千金才能博得一笑的美人，他卻往往可以不費分文。

所以他生活一向過得很優裕，保養得一向很好，看來絕不像是個黑道上朋友聞名喪膽的武林高手，卻像是個走馬章台的花花公子。

看到他進來，古松居士立刻問道：「你最近有沒有找到什麼精品？」

古松居士生平最大的癖好，就是收集古董字畫，他珍藏的精品絕不在華玉軒之下。

金九齡微笑道：「天下的精品都已被居士帶上了黃山，我還能找到什麼？」

古松居士道：「連好畫都沒有一幅？」

金九齡沉吟著，又笑了笑，道：「我身上倒帶著幅近人的花卉！」

古松居士道：「快拿出來看看！」

金九齡已微笑著拿了出來——是塊鮮紅的緞子，繡著朵黑牡丹。

古松居士怔了怔，道：「這算是什麼？」

金九齡笑道：「最近針繡也很搶手。」

古松居士道：「這難道是神針薛夫人的真跡？」

金九齡道：「不是，這是個男人繡的。」

古松居士動容道：「就是那個會繡花的男人？」

金九齡點點頭，道：「這正是他在王府寶庫中繡的。」

陸小鳳道：「他真在那裡繡花？」

金九齡又點點頭，道：「江重威打開門進去的時候，他就正在裡面繡這朵花！」

陸小鳳皺眉道：「王府的寶庫，警戒森嚴，他怎麼進得去的？」

金九齡苦笑道：「沒有人知道他是怎麼進去的，也沒有人能猜得出。」

陸小鳳道：「他連一點線索都沒有留下來？」

金九齡道：「沒有。」

陸小鳳道：「他是個怎麼樣的人？」

金九齡道：「是個長得滿臉大鬍子，在熱天還穿著件大棉襖的人。」

陸小鳳道：「還有呢？」

金九齡道：「他是個男人，不但會繡花，而且繡得很不錯！」

陸小鳳道：「你就知道這麼多？」

金九齡道：「我就只知道這麼多，別人也一樣，絕不會有任何人知道得比我多一點。」

陸小鳳道：「他的武功是什麼路數？」

金九齡道：「不知道！」

陸小鳳道：「連江重威都沒有看出來？」

金九齡嘆了口氣道：「連常漫天那麼樣的老江湖，都沒有看出他是怎麼出手的，何況江重威？」

陸小鳳道：「江重威的鐵掌硬功，已可算是東南第一。」

金九齡嘆道：「但他卻也連還手的機會都沒有！」

陸小鳳皺起了眉，道：「這麼樣一個厲害人物，怎麼會忽然就平空鑽了出來？……」

苦瓜大師冷冷道：「你既然不想管這件事，又何必問？」

陸小鳳道：「問問有什麼關係？」

金九齡苦笑道：「當然沒關係，只不過我知道的，現在你也全都知道了。」

陸小鳳盯著他，忽然又問道：「你爲什麼要把這件事全都告訴我？」

金九齡道：「因爲你在問！」

陸小鳳道：「沒有別的原因？」

金九齡道：「沒有。」

陸小鳳道：「你不是故意在這裡等著我的？」

金九齡又不禁苦笑，道：「我怎麼知道你會來？」

陸小鳳道：「你本來並沒有要找我的意思？」

金九齡道：「沒有。」

陸小鳳笑道：「很好，那我就可以放心喝酒了。」他嘴裡雖然在說很好，笑得卻很不自然，甚至連酒都似已喝不下去。

金九齡忽然又笑道：「可是你現在既然來了，我倒有件事想請教！」

陸小鳳的眼睛立刻亮了，笑道：「我早就知道你一定有事要請教我的！」

金九齡道：「能找出這個繡花大盜，揭破這些秘密的人，放眼天下，也許只有一個。」

陸小鳳的眼睛更亮──能解決這種難題的人，除了他還有誰？

但他卻偏偏故意問道：「卻不知你說的這人是誰？」

金九齡道：「司空摘星！」

陸小鳳怔了怔，道：「你說的是誰？」

金九齡道：「司空摘星……」

陸小鳳的嘴閉了起來，連理都不想理他了。

金九齡卻好像有點不知趣，接著又道：「司空摘星號稱偷王之王，的確是江湖中百年難得一見的奇才，世上若只有一個人能查出那繡花大盜是怎麼進入王府寶庫的，這個人一定是司空摘星。」

陸小鳳已開始喝酒，連聽都懶得聽了。

金九齡卻偏偏又接著道：「這件案子若想要破，就一定要找到司空摘星，只可惜他一向是神龍見首不見尾，只有你也許會知道他的行蹤，所以……」

陸小鳳忍不住道：「所以你要找我打聽他的行蹤？」

金九齡道：「正有此意。」

陸小鳳忽然用力放下酒杯，道：「你跟我說了半天廢話，爲的就是要找他？」

金九齡嘆了口氣，道：「除了他之外，我還能找誰呢？」

陸小鳳忽然跳起來，指著自己的鼻子，大聲道：「我，你爲什麼不能找我？」

金九齡笑了，搖著頭笑道：「你不行！」

陸小鳳跳得更高：「誰說我不行？」

金九齡道：「這種事絕不是你能辦得了的！」他居然還在搖頭。

陸小鳳道：「我爲什麼辦不了？」

金九齡淡淡道：「因爲這件案子實在太棘手，而且你也根本不想管這件事！」

陸小鳳大吼道：「誰說我不想管的？我就偏偏要管給你看。」

金九齡道：「我還是賭你破不了這件案子！」

陸小鳳一拍桌子，道：「好，隨便你要賭什麼，我都跟你賭了！」他這句話還沒有說完，已發現別人在笑。每個人都在笑，那種笑就像是忽然看見有人一腳踩到狗屎時一樣。陸小鳳忽然發覺自己的腳踩在一堆狗屎上，好大好大的一堆。他再想將這隻腳拔出來，已經太遲了。

木道人微笑著嘆了口氣，喃喃道：「請將不如激將，這句話倒真是一點也不錯。」

六

席已散了。古松居士一向最注意養生之道，起得早，睡得也早。木道人有懶病，苦瓜大師有晚課，雲房裡只剩下三個人。

陸小鳳眼睛盯著那塊紅緞子上的黑牡丹，忽然問道：「這人第一次出現是什麼時候？」

金九齡道：「六月初三，第一個碰上他的人是常漫天。」

陸小鳳道：「最後一次呢？」

金九齡道：「我知道的最後一次是在十三天之前，這幾天是不是又有新案子，我就不知道了！」

陸小鳳道：「十三天之前司空摘星正在跟我比翻跟斗，可見這人絕不是他。」

金九齡道：「我本來就沒有懷疑他！」

陸小鳳冷冷道：「你本來也並沒有真的想請他做幫手！」

金九齡笑了，道：「我知道你剛替他挖了六百多條蚯蚓，一定還有滿肚子怨氣！」

陸小鳳道：「所以你故意用他來激我？」

金九齡笑道：「若不是這法子，怎麼能拖你下水？」

陸小鳳嘆了口氣，道：「吃你們這行飯的朋友，看來真不能交！」

金九齡道：「不管怎麼樣，現在我們都已在水裡了，總得想個法子把身上弄乾淨。」

陸小鳳沉吟著，道：「第一，我們一定要先查出這個人究竟是什麼來歷。」

金九齡道：「不錯。」

陸小鳳道：「據我看來，這個人的手腳又乾淨，武功又高，絕不會是剛出道的新手。」

金九齡道：「我也這麼樣想，他一定是個很有名的人故意扮成這樣子，卻偏偏猜不出他是誰？」

陸小鳳道：「他故意裝上大鬍子，穿上大棉襖，坐在路上繡花，爲的就是要將別人的注意力引開，就不會注意到他別的地方了！」

金九齡笑道：「看來你也該吃我這行飯的，就連我這個在六扇門裡混了十來年的老狐狸，看得也沒有你這麼準。」

陸小鳳故意板著臉，道：「現在我反正已經被你拖下水了，你何必還要拍我的馬屁！」

金九齡大笑道：「千穿萬穿，馬屁不穿，多拍馬屁總沒錯的！」

花滿樓忽然道：「一個人的僞裝無論多麼好，多少總有些破綻要露出來的，常漫天他們也許沒有注意到，也許雖然注意到，卻又疏忽了。」

金九齡道：「很可能！」

花滿樓道：「所以我們若是再仔細問問他們，說不定還可以問出點線索來！」

陸小鳳皺起了眉，道：「我們？」

花滿樓道：「我們！」

陸小鳳道：「『我們』其中也包括了你？」

花滿樓笑了笑，道：「莫忘記我也是瞎子，瞎子的事我怎麼能不管？」陸小鳳和金九齡對望了一眼，都有點訕訕的不好意思。他們剛才瞎子長，瞎子短的說了半天，竟忘了旁邊就有個瞎子。大家竟好像從來也沒有真的將花滿樓當做個瞎子！

陸小鳳咳嗽了兩聲，道：「好，我們分頭辦事，你們兩個去找常漫天和江重威！」

金九齡道：「你呢？」

陸小鳳將手裡的紅緞子藏在懷裡，道：「我要把這樣東西帶走，去找一個人！」

金九齡道：「去找誰？」

陸小鳳道：「找一條母老虎！」

金九齡道：「哪一條？」

陸小鳳笑道：「當然是最漂亮的一條。」

金九齡也笑了笑，道：「莫忘記最漂亮的一條，也就是最兇的一條，你小心被她咬一口！」

花滿樓淡淡道：「他一定會小心的！」

金九齡道：「爲什麼？」

花滿樓微笑道：「因爲他已經被咬過好幾口了！」

武林中有四條母老虎。四條母老虎好像都咬過陸小鳳幾口。

二 不繡花的女人

一

山。綠色的山，在黃昏時看來，就彷彿變成了一種奇幻瑰麗的淡紫色。現在正是黃昏，山坡上開滿了月季和薔薇。兩個梳著大辮子的小姑娘，正在山坡上摘花，嘴裡還在輕輕的哼著山歌。

她們的歌聲比春風更輕柔，她們的人比花更美。陸小鳳走上山坡的時候，她們的歌聲忽然停頓，一起瞪大了眼睛，盯著陸小鳳。幸好陸小鳳時常都在被女人盯著看的，所以他的臉並沒有紅，反而笑了。

「喂，你這人是來幹什麼的？」這小姑娘大大的眼睛，鼻子上有幾粒淡淡的雀斑，看來更顯得俏皮愛嬌。

陸小鳳笑道：「花開得這麼好，我來看看也不行？」

「不行！」有雀斑的小姑娘眼睛瞪得更大，道：「這地方是我們的，我們不歡迎男人！」

陸小鳳嘆了口氣，道：「女孩子不可以這麼兇的，太兇的女孩子只怕嫁不出去！」

「所以我從來也不兇！」另一位女孩子圓圓的臉，笑起來臉上兩個酒渦，看來果然又溫柔、又甜蜜。她甜甜的笑著，又道：「你既然喜歡花，我送你兩朵花好不好？」

陸小鳳笑道：「好極了。」

有酒渦的這女孩子已走過來，甜笑著把手伸入了花籃。她從花籃裡拿出來的並不是鮮花，而是把剪刀，突然向陸小鳳刺了過去。這個又甜蜜、又溫柔的小姑娘，出手竟又兇、又快、又狠。

陸小鳳吃了一驚。幸虧這已不是第一次有女人用剪刀刺他了，他居然好像早已在提防著，身子一轉，就退出了七八尺。

有雀斑的小姑娘大聲道：「這人看樣子就不像好東西，莫要放他走！」

她手裡也拿起了把剪刀，一下子刺了過來。她的出手也不慢。

陸小鳳苦笑道：「這剪刀是剪花的，你們怎麼能用來剪人？」他避開了幾招，這兩個小姑娘的出手卻愈來愈兇，他忍不住想出手把剪刀奪過來了，身上被刺出個大洞來，並不是好玩的事。

就在這時，山坡上忽然出現了一個人，微笑著道：「你們要剪，最多也只能剪下他那兩撇小鬍子來，千萬不能真的剪死他！」

她穿著件雪白的衣服，又輕又軟，俏生生的站在山坡上，就像是隨時都可能被風吹走。

她正在看著陸小鳳，眼睛裡帶著種誰也說不出有多麼溫柔的笑意。

兩個小姑娘突然住手，凌空翻身，掠到她面前：「姑娘認得這個人？」

「嗯！」

「這個人是誰？」

「你們難道看不出他有四條眉毛？」

「陸小鳳？這個人就是陸小鳳？」兩個女孩子一起笑了，吃吃的笑著道：「這就難怪他笑得像賊一樣了！」

陸小鳳嘆了口氣，苦笑道：「小姐是條母老虎，想不到丫頭比小姐還兇，若不是我機伶，現在身上說不定已多了十七八個洞。」

小姐咬了咬嘴唇，道：「誰叫你這麼久不來看我的？我實在也恨不得刺你十七八個洞，只可惜……」她並沒有說出下面的話，她的臉已紅了，紅得就像是遠山的夕陽一樣。她居然很害羞。

陸小鳳看著她，竟已看得癡了。

小姐的臉更紅，輕輕道：「人家的臉又沒有花，你死盯著人家看什麼？」

陸小鳳又嘆了口氣，喃喃道：「這麼樣一個羞人答答的小姑娘，居然就是江湖中人人見了都頭大的『冷羅剎』薛冰，你說奇怪不奇怪？」

薛冰道：「你見了我也頭大？」

陸小鳳嘆道：「我的頭雖然沒有大，心卻跳得比平常快了三倍！」

有酒渦的女孩子又笑了，悄悄的笑道：「這人雖然長著雙賊眼，一張嘴卻比蜜還甜。」

另一個女孩子也悄悄的笑道：「若不是嘴甜，小姐怎麼會時時刻刻的想著他？」

薛冰瞪了她們一眼，紅著臉道：「多嘴的丫頭，誰說我在想著他這個負心賊？」她亦嗔亦笑，似羞似惱，滿天艷麗的夕陽，都似已失卻了顏色。

陸小鳳嘆息著，喃喃道：「我的確早就該來的，爲什麼直等到今天？」

薛冰嫣然道：「我知道你爲了什麼。」

陸小鳳道：「你知道？」

薛冰又咬起了嘴唇，道：「你看見了我，就忘記了別人，看見了別人，就忘記了我，你本就是個沒良心的負心賊！」

陸小鳳苦笑道：「早知道來了要挨罵，倒不如不來了！」

薛冰冷笑道：「你以爲我猜不出你的小心眼？若沒有事求我，你會來？」

陸小鳳只有承認：「我的確有事，卻不是來求你的！」

薛冰板起臉，道：「你說，你究竟是來找誰的？」

陸小鳳道：「找老太太！」

薛冰奇怪了：「你又在玩什麼花樣？找她老人家幹什麼？」

陸小鳳道：「有件事想問問她！」

薛冰道：「我不許你去麻煩她老人家，你有事問我也一樣！」

陸小鳳道：「只可惜這件事你絕不會懂的！」

薛冰道：「什麼事我不懂？」

陸小鳳道：「繡花。」

薛冰更奇怪：「繡花？你也想學繡花？你幾時變成裁縫的？」

陸小鳳道：「難道只有裁縫才能學繡花？」

薛冰道：「打死我，我也不信你真的想學繡花！」

陸小鳳也只有承認：「但我卻真的有事想請教她老人家，你就帶我去吧！」

薛冰道：「莫忘記我也是『針神』薛夫人的後代，你爲什麼不來請教我？」

陸小鳳嘆道：「因爲我知道你是從來也不肯動一動繡花針的，你自己告訴過我，只要一拿起繡花針，就想打瞌睡！」

薛冰道：「我說的話你居然還記得？」

陸小鳳道：「每句都記得，所以你更該快點帶我去見她老人家！」

薛冰似笑非笑的瞅著他，道：「我就偏不帶你去，看你怎麼樣？」

薛老太太今年已七十七了，但無論誰也看不出她已是個七十七歲的女人。在不甚光亮的場合，有許多人甚至會認爲她最多只不過三十七八，她的態度永遠是端莊而完美的，眼睛依舊明亮，風采依然動人，尤其是她看見她喜歡的年輕人時，她的眼睛裡甚至會露出種少女般的嬌憨天真。

陸小鳳就是她喜歡的年輕人，陸小鳳也很喜歡她。他總是希望每個女人到了她這種年紀，都還能像她一樣美麗——他總是希望這世界變得更可愛些。

薛老太太正在看著他，微笑著道：「你應該時常來看看我的，像我這麼大年紀的女人，對你已經沒有什麼危險了，你至少用不著怕我逼著你娶我！」

陸小鳳故意嘆道：「我是想常常來的，可是薛冰總是不讓我來。」

薛老太太道：「哦？」

陸小鳳道：「她今天就不肯帶我來！」

薛老太太道：「爲什麼？」

陸小鳳眨了眨眼，道：「我也不知道她爲了什麼，我猜她一定是在吃醋！」

薛老太太吃吃的笑了，眼睛開始亮了，臉上的皺紋也在縮退。

陸小鳳立刻乘機將那塊緞子遞過去，道：「這樣東西還得請你看看！」

薛老太太只用眼角瞥了一眼，臉上立刻露出不屑之色，搖著頭道：「這有什麼好看的？我六歲的時候繡得就比他好。」

陸小鳳笑道：「我不是請你看上面繡的花，是請你看看這緞子和絲線。」

薛老太太道：「這些東西我也不知道看過幾千幾百萬遍了，你還要我看？」

陸小鳳道：「就因為你看得多，所以才要請你的法眼鑑定一下，這緞子和絲線是什麼地方出的？哪一家賣的？」

薛老太太接過來，由指尖輕輕一觸，立刻道：「這緞子是京城福瑞祥的貨，絲線是福記賣出來的，兩家店是一個老闆，就在貼隔壁。」

陸小鳳道：「只有在京城他們的本店才能買得到這種貨？」

薛老太太道：「這兩家店都是只此一家，別無分號！」

陸小鳳道：「有沒有銷到外地去的？」

薛老太太道：「外地就算有也是客人自己買了帶回去的！」她又解釋著道：「這兩家店出的貨都是精品，自製自銷，產量並不多，門面也不大，老闆楊阿福是個很本份的人，並不想發大財！」

陸小鳳道：「他的店開在京城什麼地方？」

薛老太太道：「在王寡婦斜街後面，一條很僻靜的巷子裡，幾十年來一直都沒有擴充門面，除了真正的內行外，也很少有人會找到那裡去買！」她忽然笑了笑，又道：「說老實話，你是不是被這女人迷住了，人家卻偏偏躲著你，所以你想憑這樣東西去把她找出來？」

陸小鳳已怔住，怔了半天，才失聲道：「女人？這難道是女人繡的？」

薛老太太道：「當然是女人繡的。」

陸小鳳道：「你……你會不會看錯？」

薛老太太有點不高興了，板起臉道：「你看女人會不會看錯？會不會把老太婆看成小姑娘？」

陸小鳳道：「不會。」

薛老太太道：「我看這種東西，比你看女人還內行十倍，我若看錯了，情願把我這寶貝孫女兒輸給你。」

陸小鳳陪笑道：「你就算真的輸給了我，我也不敢要。」

薛老太太瞪眼道：「爲什麼不敢要？難道她生得醜了？」

陸小鳳笑道：「醜倒是一點也不醜，只不過太兇了一點，上次我被她咬了一口，連耳朵都差點被咬掉。」薛冰一直乖乖的站在旁邊，此刻臉又飛紅了起來，頭垂得更低。

薛老太太也笑了，道：「你們都說她兇，我看她非但一點也不兇，而且還乖得要命！」她拉起了薛冰的手，又笑道：「你這孩子唯一的毛病，就是太會害臊了，其實這有什麼好臉紅的？女人咬男人，本就是天經地義的事！」

薛冰連耳根都紅了，輕輕道：「我才不會咬他哩，他好臭！」

薛老太太笑道：「你若沒有咬人家，怎麼會知道人家臭！」

薛冰嚶嚀一聲，扭頭就跑，跑得雖然快，卻還是沒忘記偷偷瞪了陸小鳳一眼，悄悄道：「你小心點！」陸小鳳看著她，似又看得癡了。

薛老太太瞇起眼，笑道：「你是不是也想跟出去？去呀！這也沒什麼好難爲情的！」

陸小鳳遲疑著，眼睛一直盯著她手裡的紅緞子。

薛老太太笑道：「你盯著看什麼？難道還怕我不還給你？」她微笑著，將這塊紅緞子拋給了陸小鳳，又道：「若是有兩塊，我還可以做雙鞋子給丫頭穿，只有一塊……」

她還沒說完，陸小鳳已搶著道：「你說這可以做什麼？」

薛老太太道：「當然是做鞋子，這本來就是個鞋面。」

陸小鳳彷彿又怔住，訥訥道：「是不是可以做雙紅鞋子？」

薛老太太搖著頭笑道：「當然是紅鞋子，紅緞子怎麼能做出雙黑鞋子來？看你長得滿聰明的，幾時變成個呆子的？」

陸小鳳嘆了口氣，道：「剛剛才嚇呆的！」

薛老太太道：「你怕什麼？」

陸小鳳道：「我怕她躲在門外等著咬我！」

他果然一出門就被咬了一口。薛冰果然就在外面等著他，咬得還很不輕。

陸小鳳摸著耳朵，苦笑道：「看來我簡直已快變成諸葛亮了，簡直是料事如神。」

薛冰瞪著他，狠狠的道：「誰叫你剛才乘機欺負我的？而且居然還想挑撥離間，說我不帶你來，我若不帶你來，你怎麼來的？我沒有真的咬下你這隻耳朵來，對你已經很客氣了。」

陸小鳳只有閉上嘴，女孩子在存心找麻煩的時候，聰明的男人都會閉上嘴的。

薛冰忽然又一把搶過了他手裡的紅緞子，道：「我問你，這東西究竟是誰繡的，你爲什麼拿它當寶貝一樣？」

陸小鳳道：「因爲它本來就是個寶貝。」

薛冰冷笑道：「見鬼的寶貝，我看它連一文都不值！」

陸小鳳道：「這次你就說錯了，它最少也値十八斛明珠、八十萬兩鏢銀、九千兩金葉子！」

薛冰吃驚的看著他，道：「你瘋了？」

陸小鳳道：「我沒有。」

薛冰道：「若沒有瘋，怎麼會滿嘴胡說八道！」

陸小鳳嘆了口氣，他知道就算不把這件事告訴她，遲早也會被她逼出來的，那就不如索性自己先說出來的好。

薛冰靜靜的聽著，眼睛裡也發出了光，等他說完了，才問道：「除了這樣東西外，難道連一點別的線索都沒有？」

陸小鳳道：「沒有。」

薛冰道：「所以你現在想到京城的福瑞祥去，問問這塊料子是幾時賣出的？是誰買的？」

陸小鳳道：「我只希望最近去買這種紅緞子的人不多。」

薛冰眨著眼，道：「綢緞莊裡的生意，好像每年都記帳的！」

陸小鳳道：「所以我現在就得趕快去！」

薛冰道：「好，我們明天一早就動身！」

陸小鳳怔了怔，道：「我們？」

薛冰道：「我們。」

陸小鳳道：「『我們』其中還包括你？」

薛冰道：「當然！」

陸小鳳淡淡道：「其中若包括了你，就一定不包括我了！」

薛冰瞪眼道：「你不想帶我去？」

陸小鳳道：「不想。」

薛冰瞪著他看了半天，眼珠子忽然轉了轉，道：「剛才她老人家說到紅鞋子的時候，你好像吃了一驚？」

陸小鳳道：「嗯！」

薛冰道：「你是不是看過穿紅鞋子的人！」

陸小鳳道：「穿紅鞋子的人很多！」

薛冰道：「但其中卻有些人是很特別的，譬如說，有些本不該穿紅鞋子的人，偏偏也穿著雙紅鞋子。」

陸小鳳開始動容了，他還沒有忘記，那個冒牌大金鵬王臨死時，手裡緊緊抓住的那隻紅鞋子。

薛冰當然不會錯過他臉上這種表情，悠然道：「你知不知道這些人爲什麼一定要穿紅鞋子？」

陸小鳳道：「不知道。」

薛冰道：「你知不知道這些穿紅鞋子的，是些什麼人？你知不知道紅鞋子有什麼秘密？」

陸小鳳道：「不知道。」

薛冰道：「我知道。」

陸小鳳深深吸了口氣，心又跳得快了起來，「紅鞋子的秘密」，的確已打動了他。可是他並沒有問。他知道現在就算問，薛冰也不會說的。

薛冰用眼角瞟著他，悠悠的問道：「你想不想知道這些秘密？」

陸小鳳道：「想。」

薛冰道：「那麼，現在你想不想帶我到京城去？」

陸小鳳苦笑道：「當然想，想得要命。」

二

陸小鳳很不喜歡坐車，他寧願騎馬，甚至寧願走路。但現在他卻坐在馬車上，因爲薛姑娘喜歡。薛姑娘一向是個文文靜靜，連走路都不會跨大步的人——至少她總是喜歡裝出這種樣子。

幸好車子走得很穩，因爲路很平坦，往京城去的大道，總是很平坦的。陸小鳳坐在車上，摸著下巴，下巴好像很疼。他忽然發現自己最近苦笑的次數實在太多了，笑得下巴都發了疼。薛冰就坐在對面，看著他，眼睛裡還是充滿了那種誰也說不出有多溫柔的笑意。

陸小鳳忍不住道：「現在你總可以說出那秘密來了吧！」

薛冰道：「什麼秘密？」她居然好像已完全忘了這回事！

陸小鳳道：「當然是紅鞋子的秘密！」

薛冰道：「噢——這個秘密呀，這個秘密還沒有到說的時候！」

陸小鳳道：「要等到什麼時候才能說？」

薛冰道：「等到我高興的時候，我現在還不太高興！」

陸小鳳道：「爲什麼不高興？」

薛冰道：「無論誰跟一個大傻瓜坐在對面，都不會高興的。」

陸小鳳道：「誰是大傻瓜？」

薛冰道：「你。」

陸小鳳忽然發現自己又在苦笑：「我究竟是負心賊？還是大傻瓜？」

薛冰道：「兩樣都是。」她悠然笑了笑，又道：「因爲你若不是負心賊，就不會對我這麼壞，若不是大傻瓜，就不會眼巴巴的要趕到京城去！」

陸小鳳奇怪了：「爲什麼要到京城去就是大傻瓜？」

薛冰道：「我問你，你想去幹什麼？」

陸小鳳道：「你明明知道的！」

薛冰道：「去問福瑞祥的伙計，這塊緞子是誰買的？」

陸小鳳道：「不錯！」

薛冰道：「這麼樣的緞子，他們一天也不知要賣出多少，就算他們全都記得，你難道還能一個個的找去問？」

陸小鳳道：「但只買紅緞子和黑絲線的人，卻不會太多。」

薛冰道：「而且，這個人既然一向獨來獨往，當然是自己去買的。」

陸小鳳道：「不錯，這種事本就很秘密，最好不讓第二個人知道！」

薛冰突然冷笑，道：「但你憑什麼知道她只買黑絲線和紅緞子？」

陸小鳳道：「因爲她只用了這兩樣。」

薛冰道：「所以她也只能去買這兩樣東西，別的她全不能買？難道有人不准她多買幾樣？」

陸小鳳道：「可是她只用得著這兩樣！」

薛冰冷笑道：「用不著的，她就不能買？難道她一定要買很多黑絲線和紅緞子，來引起別人的注意，好讓你去抓她？難道你以爲她也跟你一樣，是個大傻瓜？」

陸小鳳說不出話來了。

薛冰道：「這種事既然很秘密，她怎麼會留下這種很明顯的線索來，讓你去找？若是會留下一點線索，等你去找的時候，她說不定也早就將福瑞祥一把火燒得乾乾淨淨了。」

陸小鳳怔了半天，才嘆了口氣，道：「這麼看來，我的確像是個大傻瓜。」

薛冰道：「而且也是個負心賊！」

陸小鳳道：「所以京城根本就是不必去的！」

薛冰道：「去了也是白去。」

陸小鳳道：「既然不到京城去，你剛才爲什麼要走這條路呢？」

薛冰嫣然道：「因爲我知道前面有個地方的酒很好，我也知道你一向是個很大方的人，一定會請我去喝兩杯的。」

陸小鳳苦笑道：「原來我雖然又傻又是賊，至少還有一點好處——至少我還不小氣！」

薛冰道：「男人只要有這一點好處，就會有很多女孩子喜歡他了。」

三

推開車窗，已可看見遠處的小河畔，柳林中，有一面青布酒旗斜斜的挑了出來。

薛冰眼睛立刻亮了，道：「這就是賣酒的地方。」

陸小鳳道：「這地方看來很雅！」

薛冰道：「酒也很好，好極了！」

陸小鳳看著她發亮的眼睛，忍不住笑道：「你幾時變成個酒鬼的？」

薛冰道：「最近。」

陸小鳳道：「最近你的心情不好？」

薛冰道：「最近老太太一直不讓我喝酒，她愈不讓我喝酒，我就愈想喝，何況……」她用眼角瞟著陸小鳳，恨恨的道：「自從我們上次分手之後，我就要你來找我，你卻偏偏不來，我的心情怎麼會好？」

陸小鳳不敢再答腔了，他知道再說下去，耳朵說不定就又會被咬一口。

他並不想變成個只有一隻耳朵的人，一隻耳朵是配不上四條眉毛的。

這地方的確很雅。小河彎彎，綠柳籠煙，尤其是在黃昏的時候，綠水映著紅霞，照得人臉也紅如桃花。穿過柳林，有幾棟茅屋，酒桌都擺在外面的沙岸上，旁邊還閒閒的種著幾叢梔子花，薛冰忽然發現陸小鳳並不是第一次來，他居然連方便的地方在哪裡都知道，但剛才卻偏偏裝得好像連聽都沒有聽過這地方。

「這小子最近居然又學會了裝傻，那怎麼得了？」薛冰嘆了一口氣，這個人就像是條魚一樣，要抓住他實在不容易。也許她還應該想幾種更好的法子出來對付他。

伙計已走了過來，是個直眉愣眼的鄉下人，粗手粗腳的。

薛冰道：「你先給我們來五六斤上好的竹葉青，配四碟子冷盤、四碟子熱炒，再到後面殺隻活老母雞燉湯。」其實她吃的並不太多，只不過她喜歡看——有很多人喝酒時，菜都是擺著看的。薛姑娘就喜歡看著滿桌子好菜喝酒。

伙計瞪了她一眼，突然冷冷道：「兩個人要這麼多酒菜，也不怕撐死你？」

薛冰怔住，這麼伶牙利齒的伙計，她倒實在還沒見過。

伙計冷笑著，又道：「女人吃得太多，將來一定嫁不出去的，你若想嫁給那小鬍子，最好少吃點，否則他養不起。」

薛冰更吃驚：「你是什麼人？你認得那小鬍子？」

伙計眼珠子轉了轉，低下頭，在她耳邊悄悄的說了幾句話。薛冰聽著，眼睛愈睜愈大，忽然噗哧一聲笑了，拉住這伙計的手臂，在他耳邊也悄悄的說了幾句話，兩個人的樣子居然好像很親熱。

這地方的客人當然並不止她一個，別的客人都看得眼睛發了直。

這麼樣一個文文靜靜、秀秀氣氣的美人兒，怎麼會跟這粗手粗腳的小伙計如此熟絡？他們儘管奇怪，薛冰卻不在乎，那伙計當然更不在乎。

陸小鳳終於出清了肚子裡的存貨，板著臉走回來，好像有點不太高興的樣子。

薛冰眼波流動，道：「馬上就有酒喝了，你還不開心？」

陸小鳳冷笑了一聲，忍不住道：「你什麼時候學會在大庭廣眾間，和男人勾肩搭臂的？」

薛冰眨了眨眼，道：「男人？什麼男人？」

陸小鳳板著臉道：「剛才那伙計難道不是男人？」

看見自己帶來的女人和別的男人那麼親熱，沒有人會高興的。

薛冰卻笑了，悄悄道：「你真是個傻蛋，現在我跟他親熱一點，等他算帳時豈非就會便宜一點了，這道理你都不懂？」

陸小鳳實在不懂，薛冰本來並不是這麼樣一個人的。

這時那伙計已將杯筷送了過來，「砰」的，往桌上一擺，用眼角瞪了陸小鳳一眼，嘴裡嘀咕著道：「這麼樣一朵鮮花，卻偏偏插在牛糞上。」

陸小鳳也怔住，這伙計難道吃錯了什麼藥？薛冰正掩著嘴在吃吃的笑。

陸小鳳看著那伙計的背影，忽然也笑了，正想說什麼，忽然看見一個已喝得醉醺醺的人，搖搖擺擺的走過來，一隻手拿著個酒杯，一隻手拍著他，笑嘻嘻的說：「我認得你，我們見過。」

陸小鳳也只好笑了笑。他的確見過這個人，好像是在誰的壽宴上見過的，他還記得這人叫孫中，據說還是個很有名的江湖人。那次這個人也跟現在一樣，不但喝得兩眼發直，舌頭也大了。

陸小鳳有個原則，他喝醉了的時候從不去惹清醒的人，清醒的時候也從不願意惹喝醉了的人。

孫中忽然扭過頭，直著眼睛，瞪著薛冰，又笑道：「你帶來的這小姑娘真標緻，就像朵水仙花一樣，一捏就能捏得出水來。」

原來他是爲了薛冰來的。看見薛冰跟店伙都能那麼親熱，這小子想必也心動了。薛冰紅著臉，垂下了頭，連眼皮都不敢抬起來。

陸小鳳嘆了口氣，道：「你老兄好像有點醉了，爲什麼不找個地方歇歇去？」他實在不願找麻煩，也不願孫中找上麻煩，無論誰惹上了「冷羅剎」，麻煩就不會太小。

誰知孫中卻像完全沒聽見他在說什麼，還是直著眼，瞪著薛冰，忽然用力一拍他的肩，道：「老弟，你真有辦法，今天你若將這姑娘讓給我，以後你在江湖中出了什麼事，儘管來找我姓孫的。」

陸小鳳居然還忍得住氣，淡淡道：「我不會出什麼事的，你看來卻快出事了，我勸你……」

孫中不等他說完，已瞪起了眼，大聲道：「我叫你讓，是給你面子，你究竟讓不讓？」

陸小鳳只好又嘆了口氣，道：「你爲什麼不問她自己？」

孫中大笑道：「我用不著問，我知道她喜歡我，我哪點不比你這小鬍子強！」

薛冰的臉更紅，頭垂得更低，看起來更是楚楚動人。

孫中看得口水都流了下來，道：「小姑娘，你跟我到那邊去喝酒好不好？」

薛冰紅著臉搖了搖頭。

孫中道：「不好也得好！」他居然伸出手，拉住了薛冰的手。

薛冰垂著頭，輕輕道：「你放開我的手好不好？」

孫中涎著臉，笑道：「不放！」

薛冰的臉忽然變白了，冷冷道：「你一定不放？」

孫中道：「你就算砍下我這隻手來，我也不放！」

薛冰道：「好！」她突然出手，取出了孫中腰畔的刀。

陸小鳳看見她的臉一發白，就知道不對了，正想勸勸她。但這時刀已出鞘。孫中看見了刀光，也清醒了些，反手想去奪刀，只見刀光一閃，他的一隻手已被砍了下來，血淋淋的掉在地上。

他的瞳孔突然收縮，眼珠子似也凸了出來，看著地上的這隻斷手，又看著薛冰，好像還不相信這是真的。就在他開始相信的時候，他的人已慘叫了一聲，倒了下去。喝醉了的人，反應總是比較慢的。他的朋友本來都坐在對面笑嘻嘻的看著，此刻才怒吼著衝過來。

陸小鳳故意不去看他們，皺眉道：「你為什麼要砍下他的手？」

薛冰板著臉，道：「他叫我砍的！」

陸小鳳道：「可是他喝醉了！」

薛冰道：「喝醉了也是人。」

陸小鳳突然出手，奪過了她手裡的刀，用兩根手指輕輕一拗，「崩」的，鋼刀立刻斷下了一截，接著，「崩」的又斷了一截。

他只用兩根手指拗了幾拗，片刻間竟已將這柄百煉精鋼打成的快刀拗成七八截，皺著眉道：

「奇怪，這種破刀怎麼也能砍得斷人的手？」

本來已衝過來的人，一起呆住，瞪大了眼睛，吃驚的看著他。

其中一個人忍不住問道：「朋友你貴姓？」

「我姓陸！」

「道路的『路』？」

「陸小鳳的『陸』！」

本來已呆住了的人，臉色突又發青：「你……你就是陸小鳳？」陸小鳳點點頭。

大家再也不說話，抬起地上的人就走：「你連陸小鳳都忘了，就算兩隻手全被砍斷也活該！」

薛冰嫣然一笑，道：「想不到『陸小鳳』這三個字還能避邪！」

陸小鳳卻嘆息著，苦笑道：「我就知道你是個惹禍精，我實在不該帶你出來的！」

薛冰道：「是他惹的禍？還是我？」

陸小鳳道：「你總不該真的砍下他手來。」

薛冰道：「是他叫我砍的！」

陸小鳳道：「他喝醉了。」

薛冰道：「喝醉了難道就可以欺負人？」

那伙計端著酒菜送來，冷冷道：「喝醉了也一樣是人，這種人就算砍他一百八十刀都不算冤。」

薛冰嫣然道：「對，還是你講理！」

伙計哼了一聲，重重的將酒菜往桌上一擺，扭頭就走，連看都不看陸小鳳一眼！

陸小鳳沉著臉，冷冷道：「像你這種人，砍你三百六十刀也不冤。」他突然出手，用兩根手指夾起了一截刀鋒，直刺這伙計的後背。這伙計頭也不回，身子突然輕飄飄的飛了起來，就好像忽然長了翅膀一樣。在這種地方賣酒的伙計，怎會有這麼高的輕功？

陸小鳳冷笑道：「我看你就不是個好人，果然是個飛賊。」他冷笑著揮手，手裡的半截刀鋒突然飛出，閃電般打向這伙計的腰。這伙計身子凌空，無處借力，陸小鳳的出手又實在太急太快，眼見他已是避不開的了。

薛冰失聲道：「你真要殺他？」

陸小鳳冷冷道：「你放心，他死不了的。」兩句話沒說完，那伙計已凌空翻了三個跟斗，居然還順手抄住了那截刀鋒，才輕飄飄的落下來。

薛冰看看他，又看看陸小鳳，赧然笑道：「原來你已知道他是誰了！」

陸小鳳還是板著臉，道：「我只知道他是個賊。」

伙計突然大笑，道：「我若是個賊，你呢？」

陸小鳳道：「我是個賊祖宗。」

這伙計居然也不去端菜送酒了，居然也坐了下來，笑道：「只可惜你連做賊的材料都不夠，最多也只不過能去挖挖蚯蚓罷了！」

薛冰眨著眼，道：「挖什麼蚯蚓？」

伙計笑道：「你不知道，他別的本事沒有，挖蚯蚓卻是專家，居然在十天中替我挖了六百八十條蚯蚓。」

薛冰又忍不住問道：「你要這麼多蚯蚓幹什麼？」

伙計道：「我連一條蚯蚓都不想要，只不過喜歡看他挖蚯蚓而已。」

薛冰笑了。

伙計道：「你看見他挖蚯蚓沒有？」

薛冰道：「沒有！」

伙計道：「早知道我應該叫你去看看的，他挖起蚯蚓來，實在是姿勢美妙，有板有眼，比京城的名角唱戲還好看，你錯過了實在可惜。」

薛冰忍住笑道：「沒關係，下次我還有機會的！」

伙計道：「還有下次？」

薛冰正色道：「當然有，挖蚯蚓就像喝酒一樣，也會上癮的，一個人只要挖過一次蚯蚓，下次你不要他挖都不行！」

陸小鳳冷冷道：「下次我若挖出蚯蚓來，一定塞到你們嘴裡去。」

這個吃錯了藥的伙計，當然就是司空摘星。

四

喝酒的客人早已被嚇跑了，他們三個人倒也樂得清靜，苦的只是這酒店的老闆而已。

薛冰替司空摘星倒了杯酒，笑道：「你做賊做得好好的，爲什麼要改行來賣酒？」

陸小鳳道：「因爲他有這個癮。」

他當然還沒有忘記司空摘星上次扮成趙大麻子的事，那種事無論誰都忘不了的。

司空摘星笑了笑，道：「上次我瞞過了你，這次卻好像沒有。」

陸小鳳凝視著他，道：「這次你好像並不是真的想瞞過我。」世上絕沒有一個賣酒的伙計會有這麼大毛病的，若不是存心要讓陸小鳳看破，他爲什麼要故意做出這種古裡古怪的樣子？

司空摘星忽然嘆了口氣，道：「自從上次你衝到火裡去救趙大麻子後，我已發覺你這個人真可以交交朋友！」

陸小鳳道：「但你卻還是要我挖蚯蚓。」

司空摘星又笑了，道：「你好像生怕別人不知道這件事，逢人就要說一次！」

陸小鳳目光閃動，道：「你已見到了花滿樓和金九齡？」

司空摘星道：「嗯！」

陸小鳳道：「他們告訴你，我要來找薛冰？」司空摘星點點頭。

陸小鳳道：「所以你就算準了我要到這裡來喝酒的？」

司空摘星道：「所以我就在這裡等！」

陸小鳳道：「等著請我喝酒？」

司空摘星忽又嘆了口氣，道：「你知道不是的，我也不想騙你！」

陸小鳳道：「我只知道我們是朋友。」

司空摘星嘆道：「奇怪的是，有很多人偏偏要我來偷你的東西！」

陸小鳳道：「這次你想偷什麼？」

司空摘星道：「你身上是不是有塊紅緞子？」

陸小鳳微笑道：「你知道我有的，我也不想騙你。」

司空摘星道：「紅緞子上是不是繡著朵黑牡丹？」

陸小鳳道：「你要偷的就是這塊紅緞子？」

司空摘星道：「是。」

陸小鳳道：「你既然承認我們是朋友，還要來偷我？」

司空摘星道：「因爲我已答應了一個人！」

陸小鳳道：「爲什麼要答應？」

司空摘星道：「我非答應不可！」

陸小鳳道：「爲什麼？」

司空摘星道：「我欠過這個人的情！」

陸小鳳道：「這人是誰？」

司空摘星苦笑道：「你既然知道我不會告訴你，又何必問？」

陸小鳳笑了笑，道：「你好像也欠了我的情，我不但救過你，還替你挖了六百八十條蚯蚓。」

司空摘星道：「所以現在我才老實告訴你！」

陸小鳳道：「雖然告訴了我，還是一樣要偷？」

司空摘星道：「這麼樣一塊紅緞子，並不是什麼値錢的東西。」

陸小鳳道：「你本來就從不偷値錢的東西！」

司空摘星道：「你既然已看過了，留著它也沒有什麼用！」

陸小鳳道：「難道要我送給你？」

司空摘星道：「我的確有這意思！」

陸小鳳眨了眨眼，道：「我們不妨談個交易！」

司空摘星道：「什麼交易？」

陸小鳳道：「只要你告訴我是誰要你來偷的，我就讓你偷走！」

司空摘星道：「這交易談不成！」

陸小鳳又嘆了口氣，道：「交易既然談不成，就只好賭了！」

司空摘星道：「怎麼賭？」

陸小鳳道：「你知道這地方後面有幾間客房？」

司空摘星道：「有六間。」

陸小鳳道：「今天晚上，我就留在這裡，等你來偷！」

司空摘星皺眉道：「你既然已知道我要來偷了，我怎麼還能偷得走？」

陸小鳳笑道：「你既然是偷王之王，偷遍天下無敵手，總應該有法子的！」

司空摘星的眼睛忽然亮了，道：「我若真有法子偷走了呢？」

陸小鳳道：「東西就在我身上，只要你能偷得走，我情願再替你挖六百八十條蚯蚓！」

司空摘星道：「隨便我用什麼法子？」

陸小鳳道：「當然隨便你！」

司空摘星道：「有些法子，我本不願用在朋友身上的！」

陸小鳳道：「今天晚上，你可以不必把我當做朋友！」

司空摘星突然舉杯一飲而盡，道：「好，我跟你賭了，我若輸了，也情願替你挖蚯蚓！」

陸小鳳道：「我不要你挖蚯蚓！」

司空摘星道：「你還是要我一見你面，就跪下來叫你大叔？」

陸小鳳笑道：「這次要叫祖宗了！」

司空摘星道：「好，一言爲定。」

陸小鳳道：「誰賴誰是龜孫子！」

薛冰笑道：「看來這次不管你們是誰輸，我都有好戲看了！」

司空摘星道：「但現在還沒有到晚上。」

陸小鳳道：「所以我們還是朋友！」

司空摘星道：「所以我要請你喝酒！」

陸小鳳又笑了笑，道：「我只希望你莫要在酒裡下毒。」

司空摘星也笑了笑，道：「我只希望你莫要灌醉我！」

三 偷王的賭約

一

夜。夜未深。司空摘星並沒有被灌醉，他已走了。陸小鳳當然也沒有被毒死，司空摘星絕不是那種會在酒裡下毒的人，何況，他就算下了毒，陸小鳳也不會喝下去。

薛冰臉上卻已有了幾分笑意，忽然嘆了口氣，道：「這次他輸了！」

陸小鳳道：「他一定會輸？」

薛冰道：「東西在你這種人身上，又明知他要來偷，他怎麼能偷得走？」

陸小鳳道：「他是偷王之王，偷王之王當然有很多種稀奇古怪，令人防不勝防的偷法！」

薛冰道：「你難道真的沒把握贏他？」

陸小鳳笑了笑，自己倒了杯酒，卻並沒有喝下去，只是看著杯中的酒出神。

薛冰道：「你在想什麼？是不是在想那個要他來偷的人？」

陸小鳳沒有否認。

薛冰道：「要他來偷的這個人，會不會就是那個繡花的人？」

陸小鳳道：「很可能。」

薛冰道：「我若是你，我一定會想盡法子，逼著他說出來的！」

陸小鳳道：「你不是我！」

薛冰嫣然一笑，道：「幸好我不是你，我可不想有你這麼多麻煩！」

陸小鳳道：「所以你很高興！」

薛冰道：「實在很高興！」

陸小鳳忽然又笑了笑，道：「既然很高興，應該說了吧！」

薛冰道：「說什麼？」她好像又忘了。

陸小鳳道：「當然是說紅鞋子！」

薛冰眨了眨眼，知道這次就算再想賴，也是賴不掉的了，忽然問道：「你知不知道青衣樓是怎麼回事？」

陸小鳳點點頭，他當然知道。

薛冰道：「紅鞋子也跟青衣樓一樣，是個很秘密的組織，唯一跟青衣樓不同的，就是這組織裡沒有男人，所以比青衣樓更厲害！」

陸小鳳道：「為什麼？」

薛冰笑了笑，悠然道：「因為女人本就比男人厲害。」

陸小鳳道：「還有呢？」

薛冰道：「沒有了。」

陸小鳳幾乎跳了起來：「沒有了？沒有了是什麼意思？」

薛冰嫣然道：「沒有了的意思，就是我知道的只是這麼多，你就算用刀來逼我，我也說不出別的來！」

陸小鳳怔住，怔了半晌，才嘆了口氣，道：「女人果然比男人厲害，女人會賴皮！」

薛冰瞪眼道：「我幾時賴皮了？我豈非已告訴了你，這些穿紅鞋子的全都是什麼人？也已告訴了你，紅鞋子是個很秘密的組織，你還不滿意？」

陸小鳳苦笑道：「原來不但會賴皮，還會講歪理。」

薛冰像是也有點不好意思，眨著眼道：「現在你至少已知道，那個會繡花的大鬍子，是女人改扮的，也已知道她穿的是紅鞋子，你知道的豈非已不少！」

陸小鳳嘆道：「所以我已經很滿意，滿意極了！」

薛冰笑道：「既然滿意，爲什麼不敬我一杯酒？」

陸小鳳冷冷道：「你的臉已經紅得像別人的鞋子了，你還想喝？」

薛冰咬著嘴唇，道：「今天我本來就想喝醉，反正這裡有床，喝醉了最多就往床上一躺。」

陸小鳳道：「莫忘記我也在這屋子裡！」

薛冰用眼角瞟著他，道：「你在屋裡又怎麼樣？難道我還怕你？」

陸小鳳也用眼角瞟著她，道：「難道你想故意喝醉，好有膽子來勾引我？」

薛冰的臉又紅了，頭卻沒有低下去，反而盯著他，道：「你是不是想要我勾引你？」

陸小鳳道：「你是不是早就想勾引我了？」

薛冰道：「你以爲你是什麼人？潘安？宋玉？」

陸小鳳忽然站了起來。

薛冰道：「你想幹什麼？」

陸小鳳道：「站起來當然是想走！」

薛冰道：「你真的想走？」

陸小鳳道：「你既然不想勾引我，我還留在這裡做什麼？」

薛冰噗哧一笑，道：「你是個大傻瓜，我不勾引你，你難道也不會勾引我？」

陸小鳳道：「只可惜我一向不習慣勾引別人，一向只有別人勾引我！」

薛冰輕輕道：「爲了我，你難道不能破例一次？」

她的臉更紅，紅得就像是春天裡的桃花，紅得就像是水蜜桃。陸小鳳忽然嘆了口氣，慢慢的坐了下來。

薛冰看著他，嫣然道：「你膽子怎麼這麼小，還沒有勾引我，已經滿頭大汗了！」

陸小鳳道：「因爲我熱得要命！」

薛冰道：「我好像也很熱！」

陸小鳳笑道：「你又是雪，又是冰，怎麼也會熱？」

薛冰道：「我也在奇怪，怎麼會熱的？」她眼珠子轉了轉，忽然拍手道：「我明白了！」

陸小鳳道：「明白了什麼？」

薛冰道：「司空摘星雖然沒有在酒裡下毒，卻下了種要我們發熱的藥，故意讓你熱得要命！」

陸小鳳道：「既然熱得要命，就只好脫衣服。」

薛冰道：「東西在你身上，你一脫衣服，他就有機會來偷了！」

陸小鳳嘆道：「我真奇怪，偷王之王怎麼會想出這種笨法子來的！」

薛冰道：「這法子雖然笨，卻很有效！」

陸小鳳笑了笑，悠然道：「只可惜東西根本已不在我身上了，所以他根本就偷不走！」

薛冰怔了怔，道：「你難道早就將那東西藏到別的地方去了？」

陸小鳳笑道：「藏在個他永遠也想不到的地方，他若到這裡來偷，就算他有三十隻手，最多也只不過能偷走我幾件破衣服！」

薛冰吃吃的笑了，道：「你真不是個好東西！」

陸小鳳道：「我本來就不是。」

對面屋脊上有個人，這個人當然就是司空摘星。他心裡也在恨恨的罵：「這小子真不是個好東西！」他竟忘了自己也不是個好東西，好東西是絕不會躲在屋脊上偷聽的。

「這小子究竟將東西藏到什麼地方去了？」司空摘星開始在想，陸小鳳今天一共到過什麼地方？他們本來坐在外面喝酒，喝得差不多了時，就搬到屋裡來。除了這兩個地方外，陸小鳳只去方便了一次！

「難道他將東西藏在茅房裡了？」那的確很可能，陸小鳳這小子，本就是什麼事都做得出的。

「也可能就藏在空酒罈裡，讓我想不到！」

陸小鳳已脫下外面的長衫，隨隨便便的掛在窗口的椅子上。窗子並沒有關好。東西當然不會在這件衣服裡，否則他怎麼會如此大意！

陸小鳳並不是個粗心的人，要挖六百八十條蚯蚓也不是好玩的。

司空摘星已準備走了，可是他剛想站起來，又停下，眼睛裡發出了光，陸小鳳若是將東西就藏在這件衣服裡，他豈非更想不到。那些話莫非是故意說給他聽的？

司空摘星笑了：「這小子真是條小狐狸，只可惜今天遇著了我這條老狐狸。」

他笑得的確像是條老狐狸。

衣服就掛在椅子上，看得見，卻拿不到。該怎麼樣下手呢？老狐狸有法子，「偷王之王」這四個字並不是偷來的。

屋子裡不斷有笑聲傳出來，他們也不知道為了什麼事如此開心？

「難道他們是為了有個人像呆子一樣在外面喝風，看著他們在裡面喝酒，所以才開心得要命？」司空摘星忽然跳下屋脊，推開門，走了進去。

薛冰張大了眼睛，吃驚的看著他，好像做夢也想不到這個人會突然出現。

陸小鳳也想不到。

司空摘星也不理他們，坐下去自己倒了杯酒，一口喝了下去，又嘆了口氣，喃喃道：「喝酒果然比喝風舒服。」

薛冰笑了：「誰叫你在外面喝風的？」

司空摘星道：「我自己！」

薛冰眨著眼笑道：「你也跟他一樣，是個大傻瓜？」

司空摘星道：「就算不是傻瓜，至少也是個呆子。」

薛冰笑道：「你承認自己是個呆子？」

司空摘星嘆道：「若不是呆子，怎麼會跟他打這個賭？」

薛冰道：「你覺得不划算？」

司空摘星點點頭，道：「所以我不賭了！」

陸小鳳叫了起來，道：「不賭了？不賭了是什麼意思？」

司空摘星道：「不賭了的意思，就是不賭了！」

陸小鳳道：「可是我們早已約好了的！」

司空摘星道：「約好了的事，常常都可以反悔的，說出來的話，也常常都可以當做放屁！」

陸小鳳怔了半天，苦笑道：「我還是不懂，你爲什麼要忽然反悔？」

司空摘星忽然冷笑，道：「你以爲我不知道你在打什麼鬼主意？」

陸小鳳道：「我在打什麼鬼主意？」

司空摘星冷笑道：「你想故意讓我把那東西偷走，然後再跟蹤我，看我將東西交給誰，所以我就算贏了你，吃虧的還是我！」

陸小鳳臉上的表情就好像是個受了冤枉的小孩子，苦笑道：「你怎麼會有這種想法的？我實在不懂？」

司空摘星道：「你懂，你比誰都懂！」

陸小鳳嘆了口氣，道：「我爲什麼要故意讓你贏？難道我喜歡挖蚯蚓？」

司空摘星道：「因爲你一心想知道是誰要我來偷那東西的，你只有用這種方法，才能達到目的，爲了達到目的，你本來就什麼事都肯做的！」

陸小鳳苦笑道：「你真的以爲我是個這麼狡猾的人？」

司空摘星道：「不管你是個什麼樣的人，反正我都不跟你賭了，我已決心不上你的當！」他又自己倒了杯酒，一口喝下去，仰面大笑了三聲，道：「好酒，果然比喝風的滋味好得多！」話還沒說完，他已大笑著走出去。

陸小鳳看著他走出去，又怔了半天，也忽然笑了，道：「這個人果然是條老狐狸！」

薛冰忍不住道：「難道你真的要故意讓他贏？」

陸小鳳笑道：「這老狐狸猜的不錯，我的確只有用這法子，才能查出是誰要他來偷的！」

薛冰道：「你剛才故意說那些話，爲的就是要他知道東西在哪裡？」

陸小鳳道：「一點也不錯！」

薛冰嘆道：「但我卻還是想不到，你究竟將東西藏到什麼地方去了？」

陸小鳳道：「東西就在我衣服裡！」

薛冰怔了怔，道：「就在椅子上這件衣服裡？」

陸小鳳道：「一直都在這件衣服裡！」

薛冰道：「可是你剛才卻說……」

陸小鳳道：「我故意那麼說，因爲我知道他遲早一定會想到我用的是調虎離山之計！」

薛冰道：「我還是不懂。」

陸小鳳道：「我故意隨隨便便將衣服擺在這裡，別人當然想不到東西還在衣服裡，但他卻不是別人，他是偷王之王！」

薛冰道：「所以你算準他遲早總會猜到東西就在衣服裡！」

陸小鳳道：「我本就是擺在這裡讓他來偷的！」

薛冰終於懂了：「原來你的計中還有計，弄來弄去，你還是要故意讓他偷走！」

陸小鳳道：「不錯，我本就是要讓他偷的，卻又不能讓他得手太容易，我不能讓他起疑心！」

薛冰笑道：「但他還是起了疑心，還是不上你這個當！」

陸小鳳嘆道：「所以我說他實在不愧是條老狐狸，只可惜……」

薛冰道：「只可惜怎麼樣？」

陸小鳳忽又笑了笑，道：「只可惜他還是上了我的當！」

薛冰又怔住，苦笑道：「我又不懂了。」

陸小鳳道：「他還是把東西偷走了！」

薛冰道：「幾時偷的？」

陸小鳳道：「剛才！」

薛冰忍不住提起那件衣服抖了抖，就有塊紅緞子從衣服裡掉了下來，緞子上繡著朵黑牡丹：「東西豈非還在這裡？」

陸小鳳道：「但這塊緞子，卻已不是本來的那塊了！」

薛冰道：「你是說，他剛才用這塊緞子，換走了你那塊？」

陸小鳳道：「你再仔細看看，兩塊緞子是不是有點不同！」

不同的地方雖然不太明顯，但卻果然是不同的。

陸小鳳道：「他想必已從金九齡嘴裡，問出了這塊緞子的形狀，自己找人照樣子繡了一塊，準備來跟我掉包！」

薛冰嘆了口氣，道：「但他的手法實在太快，實在不愧是偷王之王，我剛才一直都在看著他，竟偏偏沒看到他已動了手腳！」

陸小鳳笑了笑，道：「他以爲我也沒有看出來，以爲我還不知道！」

薛冰道：「這塊緞子你已不知看過多少遍了，現在既然還沒有被偷走，你當然就會把它藏起來，絕不會時時刻刻拿出來的！」

陸小鳳道：「所以他認爲我暫時絕不會發覺已被掉了包！」

薛冰道：「現在他既然已達到目的，當然就會將東西去交給那個人了！」

陸小鳳道：「他當然要去交差！」

薛冰道：「那麼你現在爲什麼還不去盯著他？」

陸小鳳道：「因爲我知道他現在一定還不會走的！」

薛冰道：「爲什麼？」

陸小鳳道：「他也怕我起疑心！」

薛冰想了想，道：「反正你暫時不會發現東西已被掉了包，他正好乘機輕鬆輕鬆！」

陸小鳳道：「他愈輕鬆，我愈不會起疑心！」

薛冰道：「等到明天早上我們要走時，他還可以先送送我們，然後再輕輕鬆鬆的去交差！」

陸小鳳嘆了口氣，道：「看來你再跟我們混下去，你也快變成條小狐狸了！」

薛冰眼珠子轉了轉，似笑非笑的看著他，輕輕道：「那麼你現在想幹什麼呢？」

陸小鳳故意不去看她臉上的表情，道：「我當然要去陪陪他！」

薛冰好像又要跳了起來：「你不陪我？反而要去陪他？」

陸小鳳淡淡道：「他既不會勾引我，我也不會勾引他，我去陪他至少安全得多！」

薛冰咬著嘴唇，狠狠的瞪著他，忽又嫣然一笑，道：「現在我總算知道你是什麼了！」

陸小鳳道：「我是什麼？」

薛冰道：「你是條狗！」

陸小鳳怔了怔，苦笑道：「我怎麼會變成條狗的？」

薛冰悠然道：「司空摘星若是條老狐狸，你豈非就是條專咬狐狸的狗？」

二

司空摘星躺在床上，曲著肱做枕頭，看著自己胸膛上擺著一杯酒。

陸小鳳總是喜歡這麼樣喝酒，而且有本事不用手就將這杯酒喝下去，連一滴都不會濺出來。

只要是陸小鳳會的事，司空摘星就要學學，而且要學得比陸小鳳更好。

他聽到門外有人在笑：「這是我的獨門絕技，你學不會的！」

一個人推開門走了進來，當然就是陸小鳳。

司空摘星也不理他，還是專心一意的看著胸膛上的這杯酒，冷冷道：「你又想來幹什麼？」

陸小鳳道：「不幹什麼，只不過來陪陪你！」

司空摘星道：「你不去陪她，反而來陪我？」

陸小鳳笑了笑，反問道：「現在我們是不是已不賭了？」

司空摘星道：「嗯！」

陸小鳳道：「所以我們還是朋友！」

司空摘星道：「嗯！」

陸小鳳笑道：「既然我們是朋友，我爲什麼不能來陪陪你？」

司空摘星道：「你當然可以來陪我，但是我現在卻想去陪她了！」他忽然深深吸了口氣，胸膛上的酒杯立刻被他吸了過去，杯中的酒也被他吸進了嘴——只可惜並沒有完全吸進去，剩下的半杯酒濺得他一身都是。

陸小鳳大笑，道：「我早就說過，這一招你一輩子都學不會的！」

司空摘星瞪了他一眼，剛想站起來，臉色突然變了，整個一張臉都扭曲了起來，整個人也都扭曲了起來，就好像有柄尖刀插入了他的胃。

陸小鳳也吃了一驚，失聲道：「你怎麼了？」

司空摘星張開嘴，想說話，卻連一個字都說不出來。陸小鳳一個箭步竄過去，扶起了他，忽然嗅到一種奇特的香氣。

他又拿起剛才那酒杯嗅了嗅，臉色也變了：「這杯酒有毒！」

司空摘星的臉已變成死灰色，滿頭冷汗雨點般落了下來。

陸小鳳道：「這杯酒是從哪裡倒出來的？剛才有誰到這裡來過？」

司空摘星掙扎著搖了搖頭，眼睛看著桌上的酒壺。壺中還有酒。

陸小鳳抓起酒壺嗅了嗅，壺中的酒並沒有毒：「毒在酒杯上！」酒杯想必早已在這房子裡，剛才司空摘星在屋脊上偷聽的時候，想必已有人在這酒杯上做了手腳。

陸小鳳急得直跺腳：「你本來是個很小心的人，今天怎麼會如此大意？」

司空摘星咬著牙，終於從牙縫裡吐出了三個字：「棲霞庵！」

陸小鳳道：「你知道那裡有人能解你的毒？你要我送你到那裡去？」

司空摘星又掙扎著點了點頭：「快……快……」

陸小鳳道：「好，我去找薛冰，我們一起送你去！」他抱起了司空摘星衝出去，去找薛冰。

但薛冰竟已不見了。她剛才喝剩下的半杯酒還在桌上，可是她的人竟已無影無蹤。本來裝著滷牛肉的碟子裡，現在卻赫然擺著一隻手，一隻斷手！

陸小鳳看得出這正是孫中的手。難道他又約了幫手來尋仇，居然將薛冰架走了？但是他們在隔壁怎會連一點動靜都沒有聽到？

薛冰並不是個好對付的人，怎麼會如此容易就被人架走？陸小鳳已無法仔細去想，現在無論什麼事都只好先放在一邊，先救司空摘星的命要緊。何況，這頃刻間發生的變化，實在太驚人、太可怕，他無論怎麼想，也想不通的。幸好他們坐來的馬車還在。

陸小鳳叫了車伕，抱著連四肢都似已僵硬的司空摘星，跳上車子，喃喃道：「你千萬不能死，你一向都不能算是個好人，怎麼會短命呢？」

司空摘星居然一直都沒有死，就這麼樣半死不活的拖著，拖到了棲霞庵。

三

棲霞庵在紫竹林中，紫竹林在山坡上。山門是開著的，紅塵卻已被隔絕在竹林外。馬車不能上山，陸小鳳抱著暈迷不醒的司空摘星，踏著「沙沙」的落葉，穿過紫竹林，風中正傳來最後一響晚鐘聲。夜色卻未臨，滿天夕陽殘照，正是黃昏。

陸小鳳看著手裡抱著的司空摘星，長長吐出口氣，喃喃道：「你總算捱到了這裡，真不容易！」

司空摘星身子動了動，輕輕呻吟了一聲，居然似已能聽見他的話。

陸小鳳立刻問道：「現在你覺得怎麼樣？」

司空摘星突然張開眼睛，道：「我餓得要命！」

陸小鳳怔了怔：「你會餓？」

司空摘星看著他，擠了擠眼睛，道：「這兩天你天天下車去大吃大喝，我卻只有躲在車上啃冷燒餅，我怎麼會不餓？」

陸小鳳怔住，臉上的表情，就好像活生生的吞下六百條蚯蚓。

司空摘星道：「小心點抱住我，莫要把我摔下去！」

陸小鳳也看著他擠了擠眼睛，道：「我會小心的，我只怕摔不死你！」

他忽然舉起了司空摘星，用力往地上一摔。誰知司空摘星還沒有摔在地上，突然凌空翻身，接連翻了七八個跟斗，才輕飄飄的落下，看著陸小鳳大笑，笑得彎下了腰。

陸小鳳恨恨道：「我應該讓你死在那裡的！」

司空摘星大笑道：「好人才不長命，像我這種人怎麼會死！」他居然也承認自己不是個好人。

陸小鳳道：「你根本就沒有中毒？」

司空摘星道：「當然沒有，像我這樣千年不死的老狐狸，有誰能毒得死我！」

陸小鳳道：「酒杯上的毒，是你自己做的手腳？」

司空摘星道：「那根本就不是毒，只不過是點嗅起來像毒藥的香料而已，就算吃個三五十斤下去，也死不了人。」

陸小鳳道：「你故意裝作中毒，只不過是想拖住我，讓我送你到這裡？」

司空摘星笑道：「我若不用這法子，又怎麼能將那東西送出去！」

陸小鳳道：「你怎麼送出去的？這一路上你都裝得像死人一樣，連動都沒有動！」

司空摘星道：「我當然有法子，莫忘記我不但是偷王之王，還是條老狐狸！」

陸小鳳突然冷笑，道：「若不是那條小狐狸幫你，你想交差只怕也沒這麼容易！」

司空摘星彷彿怔了怔，道：「小狐狸？除了你外，難道還有條小狐狸？」

陸小鳳冷笑道：「也許不是小狐狸，只不過是條雌狐狸！」

司空摘星大笑，道：「我就知道遲早總是瞞不過你的，你並不太笨！」

陸小鳳道：「你幾時跟薛冰說好的？」

司空摘星道：「就在你去方便的時候！」

陸小鳳道：「她怎麼會答應你？」

司空摘星悠然道：「也許是因為她看上了我！」

陸小鳳道：「她看上你這條老狐狸？」

司空摘星笑道：「這你就不懂了，女人本就是喜歡老狐狸的！」

陸小鳳嘆了口氣，道：「看來她的確被你這狐狸迷住了，居然肯替你去做這種事！」

他忽又問道：「她既然是替你交差去了，那隻斷手又怎麼會出現的？」

司空摘星又怔了怔，道：「斷手？什麼斷手？」

陸小鳳道：「孫中被砍斷的那隻斷手！」

司空摘星道：「手在哪裡？」

陸小鳳道：「在裝牛肉的碟子裡！」

司空摘星搖了搖頭，皺眉道：「這回事我一點也不知道！」

陸小鳳道：「真的不知道？」

司空摘星嘆道：「我幾時騙過你？」

陸小鳳恨恨道：「你時時刻刻都在騙我！」

司空摘星眨了眨眼，道：「像你這麼聰明的人，我能騙得過你？」

陸小鳳忍不住又嘆了口氣，苦笑道：「你本來是騙不過的，只可惜我的心實在太好了！」

突聽山門裡有個人在問：「外面的那位好心人，是不是陸小鳳？」

門是虛掩著的，門裡有個小小的院子，一個人搬了張竹椅，坐在院子裡的白楊樹下。夕陽照著孤零零的白楊，也照著他蒼白的臉，他的鼻子挺直，顴骨高聳，無論誰都看得出他一定是個很有威嚴，也很有權威的人，只可惜他一雙炯炯有光的眸子，現在竟已變成了兩個漆黑的洞。

「江重威！」陸小鳳一走進來，就不禁失聲而呼：「你怎麼會在這裡？」

江重威笑了笑，道：「我不在這裡，又還能在哪裡？」他笑得凄涼而悲痛：「我現在已只不過是個瞎子，王府裡是不會用一個瞎子做總管的，就算他們沒有趕我走，我也已留不下去！」

陸小鳳看著他，心裡也覺得很難受。

江重威本是個很有才能、也很有前途的人，可是一個瞎子……

陸小鳳忽然回過頭，瞪著司空摘星：「你認不認得他？」

司空摘星點點頭。

陸小鳳道：「你知不知道他怎麼會變成這樣子的？」

司空摘星嘆了口氣，他心裡顯然也不好受。

陸小鳳道：「你既然知道，就應該告訴我那個人是誰？」

司空摘星道：「那個什麼人？」

陸小鳳道：「那個繡花的人，也就是那個要你來偷東西的人！」

司空摘星道：「你認爲他們是同一個人？」

陸小鳳道：「不錯！」

司空摘星道：「假如那塊緞子本就是他的，他何必要我來偷回去？」

陸小鳳道：「也許那上面還有什麼秘密，他生怕我看出來。」

司空摘星道：「你豈非已看過很多遍了？」

陸小鳳道：「我還沒有看夠！」

司空摘星不說話了，神情間彷彿也顯得很矛盾、很痛苦。

陸小鳳道：「你雖然欠了他的情，可是他既然做出了這種事，你若還有點人性，就不該再維護著他！」

司空摘星道：「你一定要我說？」

陸小鳳道：「非要你說不可！」

司空摘星忽然長長嘆了口氣，道：「好，我告訴你，那個人就是她！」

他的手忽然往前面一指，陸小鳳不由自主隨著他的手指看過去，果然看見了一個人正垂著頭從庵堂裡走出來。一個紫衫白襪，烏黑的髮髻上插著根紫玉釵的女道姑。她臉色也是蒼白的，明如秋水般的一雙眸子裡，充滿了憂鬱和悲傷，看來更有種說不出的、淒艷而出塵的美，就好像是天邊的晚霞一樣。她垂著頭慢慢的走過來，手裡捧著一碗熱騰騰的藥。

看見了她，陸小鳳就知道司空摘星又在說謊了，那個人絕不會是她的。他再回過頭想追問時，司空摘星竟已不見了。

就在陸小鳳看見這紫衫女道人的那一瞬間，這老狐狸已流星般掠了出去。那一瞬間，陸小鳳的確彷彿有點癡了，無論誰看見這麼一個出塵脫俗的美人，都難免會癡了的。現在就算要追，也追不上的，司空摘星的輕功縱然不能算天下第一，也不會差得太遠。

陸小鳳嘆了口氣，發誓總有一天要抓住這個老狐狸，逼他吞下六百八十條蚯蚓去，而且還要他自己去挖。

夕陽淡了，風也涼了，涼風吹得白楊樹上的葉子，簌簌的響。這紫衫女道人慢慢的走過來，始終都沒有抬起頭。

江重威忽然道：「輕霞，是你？」

「是我，你吃藥的時候到了！」她的聲音也輕柔如晚風。

江重威又問：「陸小鳳，你還在麼？」

「我還在！」

「這是舍妹輕霞，也就是這裡的住持，你現在總該明白我怎麼會在這裡了吧？」

陸小鳳忽然道：「金九齡和花滿樓在找你！」

江重威道：「我知道！」

陸小鳳道：「他們也知道你在這裡？」

江重威道：「他們已來過！」

陸小鳳道：「花滿樓跟你說了些什麼？」

江重威臉上忽然露出種很奇怪的表情，緩緩道：「他叫我莫要忘記他也是個瞎子，更莫要忘記他一直都活得很好！

陸小鳳道：「你當然沒有忘！」

江重威道：「所以我現在還活著！」

一個像他這麼樣的人，突然變成了瞎子後，還有勇氣活著，實在很不容易。

陸小鳳忍不住長長嘆息，道：「他實在是個很了不起的人！」

江重威點點頭，嘆道：「他的確和任何人都不同，他總是要想法子讓別人活下去！」

陸小鳳道：「其實我早該想到，他來找你，就是爲了要告訴你這些話的！」

江重威道：「他還問了我一些別的事！」

陸小鳳道：「什麼事？」

江重威道：「那天在王府寶庫裡發生的事！」

陸小鳳道：「我也正想問你，除了你已告訴金九齡的那幾點之外，你還有沒有發現什麼別的可疑之處？」

江重威道：「沒有！」他的臉彷彿又因恐懼而扭曲，緩緩道：「就算還有，我也不會說！」

陸小鳳道：「爲什麼？」

江重威道：「因爲我並不想讓你們找到那個人！」

陸小鳳更奇怪，又問道：「爲什麼？」

江重威道：「因爲我從未見過武功那麼可怕的人，你們就算找到了他，也絕不是他的敵手！」

他的身子也在發抖，似又想起了那個可怕的人，那根可怕的針。針上還在滴著血，鮮紅的血……

陸小鳳還想再問，江輕霞突然冷冷道：「你問得已太多了，他的傷還沒有完全好，我一直不願他再想起那天的事。」

江重威勉強笑了笑，道：「沒關係，我很快就會好的！」

陸小鳳也勉強笑了笑，道：「你一定很快就會好的，我知道你一向都是個硬骨頭！」

江重威笑得已開心了些，道：「你既然已來了，就不妨在這裡多留兩天，說不定我還會想起些事來告訴你！」

江輕霞皺眉道：「他怎麼能留在這裡？這裡一向沒有男人的！」

江重威微笑道：「我難道不是男人？」

江輕霞道：「可是你……」

江重威沉下了臉，道：「我若能留在這裡，他也能！」

陸小鳳道：「可是我……」

江重威也打斷了他的話，道：「不管怎麼樣，你都一定要留下來。花滿樓和金九齡這兩天說不定還會來的，他們也正想找你！」

江輕霞道：「可是你喝完了藥後，就該去睡了！」

江重威道：「我會去睡的，你先帶他到後面去吃點東西，好好作出主人的樣子來，莫要讓客人餓著肚子！」

江輕霞板著臉，轉過身，冷冷道：「陸施主請隨我來！」

她好像也沒有正眼去看過陸小鳳，她實在是個冷冰冰的女人，甚至比冰還冷。

四　女道人

一

暮色更深，陽光的最後一抹餘暉，正照在庵堂後、雲房外的走廊上，照得廊外那幾根陳舊的木柱，也彷彿閃閃的發出了光。七月的晚風中，帶著從遠山傳來的木葉芬芳，令人心懷一暢。江輕霞走得很慢，陸小鳳也走得很慢。江輕霞沒有說話，陸小鳳也沒有開口，他似已發現自己是個不受歡迎的客人。不受歡迎的客人，就最好還是知趣些，閉著嘴。

庭院寂寂，看不見人，也聽不見人聲。這裡本就是個寂寞的地方，寂寞的人本就已習慣沉靜。

江輕霞推開了一扇門，板著臉，道：「施主請進！」

陸小鳳也沉著臉，道：「多謝！」屋子裡也沒有燃燈，連夕陽都照不到這裡。陸小鳳慢慢的往裡面走，竟好像有點不敢走進這屋子。難道他還怕這冷冰冰的女道人將他關在這間冷冰冰的屋子裡？

江輕霞冷冷道：「這屋子裡也沒有鬼，你怕什麼？」

陸小鳳苦笑道：「屋子裡雖然沒有鬼，心裡卻好像有鬼！」

江輕霞道：「誰心裡有鬼？」

陸小鳳道：「你！」

江輕霞咬著嘴唇，道：「你自己才是個鬼！」就在這一瞬間，這冷冰冰的女道人竟突然變了，就像是完全變成了另外一個人，她忽然用力將陸小鳳推了進去，推到一張椅子上，按住了他的肩，在他耳朵上咬了一口。

陸小鳳反而笑了：「這才像是條母老虎的樣子，剛才，你簡直就像……」

江輕霞瞪眼道：「剛才我像什麼？」

陸小鳳道：「像是條死母老虎！」

江輕霞不等他說完，又在他耳朵上咬了一口。

陸小鳳疼得差點叫了起來，苦笑道：「看來你們好像都是一個師父教出來的，都喜歡咬耳朵！」

江輕霞又瞪起了眼，道：「你們？你們是些什麼人？」

陸小鳳閉上了嘴，他忽然發現自己又說錯話了。

江輕霞卻不肯放鬆，冷笑道：「你難道常常被人咬耳朵？」

陸小鳳道：「別人又不是小狗，怎麼會常常咬我的耳朵？」

江輕霞眼睛瞪得更大：「別人不是小狗，難道只有我是小狗？」

陸小鳳又不敢開腔了。

江輕霞恨恨的瞪著他，道：「你老實告訴我，究竟有多少人咬過你的耳朵？」

陸小鳳道：「只有……只有你一個！」

江輕霞道：「真的沒有別人？」

陸小鳳道：「別人誰有這麼大的膽子敢咬我！」

江輕霞道：「薛冰呢？她也沒有這麼大的膽子？」

陸小鳳道：「她連碰都不敢碰我，我不咬她已經很客氣了！」

江輕霞撇了撇嘴，道：「現在你說得兇，當著她的面，只怕連屁都不敢放！」

陸小鳳笑道：「我爲什麼不敢放？難道我還怕臭死她？」

江輕霞忽然笑了，笑得也有點像是條小狐狸。

就在這時，門外已有個人冷冷道：「好，你放吧，我就在這裡！」

陸小鳳的心沉了下去，他連看都不必看，就知道薛冰已來了。遇著一條母老虎已經糟糕得很。唯一比遇著一條母老虎更糟的事，就是同時遇著了兩條母老虎。

陸小鳳忽然覺得腦袋已比平時大了三倍，簡直已頭大如斗。

江輕霞吃吃的笑著，燃起了燈。燈光照到薛冰臉上，薛冰的臉又紅了，是被氣紅的，紅得就像是辣椒。

「先下手的爲強，後下手的遭殃。」這句話陸小鳳當然懂得的。

他忽然跳起來，瞪著薛冰，冷冷道：「我正想找你，想不到你居然還敢來見我？」

看見他這麼兇，薛冰反而軟了：「我……我爲什麼不敢來見你？」

陸小鳳道：「你怎麼會到這裡來的？」

江輕霞搶著道：「我們本來就是老朋友，又是一個師父教出來，專咬人耳朵的，她爲什麼不能到這裡來？」

陸小鳳不理她，還是瞪著薛冰，道：「我是在問你，你到這裡來幹什麼？」

薛冰道：「你明明知道我是送東西來的！」

陸小鳳道：「送什麼？」

薛冰道：「當然就是那塊紅緞子！」她居然輕描淡寫的就承認了，而且面不改色。

陸小鳳反倒怔了怔，道：「你不想賴？」

薛冰道：「這也不是什麼見不得人的事，我爲什麼要賴？」

陸小鳳幾乎又要叫了起來，道：「你幫著別人來騙我，難道還很光榮？」

薛冰道：「司空摘星並不是別人，他也是你的朋友，你自己也承認的！」

陸小鳳本就沒有否認。

薛冰笑了笑，悠然道：「我幫你朋友的忙，你本該感激我才對！」

陸小鳳又怔了怔，道：「你幫著他出賣了我，我反而要感激你？」

薛冰道：「那塊紅緞子，對你已沒什麼用處，對他的用處卻很大，我只不過幫他將那塊紅緞子送到這裡來，又怎麼能算出賣你？」她的火氣好像比陸小鳳還大，理由好像比陸小鳳還充足十倍，又道：「何況，他豈非也是你的好朋友，你豈非也騙了他，你騙過了人家後，反而洋洋得意，我爲什麼不能讓你也上個當？」

陸小鳳道：「可是你……你……你本該幫著我一點才對的！」

薛冰冷笑道：「誰叫你那麼神氣的！就好像天下再也找不出一個比你能幹的人了，我就看不慣你那種得意忘形的樣子！」

陸小鳳說不出話來了，他忽然發現男人遇著女人，就好像秀才遇見兵一樣，根本就沒什麼道理好講。女人的心理，好像根本就沒有「是非」這兩個字，無論做什麼事，只憑她高興不高興，你若要跟她講道理，她的理由永遠比你還充足十倍。

薛冰板著臉道：「你在背後罵我，我沒有找你算帳，你反而先找上我了！」

江輕霞冷笑道：「這就叫先發制人，天下的男人好像全都有這一套！」

薛冰道：「現在你還有什麼話說？」

陸小鳳苦笑道：「只有一句。」

薛冰道：「你說！」

陸小鳳道：「你將那塊紅緞子交給誰了？」

薛冰道：「交給呂洞賓。」

陸小鳳又不禁怔住：「呂洞賓又是什麼人？」

薛冰道：「連呂洞賓你都不知道？你怎麼活到三十歲的？」

江輕霞道：「呂洞賓就是呂純陽，就是朗吟飛過洞庭湖的純陽真人，你知不知道？」

陸小鳳苦笑道：「我只知道呂洞賓要的是白丹牡，不是繡在緞子上的黑牡丹。」

薛冰終於做了解釋，道：「司空摘星並沒有叫我把那塊緞子交給誰，只要我把它放在呂洞賓的神像下面。」

陸小鳳道：「這神像在哪裡？」

薛冰道：「就在後面的一個小神殿裡。」

陸小鳳道：「你來了已有多久？」

薛冰冷冷道：「也沒多久，只不過剛巧趕得上聽見你罵我！」

二

庵後的竹林裡，還有個小小的神殿，殿裡的一盞長明燈永遠是亮著的，燈光正照著純陽真人那張永遠都帶著微笑的臉。他雖然不能被供到前面的正殿裡，去享受血肉香火，卻已很滿意了。呂洞賓是個聰明的神仙，聰明的神仙就和聰明的人一樣，都懂得知足常樂。

陸小鳳不等薛冰的話說完，已衝出來，趕到這裡，神像下果然有塊繡著黑牡丹的紅緞子。他拿起緞子的時候，江輕霞和薛冰也跟來了。

陸小鳳看著手裡的緞子，眼睛裡帶著種深思的表情，喃喃道：「想不到緞子居然還在！」

江輕霞道：「司空摘星一定也想不到薛冰這麼快就對你說了實話，還沒有來得及拿走，你已經先來了！」

陸小鳳忽然抬起頭，盯著她的眼睛，道：「也許並不是他沒有來得及拿走！」

江輕霞道：「不是他是誰？」

陸小鳳道：「是你！」

江輕霞冷笑道：「你瘋了？我要這塊見鬼的紅緞子幹什麼？」

陸小鳳道：「我也正想問你！」

江輕霞變色道：「你難道認爲是我叫他去偷這塊破緞子的？」

陸小鳳居然默認。

江輕霞道：「若是我叫他將緞子送到這裡來的，他怎麼會把你也帶來了？」

陸小鳳淡淡道：「也許是他要來當面交差，卻甩不脫我，也許是他忽然良心發現，覺得有點對不起我，也許是他故意將我帶來的，好讓我更想不到是你！」

江輕霞的臉也氣紅了，道：「這麼樣說，你難道認爲我就是那個繡花大盜？」

陸小鳳也沒有否認。

江輕霞突又冷笑，道：「你也許並不太笨，只可惜忘了一件事！」

陸小鳳道：「哦？」

江輕霞道：「你忘了江重威是我的大哥！我怎麼會刺瞎我大哥的眼睛？」說完了這句話，她扭頭就走，似已懶得再跟這種笨蛋講理了。

陸小鳳卻又攔住了她：「等一等！」

江輕霞冷笑道：「你還有什麼話說？」

陸小鳳道：「只有一句！」

江輕霞道：「好，我再聽你說一句！」

陸小鳳道：「江重威並沒有妹妹，你也沒有大哥，你本來根本就不姓江！」

江輕霞的臉色突然變成慘白：「你……你……怎麼會知道的？」

陸小鳳嘆了口氣，道：「我本來也不願知道的，怎奈老天卻偏偏要我知道一些我本來不該知道的事！」

江輕霞恨恨的瞪著他，道：「你還知道什麼？」

陸小鳳道：「你真的要我說出來？」

江輕霞道：「你說！」

陸小鳳道：「你本是江重威未過門的妻子，後來卻不知爲什麼出了家，你在他面前故意裝作不認得我，就是爲了不願刺激他，不願讓他知道……」

江輕霞身子已開始發抖，突然大叫道：「不要說了！」

陸小鳳又嘆了口氣，道：「這些話我本就不想說出來的！」

江輕霞身子抖個不停，用力咬著牙，道：「不錯，我跟江重威的確從小就訂了親，可是等我們長大了，見了面之後，卻發現彼此根本就不能在一起過日子，所以……」

陸小鳳道：「所以你就出了家？」

江輕霞點點頭，黯然道：「除了出家外，我還有什麼別的路可走？」她眼圈發紅，淚已將落。一個像她這樣的女孩子，年紀輕輕的就出了家，那其中當然有段悲慘辛酸的往事。

薛冰好像也要哭出來了，咬著嘴唇，瞪著陸小鳳，道：「你本不該逼她說出來的！」

江輕霞突然又大聲道：「沒關係，我要說！」她悄悄的拭了拭淚痕，挺起了胸，道：「我雖然出了家，可是我還年輕，我受不了這種寂寞，所以我還想到這世界上去闖一闖，所以我認得了很多男人，也認得了你！」

陸小鳳輕輕嘆了口氣——一個人出家，並非就是說她已等於死了，她本來就還有權過她自己的生活，她本來就有權活下去。

江輕霞道：「你若認爲我不願讓江重威知道，你就錯了，你若認爲我不願嫁給他，所以才要刺瞎他的眼睛，你就更錯了，他……」她的聲音突然停頓，吃驚的看著窗外。

江重威已從門外的黑暗中，摸索著走了進來，臉色也是慘白的，黯然道：「並不是她不願嫁給我，而是我不能娶她！」

薛冰忍不住問道：「爲什麼？」

江重威道：「因爲我……」

江輕霞又大叫道：「你不必說出來，沒有人能逼你說出來！」

江重威笑了笑，笑得很淒涼，道：「沒關係，我也要說。」他臉上充滿了痛苦之色，慢慢的接著道：「我不能娶她，因爲我早就是個廢人，我根本不能做別人的丈夫，更不能做別人的父親！」

薛冰終於明白，但卻已在後悔，爲什麼要知道這種事，別人的不幸，豈非也同樣令自己痛苦？

江重威又道：「輕霞在外面做的事，我全都知道，無論她做了什麼，我都不會怪她，何況我也知道她表面看來雖不羈，其實卻並不是個很隨便的人！」

江輕霞垂下頭，淚已落下。一個像她這麼年輕的女人，本就很難忍受青春的煎熬，她無論做了什麼事，本都是值得原諒的。可是她自己卻無法原諒自己。

江重威道：「不管你們怎麼說，我都可以保證，她絕不是那個刺瞎我眼睛的人！」

陸小鳳突然又問道：「你真的可以保證？你真的看清了那個人不是她？」他心裡也充滿了同情和悲痛，但這件事的關係實在太大，他只有硬起心腸來。他一定要問個仔細。

江重威連想都沒有想，立刻道：「我當然看清了！」

陸小鳳道：「你從哪點可以辨出，那個絕不是她？」

江重威道：「我……我當然可以看出來，莫忘記我認得她時，她還是個孩子！」

陸小鳳道：「但你們卻已有多年不見了，對不對？」

江重威沉下了臉，冷冷道：「你這是什麼意思？你難道還認爲我會幫著她說謊？」

陸小鳳嘆息了一聲，他實在已無法再問下去。

江輕霞冷冷道：「只要我們問心無愧，無論他怎麼想都沒有關係！」

江重威點了點頭，江輕霞已扶起他的手臂，道：「我們走！」

陸小鳳只有垂下頭，讓他們走過去。燈火昏黯，地是用青石板鋪成的。江輕霞腳上穿著雙青布鞋子，跟她的紫衫看來很不相稱。她本是個很講究穿著的女人。

陸小鳳突然又道：「等一等！」

江輕霞本不想理睬他的，但忽然發現他的眼睛一直盯在她腳上，才冷笑著道：「你的話還沒有說完？」

陸小鳳道：「我只不過覺得有點奇怪！」

江輕霞道：「奇怪什麼？」

陸小鳳的眼睛還是盯在她腳上，緩緩道：「你的青布鞋子裡，怎麼會有條紅邊露出來？」

江輕霞的臉色又變了，不由自主，想將一雙腳藏起來。

陸小鳳淡淡道：「你的道袍還不夠長，藏不住一雙腳的，你不該在青布鞋裡還穿著雙紅鞋子！」

紅鞋子！江重威的臉色似也變了。

江輕霞突然冷笑，道：「你好毒的眼睛！」冷笑聲中，她已出手，竟想用兩根蘭花般的纖纖玉指，去挖陸小鳳的眼睛。她的出手快而準。

陸小鳳嘆道：「你最多只能咬咬耳朵，不該挖我眼睛的！」

他說了十六個字，江輕霞已攻出了十一招，好快的招式！好快的出手！

江輕霞本就是江湖中有名最可怕的四個女人之一，她們是四大美人，也是四條母老虎，江湖中已不知有多少人傷在她們的爪下。

女人們的出手，本就大多數比男人更快！更狠！因爲她們的力氣畢竟比不上男人，也不願跟男人們死纏爛鬥！所以她們往往一出手，就要了男人的命！

只可惜陸小鳳並不是別的男人，他竟比江輕霞更快。江輕霞攻出十一招，他連手都沒有抬，就輕輕鬆鬆的避開了。看來他並不想還手，可是他假如還手一擊，江輕霞就未必能避得開。

江輕霞咬了咬牙，突然輕叱道：「看暗器！」

陸小鳳立刻後退了七八尺，江輕霞並沒有暗器發出來，可是她的人卻已凌空翻身，倒飛了出去。

就在這時，陸小鳳突又出手，閃電般抓住了她的鞋子。

只抓下了她的鞋子，並沒有抓住她的人。她的青布鞋裡面，果然還有雙紅鞋子——繡花的紅緞鞋。她的人卻已消失在黑暗裡，霎眼就看不見了。

陸小鳳並沒有追。薛冰當然更不會追，她已怔住。

江重威動也不動的站在那裡，面如死灰，忽然道：「她已走了？」

陸小鳳道：「她走了！」

江重威握緊了雙拳，眼角不停的跳動，使得他那雙漆黑空洞的眼睛，看來更說不出的詭異可怖。

陸小鳳道：「那繡花大盜穿的也是紅鞋子？」

江重威的神色更痛苦，遲疑著，終於勉強點了點頭。

陸小鳳道：「你爲什麼一直都沒有說出來？」

江重威道：「我本來也只不過有個模糊的印象而已，你一說，才提醒了我！」

就在尖針的光芒已閃到他眼前時，他才看見了那雙紅鞋子，紅得就像是血。

薛冰忍不住嘆了口氣，道：「你的眼睛真毒，我就沒看出她鞋子裡有條紅邊。」

陸小鳳道：「我也沒有看出來！」

薛冰怔住。

陸小鳳道：「我只不過覺得她鞋子的顏色跟衣服不配，而且太大了些，就像是臨時套上去的！」

薛冰道：「所以你就故意試她一試？」

陸小鳳點點頭。

薛冰又不禁嘆了口氣，道：「跟你這種人在一起，實在危險得很！」

陸小鳳笑了笑，道：「孫中卻一定不會這麼想，他一定認為你比我更危險！」

薛冰冷笑道：「我本該連他兩條腿也一起砍斷的！」

陸小鳳道：「他又來找過你？」

薛冰道：「他敢！」

陸小鳳道：「但他那隻手，又怎會到了你桌上的牛肉碟子裡？」

薛冰也怔了怔，道：「什麼手？」

陸小鳳道：「你沒有看見那隻手？」

薛冰道：「沒有！」

陸小鳳苦笑道：「難道那隻手是自己爬到碟子裡去的？」他又猜不出這是怎麼回事了！

薛冰道：「我也有件事想不通，司空摘星既然要我將東西送來，為什麼自己又將你帶來？」

陸小鳳嘆道：「這種人做的事，本就沒有人能想得通的，你最好連想都不要想。」

江重威黯然道：「我更想不通，輕霞怎麼會做這種事？」

陸小鳳道：「你也不必想了！」

江重威道：「爲什麼？」

陸小鳳又笑了笑，道：「因爲她本就沒有做這種事。」

江重威也怔住：「她沒有？那繡花大盜不是她？」

陸小鳳道：「絕不是，她武功雖然不弱，但卻還休想能在一招間刺瞎常漫天和華一帆這種高手的眼睛！」

江重威道：「你看得出她不是在故意隱藏自己的武功？」

陸小鳳道：「我看得出！」

江重威長長吐出口氣，道：「所以你才讓她走！」

陸小鳳並沒有否認，假如他能抓住一個人的鞋子，他就能抓住這個人的腳。無論誰的腳被抓住，都是再也走不了的。

江重威沉吟著，又皺眉道：「她若跟這件事沒有關係，爲什麼要走？」

陸小鳳道：「因爲她也有個不願讓人知道的秘密！」

江重威道：「什麼秘密？」

陸小鳳道：「紅鞋子的秘密！」

江重威慢慢的點了點頭，道：「那繡花大盜也穿著雙紅鞋子，莫非跟她是同一個組織裡的人？」

陸小鳳道：「很可能是的，也很可能不是！」

他自己也知道這實在是句廢話，但是他只能這麼樣說。

「那繡花大盜是個武功極高、扮成個大鬍子，卻穿著雙紅鞋子的女人。」這就是他們現在唯一知道的事，但他們卻並不能確定，更沒法子證明。

江重威的神色更悲傷，悽然道：「她本是個很單純、很善良的女孩子，本可以做一個男人理想中的好妻子，難道現在竟真的變了？」

陸小鳳忽然道：「你已有多久沒見過她？」

江重威道：「並不久，每年我過生日時，她都會去看我！」

陸小鳳道：「你的生日是哪天？」

江重威道：「五月十四日！」

陸小鳳道：「劫案是哪天發生的？」

江重威道：「六月十一日。」

陸小鳳不說話了。江重威彷彿想說什麼，又忍住，只長長嘆息一聲，垂著頭，摸索著走了出去。

薛冰看著他孤獨的影子消失在黑暗中，也不禁長長嘆息：「我想他現在心裡一定難受得很！」

陸小鳳點點頭。

薛冰道：「江輕霞五月十四日還去看過他，不到一個月，王府中就出了劫案？」

陸小鳳道：「也許這只不過是巧合！」

薛冰道：「但王府的寶庫警備森嚴，連隻蒼蠅都飛不進去，那繡花大盜是怎麼進去的？」

陸小鳳道：「你說呢？」

薛冰眼睛裡閃著光，道：「我想，也許是有個人先到王府裡去，替她看好了地勢，又想法子替她將寶庫的鑰匙打了個模型。」

陸小鳳道：「你說的這個人，當然就是江輕霞！」

薛冰並不否認，嘆息著道：「只有她才能接近江重威，只有江重威身上才有那寶庫的鑰匙！」

陸小鳳道：「你是說她偷偷將鑰匙打了個模型，然後才同樣打造了一把，交給了那繡花大盜？」

薛冰道：「不錯！」

陸小鳳道：「那繡花大盜就拿著這把鑰匙，開了寶庫的門，所以才能進得去？」

薛冰道：「我想一定是這樣子的！」

陸小鳳道：「這想法也不能算太不合理，只可惜你忘了兩件事！」

薛冰道：「什麼事？」

陸小鳳道：「那寶庫的門前，日夜都有人守衛，一個長著大鬍子的人，怎麼能當著那些守衛面前開門走進去？難道他會隱身法？」

薛冰說不出話了。

陸小鳳道：「何況，那天江重威進去的時候，寶庫的門還是從外面鎖住的，那繡花大盜開門進去了之後，又怎麼能再出來鎖上門？」

薛冰的臉又紅了：「我這想法既然不通，你說她是怎麼進去的？」

陸小鳳道：「我想她一定有個很特別的法子，也許跟江輕霞根本就沒有關係！」

薛冰冷冷道：「只可惜你根本就不知道那特別的法子，究竟是什麼法子？」

陸小鳳道：「所以我一定要自己去試試！」

薛冰道：「試什麼？」

陸小鳳道：「試試看我是不是也有法子能進去！」

薛冰瞪大了眼睛，吃驚的看著他，道：「你又喝醉了？」

陸小鳳道：「今天我連一滴酒都沒有喝！」

薛冰道：「你若沒有喝醉，就一定是瘋了，一個清醒正常的人是絕不會想到要去做這種事的！」

陸小鳳道：「哦？」

薛冰道：「你知不知道王府中有多少衛士？」

陸小鳳道：「八百以上！」

薛冰道：「你知不知道每個衛士身上，都帶著威力極強的諸葛神弩，無論誰只要一被發現，都可以立刻被射成個刺蝟！」

陸小鳳道：「我知道！」

薛冰道：「你知不知道除了這些衛士外，王府中還有多少高手？」

陸小鳳道：「高手如雲！」

薛冰道：「你知不知道小王爺本身，劍法已得到了白雲城主的真傳？」

陸小鳳道：「據說王府中的第一高手就是他！」

薛冰道：「你知不知道王府禁地，無論誰擅闖進去，都一律格殺勿論？」

陸小鳳道：「我知道。」

薛冰道：「但你卻還是要去闖一闖？」

陸小鳳道：「不錯！」

薛冰道：「你想死？」

陸小鳳道：「不想。」

薛冰道：「你憑什麼認為你闖進去後，還能活著出來？」

陸小鳳道：「不憑什麼！」

薛冰咬著嘴唇，道：「你為什麼要去冒這種險？難道就為了要證明江輕霞是清白的？」

陸小鳳道：「我只不過想知道她跟這件事究竟有沒有關係。」

薛冰道：「她的事你為什麼如此關心？」

陸小鳳道：「因為我喜歡她！」

薛冰狠狠的瞪著他，突然跳起來，大聲道：「好，你去死吧！」

風更輕，寂寞的禪院更寂寞。

陸小鳳走出來，薛冰也跟著走出來：「我們現在是不是往東南那邊走？」

「我們？又是我們？」陸小鳳臉上的表情，就好像嘴裡被人塞進了個酸橘子。

薛冰板著臉，冷冷道：「當然是我們，你難道想甩下我一個人走？」

陸小鳳實在很想，只可惜他也知道有種女人若是決心要跟著你，你甩也甩不掉的：「你跟著我去幹什麼？難道想陪我去死？」

「不想！」薛冰又在咬著嘴唇：「我只不過想看看你死了後是什麼樣子！」

三

街道有很多都是青石板鋪成的，比楓葉還紅的紅棉樹，燦爛如晚霞。

「這裡就是五羊城？」

「嗯。」

「聽說這裡的吃最有名。」

「你吃過？」

「沒有吃過，可是我聽過，這裡有幾樣東西最好吃。」

「你說來聽聽？」

「大三元的大裙翅、文園的百花雞、西園的鼎湖上素、南園的白灼螺片……」

薛冰只說了三四樣，就已說不下去了，因為她的口水已經快流了出來。

陸小鳳卻淡淡道：「這些都算不了什麼，最好吃的東西，你也許連聽都沒有聽過！」

薛冰的眼睛亮了：「你現在是不是就準備帶我去吃？」

陸小鳳道：「只要你乖乖的跟著我走，我保證你有好東西吃！」這地方他顯然來過，擺出了一副識途老馬的樣子，帶著薛冰三轉兩轉，轉入了一條很窄的巷子。巷子裡很陰暗，地上還留著前兩天雨後的泥濘，兩旁有各式各樣的店鋪，門面也都很窄小，進進出出的，好像都是些見不得人的人。

「這種地方也會有好東西吃？」薛冰心裡雖然在嘀咕，卻不敢問出來，到了這裡，就好像到了番邦外國一樣，別人說的話，她連一句都聽不懂。她實在有點怕陸小鳳把她一個人甩在這裡。

就在這時，她已發覺有種無法形容的奇妙香氣，隨風傳了過來。她從來也沒有嗅過如此鮮香的味道。看來陸小鳳並沒有唬她，這地方的確有好東西吃。

她忍不住問：「這是什麼東西的味道？」

陸小鳳悠然道：「是天下最好吃的東西，你吃過後就知道了！」

巷底有家很小的店鋪，門口擺著個大爐子，爐子上燔著一大鍋東西，香氣就是從鍋裡發出來的。裡面的地方卻很髒，牆壁桌椅都已被油煙燻得發黑，連招牌上的字都已被燻得無法辨認。可是這種香氣卻實在太誘人。他們剛坐下，店裡的伙計已從鍋裡勺了兩大碗像肉羹一樣的東西給他們。

這地方好像並不賣別的。肉羹還在冒著熱氣，不但香，顏色也很好看。

陸小鳳遞了個湯匙給她，道：「趕快趁熱吃，一冷味道就差了！」

薛冰吃了兩口，味道果然鮮美，又忍不住問道：「這究竟是些什麼東西做的，除了肉之外，好像還加了很多別的！」

陸小鳳道：「你覺得好不好吃？」

薛冰道：「好吃！」

陸小鳳道：「既然好吃，你就多吃，少問！」他吃完了一碗，又添了一碗，忽然向那伙計做了個很奇怪的手勢。那伙計本來一副愛理不理的樣子，這種土頭土腦的外鄉佬，他一向看不順眼。

可是看到陸小鳳的這個手勢後，他的態度立刻變了，立刻陪笑道：「大佬有乜吩咐？」

陸小鳳道：「我係來搵人嘅！」

伙計道：「搵邊個？」

陸小鳳道：「蛇王。」

伙計的臉色又變了變：「你搵佢有乜嘢事？」

陸小鳳道：「我姓陸，唔該你去通知佢一聲，佢就知了！」

伙計遲疑著，終於點點頭，道：「你等陣！」

薛冰吃驚的看著他們，等伙計走出了後門的一扇窄門，才忍不住問道：「你們嘰嘰咕咕的，在講什麼？」

陸小鳳道：「我請他去替我找一個人！」

薛冰道：「到這種地方來找人？找誰？」

陸小鳳道：「蛇王！」

薛冰道：「蛇王？蛇王又是何許人也？」

陸小鳳沒有回答這句話，卻反問道：「你剛才走過這條街，看見了些什麼？」

薛冰道：「這不是條街，只不過是條又髒又小的巷子。」

陸小鳳道：「這是條街，而且說不定就是本城最有名的一條街！」

薛冰道：「哦？」

陸小鳳道：「你知不知道這條街上有些什麼？」

薛冰道：「有些亂七八糟、又髒又破的小舖子，還有些亂七八糟、奇形怪狀的人！」

陸小鳳道：「你看不看得出那些人是幹什麼的？」

薛冰道：「我連看都懶得看他們！」

陸小鳳道：「你應該看看的！」

薛冰道：「為什麼？」

陸小鳳道：「因為那些人裡面，至少有十個官府在追捕的逃犯，二十個手腳最快的小偷，三十個專替別人在暗巷中打架殺人的打手，若是得罪了他們，你無論想在這城裡幹什麼，都休想辦得到！」

薛冰道：「我明白了，原來這條街是條黑街！」

陸小鳳道：「蛇王就是這條街上的王，也是那些人的老大，只要有他一句話，那些人隨時都可以替你去賣命！」

薛冰道：「你總不會想找那些人去替你打架吧？」

陸小鳳笑了笑，道：「若是要打架，我已有了你這麼樣一個好幫手，還用得著去找別人！」

薛冰道：「那麼，你來找這蛇王幹什麼？」

陸小鳳道：「我想要他去替我……」

他的話還沒有說完，那伙計已匆匆趕了回來，對陸小鳳的態度又變了，變得又親熱、又恭敬：「原來你地係老友記㗎嘅，大佬你點解唔早的講俾我知？」

陸小鳳道：「佢重記得我？」

伙計道：「港係記得啦，佢講你係天下功夫最犀利的人，直情冇得頂，佢請你快的跟我去！」

後門外是條更窄的小巷子，陰溝裡散發著臭氣，到處都飛滿了蒼蠅。巷子盡頭，又有扇窄門。推開門走進去，是個很大的院子，十來條精赤著上身的大漢，正在院子裡賭錢，賭得全身都在冒汗。角落裡堆著幾十個竹籠子，有的籠子裡裝著的是毒蛇，有的籠子裡關著野貓、野狗，一個人正從籠子裡提了條黃狗出來，隨手往旁邊的一個大水盆裡一按，竟活生生的將這條狗淹死了。薛冰看得已幾乎忍不住要吐。

陸小鳳卻聲色不動，淡淡道：「這才是殺狗的行家，一點血都不漏，這種狗肉吃了才補！」

薛冰不敢開口，她生怕一開口就會把剛才吃下的肉羹全吐出來。

一直在旁邊叉著手看人賭錢的兩條大漢，突然走過來，瞪著陸小鳳，道：「你就係來搵蛇王的？」

陸小鳳點點頭。兩條大漢對望了一眼，突然一起出手，好像想將陸小鳳一把抓起來。

陸小鳳沒有動，這兩條大漢的手剛抓住他，自己的人就被彈了出去。

伙計大笑，道：「我講你功夫犀利，呢兩條佬唔信，睇佢地夷家重敢唔敢唔信？」

院子裡的大漢都扭過了頭，吃驚的看著陸小鳳，紛紛讓開了路。

這伙計又帶著他們走進了個小雜貨舖，走上條很窄的樓梯，一道窄門上，掛著用烏豆和相思豆串成的門簾子：「蛇王就係入邊，請進！」

能指揮這麼多市井好漢的黑街大亨，怎麼會住在這種破地方？薛冰又不禁奇怪。可是一走進這扇門，她就不奇怪了，屋子裡和外面竟完全是兩個天地。薛冰本是出身富貴人家的千金小姐，但卻連她也從未看見過佈置得如此華麗奢侈的屋子。屋子裡每樣東西，都是價值不菲的精品，喝茶的杯子是用整塊白玉雕成的，裝果物蜜餞的盤子，是波斯來的水晶盤，牆上掛的書畫，其中有兩幅是吳道子的人物，一幅是韓幹的馬，還有個條幅，居然是大王的真跡。

一個人正靠在張軟榻上，微笑著向陸小鳳伸出了手。這雙手上幾乎已連一點肉都沒有，薛冰也從來都沒有看見過這麼瘦的人。他不但手上沒有肉，蒼白的臉上，幾乎也只剩下一層皮包著骨頭。

在這麼熱的天氣裡，軟榻上居然還鋪著層虎皮，他身上居然還穿著袷袍。薛冰連做夢也沒有想到，這位市井好漢中的老大，竟是個這麼樣的人。陸小鳳已走過去，緊緊握住了他的手。

蛇王微笑著道：「想不到你居然還記得我這個廢人，居然還想著來看看我！」

薛冰總算鬆了口氣，他說的總算還是她能聽得懂的話。

陸小鳳道：「我早就想來看你了，可是這次……我並不是特地來看你的！」

蛇王笑道：「不管怎麼樣，你總算已來了，我已經很高興！」

陸小鳳道：「我是有事來求你的！」

蛇王道：「你既然到了這裡，有事當然要來找我，你能想到來找我，就表示你還拿我當做朋友，這就已經足夠！」他大笑著，看著薛冰，又道：「何況，你還帶了這麼美的一位姑娘來，我已很久沒有看見過這樣的美人了！」

薛冰的臉又紅了，嫣然道：「我姓薛，叫薛冰！」她忽然發現這個蛇王身子雖虛弱，卻是個非常豪爽的人，而且顯然很夠義氣。她忽然發現自己對這個人的印象居然很不錯。

蛇王道：「薛冰？是不是神針薛夫人家裡的薛冰？」

薛冰紅著臉，點了點頭。

蛇王大笑，道：「想不到今天我居然能見到武林中最有名的美人。」他用力握著陸小鳳的手，又笑道：「看來你非但眼光不錯，運氣也很不錯，我若是你，我自己一定先乾一大杯。」

這次陸小鳳倒聽話得很，立刻倒了杯酒喝下去。桌上有金樽玉爵，酒是琥珀色的。

酒已微醺。蛇王終於問：「你要什麼？只要我有的，你都可以拿去，若是我沒有的，我也可以去幫你找到！」

陸小鳳道：「我要一張圖！」

蛇王道：「什麼圖？」

陸小鳳道：「王府的地形圖，上面還要詳細註明著守衛暗卡的所在，和他們換班的時間！」

這當然絕不是件容易的事。但蛇王既沒有露出難色，也沒有問為什麼要這樣一張圖。

他的回答很簡單：「好！」陸小鳳也沒有謝，他們的交情已用不著說這個字。

蛇王看著他，目中帶著滿意之色，他懂得陸小鳳的意思，他只問了一句話：「今天晚上你們準備住在哪裡？」

「如意客棧！」

「明天日落前，我會叫人將那張圖送去。」

四

江岸邊的風，永遠是清涼的，夜涼如水。有月，有星，還有繁星般的點點漁火。他們帶著五分酒意，沿著江岸慢慢的向前走。這實在是個很美麗的城市，他們喜歡這城市，也喜歡這城市裡的人。

薛冰忽然輕輕嘆了口氣，道：「我現在總算明白了一件事！」

陸小鳳道：「什麼事？」

薛冰道：「你的確有很多好朋友！」

陸小鳳承認：「尤其是蛇王，無論誰能交到他這種朋友，都是運氣！」

薛冰停下來，眺望著江上的漁火，月下的波影，心裡充滿了歡愉：「我喜歡這地方，將來我說不定會在這裡住下來的！」

陸小鳳道：「這地方不但人好，天氣好，而且還有很多好東西吃。」

薛冰嫣然道：「尤其是你帶我去吃的那碗肉羹，我一輩子也忘不了！」

陸小鳳笑了，道：「你若知道那是用什麼肉做的，一定更忘不了！」

薛冰道：「那是用什麼肉做的？」

陸小鳳道：「蛇肉和貓肉。」

薛冰還在吐，她已經吐了五次，回到客棧，又找了個臉盆，躲在屋裡吐，連苦水都吐了出來。

陸小鳳微笑著，在旁邊看著。

薛冰總算吐完了，回過頭，恨恨的看著他，咬牙道：「你這人一定有毛病，喜歡看別人受罪。」

陸小鳳微笑道：「我並不喜歡看別人受罪，只不過喜歡看你受點罪！」

薛冰跳了起來，道：「我什麼地方得罪了你？你要這樣子害我？」

陸小鳳嘆了口氣，搖著頭，道：「這種人真沒良心，我帶她去吃那麼好吃的東西，她居然還說我害她！」

薛冰道：「這麼樣說來，我還應該感激你才對！」

陸小鳳道：「一點也不錯！」

薛冰道：「我實在很感激你，我簡直感激得恨不得一口咬死你！」

她忽然撲過去，撲到他身上，一口咬住了他的耳朵，她咬得並不重……

風這麼輕，夜這麼靜。兩個多情的年輕人，在一個陌生而美麗的城市裡——你若是男人，你希不希望自己就是陸小鳳？你若是女人，你希不希望自己就是薛冰？

五

黃昏，又是黃昏。他們手挽著手，從外面回來時，桌上已擺著個很大的信封。

信封上只有四個字：「幸不辱命！」

青石板鋪成的街道，在星光下看來，亮得就像是鏡子。

薛冰用力握著陸小鳳的手：「你一定要去？」陸小鳳點點頭。

薛冰道：「你一定不讓我跟你去？」

陸小鳳又點點頭。薛冰卻扭過頭去，因爲她眼睛裡已有了淚光，她不願讓陸小鳳看見。

陸小鳳道：「若是我們兩個人一起去，能活著出來的機會只有一半！」

薛冰道：「可是……我一個人在外面等你，你叫我怎麼受得了！」

陸小鳳道：「你可以去找人聊聊天，喝喝酒！」

薛冰道：「你叫我去找誰？」

陸小鳳笑了笑，道：「只要有舌頭能說話，有嘴能喝酒的人，你都可以去找！」

薛冰霍然轉過頭，狠狠的瞪著他，一腳踢在他小腿上，大聲道：「好！我去找別的男人，你去死吧！」

五　繡花大盜

一

風還是同樣輕，夜還是同樣靜。但陸小鳳卻知道，這靜夜裡到處都可能有埋伏陷阱，這種風裡隨時都可能有殺人的弩箭射出來。

「王府中的衛士，實際只有六百二十多個，值夜時分成三班。」

「每班兩百人，又分成六隊。」

「這六隊衛士，有的在四下巡邏，有的守在王爺的寢室外，也有的埋伏在庭院裡。」

「寶庫外的一隊衛士，一共有五十四個人，每九人一組，從戌時起，就沿著寶庫四周交錯巡邏，其間最多只有兩盞茶時候的空檔。」

這些事，蛇王都已打聽得很清楚，王府中顯然也有他的兄弟。要混進王府，只有一條路——從西北邊的一個小院子裡進去。那裡是衛士們的住宿處，也正是王府中守衛最疏忽的地方。交了班的衛士回去後，大多數都已筋疲力竭，一倒在床上就睡得很沉。陸小鳳已越牆而入，心裡還是覺得有點發悶。他不想對薛冰說那種話的，可是他一定要說，因爲他絕不能讓薛冰跟著他一起來。

雖然他只不過想證明，是不是有人能全憑自己的本事闖入那寶庫去，雖然他只不過是想找出那繡花大盜是用什麼法子進去的，然後再由這條線索往下追。但他也知道，只要一進了王府，就等於闖入了龍潭，只要一被人發現，就隨時都可能死在亂刀亂箭下。

王府裡的衛士們，是絕不會聽他解釋的。他絕不能讓薛冰冒這種險。

可是他自己爲什麼要冒這種險呢？這連他自己也不太清楚。也許這只不過因爲他天生就是個喜歡冒險的人，也許這只不過因爲他不但好奇，而且好勝。他已下了決心，一定要找出那個繡花大盜來。

院子裡有幾排平房，不時有一陣陣鼾聲傳出。後面的大廚房裡還亮著燈光，顯然有人正在爲已快交班回來的衛士準備夜點。現在正是第一班衛士，和第二班換防的時候，第三班衛士睡得正沉。

陸小鳳並不是神偷，因爲他不偷。可是要從一群沉睡的年輕人中偷套衣服，在他說來，卻絕不是困難的事。

現在他已偷了套衛士的衣服，套在他的緊身衣外面，衛士們都是高大精壯的小伙子，身材都和他差不多。他的動作必須快。衛士換防的時候，總難免有些混亂，混亂中就難免有疏忽，這正是他最好的機會。他早已從那張地形圖上，找出了一條最近的路，直達寶庫。

在路上他也曾遇見一些剛交班下來的衛士，可是他並沒有躲閃，別人也並沒有特別注意他。

在換防時本就常常會有人遲到的，這種情況並不特殊。王府的八百衛士中，也本來就有很多新人。寶庫的面積很大，左面是片桃花林，現在花已謝了。陸小鳳躲在樹林裡，等一隊巡邏的衛士走過時，就輕輕掠出來，跟在最後面一個人的身後。

他的行動當然絕不會發出任何聲音。迎面而來的衛士們，也不會注意到這隊衛士後面多了一個人。這隊衛士正是沿著寶庫四周巡邏的，他也跟在後面巡邏了一遍。他的心在發冷。這寶庫四壁都是用巨大的石塊砌成的，竟連個窗戶都沒有，看來的確是連隻蒼蠅都飛不進去。

陸小鳳等到前面的衛士轉過屋角時，突然飛身掠上了屋頂。屋頂上也許有氣窗，屋頂上蓋著的瓦，也不難掀起來。他知道江湖中有很多人做案時，都喜歡走這條路。現在他就像是條壁虎般，在屋頂上遊走了一遍，還是沒有路。

他掀起幾塊屋瓦，屋瓦下竟還有三層鐵網，就算有寶刀利刃，也未必能削斷。這寶庫就像是個密不通氣的鐵匣子，莫說是蒼蠅，看來就連風都吹不進去。那繡花大盜是怎麼進去的？陸小鳳輕輕嘆了口氣，他實在想不通。

寶庫旁邊有間比較矮的平房，裡面黑黝黝的，不見燈火。

他燕子般一掠而過。現在他已完全絕望，只想趕快找條路出去。就在他身子凌空時，他忽然看見對面的平房上有個人站了起來。一個白面微鬚，穿著身雪白長袍的人，一雙眼睛在黑暗中看來，就像是兩顆寒星。陸小鳳的心沉了下去，人也沉了下去。

他忽然使出「千金墜」的功夫，落到地上。就在這時，他又看見了劍光一閃，從對面的屋頂上匹練般刺了過來。他從來也沒有看見過如此輝煌、如此迅急的劍光。

忽然間，他整個人都已在劍氣籠罩下，一種可以令人連骨髓都冷透的劍氣。這一劍的鋒芒，竟似比西門吹雪的劍還可怕，世上幾乎已沒有人能抵擋這一劍。陸小鳳也不能抵擋，也根本不能抵擋。他的腳尖沾地，人已開始往後退。劍光如驚虹掣電般追擊過來。他退得再快，也沒有這一劍下擊之勢快，何況現在他已無路可退。

他的身子已貼住了寶庫的石壁。劍光已閃電般刺向他的胸膛，就算他還能往兩旁閃避，也沒有用的。他身法的變化，絕不會有這一劍的變化快。眼看著他已死定了！

但就在這時，他的胸膛突然陷落了下去，就似已貼住了自己的背脊。這一劍本已算準了力量和部位，再也想不到他這個人竟突然變薄了。這種變化簡直令人無法思議。劍光刺到他面前時，力已將盡，因爲這時他的胸膛本已該被刺穿，這一劍已不必再多用力氣。

真正的武林高手，對自己出手的每一分力量都算得恰到好處，絕不肯浪費一分力氣的，何況這人本是高手中的高手！他永遠也想不到這一劍竟會刺空。但這時，陸小鳳也已更沒有退路，他的劍再往前一送，陸小鳳還是必死無疑。

可是，就在這間不容髮的一剎那間，陸小鳳也已出手！他突然伸出了兩根手指一夾，竟赫然夾住劍鋒！沒有人能形容他這兩指一夾的巧妙和速度，若不是親眼看見的人，甚至根本就無法相信。

白衣人也已落地。他的劍並沒有再使出力量來，只是用一雙寒星般的眼睛，冷冷的看著陸小鳳。

陸小鳳也在看著他，忽然問：「白雲城主？」

白衣人冷冷道：「你看得出？」

陸小鳳嘆了口氣，道：「除了白雲城主外，世上還有誰能使得出這一劍？」

白衣人終於點點頭，忽然也問：「陸小鳳？」

陸小鳳道：「你看得出？」

白雲城主道：「除了陸小鳳外，世上還有誰能接得住我這一劍？」

陸小鳳笑了。無論誰聽到「白雲城主」葉孤城說這種話，都會覺得非常愉快的。據說他生平從未稱讚過任何人，這句話卻已無疑是稱讚。

葉孤城又道：「四年前，你用同樣的手法，接住了木道人一劍，至今他還認爲你這手法是天下無雙的絕技。」

陸小鳳道：「他是我的朋友，有很多人都喜歡為朋友吹噓的！」

葉孤城道：「四個月前，他看見我使出了剛才那一招『天外飛仙』，他也認為那已可算是天下無雙的劍法。」

陸小鳳嘆道：「那的確是的！」

葉孤城道：「但他卻認為，你還是可以接得住我這一劍！」

陸小鳳道：「哦？」

葉孤城道：「我不信，所以我一定要試試！」

陸小鳳道：「難道你知道我會到這裡來？」

葉孤城點點頭。

陸小鳳道：「你本就是在這裡等著我的？」

葉孤城又點點頭。

陸小鳳道：「我若接不住你那一劍呢？」

葉孤城淡淡道：「那麼你就不是陸小鳳！」

陸小鳳苦笑道：「陸小鳳也可能接不住你那一劍的！」

葉孤城道：「若是接不住那一劍，陸小鳳現在也已不是陸小鳳。」

陸小鳳道：「若是接不住那一劍，陸小鳳現在已是個死人！」

葉孤城冷冷道：「不錯，死人就是死人，死人是沒有名字的。」他突然回手，劍已入鞘。

能從陸小鳳兩指間奪回劍鋒的人，他也是第一個。

陸小鳳又笑了：「看來你並不想殺我！」

葉孤城道：「哦？」

陸小鳳道：「你若想殺我，現在還有機會。」

葉孤城凝視著他，緩緩道：「像你這樣的對手，世上並不多，死了一個，就少了一個！」他寒星般的眼睛裡似已露出種寂寞之色，慢慢的接著道：「我是個很驕傲的人，所以一向沒有朋友，我並不在乎，可是一個人活在世上，若連對手都沒有，那才是真的寂寞。」

陸小鳳也在凝視著他，微笑道：「你若想要朋友，隨時都可以找得到的！」

葉孤城道：「哦？」

陸小鳳道：「至少你現在就可以找到一個！」

葉孤城目中竟似露出了一絲笑意，緩緩的道：「看來他們並沒有說錯，你的確是個很喜歡交朋友的人！」

陸小鳳道：「他們？他們是誰？」

葉孤城沒有回答，也已不必回答。因為這時陸小鳳已看見了金九齡和花滿樓。

二

陸小鳳忽然發現葉孤城和西門吹雪有很多相同的地方。他們都是非常孤獨、非常驕傲的人。他們對人的性命，看得都不重——無論是別人的性命，還是他們自己的，都完全一樣。他們的出手都是絕不留情的，因為他們的劍法，本都是殺人的劍法。他們都喜歡穿雪白的衣服。

他們的人也都冷得像是遠山上的冰雪。——難道只有他們這種人，才能練得出那種絕世的劍法？

陸小鳳舉杯時，又發現了一件事。葉孤城也是個滴酒不沾的人，甚至連茶都不喝。他唯一的飲料，就是純淨的白水。

陸小鳳一舉杯，酒已入喉。

葉孤城看著他，彷彿覺得很驚訝：「你喝酒喝得很多？」

陸小鳳笑道：「而且喝得很快！」

葉孤城道：「所以我奇怪！」

陸小鳳道：「你覺得喝酒是件很奇怪的事？」

葉孤城道：「酒能傷身，也能亂性，可是你的體力和智能，卻還是都在巔峰！」

陸小鳳笑了笑，道：「其實我也並不是時常都是這樣酗酒的，我只不過在傷心的時候，才會喝得這麼兇！」

葉孤城道：「現在你很傷心？」

陸小鳳道：「一個人在被朋友出賣了的時候，總是會很傷心的！」

花滿樓笑了，他當然能聽出陸小鳳的意思。

金九齡也在笑：「你認爲我們出賣了你？」

陸小鳳板著臉，道：「你們早就知道我會來，也知道有柄天下無雙的利劍正在這裡等著我，但你們卻一直像兩個曹操一樣，躲在旁邊看熱鬧。」

金九齡道：「我們的確知道你會來，因爲你一定要來試試，是不是有人能進入寶庫！」

陸小鳳道：「所以你們就在這裡等著看我，是不是能進得去？」

金九齡承認：「但我們還是直等你上了屋頂後，才發現你的！」

陸小鳳道：「然後你們就等著看我是不是會被葉城主一劍殺死？」

金九齡道：「你也知道他並沒有真要殺你的意思！」

陸小鳳道：「但那一劍卻不是假的！」

金九齡笑道：「陸小鳳也不是假的！」

他實在是個很會說話的人，無論誰遇到他這種人，都沒法子生氣的。

金九齡又道：「你還沒有來的時候，我們已有了個結論！」

陸小鳳道：「什麼結論？」

金九齡道：「若連陸小鳳也進不去，世上就絕沒有別的人能進得去。」

陸小鳳道：「那繡花大盜難道不是人？」

金九齡也說不出話來了。

陸小鳳道：「我實在沒法子進去，就算我有那寶庫的鑰匙，也沒法子開門，就算我開門進去了，也沒法子再從外面把門鎖上。」

金九齡道：「江重威那天進去的時候，寶庫的門確實是從外面鎖住的！」

陸小鳳道：「我知道。」

金九齡道：「所以，按理說，寶庫一定還有另外一條路，那繡花大盜就是從這條路進去的！」

陸小鳳道：「只可惜事實上卻根本沒有這麼樣一條路存在。」

花滿樓忽然道：「一定有的，只可惜我們都找不到而已。」

葉孤城一直在旁邊冷冷的看著他們，對這種事，他完全漠不關心。他關心的只有一件事：「西門吹雪是你的朋友？」

陸小鳳點點頭，忽然道：「現在還有個人在外面等我的消息，你們猜是誰！」他就怕葉孤城問起西門吹雪，所以葉孤城一問，他就想改變話題。

但葉孤城卻並不想改變話題，又問道：「你是不是也跟他交過手？」

陸小鳳只好回答：「沒有！」

葉孤城道：「他的劍法如何？」

陸小鳳勉強笑道：「還不錯。」

葉孤城道：「獨孤一鶴是不是死在他劍下的？」

陸小鳳只有點點頭。

葉孤城道：「那麼他的劍法，一定已在木道人之上。」他冷漠的臉上忽然露出了興奮之色，慢慢的接著道：「我若能與他一較高下，才真是平生一大快事！」

陸小鳳忽然站起來，道：「酒呢？怎麼這裡連酒都沒有了！」

金九齡道：「我替你去拿。」

陸小鳳道：「到哪裡去拿？」

金九齡道：「這裡有個酒窖。」

陸小鳳道：「你進得去？」

花滿樓笑了笑，道：「這王府中只怕已沒有他進不去的地方！」

陸小鳳道：「哦？」

花滿樓道：「你既然敢夜入王府，難道連王府的新任總管是誰都不知道？」

陸小鳳笑了：「酒窖在哪裡？金總管請帶路！」

酒窖就在寶庫旁那棟較矮的平房裡。金九齡拿出柄鑰匙，開了門，已有衛士替他們燃起了燈。進門之後，再掀起塊石板，走下十餘級石階，才是酒窖。好大的酒窖！

陸小鳳嘆道：「我若真是個酒鬼，現在你就算把刀架在我脖子上，也休想叫我出去了！」

金九齡微笑道：「我知道有很多人都認爲你是個鬼，但你卻絕不是酒鬼！」

陸小鳳道：「哦？」

金九齡道：「你到這裡來，只不過怕葉孤城要你帶他去找西門吹雪比劍而已！」

陸小鳳嘆道：「我實在怕他們兩個人會遇上，這兩個人的劍若是一出了鞘，世上只怕就沒有人再能要他們收回去！」

金九齡道：「但他們遲早總有一天會遇上的！」

陸小鳳苦笑道：「到了那一天會發生什麼事，我簡直連想都不敢想！」

金九齡道：「你怕他殺了西門吹雪？」

陸小鳳道：「我也怕西門吹雪殺了他！」他嘆息著又道：「這兩個人都是不世出的劍客，無論誰死了，都是個無法彌補的損失。最可怕的是，這兩人用的都是殺人的劍法，只要劍一出鞘，其中就有個人非死不可！」

金九齡道：「絕對非死不可？」

陸小鳳道：「嗯！」

金九齡笑了笑，道：「可是這世上並沒有『絕對』的事！」

陸小鳳道：「哦？」

金九齡道：「那寶庫本來是絕對沒有人能進得去的，但現在卻已有個人進去過了，難道他是忽然從天上掉下去的？忽然從地下鑽出來的？」

陸小鳳的眼睛裡忽然發出了光，道：「這酒窖是不是就在那寶庫的地下？」

金九齡道：「好像是的！」

陸小鳳道：「我們若在這頂上打個洞，豈非也一樣可以進入寶庫？」

金九齡的眼睛也亮了：「這酒窖的外面，雖然防守較疏，但也得有鑰匙才能進得來！」

陸小鳳道：「江重威有沒有鑰匙？」

金九齡點點頭，道：「可是他絕不會將鑰匙交給那繡花大盜！」

陸小鳳道：「他當然不會，但別人卻會！」

金九齡道：「別人是誰？」

陸小鳳道：「是個能接近他，能從他身上將鑰匙解下來，偷偷打個模型的人！」

金九齡眼睛裡閃著光，道：「你說的會不會是江輕霞？」

陸小鳳用力拍了拍他的肩，道：「你果然不愧是六扇門裡最聰明的人！」

陸小鳳捧著一大罈酒回去，他決定要好好的慶祝慶祝。他從來也沒有這麼樣開心過。

聽見了他愉快的笑聲，花滿樓忍不住問道：「你開心什麼？難道在那酒窖裡找到了個活寶貝？」

陸小鳳笑道：「一點也不錯！」

花滿樓道：「是個什麼樣的寶貝？」

陸小鳳道：「是一條線！」

花滿樓聽不懂了：「一條線？是條什麼樣的線？」

陸小鳳道：「是條看不見的線，但我們只要沿著這條線摸索過去，慢慢就能摸到那條狐狸的尾巴了！」

花滿樓還是不太懂：「什麼狐狸？」

陸小鳳笑道：「當然是條會繡花的狐狸！」

現在他總算已證明了一件事。江輕霞的確是和那繡花大盜同一個組織的人。所以他只要能找到江輕霞，就一定能找到那繡花大盜。

花滿樓道：「你有把握能找到江輕霞？」

陸小鳳道：「有一點。」

花滿樓道：「你準備怎麼樣去找？」

陸小鳳道：「我準備先去找一雙紅鞋子，找一個本不該穿著紅鞋子，卻偏偏穿著紅鞋子的人！」

花滿樓嘆了口氣，苦笑道：「你說的話我好像越來愈聽不懂了！」

陸小鳳笑道：「我保證你總有一天會懂的！」他忽然發現屋子裡少了個人：「葉孤城呢？」

花滿樓道：「他不喝酒，也不喜歡陪人喝酒，現在也已到了應該睡覺的時候！」

陸小鳳道：「你想他真的會去睡覺？」

花滿樓又嘆了口氣，道：「我只知道他若一定要去找西門吹雪，也沒有人能攔得住他的！」

三

陸小鳳並不時常醉，但卻時常喜歡裝醉。他裝醉的時候，吵得別人頭大如斗。花滿樓並不怕他吵，但這裡是王府，他不想讓陸小鳳砸破金九齡的飯碗。

陸小鳳正用筷子敲著酒杯，放聲高歌：「黃河遠上白雲間，一片孤城萬仞山，羌笛何須怨楊柳，春風不度玉門關。」這是唐人王之渙的名句，也是白雲城主葉孤城最喜歡的詩。他顯然還在想著葉孤城，所以他並沒有真的醉。

「上馬不提鞭，反拗楊柳枝，下馬吹橫笛，愁殺行客兒。」他又在唱北國的胡歌，唱完了一首，又唱一首，好像嗓子癢得要命。

花滿樓忽然道：「你剛才說外面有人在等你，是誰？」

陸小鳳立刻不唱了。他當然並沒有真的醉，薛冰現在卻已可能真的醉了。一個人在又著急、又生氣的時候，總是特別容易醉的。陸小鳳跳了起來，衝了出去。

金九齡道：「你想是誰在外面等他？」

花滿樓連想都沒有想：「一定是薛冰！」

金九齡道：「一定是她？」

花滿樓道：「我知道薛冰一直都很喜歡他，他也一直都很喜歡薛冰！」

可是薛冰並沒有在客棧等他，薛冰一直都沒有回如意客棧去。陸小鳳知道現在只有一個法子也許還能找得到薛冰——先去找蛇王。這次他當然已用不著別人帶路。

夜已很深，蛇王居然還沒有睡，看見陸小鳳找來，也並不吃驚：「我正在等你！」

「你在等我？你知道我會來？」

蛇王點點頭。

陸小鳳又問：「薛冰來過？」

蛇王點點頭：「她一直都在這裡喝酒，喝了很多，也說了很多話！」

陸小鳳道：「她說什麼？」

蛇王笑了笑，道：「她說你不是個東西，也不是個人。」他雖然在笑，笑容中卻彷彿帶著憂慮。

陸小鳳苦笑道：「她一定喝醉了！」

蛇王道：「但她卻一定要走，一定要去找你，我既不能拉住她，又不放心讓她一個人走，只好派兩個人暗中在後面保護她！」

陸小鳳道：「那兩個人現在回來了沒有？」

蛇王嘆了口氣，道：「他們已不會回來！」

陸小鳳動容道：「爲什麼？」

蛇王的神情更沉重，道：「已有人發現了他們的屍體，薛姑娘卻不見了！」

屍體是在一條暗巷中發現的，致命的傷，是在眼睛上。他們死的時候，已是瞎子。

「繡花大盜！」陸小鳳全身都已冰冷。薛冰難道已落入繡花大盜的手裡？難道她已知道陸小鳳發現了她的秘密？這至少又證明了一件事——陸小鳳找到的那線索，無疑是正確的！在重重疑雲中能找到一條正確的線索，本是件值得興奮的事。但陸小鳳卻覺得自己的心似已沉到了腳底，正在被他自己的腳踐踏著。他忽然發覺自己對薛冰的感情，遠比他自己想像中還要強烈得多。

回到小樓上，蛇王還在等著他，默默的替他倒了杯酒。陸小鳳端起酒杯，又放下。

蛇王道：「你不想喝杯酒？」

陸小鳳勉強笑了笑：「現在我只想能清醒清醒！」

他笑得比哭還難看，蛇王從來也沒有見過他如此難受。

「我手下有三千個兄弟，只要薛姑娘還在城裡，我一定能找得到！」這並不完全是安慰的話，他的確有這種力量。可是，等他找到她時，她的屍體說不定也已冰冷。

陸小鳳忽然問：「你有沒有聽說過一個會繡花的大鬍子？」

蛇王點點頭，道：「我雖然一直沒有問，但也已猜到你一定是爲了這件事來的！」

陸小鳳道：「你的那兩位兄弟，就是死在這個人手裡的，所以……」

蛇王道：「所以你怕薛姑娘也已落在他手裡！」

陸小鳳又端起酒杯。

這次蛇王卻按住了他的手：「你實在需要清醒清醒，最好能想法子睡一下！」

陸小鳳苦笑，道：「你若是我，你現在能睡得著？」

蛇王也在苦笑：「我已有十年天天晚上都睡不著，這也是種病，久病成良醫，所以我已有專治這種病的藥。」一種白色的粉末，裝在碧玉瓶中。

蛇王倒出了一點，倒在酒裡：「瞪著眼坐在這裡就算坐十年，也救不出薛姑娘的，但你若能睡一下，若能清醒些，就說不定能想出救她的法子。」陸小鳳遲疑著，終於將這杯酒喝了下去。

他醒來的時候，天已亮了，陽光已照在碧蘿紗窗上。蛇王正坐在窗下，用一塊雪白的絨布，輕輕擦拭著一柄劍。一柄非常細、非常窄的劍，是用上好的緬鐵百煉而成的，平時可以當做腰帶般圍在身上。這正是蛇王的成名利器，「靈蛇劍」。

陸小鳳已坐起來，皺著眉問道：「你在幹什麼？」

蛇王道：「我在擦我的劍。」

陸小鳳道：「可是你至少已有十年沒有用過這柄劍。」

蛇王道：「我只不過是在擦劍，並沒有準備用它。」

他一直沒有看陸小鳳，好像生怕陸小鳳會從他眼睛裡看出什麼秘密來。他的臉色在陽光下看來，還是蒼白得可怕。只有真正失眠過的人，才知道失眠是件多麼痛苦、多麼可怕的事。那已不是病，而是種比任何病都可怕的刑罰和折磨，他已被折磨了十年。

陸小鳳看著他，過了很久，才緩緩道：「我也從來都沒有問過你的往事！」

蛇王道：「你沒有。」

陸小鳳道：「我不問，也許只不過因爲我已知道！」

蛇王的臉色立刻變了變：「你知道什麼？」

陸小鳳道：「我知道你本來並不是蛇王，像你這種人，若不是爲了要逃避一件極痛苦的事，是絕不會來做蛇王的。」

蛇王冷冷道：「做蛇王也並不是什麼丟人的事，你難道看不出我活得比世上大多數人都舒服？」

陸小鳳道：「但你卻絕不是這種人，若不是爲了逃避，本不該隱身在市井中！」

蛇王道：「我本該是哪種人？」

陸小鳳道：「我不知道，我只知道你是我的朋友，只知道朋友之間應該說實話！」

蛇王的臉色更蒼白，忽然長長嘆息，道：「你本不該醒得這麼早的！」

陸小鳳道：「可是我現在已醒了！」

蛇王道：「你認爲我正逃避什麼？」

陸小鳳道：「仇恨！世上很少有別的事能像仇恨這麼樣令人痛苦！」

蛇王的神色的確很痛苦。

陸小鳳道：「你爲了要逃避這件仇恨，所以才到這裡來，藏身在市井中，因爲你知道你的仇人永遠也想不到你已變成了蛇王。」

蛇王想否認，卻沒有開口。

陸小鳳道：「只可惜這件仇恨卻是你自己永遠也忘不了的，所以只要你一有機會，你就不顧一切，去將這件事結束！」他忽然走過去，扶著蛇王的肩，盯著蛇王的眼睛，一字字道：「現在你是不是已有了機會？是不是已發現了你仇人的行蹤？」

蛇王又閉著嘴，神情更痛苦！

陸小鳳道：「你的仇人究竟是誰？現在是不是就在這城裡？」

蛇王還是閉著嘴。

陸小鳳道：「你可以不說，但我也可以不讓你下樓。」

蛇王板著臉，冷冷道：「你自己的麻煩已夠多了，為什麼還要管別人的事？」

陸小鳳嘆了口氣，道：「我知道你對人有了恩惠，從不願別人報答，所以你才不肯將這件事告訴我。」

蛇王閉上了嘴。

陸小鳳道：「我也並不想報答你，只不過想跟你談個交易！」

蛇王忍不住問：「什麼交易？」

陸小鳳道：「我替你去對付那個人，你替我去找回薛冰來！」

蛇王用力握緊了雙拳，但蒼白枯瘦的一雙手，卻還是忍不住在發抖：「不錯，我的確有個仇人，我的確是要找他去算一筆帳。」

「我果然沒有猜錯！」

蛇王冷笑道：「這既然完全是我的事，我為什麼要你去替我做？」

陸小鳳也在冷笑，道：「因為你的手在發抖，因為你已病了十年，已經被這仇恨折磨得不像個活人，因為你現在若是去了，只不過是去送死！」

蛇王僵直的身子突然軟倒在椅子上，整個人都似已完全崩潰。

陸小鳳卻還是不肯放鬆，冷冷道：「也許你自己本來就已想死，因為你覺得活著比死更痛苦，但我卻不願看著你死在那個人手裡，也不願看著那個已經害得你半死不活的人，再逍遙自在的活在世上。」他用力握住了蛇王冰冷的手，一字字接著道：「因為我們是朋友！」

蛇王看著他，淚珠突然像泉水般從乾澀的眼裡流了出來，喃喃道：「你有沒有看過我的妻子？你當然沒有，所以你永遠也不會知道，她是個多麼溫柔善良的女人，你有沒有看過我的兩個孩子？

他們全都是聰明可愛的孩子，他們才只不過五六歲……」

陸小鳳也咬緊了牙：「他們現在已全都死在那個人手裡？」

蛇王的喉頭已哽咽，聲音已嘶啞：「她根本就不能算是個人，她的心比蛇蠍還毒，她的手段比厲鬼還可怕，也許她根本就是個從地獄中逃出來的魔女！」

陸小鳳道：「她是個女人？」蛇王點點頭。

「她叫什麼名字？」

「公孫大娘。」蛇王又解釋著道：「其實她叫公孫蘭，據說是初唐教坊中第一名人公孫大娘的後代，所以知道她的人也都叫她公孫大娘！」

陸小鳳道：「我卻不知道這個人，這名字我連聽都沒有聽過。」

蛇王道：「她並不是個名人，因爲她不願做名人，她認爲做名人總是會有麻煩。」

陸小鳳嘆道：「看來她至少已可算是個聰明的女人。」

做名人的麻煩和苦惱，又有誰能了解得比陸小鳳更清楚？

蛇王道：「可是她用過很多別的名字，那些名字你說不定反而會知道！」

陸小鳳道：「哦？」

蛇王道：「女屠戶、桃花蜂、五毒娘子、銷魂婆婆……這些名字你總該聽說過的！」

陸小鳳動容道：「這些人全是她？」

蛇王道：「全都是。」

陸小鳳嘆道：「看來她實在已可算是個很可怕的女人。」他又問：「她的行動既然如此詭秘，你是怎麼找到她的？」

「我並沒有找到她，是她找到我的。」蛇王從懷裡拿出了張已揉成一團，又鋪平疊好的信箋：「我知道你是什麼人，也知道你一定很想見我，月圓之夕，我在西園等你，你最好帶點銀子來，請我吃那裡拿手的鼎湖上素和羅漢齋麵。」字寫得很美、很秀氣，下面的具名，是一束蘭花。

蛇王道：「這是她交給城南的一個兄弟，要他當面交給我的！」

陸小鳳沉吟著，道：「她沒有直接交給你，也許她還不知道你的住處！」

蛇王道：「能到我這小樓上來的人並不多！」

陸小鳳道：「西園，是不是那個裡面有株連理樹的西園？」

蛇王道：「不錯。」

陸小鳳道：「今天就是月圓之夕？」

蛇王道：「今天是十五。」

陸小鳳道：「她約的是晚上，現在還早，你就已準備去？」

蛇王道：「你以為現在是什麼時候？還是上午？」

陸小鳳忽然發現窗外的陽光已漸漸黯淡，已將近黃昏了。

「那些藥本足夠讓你睡到明天早上的，可是再強的藥力，對你這個人好像也沒有什麼效力。」

陸小鳳苦笑道：「這也許只因為我這個人本來就已經快麻木。」

蛇王凝視著他，緩緩道：「我也知道我絕不是她的對手，可是你……」

陸小鳳道：「你用不著擔心我，比她再厲害十倍的人，我也見過，我現在還活著。」他不讓蛇王開口，又道：「只不過，有件事我倒有點擔心！」

「什麼事？」

「我擔心我找不到她。」陸小鳳接著道：「她既然有很多名字，一定也有很多化身，何況，有些女人只要改變一下衣服和髮式，別人就很難認得出她的。」

蛇王道：「她的易容術的確很精，也很少以真面目示人，可是她有個毛病，你只要知道她這個毛病，就一定能認得出她來！」好像每個女人都多多少少有點毛病的。

陸小鳳笑了笑：「她的毛病是什麼？」

蛇王道：「她這個毛病很特別。」好像愈聰明、愈美麗的女人，毛病就愈特別。蛇王道：「無論她穿著什麼樣的衣服，無論她改扮成什麼樣的人，她穿的鞋子總是不會變的！」

陸小鳳的眼睛裡已發出了光：「她穿的是什麼鞋子？」

「紅鞋子！」

陸小鳳跳了起來。

「鮮紅的繡花鞋子，就像新娘子穿的那種，但上面繡的卻不是鴛鴦，而是隻貓頭鷹！」

六 要命的約會

一

西園在城西，是個大花園。現在已過了黃昏，花叢裡、樹蔭下、亭台樓閣間，已亮起了一盞盞繁星般的燈光。晚風中帶著花香，也帶著酒香。月圓如鏡，正掛在樹梢。是連理樹。高大的紅木棉，兩株連理，合成一株，就像是情人們在擁抱著一樣。

陸小鳳又想起了薛冰。只要一想起薛冰，他的心就好像忽然被人刺了一針。他並不是個無情的人，但他也知道，現在並不是焦急傷心的時候。他已在園中走了一遍，今夜來的女客並不多，他還沒有看見一個穿紅鞋子的女人。可是他並不著急。

因為公孫蘭並不知道園子裡有陸小鳳這麼樣一個人在找她，這點他無疑已佔了優勢。冰盤般的明月，已漸漸升高了，朦朧的月色，美得令人心碎。現在若是有薛冰在身側，她一定會吵著要找個位子坐下來，叫一大盤這裡最有名的鼎湖上素。

在別人面前，她總是很害羞，一句話還沒有說，臉就已紅了。可是只要跟陸小鳳在一起，她好像就忽然變成了個頑皮的孩子，一會兒吵著要這樣，一會兒又吵著要那樣，連片刻都不肯停。

陸小鳳忽然發現了一件事——他喜歡她吵，喜歡聽她吵、看她吵，喜歡看她像孩子般在他面前撒嬌賴皮，喜歡她在……他禁止自己再想下去，他準備再到別的地方去走走。

就在他剛轉過身的時候，他看見一個老太婆從樹影下走了出來。一個很老的老太婆，穿著身打滿補釘的青色衣裙，背上就好像壓著塊大石頭，好像已將她的腰從中間壓斷了。

她走路的時候，就好像一直彎著腰，在地上找什麼東西一樣。月光照在她臉上，她的臉滿是皺紋，看來就像是張已揉成一團，又展開了的棉紙。

「糖炒栗子！」她手裡還提著個很大的竹籃，用一塊很厚的棉布蓋著：「剛上市的糖炒栗子，又香又熱的糖炒栗子，才十文錢一斤。」

一個孤苦貧窮的老婦人，已到了生命中垂暮之年，還要出來用她那幾乎已完全嘶啞的聲音，一聲聲叫賣她的糖炒栗子。

陸小鳳忽然覺得心裡很難受，他本就是個很富於同情的人：「老婆婆，你過來，我買兩斤。」

栗子果然又香又熱，而且正是剛上市的。

「你說十文錢一斤？」

老婆婆點點頭，還是彎著腰，好像一直在看陸小鳳的腳，因爲她的腰根本已直不起來。

陸小鳳卻搖了搖頭，道：「十文錢一斤絕不行！」

「才十個大錢，大爺你也嫌貴？」

陸小鳳板著臉道：「像這麼好的栗子，至少也得十兩銀子一斤才行，少一文錢我都不買。」

老婆婆笑了，笑得滿臉的皺紋更深。——這人是個呆子？還是鏡花緣中君子國來的人？

「十兩銀子一斤，你若肯賣，我就買兩斤。」

老婆婆當然肯賣：「二十兩一斤我也肯賣！」一個人年紀老了時，爲什麼總是比較貪心？

陸小鳳笑道：「但是我也有件事要你幫我個忙！」

老婆婆苦笑道：「像我這樣的老太婆，還能幫大爺你做什麼事？」

陸小鳳道：「這件事只有你能做！」

「爲什麼？」

陸小鳳笑道：「因爲你的腰已彎了，本來就好像是在地上找東西一樣，所以我要你去替我找樣東西！」

「找什麼？」

陸小鳳道：「找一個穿紅鞋子的女人，紅鞋上還繡著隻貓頭鷹。」

老婆婆也笑了。這種事叫她做，正是再合適也沒有的了，她就算鑽到別人裙子底下去，別人也不會疑心的。

她接過了銀子，眼睛已笑得瞇成一條線：「大爺你在這裡等著，一找到，我就回來告訴你。」

陸小鳳道：「你若能找到，回來我再買你五斤栗子。」

老婆婆高高興興的走了。陸小鳳更開心，不但開心，而且得意。只有他這種聰明人，才會想得出這種聰明主意。他忽然發現自己實在是個天才。但他卻忘了一件事──天才往往總是比較短命的！

栗子還很熱，又熱又香。陸小鳳正準備慰勞自己。他找了塊乾淨的石塊坐下來，正剝了個栗子，準備放進嘴。他忽然又想起了薛冰。薛冰最喜歡吃栗子，天冷的時候，她總是先把栗子放在懷裡，暖著手，然後再慢慢的剝來吃。有一次陸小鳳看見她時，她就正在剝栗子。

那天真冷，陸小鳳的手都快凍僵了，她就拉著他的手，放到她懷裡去。直到現在，那種甜甜的溫暖，彷彿還留在陸小鳳的指尖。可是她的人呢？這栗子你叫陸小鳳怎麼能吃得下去？

遠處的花叢間，隱隱傳來了一陣淒婉的歌聲：「雲鬟亂，晚妝殘，帶恨眉兒遠岫攢，斜托香腮春筍嫩，爲誰和淚倚欄杆？」優美的歌聲中，充滿了一種濃得化不開的纏綿相思之意。

陸小鳳輕輕嘆了口氣，用衣角兜著的栗子，撒了一地。連他自己都不知道自己竟是個如此多愁善感的人。

他倚在樹上，閉上了眼睛：「若是永遠也找不到她了呢？」

他的情緒忽然變得很消沉，動也不想再動，看起來就像是個死人。

就在這時候，那個賣糖炒栗子的老婆婆又從黑影中走了出來。

陸小鳳眼睛並不是完全閉著的，還瞇開著一條線。

他本來想起來問這老婆婆，是不是已找到那個穿紅鞋子的女人。可是他忽然發現這老婆婆昏花的老眼裡，竟似在閃動著一種刀鋒般的光。這麼樣一個老太婆，眼睛裡本來絕不該有這種光的。

陸小鳳的心，忽然也彷彿閃過了一道光——靈光。

他索性將呼吸也閉住。老太婆看了看他，又看了看散落在地上的糖炒栗子，乾枯的嘴角，似又露出了一絲獰笑。陸小鳳的臉在樹影下看來，正是死灰色的。

老太婆喃喃道：「這麼好的糖炒栗子，一個就可以毒死三個人，不撿起來豈非可惜！」

她蹣跚著走了過來，陸小鳳忽然發現她走路的樣子雖然老態龍鍾，但腳步卻很輕。她穿的裙子很長，直拖到地上，蓋住了腳，她腳上穿的是什麼鞋子？

陸小鳳突然張開了眼睛，瞪著她。這老太婆居然並沒有吃驚，至少陸小鳳並沒有看出她有吃驚的樣子。

她實在真能沉得住氣，居然還瞇起眼笑了笑，道：「這地方好像沒有穿紅鞋子的女人，穿紫鞋子和黃鞋子的倒有兩個！」

陸小鳳也笑了笑，道：「穿紅鞋子也有一個，我已找到了！」

老婆婆道：「大爺你已找到了？在哪裡？」

陸小鳳道：「就在這裡，就是你！」

老婆婆吃驚的看著他：「是我？我這種老太婆會穿著雙紅鞋子？」

陸小鳳淡淡道：「我的眼睛會透視，已看見了你腳上的紅鞋子，而且還看見了上面繡著的那隻貓頭鷹！」

老婆婆忽然笑了。她的笑聲如銀鈴，比銀鈴更動聽：「你沒有吃我的糖炒栗子？」

「沒有。」

「這麼好的糖炒栗子，你爲什麼不吃？」

陸小鳳嘆了口氣，道：「因爲我是個多情的人！」

老婆婆眨了眨眼，道：「多情的人就不吃糖炒栗子？」

陸小鳳道：「偶爾也吃的，但卻只吃沒有毒的那一種。」

老婆婆又笑了，銀鈴般笑道：「好，陸小鳳果然不愧是陸小鳳！」

「你知道我是陸小鳳？」

老婆婆笑道：「臉上長著四條眉毛的人，這世上又有幾個？」

陸小鳳也笑了。他笑得當然沒有這老太婆好聽，因爲他根本就不是真的在笑。他知道這老婆婆已經快出手了，也知道這出手一擊必定很不好受。他沒有猜錯。

就在他開始笑的時候，這老婆婆已從籃子裡抽出雙短劍，劍上繫著鮮紅的彩緞。就在他看見這

雙短劍的時候，劍光一閃，劍鋒已到了他的咽喉。好快的出手！好快的劍！

陸小鳳不敢出手去接，他怕劍鋒上有毒。平時他也許是個很大意、很馬虎的人，可是到了這種生死關頭，能比他更謹慎小心的人，找遍天下也找不出幾個。他的人忽然間已游魚般滑了出去。不但反應快，動作更快。可是無論他的人到了哪裡，閃動飛舞的劍光立刻也跟著到了哪裡。

劍光如驚虹掣電，木葉被森寒的劍氣所摧，一片片落了下來。轉瞬間又被劍光絞碎。陸小鳳已被逼出了冷汗。他本以爲西門吹雪和葉孤城已是世上最可怕的劍客，他想不到世上還有個這麼樣的人。

「昔有佳人公孫氏，一舞劍器動四方。觀者如山色沮喪，天地為之久低昂。爧如羿射九日落，矯如群帝驂龍翔。來如雷霆收震怒，罷如江海凝清光。……」

這裡雖沒有如山的觀者，但陸小鳳面上的顏色的確已沮喪。連十五的明月，似也被這森寒的劍氣逼得失去了光采。難道這就是昔年的翟公孫大娘，教她弟子所舞的劍器？

陸小鳳這才知道，劍器並不是舞給別人看的，劍器也一樣可以殺人。他現在就隨時都可能死在這劍器下。紅緞帶動短劍，遠比用手更靈活，招式的變化之快，更令人無法思議。

陸小鳳的衣襟已被割破，人已被逼得貼在樹幹上，「哧」的一聲，劍風破風，兩柄短劍如神龍交剪，閃電般刺了過來。這裡已是退無可退的絕路。

公孫大娘嘴角又露出了獰笑，但她卻不知道陸小鳳最大的本事，就是在絕路中求生，在死中求

活。他的人突然沿著樹幹滑了下去，像蛇一般滑在地上。

只聽「奪」的一響，劍鋒已釘入了樹幹。就在這一刹那間，陸小鳳的人已又彈起，反手一劃，劍柄上的綢帶已斷！這一著就等於砍斷了握劍的兩隻手。公孫大娘的身子也已凌空翻出，長裙飄飛，陸小鳳終於看到了她的鞋子。紅鞋子！

明月當空，紅鞋子在月光一現，她的人已飛掠出五丈外。陸小鳳當然絕不肯讓她就這樣走的，可是他身形展動時，已比她遲了一步。這一步他竟始終無法追上。

無論他用多快的身法，他們之間的距離，始終都保持著四五丈遠。江湖中以輕功著名的高手，陸小鳳也見過不少。司空摘星當然就是其中輕功最高的一個，閻鐵珊、霍天青、西門吹雪、老實和尚，這些人當然也都不弱。

但此刻在前面逃的若是這些人，陸小鳳說不定早已追上了。他忽然發現這個「老婆婆」非但劍法可怕，而且也是他前所未見的輕功高手。花木園林、亭台樓閣，飛一般從他們腳底倒退了出去。

接著又是一重重屋脊、一條條道路。公孫大娘的身法竟始終也沒有慢下來，她顯然絕不是氣力已衰的老婆婆。但陸小鳳也正是年輕力壯，精神、體力都正在巔峰，他的身法當然也沒有慢下來。

公孫大娘已發現要甩掉後面這個人，實在不是件容易事。

前面的一條街上，燈火輝煌，現在時候還不晚，這條街上正是城裡最熱鬧的地方。街上有兩三家茶樓，兩三家酒館，街旁擺著各式各樣的攤子，有幾檔是賣針線花粉，有幾檔賣的是魚生粥和燒鵝。

公孫大娘身子突然下墜，人已落在街上，立刻放聲大叫了起來：「救命呀，救命……」

她大叫著，奔入了一家茶樓，陸小鳳也已追到，但是一個老太婆叫救命，一個年輕力壯的大男人在後面追，這件事當然是人人都看不慣的。已有幾個直眉楞眼的小伙子，怒吼著跳了起來，有的還抽出了刀。陸小鳳已發現要糟了。他當然有能力將這些路見不平，仗義勇爲的年輕人一下子全都打倒，可是這些人看來都恨不得能一下子打倒他。

七、八個人一起擁上來，動刀的動刀，拿板凳的拿板凳，圍住了陸小鳳，紛紛大罵：「丟你老母，你條契弟追住個伯爺婆做乜，唔通你重想強姦佢？」

陸小鳳實在哭笑不得，想解釋，不知該怎麼解釋，想出手，又下不了手。一條板凳已當頭砸下來，他只有伸手去擋，「崩」的，他的手沒有斷，板凳卻斷了。大家這才吃了一驚，就在這時，已有個人衝了進來，「劈劈啪啪」，一人給了他們一個大耳光。這些直眉楞眼的年輕小伙子，竟連一個敢還手的都沒有。

陸小鳳總算鬆了口氣，他已看出衝進來的這個人，正是昨天在蛇王樓下的院子裡，想試試他功夫的那兩條赤膊大漢之一。

「你地知唔知佢係乜嘢人？」這大漢指著陸小鳳，大聲道：「佢就係蛇王老大的最好嘅朋友，天下功夫最犀利嘅陸小鳳。」

對這些小伙子說來，陸小鳳的名字並不嚇人，可是蛇王的朋友，那就是誰都不能動的了。於是拿刀的藏起刀，拿起板凳的放下板凳，一個個都想過來道歉、陪罪！陸小鳳卻已乘機衝了出去，衝出了後門的門。後門外是條小巷子。他剛才看見公孫大娘就是從這扇門出去的，但現在，小巷子裡卻只有條野狗，蹲在陰溝旁啃骨頭。公孫大娘已連影子都看不見了。

陸小鳳嘆了口氣，知道再追也沒法子追了，只好轉過身。

那大漢已跟過來，打著半生不熟的官話，道：「我們正準備到西園去找你，想不到你已來了！」

「找我有事？」

大漢點點頭，道：「我們已找到那位姑娘的地方，她……」天不怕，地不怕，就怕廣東人說官話，他結結巴巴的說著，自己也急得滿頭大汗。

陸小鳳更急，打斷了他的話：「她在哪裡？」

大漢道：「我帶你去！」

二

街上的人還是很多，可是看見這大漢走過來，大多都遠遠的避開了。

「我也姓陸，叫陸廣。」他好像認爲姓陸是件很光榮的事，所以他覺得自己臉上也有光。

陸小鳳卻只希望他少說話，快走路。

「我佩服你，你的功夫真是莫得頂。」陸廣卻一心在討好：「這東西香得很，你吃不吃？」他從懷裡拿出來的東西，竟赫然又是幾個糖炒栗子，又香又熱的糖炒栗子。

陸小鳳卻好像看見了毒蛇一樣，一把拉住他的手：「這是哪裡來的？」

陸廣怔了怔，道：「當然是買來的，姓陸的從來也不白拿別人的東西！」

「從哪裡買來的？賣栗子的人呢？」

「就在那邊。」

陸廣隨手一指，街角上果然有個賣栗子的攤子，一個人正在大鐵鍋裡炒栗子。栗子本就不是什麼特別的東西，到處都有得賣的。陸小鳳鬆了口氣，但掌心卻已沁出了冷汗。

現在想起來，他才發現剛才他剝開栗子的那一刻，也許就是他生平最危險的時候，只要那個栗子一進了嘴，現在他已不是陸小鳳了。

「死人就是死人，死人沒有名字。」就連葉孤城劍鋒逼上他胸膛的那一瞬間，也沒有剛才危險。他突然發覺一個人多情也是有好處的。何況他現在總算已知道了薛冰的下落。

陸小鳳忽然又覺得愉快了起來，拍著陸廣的肩，笑道：「想不到你也姓陸，好極了，幾時有空我請你飲茶。」飲茶本是廣東人最大的嗜好，飯可以不吃，茶卻不可不飲。

誰知陸廣卻搖著頭道：「我不飲茶，我只喝酒！」

陸小鳳大笑，笑得別人都扭過頭，吃驚的看著他。可是他不在乎。

他高興的時候，只希望全世界的人都知道，都陪他高興。這時陸廣已轉進了條小巷子，這條巷子正在一家餅店和一家綢緞莊的中間。巷子特別窄，兩個人不能並肩走，巷子兩邊也沒有門，看來這只不過是那兩家店舖蓋房子時，故意留出來的一點空地而已。

也許這兩家人彼此都看不順眼，所以誰都不願自己的牆連著對方的。但巷子的盡頭，卻有扇小紅門。門是虛掩著的，一個人正站在門口，好像很著急，急得直搓手。

看見陸廣，這人立刻迎上來，在陸廣耳邊悄悄說了兩句話，陸廣的臉色似已變了，回過頭向陸小鳳勉強笑了笑，道：「就是這裡，我……我不能陪你進去了。」

爲什麼不能進去？難道這屋子裡也有什麼可怕的事？

陸小鳳已衝了進去，只要能找到薛冰，無論遇著什麼事，他都不在乎。

三

院子裡只有兩間平房，房裡有兩個人。兩個都不是薛冰。是兩個男人，其中一個是金九齡。

陸小鳳怔住：「你怎麼會在這裡？薛冰呢？」

金九齡沒有回答這句話，卻伸出了手——他手裡提著件衣服，又輕又軟的白衣服。這是薛冰的衣服。陸小鳳當然認得出，他臉色已變了。薛冰的衣服在這裡，人卻不在，這件衣服當然不會是自己走來的。她當然也不會自己脫下衣服，赤裸裸的走出去。

陸小鳳忽然覺得腿在發軟，後退了兩步，倒在椅子上，胃裡已湧出了酸水。

金九齡的臉色也很沉重，遲疑著，終於問道：「你認得出這是薛冰的衣服？」

陸小鳳點點頭，他跟薛冰分手的時候，薛冰身上還穿著這件衣服。

「她的衣服既然在這裡，她的人當然也一定到這裡來過！」

「你看見她沒有？」陸小鳳還抱著希望。

金九齡卻搖搖頭，道：「我們來的時候，這裡已沒有人了。」

「你怎麼找到這裡來的？」

金九齡道：「這地方並不是我們找到的。」

「是蛇王？」

這次金九齡點了點頭，道：「他的確是你的好朋友，的確替你盡了力！」

陸小鳳沒有開口，他正在心裡問自己：「我是不是也替他盡了力？」

金九齡道：「自從今天的淩晨時開始，他手下所有的兄弟就開始替你找薛冰！」

他們找人的方法很有效，因爲他們的兄弟已深入這城市的每個角落裡。尤其是茶樓、酒館、客棧、小飯舖，甚至賣艇仔粥、燒鵝飯的大排檔。這些本就是人最雜、消息最多的地方。

他們先從這些地方開始打聽，最近有沒有可疑的陌生人。無論什麼人都要吃飯睡覺的。客棧裡沒有，他們又再打聽，附近有沒有空房子租給陌生人。三千條市井好漢，在同時打聽一件事，當然很快就會問出眉目來。

「麥家餅店後面，有棟小房子，三四個月前，租給了一個人。」

再問房東，房東的答覆是：「來租房子的是個很漂亮的小後生，出手也很大方，先預付了一年房租，可是自從那次之後，他就從來也沒有再出現過，房子也一直都是空著的，好像始終都沒有人進去住。」世上絕沒有人會特地花錢租一棟房子，卻讓它一直空著在那裡，這其中當然有原因、有秘密。

金九齡道：「今天黃昏時，他們問出了這件事，立刻就派人到這裡來探聽，那時這屋子裡似乎還有女人的呻吟聲，來探聽的人不敢輕舉妄動，回去再找了人來，這裡卻已沒有人了。」

陸小鳳道：「這件事你怎麼會知道的？」

金九齡笑了笑，道：「以前跟著我的那班兄弟，現在都已昇了官，成了名！」他拍了拍身旁一個人的肩，微笑著道：「這位就是羊城的總捕頭，魯少華。」

陸小鳳這才注意到他身旁還有個短小精悍，年紀雖不大，頭髮卻已花白的青衣人，穿著雖是普通生意人的打扮，但目光炯炯，鷹鼻如鈎，腰上隱隱隆起，衣服裡顯然還帶著軟鞭練子槍一類的軟兵器，也說不定是鎖鍊鐐銬。只要在江湖中混過幾天的人，一眼就可看出他一定是六扇門中的高手。

「白頭鷹」魯少華，也的確是東南一帶黑道朋友覺得最扎手的名捕。

魯少華陪著笑道：「我吃的雖然是公門飯，可是對蛇王老大也一直很仰慕，只要過得去，我對他手下的兄弟，總是儘量的給方便……」其實他心裡也知道，若想保持這城市地面上的太平，就最好少惹蛇王的兄弟。

「但是今天一清早，蛇王手下的三千兄弟，就全部出動，我既不知道究竟是出了什麼大事，也不能閉著眼不管。」所以他也派出了他手下的捕快，四處打聽。羊城是嶺南第一大埠，龍蛇混雜，四方雜處，能在這種地方做捕快們的總班頭，當然是有兩下子的。

魯少華道：「等在下知道這件事和陸少俠有關係後，就立刻設法和老總聯絡。」

雖然金九齡已不是他的老總，但是他的稱呼猶未改。現在陸小鳳才知道陸廣剛才爲什麼不願進來了，有羊城的總捕頭在這裡，他們當然是要避著些的。

金九齡道：「薛姑娘的衣服還在，可是人已不見，這只有一種解釋！」

陸小鳳在聽。他相信金九齡的判斷，他自己的心卻已又亂了。

金九齡道：「綁她來的人，知道行蹤已被發現，就立刻將她帶走，卻嫌她身上穿的白衣服太惹眼，所以就替她換了套衣服！」

「這裡有衣服可換。」魯少華打開了屋角的衣櫃，櫃子裡還有六七套衣服，有男人的，也有女人的，有老年人穿的，也有年輕人穿的。

金九齡道：「這地方只有一張床，只有一個人住，但卻有六七套各種不同的衣服，這就可以證明一件事。」

陸小鳳道：「證明這個人必定精於易容改扮，隨時都可能以各種不同的身分出現！」

金九齡道：「但卻只有衣服，沒有鞋子，這也可以證明一件事！」

陸小鳳道：「證明她無論改扮什麼人，穿的鞋子卻只有一種！」

金九齡道：「紅鞋子？」

陸小鳳道：「不錯，紅鞋子，紅緞的繡花鞋，就像是新娘子穿的那種！」

金九齡道：「由很多跡象都可以看出，來租房子的那漂亮後生，的確是女人改扮的！」

陸小鳳道：「哦？」

金九齡道：「這裡到處都積著灰塵，顯見已很久沒有人來住過，日用生活需要用的東西，這裡連一樣也沒有，但卻有面鏡子！」女人的確總是比較喜歡照鏡子，可是——

陸小鳳道：「男人也有喜歡照鏡子的，易容改扮時更非照鏡子不可！」

金九齡在窗前的桌上，拿起面鏡子道：「這上面有個手上汗漬留下來的印子，是新留下來的！」

陸小鳳道：「是女人的手印？」

金九齡點點頭，道：「但卻絕不會是薛冰的，她既然被人囚禁在這裡，手腳縱然沒有被綁住，也一定被點了穴道。」

床上的被褥淩亂，好像剛有人睡過的樣子。

金九齡道：「若是我猜得不錯，她剛才很可能一直都是躺在床上的。」

魯少華道：「蛇王的兄弟，曾經聽見屋子裡有女人的呻吟聲，所以我猜想那位薛姑娘還有可能已受了傷！」金九齡瞪了他一眼，他顯然不願讓陸小鳳知道這件事，免得陸小鳳焦急難受。

陸小鳳嘆了口氣，道：「其實他就算不說，我也可以想得到的！」

金九齡立刻道：「但屋子裡連一點血跡也沒有，可見她就算受了傷，傷得也不重！」

這就是安慰的話了，薛冰受的若是內傷，無論傷勢多重，也不會有血跡留下來的。但陸小鳳卻喜歡聽這種話，他現在的確需要別人的安慰。

金九齡道：「這人臨時要將薛冰帶走，走得顯然很匆忙，所以才會有這些痕跡留下！」

陸小鳳道：「她是什麼時候走的？」

金九齡道：「天還沒有黑的時候！」

那時陸小鳳正在路上，正準備到西園去赴約，那賣糖炒栗子的「老婆婆」，也還沒有出現。她很可能是將薛冰帶走之後，再到西園去的。她很可能就是租這房子的人。

金九齡道：「這房子是在兩個月前租下來，正確的日期是五月十一。」

陸小鳳動容道：「五月十一？」

金九齡道：「王府的盜案，是在六月十一發生的，她來租這房子的時候，正恰巧在盜案發生的前一個月。」

陸小鳳道：「也正是江重威生日的前三天！」

金九齡道：「江重威的生日，和這件事又有什麼關係？」

陸小鳳道：「他生日那天，江輕霞曾經特地來爲他祝壽。」

金九齡目光閃動，道：「也就在那天，她將酒窖的鑰匙打了模型。」

陸小鳳道：「爲了避免讓別人懷疑她跟這件事有關係，所以她們又等了二十多天才動手！」

金九齡道：「在做這種大案之前，當然一定要有很周密的計劃，還得先設法了解王府的環境，動手時才能萬無一失。」

陸小鳳道：「她平時當然不能以那大鬍子的身分出現，所以到了當天晚上，一定要準備個隱密的地方，易容改扮。」

金九齡道：「這裡就正是個很好的地方！」

陸小鳳道：「就因爲這地方是在鬧區裡，所以反而不會引人疑心！」

金九齡嘆道：「看來她的確很能抓住別人心裡的弱點！」

魯少華一直在旁邊靜靜的聽著，此刻才忍不住問：「難道來租這房子的人，就是那繡花大盜？」

陸小鳳道：「現在我們雖然還不能完全確信，但至少已有六七成把握！」

金九齡忽然道：「不止六七成！」

陸小鳳道：「哦？」

金九齡道：「我敢說我們現在至少已有九成以上的把握！」

陸小鳳道：「你爲什麼如此確信？」

金九齡道：「就因爲這樣東西！」他從衣袖裡拿出了個紅緞子的小荷包：「這是我剛才從衣櫃下找到的，你看看裡面是什麼？」

荷包裡竟赫然是一包嶄新的繡花針！

魯少華從巷口的麥家餅店，買了些剛出爐的月餅。現在距離中秋雖然還有整整一個月，但月餅卻已上市了。陸小鳳勉強吃了半個。這條街道很靜，他們一邊走，一邊吃——繡花大盜當然絕不會再回到那房子裡去的，他們也已沒有留在那裡的必要。

金九齡道：「這些繡花針都是百煉精鋼打成的，和普通的不同！」

「上面有沒有淬毒？」

「沒有。」

金九齡又道：「她留下那些人的活口，爲的也許就是要那些人證明她不是女人，是個長著大鬍子的、會繡花的男人。」

陸小鳳道：「她根本也沒有一定要殺他們的必要！」

金九齡道：「你想她有沒有可能就是江輕霞？」

「沒有，完全沒有可能！」陸小鳳道：「江輕霞的武功雖不弱，但比起她來，卻差得很遠！」他接著又道：「江輕霞唯一的任務，只不過是替她到王府裡去探查情況，再打幾個鑰匙模型而已！」

金九齡道：「你認爲江輕霞是她的屬下？」

陸小鳳點點頭。

金九齡道：「江輕霞在江湖中也是個名人，而且很驕傲，怎麼會甘心受她控制？」

陸小鳳道：「因爲她樣樣都比江輕霞強得多，我這一生中，從來也沒有見過武功那麼高、那麼兇狠狡猾的女人！」

金九齡聳然動容：「你已見過她？」

陸小鳳苦笑道：「不但已見過她，而且幾乎死在她手裡！」

金九齡道：「你怎麼會見到她的？」

陸小鳳道：「我本來是代一個朋友到西園去赴約的！」

金九齡道：「赴約？那是個什麼樣的約會？」

陸小鳳長長嘆了口氣：「那實在是個要命的約會！」

金九齡道：「你那朋友約的人是誰？」

陸小鳳道：「公孫大娘，公孫蘭。」

金九齡皺眉道：「我好像從來也沒有聽見過這名字。」

陸小鳳道：「因爲她本就不是個有名的人，也從來不願出名！」

金九齡道：「她是個什麼樣的人？」

陸小鳳道：「不知道。」

金九齡更奇怪：「你已見過她，卻連她是個什麼樣的人都不知道？」

陸小鳳道：「我見過的是個賣糖炒栗子的老太婆，買了她兩斤糖炒栗子，我只要吃了一個下去，你現在就已見不到我了。」

金九齡忽然失聲道：「熊姥姥的糖炒栗子！」

「熊姥姥的糖炒栗子？」陸小鳳不懂這是什麼意思！

金九齡道：「前兩年裡，常常會有些人不明不白死在路上，都是被毒死的，屍體旁都散落著一些糖炒栗子。」

魯少華也知道這件事：「出事的時候，都是在月圓之夕。」

陸小鳳道：「今天正是月圓。」

魯少華道：「我就曾經辦過這麼幾件案子，從來也查不出一點頭緒，死的那些人，既不是被仇家所害，也不是謀財害命。」

金九齡道：「就因為死的都是些無名之輩，所以這件事並沒有在江湖中流傳，只有在公門辦案的人才知道。」

魯少華道：「兩年前，有個新出道的鏢師叫張放，就是這麼樣死的，只不過他臨死前還說了兩句話。」

「說什麼？」

「他第一句說的就是：『熊姥姥的糖炒栗子。』我們再問他，熊姥姥是誰？為什麼要害他？他又說了句：『因為她每到了月圓之夜，就喜歡殺人。』」

陸小鳳長長吐出口氣：「原來她不但是女屠戶、桃花蜂、五毒娘子，還是熊姥姥！」

金九齡道：「你認為繡花大盜也是她？」

陸小鳳道：「我本來也沒有想到，但幾件事湊在一起，就差不多可以證明她就是繡花大盜了！」

「哪幾件事？」

「我一路追到麥記餅店那條街上，才被她溜了，現在我才知道她為什麼要往那邊逃。」

「因為她在那條街上住過，對那條街的地勢比你熟悉！」

陸小鳳道：「而且衣櫃裡那些衣服，也正和她的身材相合，聽她的聲音，年紀也不大，要扮成個漂亮後生，也絕不會被人看破！」

但最重要的還不是這些。

陸小鳳道：「她雖然扮成個老太婆，但腳上穿的卻還是雙紅鞋子——鮮紅的緞子鞋，上面據說還繡著隻貓頭鷹。」

金九齡也長長吐出口氣：「不管怎麼樣，我們現在總算已知道那繡花大盜是什麼人了！」

魯少華道：「只可惜我們還是找不到她，而且根本沒有線索去找！」

陸小鳳忽然道：「有。」

「有線索？」

「非但有，而且還不止一條！」陸小鳳接著道：「第一，我們已知道江輕霞是認得她的，第二，她既然在這裡有個秘密的巢穴，在別的地方做案時，也一定會同樣有的！」

金九齡眼睛亮了：「不錯，無論什麼樣的高手做案，都免不了有他自己獨特的習慣，而且很難改變。」

陸小鳳道：「所以我想她在南海一定也有個巢！」

南海就是華玉軒的所在地。

魯少華眼睛也亮了，道：「南海的班頭孟偉，也是以前跟著金老總的兄弟，我現在就可叫他開始去找，等你們到了那裡去，他說不定已經找到！」

陸小鳳道：「你現在就可以叫他找？」

魯少華點點頭，道：「這些年來我們一直在保持著聯絡，而且用的是種最快的法子！」

陸小鳳道：「什麼法子？」

魯少華道：「飛鴿傳書。」

金九齡道：「也許她就是準備將薛冰帶到那裡去的，我們若是盡快趕去，說不定就可以在那裡抓住她！」

魯少華道：「我會叫孟偉在查訪時特別小心，千萬不要打草驚蛇！」

金九齡道：「你現在就寫這封信！」

魯少華道：「是。」

他剛加快了腳步，金九齡忽然又道：「還有一件事！」魯少華就停下，等著吩咐。

金九齡微笑著，看著他，道：「你每個月要收蛇王兄弟他們多少例規銀子？」

魯少華的臉有點紅了，卻還是不敢不說實話：「八百兩，但也是由兄弟們大家分的！」

金九齡沉下了臉，道：「你知不知道蛇王是陸小鳳的朋友，知不知道陸小鳳的朋友也就是金九齡的朋友。」

魯少華垂下頭，道：「我知道，這份銀子從今天起我就不再去收。」

金九齡又笑了：「好，從今天起，這份銀子由我補給你！」

魯少華看著他，目中露出感激之色，躬身一禮，什麼話也不再說，轉身而去。

陸小鳳忽然嘆道：「我現在才知道別人爲什麼都說你是三百年來，六扇門中的第一高手了！」

金九齡微笑道：「爲什麼？」

陸小鳳道：「因爲你不但會收買人心，還會出賣朋友！」

金九齡笑得似已有點勉強：「我出賣過誰？」

陸小鳳道：「我。」他苦笑著，接著道：「若不是你把我拉下這淌渾水，我現在會有如此多麻煩？怎麼會如此頭疼？」

金九齡道：「可是現在看來，你已經快把你的頭疼送給別人了！」

陸小鳳道：「送給誰？」

金九齡微笑著，緩緩道：「繡花大盜，公孫大娘。」
陸小鳳也笑了：「我們現在就去送給她？」
金九齡道：「當然現在就去，別的無論什麼事，都可以先放到一邊再說。」
陸小鳳道：「但我卻還有一件事放不下。」
金九齡道：「什麼事？」
陸小鳳道：「朋友。」
金九齡嘆了口氣，道：「我就知道你一定還要去找蛇王的，卻不知他肯不肯交我這個朋友？」
蛇王不肯。因爲他已根本沒法子再交朋友。死人怎麼能交朋友？

四

小樓沒有聲音，也沒有燈光。院子裡兄弟們都已派出去，只有四個人在守望，他們本已在奇怪但卻沒有一個敢上去看。沒有蛇王的吩咐，誰也不敢上樓去，但陸小鳳當然是例外。
「昨天晚上他就沒有睡，也許現在已睡了。」門是虛掩著的，陸小鳳推開門走進去，金九齡給了他個火摺子。火摺子剛燃起，又熄滅，落下。陸小鳳的手已冰冷僵硬，連火摺子都拿不住了。
火光一閃間，他已看見蛇王一雙凸出眼眶外的眼睛。他竟已被人活活的勒死在軟榻上，被一條鮮紅的緞帶勒死的。公孫大娘短劍上繫著的，正是這種緞帶。
陸小鳳走過去拉起蛇王的手，身子突然開始顫抖。蛇王的手比他的更冷，已完全冰冷僵硬。屋子裡一片黑暗。金九齡也沒有再燃燈，他知道陸小鳳一定不忍再見蛇王的臉。他也找不出什麼話來安慰陸小鳳。死一般的黑暗、死一般的靜寂，一個人只有在這種情況下，才能真正感覺到「死」是件多麼真實、多麼可怕的事。

也不知過了多久，陸小鳳突然道：「走，我們現在就走。」

金九齡道：「嗯。」

陸小鳳道：「但我卻不會再將頭疼送給她了。」

他忽又笑了笑，笑聲中充滿了一種無法描敘的悲痛和憤怒之意。

幸好金九齡沒有燃燈，陸小鳳現在的表情，他一定也不忍看的。

只聽陸小鳳一字字道：「我要讓她的頭永遠不會再疼。」

金九齡明白他的意思。一個人的頭只有在被割下來以後，才永遠不會再疼的！

七 小樓鳳劫

一

陸小鳳不願坐車，但現在卻又偏偏坐在車上。人只要活著，就難免要做一些自己本不願做的事。

「你一定要想法子在車上睡一覺，找到公孫大娘時，才有精神對付她！」

陸小鳳也知道金九齡說的有理，可是他現在怎麼睡得著？

「小王爺很欽佩花滿樓，一定要留他在那裡住幾天，王府裡有他照顧，我也放心得很。」

陸小鳳更不會爲王府中的事擔心，也不必再爲蛇王擔心。現在他應該擔心的只是他自己。無論多堅強的人，若是受到他這種可怕的壓力，都可能會發瘋的。

車馬走得很急，車子在路上顛簸。他拚命想集中自己的思想，他有許多事要集中精神來思索。可是他連心都似已被人割得四分五裂。

破曉時，車馬在一個小鄉村裡的豆腐店門口停下，晨風中充滿了熱豆漿的香氣。

「你就算吃不下東西，也一定要喝點熱豆漿。」

陸小鳳雖然不願耽誤時間，卻也不願辜負朋友好意。何況趕車的人、拉車的馬，也都需要歇歇了。

豆腐店還點著盞昏燈。一個人正蹲在角落裡，捧著碗熱豆漿，呼嚕呼嚕的喝著。燈光照在他的頭上，他的頭也在發光。這人是個和尚。這和尚倒也長得方面大耳，很有福相，可是身上穿的卻又髒又破，腳上一雙草鞋更已幾乎爛通了底。老實和尚！

看見了這個天下最古怪的和尚，陸小鳳才露出了笑容：「老實和尚，你最近有沒有再去做不老實的事？」

老實和尚看見他，卻好像是吃了一驚，連碗裡的豆漿都潑了出來。

陸小鳳大笑道：「看你的樣子，我就知道你昨晚上一定又不老實了，否則看見我怎麼會心虛？」

老實和尚苦著臉，道：「不老實的和尚，老實和尚平生只做了那麼一次，我佛慈悲，爲什麼總是要我遇見你？」

陸小鳳笑道：「遇見我有什麼不好？我至少可以替你付這碗豆漿的賬！」

老實和尚道：「和尚喝豆漿用不著付帳，和尚會化緣。」他將碗裡最後一口豆漿匆匆喝下去，好像就準備開溜了。

陸小鳳卻攔住了他：「就算你用不著我付帳，也不妨跟我聊聊，歐陽情又不會在等你，你爲什麼急著要走？」

老實和尚苦笑道：「秀才遇著兵，有理講不清。和尚遇見陸小鳳，比秀才遇著兵還糟，聊來聊去，總是和尚倒楣的！」

陸小鳳道：「和尚倒什麼楣？」

老實和尚道：「和尚若不倒楣，上次怎麼會在地上爬？」

陸小鳳又忍不住笑了，道：「今天我保證不會讓你爬！」

老實和尙嘆道：「不爬也許更倒楣，和尙這一輩子只怕遇見兩個人，爲什麼今天偏偏又要我遇見你！」

陸小鳳道：「還有一個是誰？」

老實和尙道：「這個人說出來，你也絕不會知道的！」

陸小鳳道：「你說說看！」

老實和尙遲疑著，終於道：「這個人是個女人！」

陸小鳳笑道：「和尙認得的女人倒真不少！」

老實和尙道：「女人認得和尙的也不少。」

陸小鳳道：「這個女人是不是歐陽？」

老實和尙道：「不是歐陽，是公孫！」

「公孫？」陸小鳳幾乎忍不住要叫了起來：「是不是公孫大娘？」

老實和尙也吃了一驚：「你怎麼知道是她？你也認得她？」

陸小鳳已叫了起來：「你認得她？你知不知道她在哪裡？」

老實和尙道：「你爲什麼要問？」

陸小鳳道：「因爲我要找她算帳！」

老實和尙看著他，忽然大笑，笑得彎下了腰，忽然從陸小鳳身旁溜了出去。這一溜竟已溜出去四五丈，到了四五丈外還在笑。

可是陸小鳳這次已決心不讓他溜了，身子凌空一翻，已又擋住了他的去路：「你爲什麼要笑？」

老實和尚道：「和尙覺得好笑的時候，和尙就笑，和尙一向老實。」

陸小鳳道：「這件事有什麼好笑的？」

老實和尚道：「你爲什麼一定要打破砂鍋問到底？」

陸小鳳道：「就算要打破和尙的腦袋，我也要問到底！」

他說得很認真，老實和尙只好嘆了口氣：「和尙的腦袋不能打破，和尙只有一個腦袋。」

老實和尙道：「第一，因爲你根本就找不到她。第二，因爲就算找到她，也打不過她。第三，

陸小鳳道：「那麼你說，這件事有什麼好笑的？」

因爲你就算能打得過她，也沒有用。」

陸小鳳道：「爲什麼？」

老實和尙道：「因爲你只要看見她，根本就不忍打她了，那時說不定你只希望她能打你幾下！」

陸小鳳道：「她很美？」

老實和尙道：「武林中有四大美人，你好像都認得的？」

陸小鳳道：「我認得！」

老實和尙道：「你覺得她們美不美？」

陸小鳳道：「美人當然美。」

老實和尙道：「可是這個公孫大娘，卻比她們四個加起來還要美十倍！」

陸小鳳道：「你見過她？」

老實和尚嘆了口氣，苦笑道：「我佛慈悲，千萬莫要讓和尚再看見她，否則和尚就算有十個腦袋，只怕都要被打得精光。」

陸小鳳道：「你知不知道她在什麼地方？」

老實和尚道：「不知道。」老實和尚若說不知道，就是不知道，老實和尚從來不說謊。

陸小鳳道：「你上次是在什麼地方見到她的？」

老實和尚道：「我不能告訴你。」老實和尚若說不能告訴你，就是不能告訴你，你就算打破他腦袋，也沒有用的。

陸小鳳知道這是沒法子的，只有恨恨的瞪著他，忽然笑道：「其實和尚並非只有一個腦袋的！」

老實和尚聽不懂。

陸小鳳道：「因為和尚還有個小和尚！」他大笑，笑得彎下了腰。老實和尚已氣呆了，他明知陸小鳳是在故意氣他的，還是氣呆了，幾乎已被氣得暈過去。金九齡在旁邊看著，也忍不住要笑。

老實和尚忽然嘆道：「和尚不說謊，還有句老實話要告訴你。」

陸小鳳好容易才忍住笑，道：「你說。」

老實和尚道：「看你們兩個，都是一臉的霉氣，不出三天，腦袋都要被人打破的！」

二

孟偉雖然也只有一個腦袋，卻叫做三頭蛇，在九大名捕中，他一向是手段最毒辣、對付犯人最兇的一個。三頭蛇當然也有三種面目，看見金九齡，他不但態度恭敬，笑容也很可親。連陸小鳳都

很難想像到這麼樣一個人，會時常在暗室中對人灌涼水，上夾棍。

就因爲世上還有他這種人，所以大家都應該知道，一個人活在世上，還是不要犯罪的好。替金九齡趕車來的，也是魯少華那一班的捕快，車馬一入城，就有本地的捕快接應，將他們帶到這裡來。

這裡也是鬧區——大多數人在犯罪時，果然都有種很難改變的習慣。所以世上也很少有破不了的罪案。孟偉在街角上的茶館裡等他們，他們的目標，就是後面的一條巷子裡，巷底的一棟小房子。

「來租房的，也是個很英俊的後生小伙子，預付了一年房租。」

「你有沒有聽見裡面有什麼動靜？」

「沒有，據說那房子也好像一直都沒有人來住過。」

——也許他們來得比公孫大娘快，她殺了蛇王後，總難免要耽誤些時間，何況她還要帶著個已受了傷的薛冰。

於是金九齡吩咐：「把你手下顯眼的兄弟都撤走，莫要被人發覺這裡已有警戒！」

孟偉道：「我們的行動一直很小心，到這裡來的兄弟，都已經改扮。」

金九齡冷笑道：「改扮有什麼用？別人難道看不出？」

陸小鳳也一眼就已看出，茶館裡的伙計、巷子對面一個賣生果的小販、路邊的算命先生，和七八個茶客都是他們的人改扮的。在公門中耽得久了，一舉一動都好像跟普通人不太一樣，尤其是臉上的神色和表情，更瞞不過明眼人。

孟偉道：「我這就去叫他們走。」

巷口的屋簷下，有個長著一身疥瘡，手裡捧著個破瓦鉢的禿子乞丐。孟偉走過去時，他居然還伸出瓦鉢來討錢，卻討來了一腳。

片刻間，那些改扮的捕快都已散盡了，孟偉回來報告：「我只留下了兩個人，有什麼事時，也好叫他們去跑腿。」

一個就是巷口對面的小販，那生果攤子顯然是一直都擺在那裡的，只不過換了個人而已，所以就不致引人注意。還有一個是誰？

金九齡看著那禿子，道：「宋洪近來的確已很不錯了，你多教教他，將來也是把好手。」

陸小鳳忽然明白，這滿身疥瘡的乞丐，也是他們的人。

現在還不到戌時，七月裡白天總是比較長。屋子裡還用不著燃燈，斜陽從窗外照進來，照著一屋子灰塵。這地方果然已很久沒有人來住過，屋子裡的陳設，也跟羊城那邊差不多。

櫃裡有八九套各式各樣不同的衣服，桌上有面鏡子，旁邊有張小床，看不出一點特別的地方，也找不出一點特別的線索。他們竟似白來了一趟。

金九齡背負著雙手，四下走來走去，忽然一蹤身，竄上了屋樑，又搖搖頭，跳下來。

孟偉卻忽然在廚房裡歡呼：「在這裡了！」他奔出來時，手裡拿著個木頭匣子。

金九齡大喜道：「這是在哪裡找到的？」

「在灶裡。」那的確是個藏東西的好地方，東西藏在那裡，顯然有秘密。

金九齡已準備打開來看看，陸小鳳卻攔住了他：「匣子裡說不定有機關！」

金九齡用手拈著匣子，笑道：「這匣子輕得很，若是裝上了機簧、暗器，一定會比較重。」

他當然也是個極謹慎的人，否則十年前就已該死了幾十次。陸小鳳不再說什麼，機簧、暗器，一定是金屬的，拿在手裡的份量當然不同。匣子沒有鎖，金九齡打開了雕花的木蓋，突然間，一股淡紅色的輕煙急射而出。金九齡想閉住呼吸已來不及了，他的人倒竄了出去，「砰」的一聲，撞在櫃子上，倒下！

匣子裡的確沒有機簧暗器，卻有個用魚鰾做的氣囊，匣蓋一開，蓋上的尖針刺破氣囊，囊中緊縮的毒煙立刻射出，金九齡千算萬算，還是沒有算到這一著。

他的人倒在地上，看來也正像是個突然抽空了的氣囊，整個人都是軟的，臉色更蒼白得可怕，頭上還在流著血。他剛才情急之下一頭撞在櫃子上，腦袋竟被撞破了個洞。

——你們兩個看來都是一臉的霉氣，不出三天，腦袋都要被人打破的。

老實和尚說的果然是老實話。陸小鳳已閉住呼吸，一股掌力揮出，驅散了毒煙，想起老實和尚說的話，他心裡也覺得有點發冷。孟偉早就竄了出去，只等毒煙散盡，才捏著鼻子走進來。

這時陸小鳳已扶起金九齡，以真力護住了他的心脈，只希望能救回他一條命。

孟偉卻拿起了那匣子，他對這匣子竟遠比對金九齡關心，但匣子卻是空的，什麼也沒有，他看了很久，忽又歡呼：「在這裡了！」

秘密並不在匣子裡，卻在匣蓋上。若是仔細去看，就可發現雕花的蓋子上，雕的竟是鐘鼎文，一段有八個字：「留交阿土，彼已將歸。」

愈明顯的事，別人反而愈不會注意，公孫大娘的確很懂得人們的心理，用這種法子來傳遞消息，又有誰能想得到？——她這是在通知一個人，將一樣東西交給阿土，因為阿土已經快回去了。

消息留給誰的？要留交給阿土的又是什麼？阿土是誰？這些問題，還是無法解答。

孟偉皺著眉，沉思著，喃喃道：「阿土？難道就是那個阿土？」

陸小鳳忍不住問：「你知道有個阿土？」

孟偉道：「以前在巷口要飯的那癩子，別人就都叫他阿土。」

陸小鳳道：「現在他的人呢？」

孟偉道：「我爲了要叫宋洪扮成他，在外面守著，已把他趕走了。」

陸小鳳道：「快去找他。」

孟偉立刻就走。

陸小鳳卻又道：「等一等。」

孟偉在等。

陸小鳳道：「他知不知道你是爲什麼趕他走的？」

孟偉搖搖頭：「我只說不准他在這裡要飯了。」捕頭要趕走一個乞丐，根本用不著什麼理由。

陸小鳳道：「你找到他後，就趕快通知我，千萬不要讓他知道。」

孟偉道：「是，我一找到他，就立刻回來。」

陸小鳳道：「不要回到這裡，我現在就要帶金九齡去找施經墨，你有了消息，就到他那裡去！」

施經墨就是這裡最有名的大夫，孟偉當然也知道。

陸小鳳道：「還有，你趕快叫人去找些灰塵來，撒在我們剛才碰到過的地方，要撒得均勻。」

孟偉道：「是。」

陸小鳳道：「將這匣子也擺到原來的地方去。」

孟偉道：「是。」

陸小鳳道：「宋洪也得趕快離開這裡，叫別的人在巷口守候，最好在隔壁院子裡也留一個人，一發現有可疑的動靜，也立刻去告訴我！」

孟偉道：「是。」他站在那裡，看著陸小鳳，彷彿還有什麼話要說，卻又忍住。

可是他走到門口時，終於又忍不住回過頭，微笑道：「陸大俠若是也入了六扇門，我們這些人就只有回去抱孩子了。」

三

陸小鳳對自己也很滿意，他對這件事的處理確實很恰當，就算金九齡還清醒著，也絕不會比他處理得更好。可惜他並不是神仙，他也有算不到的事，施經墨居然不在。

這位名醫的架子一向很大，一向很少出診去替人看病。但華玉軒的主人卻是例外。

華一帆眼睛的傷還沒有完全好，而且還得了種怔忡病，嘴裡總是喃喃的在唸著他那天失竊的名畫。為什麼有錢的人，愈放不開這些身外之物呢？難道就因為他們放不開，所以才有錢？

現在也已沒法子再去聯絡孟偉了，陸小鳳只有在施家外面的客廳裡等。奇怪的是，現在他腦筋反而變得特別清醒。他忽然想起了很多事，想起了很多本來從沒有去想過的事。

就在這時，孟偉已傳來了消息：「阿土在家裡。」

「要飯的也有家？」

「要飯的也是人，連狗都有窩，何況人？」

可是阿土這個家實在只能算是個窩，是個人家已廢棄了的磚窯，在四邊打幾個洞，就算做窗戶。現在天氣還很熱，窗戶上的破木板當然不會釘起來，裡面居然還有燈光。

「阿土的人還在？」

「在，他也不知從哪裡弄來了一壺酒，正在裡面自斟自飲。」

「有沒有人來找過他？」

「還沒有，可是那邊卻已有人去過。」

「是個什麼樣的人？」

「是個年輕小伙子，居然戴著紅纓帽，打扮成官差的樣子。」

剛說完這句話沒多久，已有個戴紅纓帽的官差，手裡提著個黃布包袱，大搖大擺的從土坡下走了上來，四下張望了幾眼，就鑽進了阿土的窯洞。他當然沒有看見陸小鳳和孟偉，他們都隱身在一棵大樹上。

孟偉悄聲問：「要不要現在就進去抓人？」

陸小鳳立刻搖頭：「我們要抓的不是他。」

孟偉立刻明白了：「你是想從他身上，找出那個繡花大盜來？」

陸小鳳道：「嗯。」

孟偉道：「匣子上留下的話，是說他要回去，你認爲他就是回到公孫大娘那邊去？」

陸小鳳點點頭：「那包袱想必就是有人要交給她的，現在她想必已回到自己的窩裡！」

連阿土都有窩，何況公孫大娘？孟偉只好沉住氣等，等了沒多久，那戴著紅纓帽的官差，又大搖大擺的走了出來，嘴裡哼著小調，走下了山坡。他已交過了差，顯得輕鬆極了。

又過了半晌，屋裡的燈光忽然熄滅，阿土走出來，還關上了那扇用破木板釘的門。他背上揹著兩個破麻袋，那黃布包袱顯然就在麻袋裡。

陸小鳳道：「我盯住他，你回去照顧你們的金老總。」

孟偉道：「你一個人去，恐怕……」

陸小鳳拍了拍他的肩：「你放心，我死不了的！」

月還是很圓，月光照滿大地，晚風中已帶著一點點秋意。這正是行路的好天氣。阿土既然沒有乘車，也沒有騎馬，優哉悠哉的在前面走著，好像一點也不著急。陸小鳳也只好沉住氣，在後面慢慢的跟著。幸好這時夜已深，大路上已沒有別的行人，兩個人就這樣一前一後的在路上走著，阿土有時哼哼小調，有時唱唱大戲，走得好像愈來愈慢了。

陸小鳳簡直恨不得找條鞭子，在後面抽他幾鞭子。也不知走了多久，星已漸稀，月已將沉，阿土非但沒有加快腳步，反而找了株樹，在樹下坐著，打開麻袋，拿出了半隻燒鵝、一壺酒，居然就在路邊吃喝了起來。

陸小鳳嘆了口氣，也只好遠遠的找了棵樹，竄上去，等著、看著。他忽然發覺自己肚子也餓得要命，這兩天他根本就沒有好好吃過一頓飯。本來他是不想吃，吃不下，現在他卻是根本沒得吃了。

阿土正撕了條鵝腿，啃一口，喝一口酒，忽然又嘆了口氣，喃喃道：「一個人喝酒真沒意思，現在假如有個人能來陪陪我，那有多好。」

陸小鳳也實在想過去吃他一頓，卻只有在旁邊看著乾瞪眼。好容易等到阿土吃完了，在褲子上擦了擦手上的油，再往前走。陸小鳳忽然發現那半隻鵝，除了一條腿外，幾乎連動都沒有動，就被他拋在地上。這要飯的居然一點也不知道節省。

他當然並不是個真要飯的，陸小鳳卻是真餓了，幾乎忍不住要從地上撿起這半隻鵝來，充充飢。

可是他只有忍住。想起阿土那一身疥瘡，他就算真的已快餓死，也只好餓死算了。

走著走著，天居然已快亮了，七月裡晚上總是比較短的，忽然間，太陽已昇起，路上已漸漸有了去趕早市的行人，阿土竟忽然在路上狂奔起來。一個真要飯的，無論他要在路上發瘋也好，打滾也好，都不會有人注意他的。

但陸小鳳又怎麼能跟他一樣在路上野狗般亂跑？怎奈他偏偏只有跟著跑，就算被人當做瘋子，陸小鳳也只有認了。阿土跑得還真不慢。

路上沒人的時候，他走得比烏龜還慢，路上有人的時候，他反而跑得像隻中了箭的兔子。陸小鳳忽然發現這個人並不是好對付的，要盯住這麼樣一個人，並不是件容易事。幸好阿土並沒有回頭，而且顯然已經有點累了，忽然跳上輛運豬糠的騾車，靠在上面，好像準備在上面睡一覺。

趕車的回頭瞪了他一眼，居然並沒有將他趕下去。陸小鳳嘆了口氣，忽又發現一個要飯的在路上行走，竟有很多別人意想不到的方便。

難怪有人說，要了三年飯，就連皇帝都不想做了。太陽漸漸昇起。阿土閉著眼睛，竟似真的已睡著。陸小鳳身上卻已在冒汗，只覺得又熱、又累、又渴，卻又偏偏不能停下來。

要想找到公孫大娘，就非緊緊的盯住這個人不可。若是運氣好，常常會在路上遇見一些賣冷酒牛肉的小販。可惜陸小鳳的運氣並不好，這條路上竟連個賣大餅的都沒有。

原來嶺南人講究吃喝，要吃，就得舒舒服服的找個地方，坐下來吃，就算有這種小販，也很少會有人去光顧的。所以這種路上常見的小販，在這裡根本無法生存。所以陸小鳳只有餓著。

道路兩旁，本來是一片沃野，到了這裡，才從一座青山旁繞過去。阿土忽然跳下車，奔上了山坡。山上林木青蔥，總算涼快了些，阿土在車上小睡了一陣，精神更足。

陸小鳳也只好打起精神來。他忽又發現這臭要飯的不但腰腿極健，而且身子還似帶著輕功。幸好山並不太高，阿土既然往山上走，也許地頭已經快到了。公孫大娘的秘穴，本就很可能是在一座山上的。誰知這竟是座荒山，一路上都看不見有房子，山路也很崎嶇。

到了山巔，忽然有一股香氣隨風飄了下來，好像是燉羊肉的香氣，上面當然一定有人家，當然就是公孫大娘的家。誰知陸小鳳這次又猜錯了。

上面還是沒有房子，卻有一群乞丐在吃肉喝酒，看見阿土走上來，就有人笑道：「算你運氣好，我們剛從山下偷了條肥羊，在這裡打牙祭，你既然遇上了，也來吃一頓吧！」

阿土大笑走過去，道：「看來我這幾天口福真不錯，無論走到什麼地方，都有好吃的！」

陸小鳳卻又只有看著乾瞪眼。他當然不能混到這群乞丐中去，吃人家偷來的肥羊，他當然也不能讓阿土看見他。所以只有躲在一塊山石後，餓得連胃都已發疼。

他甚至已開始有點後悔，昨天晚上本該將那半隻燒鵝撿起來吃。

阿土居然一下子就跟這些乞丐混熟了，大家有說有笑，又吃又喝，快活得像神仙一樣。陸小鳳卻簡直好像在十八層地獄裡，他平生也沒有受過這種罪。

直到現在，他才真正了解飢餓是件多麼可怕的事。若能趁這機會，閉上一眼歇一歇也好。

但這些乞丐裡，說不定也有公孫大娘的手下，他們說不定就是等在這裡，接應阿土的。

所以陸小鳳根本連片刻都不能放鬆，非得緊緊的盯住他們不可。若是阿土偷偷的將黃布包袱交給了別人，再由那個人送去給公孫大娘，他這些罪，就完全是白受的了。

好容易等到這些人吃喝完了，阿土向他們唱了個肥喏，居然又揚長下山。

他到這山上究竟是幹什麼的？

陸小鳳實在弄不懂：「難道他真的已將那布包袱偷偷交給了別人？我爲什麼沒有看見？」

既然沒有看見，就只有再盯著阿土。

到了山腰間，阿土忽然停下來，從後面的麻袋裡，拿出了個黃布包袱，看了看，又放回去，喃喃的笑著道：「幸好東西還沒有被那些偷羊賊摸去，否則我腦袋只怕就得搬家了！」

這黃布包袱裡究竟是什麼東西？爲什麼如此重要？陸小鳳當然看不見，也猜不出。

不管怎麼樣，東西總算還在阿土手裡，而且，這東西既然如此重要，他說不定會當面交給公孫大娘的。陸小鳳受的這些罪，看來總算還不冤。

最冤的是，阿土竟又從原路下山了。他當然不會是特地上山去吃頓羊肉的。難道他已發覺後面有人跟蹤，故意要讓跟蹤他的人受點罪？也不會。他並沒有很緊張的樣子，假如已發現有人跟蹤，也絕不會再從原路下來。

陸小鳳更相信自己絕不會被人發現，就算他再餓一兩天，行動時也絕不會發出任何聲音來。

近來已有很多人都認爲，他的輕功已可列入天下前五人之內。

「一個人若是負有秘密的重要任務，無論後面有沒有人跟蹤，行動時都會故意弄些玄虛的。」

一定是這原因，陸小鳳對自己這解釋，也覺得很滿意。

下山後，阿土的行動果然就正常得多，又走了半個時辰左右，他就進了城，在城裡也兜了兩個圈子，走進個菜館，又從後門走出，忽然轉入條巷子，巷子裡只有一個門，是一家大戶花園的角門。

他居然好像回到自己家裡一樣，不敲門就揚長而入，而且對園子裡的路徑也很熟，三轉兩轉，穿過片花林，走過條小橋，來到面臨荷塘的一座小樓。樓上亮著燈光。陸小鳳才發現，現在竟已又是黃昏後。

四

黃昏後，夕陽已薄。小樓上燈火輝煌，卻聽不見人聲，連個應門的童子都沒有。阿土也沒有敲門，就登樓而上。樓上一間雅室中，不見人影，卻擺著一桌很精緻的酒菜。

「看來他口福真不錯，果然無論走到哪裡，都有好東西吃。」

雖然沒有人，桌上卻又擺著八副杯筷，阿土坐下來，拿起筷子，挾了塊醉雞，自己又搖搖頭，放下來，從後面的麻袋裡，取出那黃布包袱，放在桌上，喃喃道：「想不到這次又是我到得最早。」

他顯然是在等人，等的是什麼人？其中是不是有公孫大娘？

小樓對面，有棵濃蔭如蓋的大銀杏樹，正對著樓上的窗戶。

陸小鳳從樹後壁虎般滑了上去，找了個枝葉最濃密之處躲了起來。天色更黯，就算有人到窗口來張望，也絕不會發現他。現在阿土總算已到了地頭，總不會再玩什麼花樣了。

陸小鳳剛想喘口氣，養養神，突聽衣袂帶風之聲響起，一條人影飛燕般從樹梢掠過，「細胸巧翻雲」，已掠入了小樓。

「好漂亮的身法，好俊的輕功。」陸小鳳立刻又瞪大了眼睛，但卻已知道這人並不是公孫大娘。這人的輕功雖高，比起公孫大娘來，卻還差些，比起他來，當然也還差些。

只不過這人也是個女人，年紀已近四十，可是徐娘半老，風韻猶存，眉梢眼角的風情，比少女更迷人。她身上穿著件深紫色的緊身衣，手裡也提著個黃布包袱。

剛才她凌空翻身時，陸小鳳已發現她腳上穿著的，也正是雙紅鞋子。

現在她已坐下來，向阿土嫣然一笑，道：「又是你來得最早。」

阿土嘆了口氣，道：「男人總是吃虧些，總是要等女人的。」

這句話陸小鳳倒也深有同感。他發現自己果然沒有看錯，這阿土果然是個很不好對付的人，而且身分也絕不低。這紫衣女客輕功極高，風度極好，可是長著一身疥瘡，在巷口要飯的阿土，卻居然可以跟她平起平坐。難道他也是位武林高手？

陸小鳳本來認爲自己對江湖中的人事已很熟，現在才發覺，武林高手中，他不認得的還是很多，至少這兩人他就連見都沒見過。風中忽然傳來一陣銀鈴般笑聲，人還未到，笑聲已到。

紫衣女客道：「老七來了。」

一句話沒說完，屋子裡已多了一個人，當然也是女人，是個梳著兩條烏油油的長辮，明眸皓齒，巧笑嫣然的紅衣少女，手裡也提著個黃布包袱。

她先向阿土笑了笑，又向紫衣女客笑著道：「二娘你們來得早！」

紫衣女客嘆了口氣，道：「年紀大的人總是難免要吃虧些，總是要等小姑娘的。」

紅衣少女銀鈴般笑道：「你幾時吃過別人的虧？你不佔別人的便宜，別人已經謝天謝地了。」

紫衣女客看著她，又嘆了口氣，道：「我真不知道你究竟有什麼好笑的，為什麼總是一天到晚笑個不停？」

阿土悠然道：「因為她自己覺得笑起來很好看，還有兩個很好看的酒渦，若是不笑，別人豈非看不見了？」

紅衣少女瞪了他一眼，卻又笑了，而且一笑就笑個不停。陸小鳳現在才知道這紫衣女客叫二娘。二娘？莫非是公孫二娘？公孫二娘既然已來了，公孫大娘想必遲早也總會來的。陸小鳳總算覺得開心了些，無論他受了什麼罪，總算已有了代價。何況，這紅衣少女的笑聲，也實在能令人聽了覺得愉快。只可惜陸小鳳也不認得她。

她還在吃吃的笑著，又道：「我跟你打賭，你猜這次又是誰來得最晚？」

二娘道：「當然是老三，她洗個臉都要洗半個時辰，就算火燒到她眉毛，她也不會著急的！」

紅衣少女拍手笑道：「對了，這次一定又是她。」

突聽樓梯下有個人道：「錯了，這次一定不是她。」

說話的聲音很溫柔、很緩慢，一個人慢慢的從樓下走了上來。她現在走得雖慢，但陸小鳳卻居然沒有看見她是怎麼進這小樓的。

紅衣少女看見她，彷彿很吃驚，但立刻就又笑道：「想不到這次居然出了奇蹟，三娘居然沒有遲到！」

三娘不但說話的聲音溫柔，態度也很溫柔，笑得更溫柔，慢慢走上來，慢慢的坐下，慢慢的將手裡一個黃布包袱放在桌上，才輕輕嘆了口氣，道：「這次我不但沒有遲到，而且比你們來得都早。」

紅衣少女道：「真的？」

三娘道：「我昨天晚上就來了，就睡在樓下，本想第一個上來等你們的，讓你們大吃一驚！」

紅衣少女道：「那你爲什麼還是直等到現在才上來？」

三娘嘆道：「因爲我有很多事要做！」

紅衣少女道：「什麼事？」

三娘道：「我又要梳頭，又要洗臉，又要穿衣服，又要穿鞋子。」

聽到這裡，連樹上的陸小鳳都已忍不住要笑。

紅衣少女更已笑得彎了腰，喘著氣道：「這些倒真是了不起的大事。」

二娘也忍不住笑道：「我說過，她洗個臉都得洗個半個時辰的。」

阿土忽然道：「我只奇怪一點！」

紅衣少女搶著問道：「哪一點？」

阿土道：「她每天除了梳頭洗臉、穿衣穿鞋外，哪裡還有空去做別的事？」

紅衣少女拚命忍住笑，正色道：「這問題倒實在嚴重得很，將來她若嫁了人，也許連生孩子的空都沒有，豈非誤了大事？」一句話沒說完，她的人幾乎已笑得滾到地上去了。

三娘也不生氣，還是慢慢的說道：「我知道你一定會有很多空生孩子的，將來你至少會生七八十個孩子。」

紅衣少女笑道：「我就算一年生一個，也生不了這麼多呀！」

三娘道：「若是一窩一窩的生，豈非就可以生得出了？」

紅衣少女道：「只有豬才會一窩一窩的生小豬，我又不是豬……」這句話還沒說完，她已發覺這簡直等於自己在罵自己。

二娘忍不住噗哧一笑，道：「原來你不是豬呀，真的要趕快聲明才行，免得別人弄錯了！」

紅衣少女噘起了嘴，道：「好呀，現在四姐和六姐都還沒有來，所以你們就乘機欺負我！」

三娘道：「她們來了又怎樣？」

紅衣少女道：「她們至少總會幫著我說話的，你們兩個加起來，也說不過她們半個。」

一陣風吹過，窗外已又有三個人燕子般飛了進來，一個人微笑著道：「至少有一點我是絕不會弄錯的，我知道她絕不是小豬！」

紅衣少女又拍手叫道：「你們聽見了沒有，我就知道四姐是個好人。」

三娘卻還是要問：「她不是小豬是什麼？」

四姐道：「她只不過是個小母雞而已！」

紅衣少女又怔住：「我是個小母雞？」

四姐道：「若不是小母雞，怎麼會一天到晚『格格、格格』的笑個不停？」

紅衣少女笑不出來了。陸小鳳也笑不出了——最後來的這三個人中，他居然認得兩個。其中一個當然是江輕霞，他並不意外，可是他做夢也想不到，她們的「四姐」居然就是歐陽情！那位曾經被他氣得半死的名妓歐陽情！那位只愛鈔票，不愛俏的姐兒歐陽情！

看見歐陽情居然會和江輕霞一起出現，看見她的輕功居然也不在江輕霞之下，陸小鳳幾乎一跤從樹上跌下來。「紅鞋子」這組織中，看來倒真是什麼樣的人都有。歐陽情和江輕霞顯然都是這組織的首腦。桌上有八副杯筷，這組織中顯然有八位首腦，現在已到了七位。

那紫衣女客是老二，洗臉也得半個時辰的是三娘，四姐是歐陽情，五姐是江輕霞，六姐青衣白襪，滿頭青絲都已被剃光，竟是位出了家的尼姑，那一天到晚笑個不停的小母雞是七娘。大娘呢？公孫大娘爲什麼還沒有露面。這個滿身癩子的阿土，跟她們又有什麼關係？又算是老幾？

五

七個人都已坐了下來，面前都擺著個黃布包袱，只有首席上還空著，顯然是爲公孫大娘留著的。

阿土忽然道：「你們姐妹六個，這次帶回來的都是些什麼？可不可以先拿出來讓我看看！」

紅衣少女搶著道：「當然可以，三姐既然來得早，我們就該先看看她帶回來的是什麼？」

三娘既不反對，也沒有拒絕，只是慢吞吞的伸出手，去解包袱上的結。她的包袱上打了三個結，她解了足足有半盞茶的工夫，才解開第一個結。

二娘嘆了口氣，苦笑道：「你們受得了，我可受不了，還是先看我的吧！」

陸小鳳已振起了精神，張大了眼睛。這些神秘的黃布包袱裡究竟是什麼東西？他早已忍不住想看了。他實在比誰都急。

幸好這位二娘的動作倒不慢，很快的就將包袱打開，包袱裡是七八十本大大小小的存摺。

二娘道：「今年我的收成不好，又休息了三個多月，所以只在各地的錢莊存進了一百八十萬兩銀子，但明年我卻有把握可以弄到多一倍。」

她一年之內，就有一百八十多萬兩銀子的進帳，還說收成不好。陸小鳳在心裡嘆了口氣，他實在想不通這位二娘是幹什麼的。據他所知，就算黑道上勢力最大的幾股巨寇，收入也絕沒有她一半多。他也想不出這世上還有什麼能比做強盜收入更好的生意。

三娘輕嘆了口氣，道：「既然只有一百八十萬兩，今年我們的開銷就得省一點了。」

二娘道：「你呢？今年你的收成怎麼樣？」

三娘笑了笑，道：「我的收成還算不錯，最近不要鼻子的人好像愈來愈多了！」

不要鼻子的意思，就是不要臉。這句話陸小鳳是懂得的，可是，不要臉的人有多少，和她的收成有什麼關係？這點陸小鳳就不懂了。好在三娘總算已將包袱上的結解開，裡面還有層油布。

她再解開這層油布，裡面又有層紅緞子。紅緞子裡包著的，赫然竟是七八十個大大小小不同的鼻子！人的鼻子！陸小鳳幾乎又要一跤從樹上跌下來。這個又溫柔、又斯文，連走路都生怕踩死隻螞蟻的女人，難道竟能親手割下七八十個人的鼻子？

三娘柔聲道：「他們既然不要鼻子，我就索性把他們的鼻子割下來！」

紅衣少女拍手笑道：「這倒真是好法子！」

三娘道：「明年我就不用這法子了！」

紅衣少女道：「明年你準備用什麼法子？」

三娘道：「明年我準備割舌頭！」

紅衣少女道：「割舌頭？為什麼要割舌頭？」

三娘又輕輕的嘆了口氣，慢慢的說道：「因為最近我又發現這世上的人，話說得太多！」

紅衣少女伸了伸舌頭，銀鈴般笑道：「我若不認得你，我也不信你會是個這麼心狠手辣的人！」

三娘淡淡道：「我不會打死你，我最多也只不過割下你的舌頭！」

紅衣少女閉上了嘴，伸出來的舌頭一下子就縮了回去，好像連看都不肯再讓她看了。這位洗臉都要洗半個時辰的女人，無論要割人的鼻子也好，割人的舌頭也好，出手都絕不會慢的。

歐陽情忽然問道：「這裡面最大的一個鼻子，卻不知是什麼人的？」

三娘道：「你想知道？」

歐陽情笑道：「我對大鼻子的男人，總是特別有興趣！」

二娘笑罵道：「這丫頭在那種地方混了兩年，不但心愈來愈黑，臉皮也愈來愈厚了。」

歐陽情吃吃的笑道：「二姐果然是過來人，大鼻子的男人有什麼好處，她一定知道得很清楚！」

三娘道：「只可惜鼻子最大的人，現在已變成了個沒有鼻子的人！」

歐陽情道：「你說的這個人是誰？」

三娘道：「段天成！」

聽見這名字，陸小鳳又吃了一驚。這名字他聽過，這人他也見過，「鎮三山」段天成不但鼻子大、氣派大，來頭也不小。無論誰要割下他的鼻子來，都絕不是件容易事。

紅衣少女的嘴已閉上了很久，此刻又忍不住道：「今年我們是不是準備和往年一樣，大家痛痛快快的大喝一頓，喝醉爲止？」

二娘道：「這是我們的老規矩，當然不會變的。」

紅衣少女道：「現在我們的人既然已到齊了，爲什麼不開始呢？」

陸小鳳的心又沉了下去。——現在的人已到齊了？——難道公孫大娘今天根本就不會來？

二娘道：「誰說人已到齊了？你難道沒有看見還有個位子是空著的？」

紅衣少女道：「還有什麼人要來？」

二娘笑了笑，道：「據說大姐又替你找了個八妹！」

紅衣少女也笑了：「現在總算有個比我小的人了，以後你們若再欺負我，我就欺負她！」

阿土忽然道：「只可惜她今天已不會來！」

二娘皺眉道：「爲什麼？難道她已不想來？」

阿土道：「她想來，卻不能來！」

二娘道：「有人不許她來？」阿土點點頭。

紅衣少女又搶著道：「她既然已不能來，我們還在等誰？」

阿土道：「等一位客人！」

紅衣少女眼睛發出了光：「今天我們居然還請了位客人來？」

阿土道：「嗯。」

紅衣少女道：「他的酒量怎麼樣？」

阿土道：「據說還不錯！」

紅衣少女笑道：「不管他酒量有多好，今天只要他真的來，我保證他直著進來，橫著出去！」

二娘目光閃動，道：「看來他不但酒量大，膽子也大，否則聽見你這句話，嚇也被你嚇跑了。」

紅衣少女也眨了眨眼睛，道：「他的膽子不太大？」

阿土道：「他還沒有跑。」

紅衣少女笑道：「既然沒有跑，爲什麼不進來？難道這個人喜歡在外面喝風，不喜歡進來喝酒？」

阿土淡淡道：「他已喝了一整天的風，現在想必已該喝夠了。」

窗外的樹上有人嘆息著，苦笑道：「我實在已喝夠了。」

嘆息聲中，陸小鳳已隨著一陣風飄了進來。他早已準備進來。

憑這麼樣七個人，有人躲在她們窗外的樹上，她們會一點也不知道？陸小鳳忽然發覺自己躲在外面喝風，實在是件很愚蠢的事。他覺得自己簡直愈來愈像是個笨蛋。

可是他看來並不像笨蛋。無論什麼樣的笨蛋，都絕不會長著四條眉毛的。

紅衣少女看著他，忽然拍手笑道：「我知道你是誰，你就是那個有四條眉毛的大笨蛋陸小鳳！」

八　千奇百變

一

喝了一整天風，餓了一整天肚子，已經是件很不好受的事了。唯一更不好受的事，也許就是在已經餓得發暈的時候，還被人叫做大笨蛋。

陸小鳳卻笑了：「我知道有很多人叫我大笨蛋，但還有很多別的人，卻喜歡叫我另一個名字！」

紅衣少女忍不住問：「什麼名字？」

陸小鳳道：「大公雞。」

紅衣少女的臉紅了，紅得就像是她的衣裳一樣。

歐陽情忽然道：「其實他還有一個更好聽的名字。」

紅衣少女立刻又問道：「什麼名字？」

歐陽情道：「陸三蛋。」

紅衣少女道：「陸三蛋？這是什麼意思？」

歐陽情悠然道：「這意思很簡單，因爲他不但是個大笨蛋，又是個大混蛋，而且還是個窮光蛋，加起來正好是三蛋。」

紅衣少女又笑得彎下了腰，吃吃的笑著道：「這名字真好聽極了，我一輩子也沒聽過這麼好的名字！」

二娘也不禁嫣然笑道：「現在你們既然已餓得要命，爲什麼還不把這三個蛋炒來吃？」

歐陽情道：「因爲這三個蛋都已不太新鮮，是臭蛋。」

三娘嘆了口氣，道：「現在我只擔心一件事！」

歐陽情道：「什麼事？」

三娘道：「我只怕他不是鴨蛋，是雞蛋！」

歐陽情點了點頭，正色道：「這問題倒真的很嚴重，他若是雞蛋，就一定是母雞生下來的，那麼他豈非變成了小母雞的兒子。」

紅衣少女的臉雖更紅，卻已笑得連腰都直不起來。

陸小鳳沒有笑，但卻已明白了兩件事：——女人是得罪不得的，尤其是像歐陽情這種女人。——一個男人若是想跟六個女人鬥嘴，就好像是一個秀才要跟六個兵講理一樣，還不如買塊豆腐來一頭撞死的好。

現在他已做錯了一件事，他不想再錯第二件。

紅衣少女還在笑。她的笑聲不但很好聽，而且還彷彿有種感染性，無論誰聽到她的笑聲，都一定會覺得心情愉快，忍不住也想笑一笑。

陸小鳳卻還是沒有笑。他突然衝過去，出手如閃電，反擰紅衣少女的臂。

二娘失聲而呼：「小心！」

兩個字出口，紅衣少女反肘後撞陸小鳳的肋骨，旁邊也已有三件兵刃同時刺向他的左右兩脅。

她們的出手都很快，尤其是那青衣白襪的女尼，掌中一口精光四射的短劍，乍一出手，森寒的劍氣已逼人眉睫。只可惜陸小鳳的出手更快，他的胸腹一縮，一雙手還是擰住了紅衣少女的臂。三件兵刃同時刺出，又同時停頓，劍鋒距離陸小鳳的脅下要害已不及半尺。

陸小鳳卻連動都沒有動，甚至連眼睛都沒有眨一眨。他知道這一劍絕不會再刺下來的。他的兄弟若是已落到別人手裡，他也絕不敢再輕舉妄動。

青衣女尼握劍的手上已凸出青筋。要將這一劍硬生生停頓，遠比刺出這一劍更吃力。劍尖猶在顫動，青衣女尼厲聲道：「放手！」

陸小鳳不放手。

紅衣少女也已笑不出來了，咬著嘴唇道：「我又沒有得罪你，你爲什麼不放手？」

陸小鳳不放手，也不開口。

歐陽情的劍也已出袖，冷笑道：「這麼樣一個大男人，卻要來欺負個小姑娘，你害不害臊？」

陸小鳳不害臊。他的臉既沒有發白，也沒有發紅。

二娘用的一柄亮銀彎刀，也是從袖中刺出的，長不及兩尺：「我們這兩口劍、一柄刀，隨時都可以把你刺出十七八個透明窟窿來！」

歐陽情立刻接著道：「所以你若敢再不放手，我們就要你死在這裡。」

陸小鳳忽然笑了。

二娘怒道：「我們說的話，你難道不信？」

陸小鳳微笑道：「你們說的每個字，我全都相信，但我卻不信你們真敢出手！」

二娘冷笑：「哦？」

陸小鳳淡淡道：「因爲你們現在想必都已看出來，我並不是個君子！」

青衣女尼道：「你根本不是人！」

陸小鳳道：「所以無論什麼事，我都做得出的！」

二娘變色道：「你想對老七怎麼樣？」

陸小鳳道：「我很想放了她！」

這句話又大出意料之外，二娘立刻追問：「你爲什麼不放？」

陸小鳳道：「只要你們答應我兩件事，我就放！」

二娘眼珠子轉了轉，道：「只要你放了她，莫說兩件事，就算……」

這句話的下半句，應該是：「……就算兩百件事，我也答應。」可是二娘並沒有說完這句話。

一直安安靜靜坐在那裡的三娘，忽然道：「就算半件事，我們也不答應。」

她說話的聲音，還是那麼慢、那麼溫柔。可是說到最後兩個字時，她已出手。她的出手既不慢，也不溫柔。她用的是鞭子。一條漆黑發亮，就像是毒蛇般的鞭子。她安安靜靜的坐著時，已在桌下悄悄將這條鞭子解了下來。她的鞭子抽出來，比毒蛇還快，比毒蛇還毒。

二娘又不禁失聲而呼：「小心七妹！」

三娘卻不管。鞭梢毒蛇般一捲，抽向陸小鳳耳後頸下的血管。陸小鳳的人已滑出去，帶著紅衣少女一起滑開了八尺。三娘突然凌空躍起，一鞭子從上面抽下來。她竟似乎已忘了她的七妹還在對方手裡，她的出手全無顧忌。陸小鳳心裡在嘆氣。他實在想不到，這位文文靜靜的三娘，竟是這麼樣個不顧一切的女人。他實在想不到她真的敢出手。

現在她已出手了，他能對紅衣少女怎麼樣？他若殺了這少女，她的姐妹們一定會跟他拚命的，他若放了她，她的姐妹還是一樣會要他的命。所以他也只有拚命！除此之外，他好像已沒有什麼別的選擇餘地。三娘的鞭子根本就不讓他有第二條路走。

二娘突然跺了跺腳，道：「好，大家一起上，先廢了他再說！」

歐陽情道：「七妹呢？」

二娘道：「他若敢傷了七妹一根毫髮，我就把他全身的肉一寸寸割下來！」

這兩三句話說出來，三娘鞭子已抽出了二十鞭。陸小鳳嘆了口氣。他不喜歡看人流血，尤其不喜歡看女人流血。可是現在他已沒法子再閃避下去，這條鞭子實在太快、太狠。他只有反擊。

二娘的彎刀也已銀虹般刺過來。她的刀法怪異，出手更毒。

只要她一出手，就連江輕霞都絕不會再袖手旁觀的，但就在這時，突聽「叮」的一響，一個酒杯擊上了她的刀，一雙筷子也從旁邊伸出來，輕輕一挾，竟挾住了那條毒蛇般的鞭梢。

阿土！這雙筷子竟在阿土手裡。

三娘的臉色鐵青，瞪著他，緩緩道：「我不喜歡被人要脅！」

阿土道：「我知道。」

三娘道：「我若落在他手裡，你們出手也用不著顧忌我！」

阿土道：「我知道。」

三娘道：「那你為什麼不讓我出手？」

阿土笑了笑：「因為這人雖不是君子，總算還是個人！」

三娘道：「哦？」

阿土道：「他至少還沒有用七妹做擋箭牌，來擋你的鞭子！」

三娘想了想，慢慢的坐了下去，又安安靜靜的坐在那裡，連動都不動了。二娘也坐下來，捧著手腕，她的銀刀雖然沒有脫手，但手腕卻被打得又瘦又疼。可是她臉上並沒有生氣的樣子，對這個滿身癩子的乞丐，她也很服氣。陸小鳳的眼睛裡已發出了光。

阿土忽然問：「你剛才說，你要我們答應你兩件事？」

陸小鳳點點頭。

阿土道：「你先說第一件！」

陸小鳳道：「我本來要你們帶我去見公孫大娘的！」

阿土道：「現在呢？」

陸小鳳道：「現在已不必了！」

阿土道：「爲什麼？」

陸小鳳看著他，道：「因爲我現在已看見了公孫大娘。」

阿土笑了。他笑的樣子很古怪，就像是個假人在笑。

陸小鳳卻不禁嘆了口氣，道：「其實我早該想到你就是公孫大娘的，我不但已跟了你一天，而且以前也見過你一次！」

阿土笑了笑，道：「其實還不止一次！」

陸小鳳很意外：「不止一次？」

阿土道：「那天晚上在西園，我們已不是第一次見面了！」

陸小鳳更奇怪，忍不住問道：「我們第一次見面，是在哪裡？」

阿土並沒有回答這句話，卻反問道：「你還記不記得霍休？」

陸小鳳當然記得。

阿土道：「那天你從霍休的小樓裡出來，在山腳下等花滿樓時，有沒有看見一個剛摘了一籃子野菜的女人從你前面走過？」

陸小鳳失聲道：「哪個女人也是你？」

阿土點點頭。

陸小鳳道：「那天你也在哪裡？」

阿土又笑了笑，道：「我若不在哪裡，霍休又怎會直到現在還被關在籠子裡？」

陸小鳳怔住。現在他總算才明白，霍休那石台下的機關，怎麼會突然失靈的了。那絕不是因爲有隻老鼠在無意中闖進去，將機關卡死的。

世上絕不會有那麼巧的事，也絕不會突然發生奇蹟。奇蹟本就都是人造成的！

阿土道：「我知道霍休是條老狐狸，他就算把你賣給殺豬的，我也不管，可是他不該將上官飛燕也一齊賣了。」

上官飛燕當然也是她的人。陸小鳳又想起了那雙上面繡著飛燕的紅鞋子。

阿土淡淡道：「他殺了我的姐妹，他就得死，現在他雖然還活著，但我想他一定比死還難受！」

陸小鳳忽然又問道：「那天雪兒也看見了你？」

阿土微笑道：「那孩子實在是個鬼靈精，你們走了後，她就立刻溜到石台下的機關總樞去查看，她知道那下面一定有古怪的！」

陸小鳳道：「她看見了你？」

阿土道：「她沒有看見我，卻看見了我留在那裡的一雙紅鞋子！」

陸小鳳苦笑道：「所以她才會認爲她的姐姐還沒有死！」

阿土嘆道：「她畢竟還是個孩子，想得實在太天真了，死在霍休手下的人，是絕不會復活的！」

陸小鳳道：「所以你故意讓霍休活著，好留給她？」

阿土道：「不錯，我要讓她自己報復。」

陸小鳳道：「但我卻想不通，你怎麼會將霍休的財產也全都留給了她？我看得出你也很需要那筆財富！」

阿土眼睛裡露出種很奇特的表情，道：「只可惜她能從霍休手裡敲出來的已不多了。」

陸小鳳道：「哦？」

阿土道：「那筆財富早已落入了另一個人手裡，無論誰都再也休想能從這個人手裡要出一兩銀子來！」

陸小鳳皺眉道：「這個人是誰？那筆財富怎麼會落入他手裡的？」

阿土目光凝視著遠方，眼睛裡竟似帶著種說不出的恐懼之色，突然改變話題，冷冷道：「你說過你要我們答應你兩件事，你已說了一件，現在你還想要什麼？」

陸小鳳道：「要你跟我走！」

阿土又笑了：「要我跟你走？難道你看上了我？」

陸小鳳道：「我的確看上你！」

阿土笑道：「你看上的是那個賣糖炒栗子的老太婆？還是這癩子乞丐？」

陸小鳳道：「我看上的是另一個你！」

阿土目光閃動，道：「你是說——繡花大盜？」

陸小鳳點點頭。

阿土道：「你認爲我就是繡花大盜？」

陸小鳳道：「你不承認？」

阿土嘆了口氣，道：「看來我現在就算想否認，也沒有用的！」

事實俱在，證據確鑿，她否認當然沒有用。

陸小鳳也嘆了口氣，道：「你總算救過我，我並不是個忘恩負義的人！」

阿土淡淡道：「我知道，你只不過是個笨蛋而已！」

陸小鳳只好裝做聽不見。

阿土又道：「現在你是不是想將我送到金九齡那裡去歸案？」

陸小鳳道：「我保證你一定會受到公正合理的審判！」

突聽「奪」的一聲，二娘的銀刀已釘在桌子上。

青衣女尼撫著劍鋒，歐陽情面帶著冷笑，江輕霞的嘴唇已發白。

紅衣少女又大笑：「你要我大姐跟你走？你是不是在做夢？」現在她的笑聲聽來已沒有剛才那麼令人愉快了。

等她笑完了，阿土才淡淡道：「他不是在做夢，我很可能會跟著他走的！」

紅衣少女怔住，每個人都怔住，甚至連陸小鳳都覺得很意外。

阿土慢慢的接著道：「我喜歡有本事的男人，一個眞正有本事的男人，無論要我跟他到什麼地方去，我都會去。」

又有人笑了。

這次笑的是歐陽情，她第一個明白了阿土的意思：「所以你若要大姐跟你走，就得先讓我們看看，你的本事夠不夠！」

陸小鳳也笑了：「我的本事有很多種，卻不知你們要看哪幾種？」

阿土道：「我只想三種！」

陸小鳳道：「三種？」

阿土看著他，瞳孔彷彿在漸漸收縮：「我們三陣定勝負，你只要能勝我兩次，我就跟你走！」

陸小鳳微笑道：「三陣定勝負？這聽來倒好像滿有趣的！」

阿土道：「我保證一定有趣極了！」

陸小鳳目光閃動，笑道：「我們第一陣比什麼？比喝酒？」他知道她當然一定不會跟他比喝酒的。只有愚蠢的女人，才會跟他這種男人比喝酒。

誰知阿土卻偏偏說出了一句他做夢也想不到她會說的話：「好，我們比喝酒！」

二

酒擺在桌上的時候，陸小鳳才發現自己又做了件多麼愚蠢的事。現在他累得就像是條老牛，餓得就像是匹狼。現在他最需要喝的，是一大碗用火腿燉的雞湯，但他卻偏偏要跟人比喝酒。

喝酒也跟做很多別的事一樣，是需要體力的。何況，此時此刻，公孫大娘就算醉了也無妨，他卻絕不能醉。這地方都是公孫大娘的人，他根本就連一滴酒都不能喝。可是現在桌上卻擺著六罈酒。六罈瀘州大麯。

現在「阿土」身上的癩子也不見了，頭也不禿了，已換了件柔軟的袍子，臉上脂粉不施，看來就像是個普通的中年婦人。難道這就是她的真正面目？陸小鳳看不出，也猜不出，沒有人知道公孫大娘的真正面目是什麼樣子的。她甚至連聲音都隨時改變。現在她說話的聲音，就像是個慇懃的主婦，在招待她的客人。

她看著陸小鳳，微笑著道：「這六罈酒給我們兩個人喝，不知道夠不夠？」

陸小鳳苦笑道：「就算是給兩匹馬來喝，只怕也夠了，只不過菜卻好像還不夠！」桌上還是只有一碟冷盤。

公孫大娘笑道：「菜的確太少，幸好我們不是比吃菜，是比喝酒！」

她當然也知道，空著肚子時喝酒，酒量至少要小一半。現在陸小鳳的肚子空得就像乞丐的錢袋。三碗酒下肚，他已覺得不對了，六碗酒下肚，他忽然又覺得自己的酒量還是不錯，再喝兩碗，他就已忍不住開始要搶著喝，然後，也不知是怎麼回事，他忽然發現自己在吐，連肚腸子都快要吐了出來。

「你醉了！」公孫大娘卻還是清醒得像管仲一樣：「這一陣你輸了！」

陸小鳳想否認，也已無法否認，只是在喃喃的分辯著：「我根本一點酒意也沒有，只不過肚子覺得有點不舒服而已！」

「你還不認輸？」

「認輸就認輸，有什麼了不起！」

當然沒什麼了不起。在他眼中看來，天下根本沒有一件事是真正嚴重的，何況，第一陣就算輸了，還有兩陣可比。但他卻忘了一件事。這一陣輸了，後面的兩陣也等於輸了。

一個喝醉了酒的人，唯一還能跟別人比的事，就是比睡覺。公孫大娘當然也絕不會跟他比睡覺。

「第二陣我們比劍！」公孫大娘悠然道。

陸小鳳挺起胸：「比劍就比劍，有什麼了不起！」

公孫大娘道：「好，你稍候，我去換衣服！」

陸小鳳道：「你又要去換衣服？」

公孫大娘道：「嗯！」

陸小鳳道：「我們究竟是在比劍?還是在比換衣服？」

公孫大娘道：「這你就不懂了，喝酒要穿喝酒的衣服，比劍也得穿比劍的衣服！」

陸小鳳道：「爲什麼？」

公孫大娘微笑道：「因爲衣服也可影響一個人的心情，也因爲女人天生就喜歡換衣服！」

陸小鳳既不餓，也不累了。酒，通常都能帶給人一種奇怪的精神和力量。但這種力量卻是種騙人的力量——就算騙不到別人，至少總可以騙騙他自己。他忽然想起了江湖傳說中的那些「醉俠」。據說那些人是「喝了酒才有本事，喝得愈多愈有本事。」據說以前有個打虎的武松就是這樣子的，「喝一分酒，就有一分本事，喝十分酒，就有十分本事。」陸小鳳的酒似已到了十分。他忽然對自己充滿了信心，覺得自己的本事也到了十分。現在就算有七八條大老虎一起出來，他也有把握一個個全都打死。只可惜他要對付的不是老虎，是公孫大娘。高手決戰，出手的時間、部位、出手的判斷，是連半分都錯不得的。

陸小鳳是不是還能作正確的判斷？看來他簡直已連這屋子是方是圓都判斷不出了。江輕霞一直沒有跟他說過半句話，但現在看著他時，眼睛裡卻帶著種同情和憐憫之色，就好像在看著個快死的人一樣。除了三娘，別人的眼色看來也跟她差不多。

陸小鳳看著三娘，忽然笑道：「我若輸了，也把鼻子割下來送你好不好？」

三娘輕輕道：「我說過，我已不要鼻子！」

陸小鳳道：「對了，你現在要的是舌頭！」

三娘道：「可是我並不想要你的舌頭！」

陸小鳳道：「你想要什麼？」

三娘道：「要你的頭！」

陸小鳳大笑：「好，我若輸了，就把頭送給你！」

對他說來，一個人是不是有頭，好像也已不是什麼太重要的事。現在江輕霞看著他，又好像是在看著一個沒有頭的人，甚至連那紅衣少女眼色中，都已露出些憐憫。無論誰都已看得出，這個長著四條眉毛的醉鬼，這一陣又輸定了！

陸小鳳居然還在找酒。酒罈子就在桌上，他居然沒有看見，因爲他的眼睛突然發直，直勾勾的看著一個剛從後面走出來的人。一個女人，一個燦爛如朝霞，高貴如皇后，綽約如仙子般的美麗女人。甚至連她身上穿的衣服，都不是人間所有的，而是天上的七彩霓裳。

陸小鳳不認得這個女人，他從來也沒有見過如此高貴艷麗的女人。幸好他還認得她手裡的劍，一雙短劍，鋒長一尺七寸，劍柄上繫著紅綢。難道她就是公孫大娘？就是剛才那個平庸的中年婦人？就是那癩子乞丐？就是那賣糖炒栗子的老太婆？陸小鳳在揉眼睛。他幾乎已不能相信自己的眼睛。

公孫大娘微笑著，看著他，道：「難道你又認不出我了？」

陸小鳳嘆了口氣，道：「我只不過有點想不通而已！」

公孫大娘道：「想不通什麼？」

陸小鳳道：「我想不通一個像這樣美的女人，爲什麼要扮成老太婆，我若是你，就算拿刀架在我脖子上，我也不肯的！」

公孫大娘道：「你怎麼知道這就是我本來的面目？」

陸小鳳道：「我不知道，我只不過希望如此而已！」

公孫大娘道：「爲什麼？」

陸小鳳道：「因爲我若一定要死在一個人手裡，我只希望能死在你這種人手裡。」

公孫大娘嫣然道：「你的確是個很會說話的人，連我的心都快要被你說軟了。」她盈盈走過來，身上的七彩霓裳無風自動，就像是有千百條彩帶飛舞。

陸小鳳又嘆了口氣，道：「下次我比劍時，一定也要做這麼樣一套衣裳穿！」

公孫大娘道：「哦？」

陸小鳳苦笑道：「現在你的劍還沒有出手，我的眼睛已經花了！」

公孫大娘道：「我的心已軟，你的眼已花，我們正好扯平！」

陸小鳳道：「還沒有扯平！」

公孫大娘道：「還沒有？」

陸小鳳道：「你手上有兩柄劍，我手上卻只有一手汗！」

公孫大娘道：「你的劍呢？」

陸小鳳道：「我沒有劍！」

公孫大娘道：「你有刀？」

陸小鳳道：「也沒有。」

公孫大娘嘆道：「像你這樣的人，出來時身上連一樣武器都不帶，實在危險得很！」

陸小鳳道：「實在危險得很，尤其是今天。」

公孫大娘道：「你想不想借一口劍？」

陸小鳳道：「想。」

公孫大娘道：「想問誰借？」

陸小鳳轉過身，對著那青衣女尼微笑。

公孫大娘又嘆了口氣，道：「看來這人並不是真醉，他倒還識貨得很。」

這柄劍也不長，但精光四射，劍氣森嚴，屈指一彈，龍吟不絕。

陸小鳳握劍在手，忍不住脫口而讚：「好劍！」

青衣女尼冷冷道：「只可惜這柄劍，今日竟被一個快死了的醉鬼握在手裡！」

陸小鳳笑道：「醉鬼的確是醉鬼，快死了卻未必！」

現在他們已下了樓，到了院子裡，星光從那棵大銀杏樹的枝葉間漏下來，正照在陸小鳳的臉上。他眼睛裡的酒意突然全都不見了，看來也清醒得像諸葛亮一樣。

二娘失聲道：「你沒有醉？」

陸小鳳並不想否認。

二娘道：「既然沒有醉，你爲什麼要認輸？」

陸小鳳笑了笑，道：「第一陣我若不認輸，第二陣我就輸了，第三陣就根本連比都不必比！」

二娘嘆了口氣，道：「看來這人也並不是真的笨蛋。」

紅衣少女咬著嘴唇，恨恨道：「但卻是個真的混蛋。」

公孫大娘淡淡道：「你第一陣縱然故意認輸，第二陣也未必能贏！」

這句話說出，她的劍已出手。劍光閃動間，她霓裳上的七彩帶也開始飛舞不停，整個人就像是變成了一片燦爛輝煌的朝霞，照得人連眼睛都張不開，哪裡還能分辨她的人在哪裡？她的劍在哪裡？

若是連她的人影都分辨不清，又怎麼能向她出手？

陸小鳳第一次與她交手時，已覺得她的劍法奇詭變幻，甚至比西門吹雪更可怕。現在他才知道，那一次她的劍法根本沒有完全發揮威力。

這種劍法的威力，好像本就需要這麼樣一身七色霓裳來烘托。

古老相傳，「劍器」並不是劍，只不過是一種古代的武舞名稱，舞者彩衣空手，彩帶如飛，直到公孫大娘，才將這種本來只作觀賞的舞技，加以變化，變成了真正可以刺敵傷人的武技！

她在聖文神武皇帝駕前做此舞時，也許不用劍的，她生怕劍氣驚了御駕。可是她私下卻真創立了一種劍法，使得「劍器」真正變成了劍的一種。

這種劍法既然脫胎於舞，當然和別的劍法不同，所以今日的公孫大娘才會特地換上了這麼樣一身七色霓裳，甚至不惜以真面目見人。因爲這種劍法真正的威力，是需要「美」來發揮的，也只有她這麼樣的絕代佳人，才能將這種劍法發揮到極致！

陸小鳳心裡在嘆息，直到今天，他才知道武功的玄妙奧秘，絕不是任何人所能憑空臆測的！假如他今天沒有親身體驗，也永遠不會懂得這種劍法妙處何在，可是他並不想體驗得太多。

因爲這種劍法的變化實在太奇詭，招式實在太繁複，一發出來，就如水銀瀉地，無孔不入！只要他露出一點破綻，只要他的眼神稍有疏忽，就很可能立斃於劍下！

他想戰勝，只有憑一個字！

快！以快刀斬亂麻，以不變應萬變。

公孫大娘乍一出手，他的身子已憑空飛起，飛上了對面的屋脊。

紅衣少女大叫：「這人想逃了！」

五個字還沒有說完，陸小鳳的人又已飛出，人與劍似已合而爲一。只見劍光如匹練、如飛虹，從屋脊上向公孫大娘直刺了過去。劍光輝煌而迅急，沒有變化，甚至連後著都沒有。他竟已將全身的勁力都溶入了這一劍中。

——沒有變化，有時也正是最好的變化。

公孫大娘人如彩霞，劍如流星，但卻還是已來不及變化。她的人與劍，似已全都在陸小鳳這一劍的劍氣籠罩下。

只聽「叮」的一聲，聲如龍吟。劍光一合即分，滿天彩霞飛舞，公孫大娘身上的彩帶，已被削斷了數十條。

沒有人動，沒有聲音。

公孫大娘身形已停頓，動也不動的站在那裡，竟不再出手。陸小鳳也不再出手，也只是動也不動的站在那裡，看著公孫大娘。

二娘忽然大聲道：「這一陣還未分出勝負，你們爲什麼已住手？」

陸小鳳淡淡道：「這一陣若是比殺人，當然還沒有分出勝負，若是比劍，就已算我勝了！」

公孫大娘終於長長嘆息，道：「不錯，這一劍之威，實在已勝過了我！」

陸小鳳道：「多謝。」

公孫大娘道：「但我從未想到，你居然能使得出這麼樣一劍！」

陸小鳳道：「這一劍本是我剛剛偷學來的！」

公孫大娘道：「從哪裡偷學來的？」

陸小鳳道：「白雲城主。」

公孫大娘聳然道：「葉孤城？」

陸小鳳點點頭，道：「這一劍叫『天外飛仙』，本是白雲城主劍法之精華，連木道人都認爲這已可算是天下無敵的劍法！」

公孫大娘長嘆道：「這一劍形成於招未出手之先，神留於招已出手之後，以至剛爲至柔，以不變爲變，的確已可算是天下無雙的劍法！」

陸小鳳笑道：「白雲城主若是能聽到大娘這番話，一定愉快得很！」

公孫大娘冷冷道：「可是這一劍若是由他使出來，就未必能勝得了我！」

陸小鳳忍不住問：「爲什麼？」

公孫大娘道：「因爲他是天下無雙的劍客，他這一劍還未出手，我已必定有了戒備，可是你剛才掠上屋脊時，我卻以爲你是想逃了，所以我的氣勢已鬆懈，所以才沒有擋住你那全力擊來的一劍！」

陸小鳳笑道：「也因爲我根本連劍都沒有，你當然想不到我會使出那一劍！」

公孫大娘嘆道：「所以柔能克剛，弱能勝強，也正是這道理！」

陸小鳳也嘆了口氣，道：「幸好我不是個有名的劍客，否則今日只怕已死在這裡！」

公孫大娘沉著臉，道：「但今日你還沒勝，我們還有第三陣。」

第三陣才是決定勝負的一陣！

陸小鳳道：「我們第三陣比什麼？」

公孫大娘道：「輕功。」

陸小鳳笑了。

公孫大娘道：「輕功本是你的拿手本事，你又是個男人，氣力自然比較長，我跟你比輕功，已經吃了虧，所以……」

陸小鳳道：「所以我也應該讓你佔些便宜！」

公孫大娘道：「你至少得先讓我先起步！」

陸小鳳道：「行。」

公孫大娘道：「但只要你能追得上我，就算你勝了，所以你也並不是完全吃虧的。」

陸小鳳道：「我本來就很少做真正吃虧的事！」

公孫大娘道：「我令人敲鑼爲號，鑼聲完全停止後，你才能追！」

陸小鳳道：「鑼聲只一響？」

公孫大娘道：「就只一響。」

陸小鳳笑道：「這麼樣看來，我的確不能算吃虧！」

公孫大娘道：「只不過我還要……」

陸小鳳搶著道：「你當然還得先去換套衣服，喝酒有喝酒的衣服，比劍有比劍的衣服，比輕功當然也得有另一套衣服。」

公孫大娘展顏一笑，嫣然道：「你的確不是個笨蛋，一點也不笨。」

三

夜涼如水，她們姐妹的臉色，也冷得像水一樣——像已將結成冰的水。

紅衣少女突然冷笑道：「偷機裝醉，又偷學別人的劍招，這種男人，我最討厭了。」

陸小鳳微笑道：「我本來就沒有要你喜歡！」

紅衣少女道：「我只想問問你，你究竟是不是男子漢？」

陸小鳳道：「你看呢？」

紅衣少女道：「我看不出。」

陸小鳳嘆道：「我就知道你看不出的，你只不過還是個孩子！」

紅衣少女狠狠瞪了他一眼，扭頭就走，好像連理都懶得理他了。

歐陽情眼波一轉，道：「我總不能算是個孩子了吧？」

陸小鳳道：「你當然不是個孩子，你簡直已算是個老太婆。」

歐陽情也狠狠瞪了他一眼，扭頭走進了小樓。

陸小鳳嘆了口氣，在石階上坐下來，喃喃道：「一個男人若能活六十年，至少有十年光陰白白浪費了的。」

二娘忍不住問道：「怎麼浪費了的？」

陸小鳳道：「這十年中，起碼有五年是在等女人換衣服。」

二娘道：「還有五年呢？」

陸小鳳道：「你一定要聽？」

二娘道：「你不敢說？」

陸小鳳又嘆了口氣，道：「你一定要聽，我就說，還有五年，是在等女人脫衣服。」

二娘的臉都氣紅了，青衣女尼的臉卻氣得發白。

三娘道：「我現在已改變了主意！」

陸小鳳也忍不住問道：「改變了什麼主意？」

三娘冷冷道：「我現在已經想把你的舌頭割下來了！」

這時已有一個滿臉鬍子的青衣大漢，手裡提著面銅鑼，從小樓後走了過來，肅立在石階上。

陸小鳳又喃喃道：「我的運氣總算不錯，是在等大娘換衣服，若是等別人，那就慘了！」

三娘瞪眼道：「別人是誰？」

陸小鳳道：「我又沒有說你，你著急什麼？」

三娘的臉色也氣得一陣紅、一陣白。

就在這時，突聽銅鑼「噹」的一響，三個人從小樓裡竄出來。

三個人裝束打扮都一模一樣的黑衣婦人，連三張臉都完全一樣的，一竄出來，就凌空翻身，分別向三個不同的方向掠了出去，用的輕功身法也一樣。鑼聲餘音不絕，三個人都已掠出牆外。

這三個人誰才是真正的公孫大娘——紅衣少女和歐陽情剛才故意生氣，爲的就是要進去扮成另外兩個人。

現在陸小鳳應該去追誰？無論他去追誰，就算能追上，也必定要錯過另外兩個。

他錯過的兩個人中，很可能就有一個是公孫大娘，這簡直比押寶還難押得準。陸小鳳怔住。

二娘、三娘、青衣女尼嘴角都露出了冷笑——這下子陸小鳳畢竟還是上當了。

陸小鳳也在嘆息著，苦笑道：「看來我畢竟還是上了她的當。」他嘆息著站起來，喃喃道：「不管怎麼樣，先追上一個再說！」

他身子突然竄出，又突然掠回，閃電般出手，扣住了那敲鑼大漢的手腕。

這大漢一驚，「噹」的，銅鑼落地，嗄聲道：「你抓住我幹什麼？」

陸小鳳微笑道：「也不想幹什麼，只不過想帶你去見一個人！」

大漢道：「見誰？」

陸小鳳道：「金九齡！」

這大漢瞪著他，瞪了半天，突然大笑，笑聲清悅如黃鶯：「陸小鳳果然不愧是陸小鳳，連我都服了！」

原來這敲鑼的大漢，才是真正的公孫大娘。

「你怎麼看出來的？」誰都想不到陸小鳳是怎麼看出來的？

陸小鳳微笑道：「那位歐陽姑娘生氣進去時，我已覺得有點不對了！」

公孫大娘道：「有什麼不對？」

陸小鳳道：「她本不是那種被我一句話就會氣跑的人！」

公孫大娘道：「我們進去的是三個人，出來的也是三個人，你怎麼知道那三個人裡面沒有我？」

陸小鳳道：「我不知道。」

公孫大娘道：「你不知道？」

陸小鳳道：「我只知道一個長著滿臉鬍子的大男人，身上不該這麼香的！」

公孫大娘嘆了口氣，苦笑道：「看來我本不該站得離你這麼近，一個女人站得離你太近，的確是件很危險的事！」

陸小鳳笑道：「尤其是像你這麼香的女人！」

公孫大娘吃吃的笑道：「可是我實在沒有想到，你這人居然像小狗一樣，不但會用眼睛，而且還會用鼻子！」

陸小鳳道：「這也是我最近剛跟別人學來的！」

公孫大娘道：「跟花滿樓學來的？」

陸小鳳道：「對了。」

公孫大娘嘆道：「看來別人無論有什麼長處，你學得都很快！」

陸小鳳道：「我一向很虛心。」

公孫大娘點點頭，道：「虛心的人，總是有福的！」

陸小鳳道：「所以你們現在才應該虛心一點，聽我一句話！」

公孫大娘道：「我們都在聽！」

陸小鳳道：「現在你已落在我手上，你的姐妹們若想要你平安無事，最好乖乖的留在這裡聽消息。」他目光慢慢的從二娘、三娘臉上掃過，冷冷的接著道：「若有人還想輕舉妄動，就等於是想要你快點死，你死了以後，她才好取而代之，做這地方的老大。」

公孫大娘笑了笑，道：「你放心，這裡不會有人想我死的！」

三娘鐵青著臉，忽然跺了跺腳，道：「你難道真的就這樣跟著他走？」

公孫大娘淡淡道：「你總該知道，我並不是個言而無信的人。」她又嘆了口氣，接著道：「何況，我現在就算不想跟他走，也不行了，這個人只要抓住了一個女人，就好像死也不肯鬆手的。」

陸小鳳悠然道：「尤其是像你這麼香、這麼漂亮的女人。」

公孫大娘道：「現在我只希望你小心一件事！」

陸小鳳道：「什麼事？」

公孫大娘道：「小心你的手，不要被人砍斷！」

九 田路

一

孟偉睡覺一向很警醒。一個被江湖好漢稱做「三頭蛇」的人，睡覺必須警醒，否則他就算有三十個頭，也早已被砍了下來。可是他今天晚上醒來時，已有一個人站在他床頭，用一雙發亮的眼睛看著他，夜色還很深，屋子裡沒有燃燈，他看不清這個人的臉。

他只覺得掌心已沁出冷汗。這個人沒有動，他也不動，鼻子裡故意發出鼾聲，突然出手，想去抽枕下的刀。可是這個人的動作更快，他的手一動，這個人已按住了他的肩。他從未遇到這麼樣一雙堅強有力的手，這雙手若是扼住他咽喉，一眨眼間他的呼吸就會停頓。

事實上，現在他呼吸就已幾乎停頓，嗄聲道：「你要什麼？」

這人回答很簡單：「要錢。」

孟偉立刻問：「要多少？」

「十萬兩！」這人的胃口不小：「你若拿不出十萬兩，我就要你的命！」

孟偉毫不遲疑：「我拿得出。」

這人道：「我現在就要！」

孟偉道：「我現在就給！」

這人忽然笑了：「想不到孟班頭竟是個這麼樣大方的人。」他笑的時候，聲音也已改變。這聲音很熟。

孟偉失聲道：「你是陸小鳳？」

這人點點頭：「我是陸小鳳。」

孟偉長長吐出口氣，忍不住埋怨：「這玩笑實在有趣，卻幾乎嚇掉了我半條命！」

陸小鳳笑聲中帶著歉意：「我本來也不想開玩笑的，可是今天我的心情特別好！」

孟偉的眼睛立刻亮了，搶著問道：「你已抓住了繡花大盜？」

陸小鳳並不否認，卻反問道：「你們的金老總呢？」

孟偉道：「他已回了羊城！」

陸小鳳道：「他中的毒不妨事了？」

孟偉道：「多虧你及時把他送到施大夫那裡去，施經墨真不愧是個名醫。」

陸小鳳道：「我身邊帶著要犯，行動必須小心，所以只有晚上來找你，我不能讓她的手下知道我的行蹤！」

孟偉道：「我明白。」他心裡在暗暗慶幸，沒有讓小紅留在這裡過夜。他從不留女人在這裡過夜，他從不相信任何女人。這是種好習慣，他決定要繼續保持——陸小鳳若是發覺有小紅那樣的名妓睡在他床上，若是被金老總知道，總不是件好事。

陸小鳳沉吟著，又道：「你現在能不能用飛鴿傳書通知羊城的人，叫你們的金老總明天晚上子時，在蛇王以前住的那小樓上等我？」

孟偉道：「當然能。」他立刻跳起來，套起鞋子：「我後面的院子裡，就有信鴿。」

陸小鳳道：「你這裡也有筆墨？」

孟偉道：「有。」

陸小鳳道：「你爲什麼不先寫好書信再出去？」

孟偉點點頭，用火摺子燃起了燈，磨墨，寫信：「陸爺已得手，請金老總明夜子時，在蛇王老窩等候。」對一個從小在六扇門裡混飯吃的人來說，他的字寫得已算不錯，文筆也算還通順。

陸小鳳微笑著，在旁邊看著，忽然道：「你爲什麼不用小篆寫？也免得書信萬一落入別人手裡，走漏消息！」

孟偉笑道：「我是老粗，連大篆都轉不出來，何況小篆？可是你儘管放心，這種信鴿都是金老總以前親手訓練出來的，路上絕不會出錯。」

陸小鳳道：「他能不能及時收到這封信？」

孟偉道：「一定能。」他將信箋捲起，塞入了一個製作很精巧的小竹筒，竹筒上還烙著火印。

陸小鳳道：「你現在就去放信鴿？」

孟偉道：「我這就去。」他披上衣服，匆匆走了出去，過了半晌，屋脊上就響起一陣信鴿撲翅的聲音。

陸小鳳一直在屋裡等著，等他回來了，才抱拳告辭：「我現在也立刻趕到羊城去！」

孟偉遲疑著，終於忍不住問道：「我剛才出去看過，外面好像沒有人？」

陸小鳳道：「是沒有人。」

孟偉勉強笑道：「那個公孫大娘呢？」

陸小鳳笑了笑，道：「你若是押解她的人，你會不會帶著她滿街走？」

孟偉搖搖頭，道：「你是用什麼法子押解她的？」

陸小鳳淡淡笑道：「法不能傳六耳，等我把她押到地頭後，有機會再告訴你！」

孟偉也笑了，道：「陸爺真是個小心謹慎的人，我早就說過，陸爺若是也改行吃我們這行飯，一定是六扇門裡的第一把好手！」

陸小鳳卻嘆道：「只可惜我自己知道我隨便怎麼樣，也比不上你們那位金老總！」

孟偉道：「但公孫大娘卻是陸爺你抓到的！」

陸小鳳苦笑：「他叫我去替他拚命，自己卻躺在床上享福，就憑這一點，他已比我厲害多了！」

二

小樓上的陳設還是原來的樣子，只不過躺椅上的人換了一個而已。金九齡正躺在那裡，閉目養神。他的臉色看來很不錯，心情也很好，晚上那頓豐富而精緻的酒菜，還留在他胃裡，明園麥大師傳的手藝，總是能令他十分滿意。何況，現在巨盜已將歸案，從今以後，他又可以好好的享幾年福了。他覺得自己的運氣實在不錯，居然能請到陸小鳳這樣的好幫手。

陸小鳳雖然還沒有來，他卻一點也不擔心，他相信陸小鳳絕不會出錯。桌上擺著一杯波斯來的葡萄酒，他端起夜光杯，慢慢的啜了一口，享受著美酒的滋味。他實在是個很懂得享受、也很會享受的人。這種人世上並不多。陸小鳳有時雖然也很會享受，只可惜卻是天生的勞碌命，總喜歡多管閒事。

金九齡已決定，這件案子結束後，他絕不伸手再管六扇門裡的事。

就在這時，他聽到屋脊上輕輕一響，響聲並不大，就像是有狸貓竄上了屋脊。他臉上立刻露出了微笑。他知道這一定是陸小鳳來了，而且身上一定揹著很重的東西，陸小鳳行動時，本不會發出任何聲音來。

金九齡剛放下酒杯，已聽見陸小鳳在窗外嘆息著道：「我提著這麼重的箱子，辛辛苦苦的趕了一夜路，你卻舒舒服服的坐在這裡喝酒，看來你這人真是天生的好命！」

窗子已開了，是金九齡從裡面打開的。陸小鳳的人還沒有進來，就已先送了個很大的籐箱進來。

金九齡微笑道：「我也並不是天生的好命，我的運氣好，只不過因爲我有陸小鳳這種朋友。」這句話說完，陸小鳳已到了他面前，板著臉道：「你的運氣實在比我好，你交對了朋友，我卻交錯了。」

金九齡笑道：「這趟差使的確不容易，我就知道你火氣一定會很大的，所以早就替你準備了一樽波斯葡萄酒，壓壓你的火氣！」金樽已在桌上，酒已斟在杯中，金九齡雙手奉上，又笑道：「這是我自己剛用冰鎮過的，保證清涼解火。」

陸小鳳也不禁笑了，搖搖頭道：「看來你伺候人倒真有一手，我若是個女人，也非被你迷死不可。」他舉杯一飲而盡，提起籐箱放在桌上：「你猜箱子裡是什麼？」

金九齡目光閃動，道：「是個會繡花的人？」

陸小鳳道：「不但會繡花，還會繡瞎子！」

金九齡眼睛發出了光，挑起大拇指，道：「陸小鳳果然不愧是陸小鳳，果然了不起。」

陸小鳳苦笑道：「就爲了喜歡聽這句話，我這一輩子也不知上了多少當，奇怪的是，現在我偏偏還是喜歡聽這句話！」

金九齡大笑：「千穿萬穿，馬屁不穿，拍人的馬屁，總不會錯的！」他大笑著，想去開箱子。

陸小鳳卻攔住了他：「等一等。」

金九齡奇怪：「還等什麼？」

陸小鳳眨了眨眼，道：「你知不知道那繡花大盜究竟是誰？」

金九齡道：「豈非就是公孫大娘？」

陸小鳳點點頭，又問道：「你知不知道公孫大娘是個什麼樣的人？」

金九齡道：「不知道！」

陸小鳳道：「你猜呢？」

金九齡遲疑著：「是個老太婆？」

陸小鳳道：「再猜。」

金九齡道：「就算不是老太婆，年紀也不會太小，因爲年輕女人，做事絕不會有她那麼老辣！」

陸小鳳道：「哦？」

金九齡道：「我想她長得也不會太漂亮，漂亮的女人，是絕不情願扮成個老太婆的！」

陸小鳳嘆了口氣，道：「別人都說你平時料事如神，這一次卻是料事如豬。」

金九齡道：「我猜錯了？」

陸小鳳道：「錯得厲害！」

金九齡道：「她究竟是個什麼樣的人？」

陸小鳳道：「是個可以將男人活活迷死的女人，尤其是你這種男人！」

金九齡苦笑道：「我是哪種男人？」

陸小鳳道：「你是個色鬼，所以我只希望你看到她後，莫要被她迷住！」

金九齡笑了：「色鬼也有很多種的，我至少還不是那種沒見過女人的小色鬼。」他打開箱子，只看了一眼，已怔住。箱子裡的女人實在太美，美得就像是一朵春睡中的海棠。她的年紀雖然已不能算很年輕，可是她的美麗卻已夠令人忘記她的年紀。

金九齡長長嘆了口氣，道：「看來你這趟差使並不能算太苦！」

陸小鳳冷笑，忽然問道：「花滿樓呢？」

金九齡道：「走了！」

陸小鳳皺眉道：「他爲什麼不等我？」

金九齡道：「他急著要趕到紫金山去！」

陸小鳳道：「去幹什麼？」

金九齡嘆了口氣，道：「白雲城主已約好了西門吹雪，下個月初一在紫金山決鬥！」

陸小鳳臉色變了。

金九齡道：「知道這消息的人已有不少，這地方已有很多人趕到紫金山去，據我所知，還有人在他們身上下了很大的賭注，以三博一，賭葉孤城勝！」

陸小鳳道：「今天是幾號？」

金九齡道：「二十四！」

陸小鳳跳起來：「我現在就趕去，也許還來得及！」

金九齡道：「可是公孫大娘……」

陸小鳳道：「現在我已交了差，她從頭到腳都已是你的人了。」

金九齡苦笑道：「你這是在引誘我。」

陸小鳳道：「我只希望你是個禁得住引誘的人！」

金九齡道：「你放心。」

陸小鳳道：「我不放心。」

金九齡笑道：「這女人是條毒蛇，我的膽子並不太大，至少我還得提防她咬我一口！」

陸小鳳道：「就因爲她現在已不能咬人，所以我才不放心！」

金九齡道：「毒蛇也有不咬人的時候？」

陸小鳳道：「我已逼著她吃了一大瓶她自己的獨門迷藥『七日醉』，就算她能醒過來，至少還有兩三天不能動。」

金九齡在聽著，「七日醉」這種迷藥，他好像也聽過。

陸小鳳道：「所以這兩三天內，你隨便對她怎麼樣，她都沒法子反抗，可是你若真的對她怎麼樣了，你就慘了，我也慘了！」

金九齡笑道：「你若不放心我，爲什麼不留下來？」

陸小鳳嘆道：「因爲我更不放心西門吹雪。」他似已準備穿窗而出，又停下來，道：「我還有件事要你替我做！」

金九齡道：「請吩咐。」

陸小鳳道：「替我問出薛冰的下落來，我不會逼人的口供，你會！」

金九齡承認：「就算她是個石頭人，我也有法子要她開口的！」他忽然又道：「外面有匹馬，是我騎來的！」江湖中人都知道金九齡是當世伯樂，最善相馬，他騎的一定是好馬。

陸小鳳大喜道：「你肯讓我騎走？」

金九齡點點頭，微笑著道：「只不過，我也有點不放心！」

陸小鳳道：「有什麼不放心？」

金九齡道：「那是匹母馬。」

三

陸小鳳已走了，帶著那罇波斯葡萄酒一起走的。下面傳來蹄聲馬嘶，片刻間就已去遠。那的確是匹快馬。金九齡推開窗，往下面看了看，院子裡有個人向他點了點頭。——陸小鳳在馬上。馬蹄聲已聽不見了。金九齡才閉起窗戶，走到桌前，將箱子裡的女人衣袖捲起。

春藕般的玉臂上，有一塊銅錢般大的紫紅胎記，形狀就像是一朵雲一樣。

金九齡仔細看了兩眼，嘴角露出得意的微笑，喃喃道：「果然是公孫大娘！」

他怎麼知道公孫大娘臂上有這麼樣一塊胎記的？女人的這種秘密，本該只有跟她最親近的人才會知道。金九齡關起箱子，提起來，匆匆走下了樓。前門外已準備了一頂綠絨小轎，他提著籐箱，坐上小轎。抬轎的大漢正是羊城最得力的兩名捕快，不等他吩咐，放腿急行。

金九齡坐在轎子裡，臉上露出滿意之色，現在他的計劃已完成了十分之九。

轎子專走小巷，轉過七八條巷子後，才上了正路，巷口停著輛黑漆馬車。

金九齡提著箱子下轎上車。車馬急行，趕車的揮鞭打馬，控制自如，竟是羊城名捕魯少華。

街上已看不見行人，每走過一條街口，兩旁屋脊上都有人揮手示意：「附近沒有可疑的夜行人，馬車後也沒有人跟蹤。」

車馬又轉過七八條街後，連在屋脊上守望的人都沒有了。他們要去的地方只有他們兩個人知道。

西城角有條斜街，短而窄。這條街一共只有七家店舖，店門全都很古老破舊，其中有三家賣的是古董字畫，卻大半是贗品，還有兩家是糊裱店、一家很小的刻印莊、一家油傘舖。

這本就是條很冷落的街道，只有那些又窮又酸的老學究，才會光顧這些店舖。車馬卻在這條街停下來。金九齡一下車，魯少華就又立刻趕著車走了。一個半聾半瞎的老頭子，已打開了那家糊裱店的小門。金九齡提著籐箱，閃身而入。

店舖裡掛著些還沒有裱好的低劣字畫，金九齡掀起一張僞冒唐伯虎的贗品山水，將牆上一塊磚頭輕輕一掀，竟立刻現出了一道暗門。門後面是條很窄的密道，走過這條密道，再打開一道暗門，眼前豁然開朗，竟是個花木扶疏的小院子。

院子雖不大，但一花一草，都經過刻意經營，看來別具匠心。花木深處，有三五間精舍，已有兩個明眸善睞的垂髫小鬟，在階前巧笑相迎。

四

公孫大娘終於醒了。她醒來時，發現自己已到了一間極精緻的女子閨房，躺在一張極華美的床上。屋子裡瀰漫著一種比蘭花更清雅的幽香，卻不知香是從哪裡來的。她靜靜的躺著，沒有動。因爲她根本不能動。小窗上日影偏斜，還未到黃昏，窗外有鶯聲啾囀，卻聽不見人聲。

公孫大娘忍不住呼喚：「這裡有沒有人？」

沒有人，沒有回應。她呼喚的聲音也不大，因爲她根本還沒有力氣。

公孫大娘咬著牙，恨恨道：「陸小鳳你死到哪裡了……總有一天，我會要你死在我手上的！」

她只有躺在那裡，等著，然後她的臉脹紅——她急著要方便。可是她用盡力氣，也不能動，再叫也沒有人來。直到她實在沒法子控制的時候，她只有方便在床上了。這實在是件要命的事。床已濕了，她卻還是只有動也不動的躺在那裡。她已氣得忍不住要哭。

「陸小鳳，總有一天，我要叫你想死都死不了。」突然間，帳頂上一樣東西掉下來，掉在她身上，竟是條蛇。公孫大娘平生最怕的就是蛇。她的臉已嚇得發綠，卻還是不能動，只有眼睜睜的看著這條蛇在她身上爬。她想叫，卻已嚇得連聲音都發不出。

眼見著這條蛇已快爬到她臉上，突然間人影一閃，一個人出現在床頭，輕輕伸手一挾，挾著了這條蛇，摔出窗外。公孫大娘總算鬆了口氣，臉上已全是冷汗。

這人卻正在微笑著，看著她，柔聲道：「大娘你受驚了。」他雖是中年人，看來卻還很瀟灑，身上穿的衣服，無論誰都看得出是第一流的質料和手工。他臉上的微笑卻比衣衫更能打動女人的心。

公孫大娘瞪著他：「你……你就是這裡的主人？」

金九齡點點頭。

公孫大娘道：「你這屋子裡怎麼會有蛇？」

金九齡道：「蛇是我特地捉來的！」

公孫大娘變色道：「爲什麼？」

金九齡道：「因爲我一定要試試，大娘你是不是真的不能動！」

公孫大娘恨恨道：「你們不但給我吃了迷藥，還點了我的穴道，這還不夠？」

金九齡微笑道：「我一向是個很小心的人，尤其對大娘你，更得特別小心。」

公孫大娘終於明白：「你就是金九齡？」

金九齡道：「想不到你直到現在才認出我！」

公孫大娘咬著牙，恨恨道：「那個姓陸的王八蛋死到什麼地方去了？」

金九齡悠然笑道：「現在他已交了差，他已將大娘你從頭到腳，全都交給了我！」

公孫大娘道：「這是什麼地方？你爲什麼將人帶到這裡來？」

金九齡道：「這地方雖不好，至少總比牢房裡舒服些。」他嘆了口氣，又道：「我知道大娘你一定沒有到牢房去過，那地方簡直就像豬窩一樣，到處都是蚊子和臭蟲，像大娘你這麼樣嬌嫩的人，到了那裡，不出半天就會被咬得全身發腫，你若是要叫，立刻就會挨一頓鞭子，若是運氣不好，遇著兇惡的牢頭，說不定還會淋你一身臭尿。」

公孫大娘的臉又已發綠。

金九齡看著她，淡淡道：「你總不會真的想我把你送到那種地方去吧？」

公孫大娘突然冷笑，道：「其實你心裡想要什麼，我也知道！」

金九齡道：「哦？」

公孫大娘道：「你只不過想要一張我親筆寫的口供！」

金九齡微笑道：「公孫大娘果然是聰明的人……」

公孫大娘道：「你要我承認我就是繡花大盜，承認那些案子全是我做的！」

金九齡道：「不錯，只要你肯寫這麼樣一張口供，我絕不會虧待你，否則……」

公孫大娘道：「否則怎麼樣？」

金九齡冷冷道：「這附近的蛇多得很，我隨時都可以抓個百把條回來的！」

公孫大娘咬著牙，道：「你怎麼知道我最怕蛇？」

金九齡道：「我知道的事一向很多！」

公孫大娘突又冷笑，道：「其實我知道的事也不少！」

金九齡道：「你知道什麼？」

公孫大娘盯著他，一字字道：「我至少知道真正的繡花大盜是誰！」

金九齡道：「是誰？」

公孫大娘道：「是你！真正的繡花大盜，就是你！」

金九齡靜靜的站在床邊，那動人的微笑已看不見了，臉上連一點表情都沒有。

公孫大娘冷笑道：「其實從一開始，我就已經在懷疑，那繡花大盜就是你！」

金九齡道：「哦？」

公孫大娘道：「我也知道從一開始，你就想要我替你揹黑鍋！」

金九齡道：「就算我真是那繡花大盜，為什麼要選上你來替我揹黑鍋？」

公孫大娘道：「因為我本就是個行蹤很神秘的人，誰也不知道我的底細，你無論說我做了什麼事，別人都很容易就會相信！」

金九齡道：「就只因為這一點？」

公孫大娘道：「這當然不是最主要的緣故！」

金九齡道：「還有什麼別的緣故？」

公孫大娘道：「最主要的是，我的姐妹中，本就有一個是你的同謀，你想要我替你揹黑鍋，替你死，我若死了，她就正好將我的地位取而代之，你們用的本就是一石二鳥之計。」

金九齡臉色變了變，但瞬即就恢復自然，淡淡道：「難道你已知道她是誰？」

公孫大娘道：「到現在爲止，我還不能完全確定，但遲早總有一天，我會查出來的！」

金九齡冷冷道：「只可惜那一天也許永遠都不會來了！」

公孫大娘道：「你知道這些案子發生之後，別人一定會找到你的，因爲你是六扇門中的第一名捕，別人永遠也不會懷疑到你。」

金九齡道：「我的聲名一向很好。」

公孫大娘道：「你去找陸小鳳，因爲你認爲只有他一個人能對付我！」

金九齡道：「他的確是個很聰明的人，這點只怕連你也不能不承認的！」

公孫大娘冷笑道：「我只承認他是個豬。」

金九齡悠然道：「他若是個豬，你怎麼會落入他手裡的？」

公孫大娘咬著嘴唇，道：「他也許是條比較聰明的豬，但豬畢竟是豬。」

金九齡笑了。

公孫大娘道：「就因爲他是條豬，所以一開始就被你誘入了歧途！」

金九齡道：「哦？」

公孫大娘道：「你故意將繡著黑牡丹的紅緞子交給他，你知道他一定會拿去找薛老太婆看的！」

金九齡微笑道：「我也知道薛老太婆一定看得出那是女人繡的花！」

公孫大娘道：「所以他一開始就錯了，他居然認爲繡花大盜真的是個女人改扮的！」

金九齡道：「就因爲他相信薛夫人的老眼不花，絕對不會看錯！」

公孫大娘道：「然後你再故意要司空摘星去偷他那塊紅緞子，送到江輕霞那裡去，因爲你知道江輕霞是我的姐妹！」

金九齡道：「說下去。」

公孫大娘道：「從那時候開始，陸小鳳就已認定這件事必定是紅鞋子姐妹做的！」

金九齡道：「你莫忘了司空摘星本是陸小鳳的朋友，他怎麼會聽我的話去騙陸小鳳？」

公孫大娘道：「因爲他是神偷，你是神捕，神偷也難免有失手的時候，他一定曾經落到你手裡，你知道這個人遲早一定會有利用的價値，所以就故意施恩於他，將他放過了！」

金九齡嘆了口氣，道：「這件事本沒有人知道，你想必是猜出來的？」

公孫大娘並沒有否認，又道：「可是就憑這一點，陸小鳳還不會懷疑到我身上。」

金九齡道：「不錯。」

公孫大娘道：「你知道他到了羊城，一定會去找蛇王。」

金九齡道：「蛇王難道也是我的同謀？」

公孫大娘道：「他當然不是你的同謀，只不過他也像司空摘星一樣，受過你的恩，所以才甘心被你利用。」

金九齡道：「這次你猜錯了！」

公孫大娘道：「哦？」

金九齡道：「他甘心被我利用，只不過因爲他別無選擇！」

公孫大娘道：「爲什麼？」

金九齡淡淡道：「羊城的捕快，都是我的徒子徒孫，我又成爲王府的總管，他若敢不聽我的話，我隨時都可以將他那班兄弟連根鏟出去！」

公孫大娘道：「你知道我七月十五那天，一定會到西園去，所以就要他將陸小鳳誘到西園去？」

金九齡道：「你的行蹤，別人雖不知道，我卻瞭如指掌。」

公孫大娘道：「因爲我的姐妹中，有個人一直在跟你暗通消息！」

金九齡居然已不再否認：「我假造了一封信，故意要蛇王給陸小鳳看見，因爲我知道陸小鳳一向不願欠人的情，一定會替蛇王去赴約的！」

公孫大娘道：「從那時候開始，陸小鳳才懷疑到我。」

金九齡道：「你本不該請他吃那種糖炒栗子的！」

公孫大娘冷冷道：「那天我因爲有事才會到西園去，我做事的時候，一向不願別人擋我的路。」

金九齡道：「但他卻偏偏要你去替他找紅鞋子！」

公孫大娘道：「所以他那天沒有死，實在是他的運氣。」

金九齡微笑道：「也是我的運氣。」

公孫大娘道：「但那時他還不能確定，所以你又和蛇王串通，擄走了薛冰！」

金九齡道：「別人都說她是條母老虎，在我看來，她卻只不過是條小貓而已！」

公孫大娘道：「然後你故意讓陸小鳳發現那兩間陋巷中的小屋，讓他認爲那是我的落腳之地！」

金九齡淡淡道：「我佈置那兩間屋子，倒的確費了些苦心！」

公孫大娘道：「阿土當然也是你早已安排在那裡的人！」

金九齡道：「因爲我知道陸小鳳一定找不到你！」

公孫大娘道：「但你卻早已知道我們的聚會之地！」

金九齡道：「所以我又製造出那個傳信的木匣，讓阿土帶陸小鳳到你們那裡去！」

公孫大娘道：「你自己爲什麼要故意假裝中毒呢？」

金九齡笑了笑，道：「因爲我自己並不想到你們那裡去！」

公孫大娘道：「只要你自己不去，陸小鳳那一去無論是否能得手，跟你都沒有關係！」

金九齡微笑道：「我一向是個很謹慎的人，沒有把握的事，我是一向不肯做的！」

公孫大娘道：「你對這件事完全有把握？」

金九齡道：「我也知道你是個很了不起的人，我的行動，很可能會被你看破，我甚至知道你已殺了阿土，再扮成阿土的樣子，陸小鳳能找到你，本就是你自己帶去的！」

公孫大娘很意外：「你知道？」

金九齡淡淡笑道：「我當然知道，可是我並沒有將這種事放在心上！」

公孫大娘道：「哦？」

金九齡道：「因爲我也知道我的計劃已完全成熟，所有的證據，都指明你就是繡花大盜，你就是已知道我的計劃，卻連一點證據都沒有。」他又笑了笑，道：「再加上薛冰失蹤、蛇王被刺，陸小鳳已恨你入骨，所以你無論說什麼，他都不會相信，也絕不會放過你的。何況，我是個久負盛名的神捕，又是他的朋友，你卻是個行蹤詭秘，來歷不明的女魔頭！」

公孫大娘忍不住嘆了口氣，道：「你算得的確很準，我以前的確連一點證據都沒有，就算說出你是繡花大盜，也絕不會有人相信！」

金九齡道：「現在你說出來，還是一樣不會有人相信的！」

公孫大娘冷冷道：「莫忘記現在你已自己承認了！」

金九齡大笑，道：「不錯，現在我的確已承認了，但就算我已承認了又怎麼樣？」

公孫大娘冷笑道：「你以為你說的話，除了我之外，就不會有人聽見？」

金九齡道：「我說過，沒有把握的事，我是絕不做的！」

公孫大娘道：「你看準了絕不會有人找到這裡來，看準我已不能動，所以才肯承認？」

金九齡道：「我並不想讓你死了還得做糊塗鬼！」

公孫大娘道：「你不怕陸小鳳突然闖進來？」

金九齡道：「他雖然是條豬，跑得卻很快。」他微笑著，從懷裡取出個上面烙著火印的竹筒：「這是我剛才接到的，從南海來的飛鴿傳書，陸小鳳已過了南海，現在已直奔秣陵去了。」

公孫大娘又不禁嘆了口氣，道：「看來你考慮得的確很周到！」

金九齡道：「多謝。」

公孫大娘道：「但你卻永遠休想能從我手裡拿到一個字的口供！」

金九齡淡淡道：「這點我也早就考慮到了，這口供，並不是非要你自己寫不可的！」

公孫大娘臉色變了。

金九齡道：「像這種口供，我隨時都可以叫人寫幾千張，隨便叫誰寫都行，你的字跡，反正從來也沒有人看見過。」

公孫大娘道：「所以現在你就可以殺了我，因爲我想拒捕脫逃，所以你只有殺了我！」

金九齡笑道：「這次你總算說對了！」

公孫大娘咬著牙，道：「我死了之後，這件事就死無對證，你就可以永遠逍遙法外！」

金九齡道：「從我十九歲的時候開始，我就覺得那些被人抓住的強盜都是笨豬，我久已想做一件天衣無縫的罪案出來。」

公孫大娘道：「現在你的心願總算已達到了！」

金九齡道：「還差最後一步。」

公孫大娘道：「我還沒有死。」

金九齡嘆道：「我本來還想讓你多活兩天的，你的確是個少見的美人，只可惜我現在已發覺，還是早點殺了你的好！」

公孫大娘瞪著他，忽然大笑。

金九齡道：「你覺得死是件很好笑的事？」

公孫大娘笑道：「死並不可笑，可笑的是你！」

金九齡道：「哦？」

公孫大娘道：「你若是回頭去看看，就會知道你自己是不是很可笑了！」

金九齡忍不住回過頭，全身忽然冰冷。他一回過頭，就看見了陸小鳳。

陸小鳳正對著他微笑，道：「我是陸小鳳，不是陸小豬。」

十 破案

一

站在門口的這個人，竟真的是陸小鳳，既不是陸三蛋，也不是陸小豬。

陸小鳳怎麼會忽然出現在這裡的？金九齡簡直不能相信。這簡直是件不可思議的事。

金九齡竟不由自主說了句很笨的話：「你本該已在八百里之外的！」

陸小鳳道：「好像是的！」

金九齡看著手裡的竹筒，道：「我剛才還接到從南海來的飛鴿傳書！」

陸小鳳道：「我知道。」

金九齡道：「你知道？」

陸小鳳道：「那鴿子的確是你訓練出來，交給孟偉的，竹筒上的火印和紙也都不假，可是這次放鴿子的人卻不是孟偉！」金九齡不懂。

陸小鳳道：「這封信上寫的是不是：『陸某已過此地，西行而去』？」

金九齡道：「你……你怎麼會知道？」

陸小鳳笑了笑，道：「我當然知道，這封信本是我寫的！」

金九齡更吃驚：「你寫的？你幾時寫的？」

陸小鳳道：「前天晚上。」他微笑著解釋：「前天晚上，我特地要孟偉傳書給你，約你在蛇王的老窩相見，你總該知道！」

金九齡點點頭。

陸小鳳道：「那天晚上他寫信時，我已看到了他的字跡，那種字並不難學！他去放鴿子的時候，我就乘機拿了他一個竹筒、一張信紙，等他再上床後，我又去摸了他一隻鴿子。」

金九齡的臉色已發青。

陸小鳳道：「那天晚上，我就將鴿子交給了一個住在南海的朋友，請他在今天午後放出來。」

他又微笑著解釋：「因爲我算準了你一見到我，就會想法子把我支開的，你才好有機會將公孫大娘殺了滅口。」

金九齡忍不住道：「你也算準了我會叫孟偉在那邊等著報告你的行蹤？」

陸小鳳道：「南海是我的必經之路，孟偉是那裡的地頭蛇，你又是個很謹慎的人，若非我已走遠，你怎麼會放心下手？」

金九齡道：「可是這地方……」

陸小鳳打斷了他的話，道：「這地方的確很秘密，本來我的確很難找得到。」

金九齡道：「是誰帶你來的？」

陸小鳳道：「是那隻鴿子。」

金九齡又怔住。

陸小鳳道：「竹筒迎風，就會發出哨聲，從今天午後，我就在城樓上等著，我知道那隻鴿子一定能找得到你，湊巧我的輕功也不錯！」

金九齡的臉色已由青變綠，看看公孫大娘，又看看陸小鳳：「難道你們也是早已串通好的？」

陸小鳳道：「你想不到？」

金九齡道：「難道你早已在懷疑我？」

陸小鳳道：「直到蛇王死的那一天，我才真正開始懷疑你！」

金九齡道：「爲什麼？」

陸小鳳道：「你還記不記得，我們發現他死了時，他那小樓上並沒有燃燈？」

金九齡點點頭，卻還是不明白這一點有什麼重要！

陸小鳳道：「屋子裡沒有燃燈，就證明蛇王是在天黑之前死的，證明他還沒有準備燃燈時，就已遭了別人的毒手！」

金九齡的臉突然僵硬。他永遠想不到這一點跡象，竟是破案的重要關鍵。

陸小鳳道：「公孫大娘若真已約好蛇王在西園相見，爲什麼又要在他赴約之前，趕去殺了他？所以那時我就已想到，殺死蛇王的兇手，必定是另外一個人！」

金九齡道：「你已想到是我？」

陸小鳳道：「我還沒有把握，我只不過想到，蛇王很可能是在替你做事！」

金九齡道：「爲什麼？」

陸小鳳道：「因爲只有你才能要脅蛇王，因爲他替我去找那張王府地形圖時，得來太容易，那張圖也太詳細，就憑一個市井的好漢，絕不可能有這麼大的神通，除非他已和王府的總管有了勾結！」

金九齡的嘴唇已發白，額上已沁出了冷汗。

陸小鳳道：「你用那種緞帶勒死蛇王，本是準備嫁禍給公孫大娘的，卻不知那反而變成了給她脫罪的證據。」

金九齡又忍不住問：「爲什麼？」

陸小鳳道：「因爲她與我交手時，劍上的緞帶已被我削斷了，那種緞帶卻不是隨時可以找得到的，那時候她根本也沒有機會去找！」

金九齡說不出話來了。

陸小鳳嘆道：「只要有一點漏洞，已足以造成堤防的崩潰，何況你的漏洞還不止一點！」

金九齡第三次問：「爲什麼？」

陸小鳳道：「你佈置那兩間屋子，本是很高的一著，但你卻忘了一點！」

「哪一點？」

陸小鳳道：「每個人身上都有種獨特的氣味，那些衣裳若真是公孫大娘穿過的，就難免會有她留下來的氣味。」

公孫大娘嫣然道：「有很多人都說我是很香的女人。」

陸小鳳道：「你總是不肯讓花滿樓參與這件事，也許就正是因爲怕他發現這秘密，卻不知我也早已學會了他的本事！」他微笑著又道：「現在我看一件事時，已不但會用眼睛看，還會用鼻子聞！」

公孫大娘又笑道：「所以也有很多人說他像是條獵狗。」

陸小鳳道：「你故意製造出那個傳訊的木匣，故意中毒，好讓我一個人去，這實在也是高招，只可惜你又疏忽了一點。」

現在金九齡只有聽著。

陸小鳳道：「孟偉根本是個老粗，連小篆都不懂，又怎麼會認得匣子上的鐘鼎文字？何況，你中毒之後，他居然一點也不關心，豈非也是很反常的事？」

公孫大娘道：「而且他太有錢了，居然隨時都能拿得出上萬兩的銀子來！」

陸小鳳道：「我算過他的薪俸，就算不吃不喝，一文錢也不花，也得存五六十年，才能存得到十萬兩銀子！」

公孫大娘微笑道：「想不到這個人的算盤，居然也打得很精。」

陸小鳳道：「可是一直到那時，我還是沒有把握能確定，因為薛夫人若說那紅緞上的牡丹是女人繡的，繡花的就一定是女人，所以……」

金九齡終於又忍不住開口：「所以怎麼樣？」

陸小鳳道：「所以我又拿出那塊紅緞子，仔細看了很久。我足足看了一個時辰，才看出你的秘密！」

金九齡道：「你看出了什麼？」

陸小鳳道：「我看出那牡丹有一瓣的針眼比別的花瓣粗，想必繡的是兩層線，拆了一層，還有一層！」他微笑著又道：「別人看你在繡花時，其實你卻是在拆線，所以那牡丹雖然是女人繡的，那繡花大盜卻不是女人。」

金九齡道：「還有呢？」

陸小鳳道：「還有一點，你不該擄走薛冰的！」

金九齡第四次問：「為什麼？」

陸小鳳道：「因為後來我已知道，薛冰已做了公孫大娘的八妹，就算公孫大娘真的是繡花大盜，也不必對她的八妹下毒手！」

公孫大娘道：「你怎麼知道她就是我八妹的？這連我都不懂了！」

陸小鳳道：「因爲那隻手！」

公孫大娘道：「什麼手？」

陸小鳳道：「孫中的手！」他又解釋著道：「薛冰砍斷了孫中的手，那隻手卻又回到薛冰的屋子裡，那隻手當然不會是自己爬回去的，除了紅鞋子姐妹外，砍斷別人的手之後，也絕不會再去將斷手要回來！」

公孫大娘道：「你看到了三娘包袱裡的鼻子，才想到那隻手的？」

陸小鳳點點頭，道：「她加入你們並不久，本已忘了你們每個人每年都要帶些東西回去交差的，等她想起來，才去要回那隻斷手，可惜她走得太匆忙，偏偏又忘記將手帶走。」他嘆了口氣，又道：「我問她手是怎麼會到她屋子裡去，她也裝糊塗，因爲她不願讓我知道她跟你們有關係！」

公孫大娘道：「可是你早已猜到了！」

陸小鳳道：「直到我聽你說：『八妹已不會來。』的時候，我才想到，你的八妹一定就是她！」

金九齡突然冷笑，道：「這理由並不好！」

陸小鳳道：「這些理由的確都不太好，可是對我說來，卻已足夠！」

金九齡道：「真的已足夠？」

陸小鳳道：「理由雖已足夠，證據卻還不夠。」

金九齡道：「你根本連一點證據都沒有。」

陸小鳳道：「所以我一定要你自己承認，所以我才想出這個置之死地而後生的法子！」

金九齡道：「什麼叫置之死地而後生？」

陸小鳳道：「我知道你一定要等到你的計劃已完全成功，公孫大娘已死定了的時候，你才可能在她面前說實話，所以我就只好先將她置於死地，讓你認爲她已等於是個死人了！」

公孫大娘苦笑道：「這法子雖然有效，卻苦了我，像這樣的罪，我一輩子也沒有受過。」

陸小鳳道：「最重要的是，我們絕不能先讓你知道一點風聲，絕不能讓你懷疑我們已有默契！」

公孫大娘道：「但我的姐妹中，卻有一個是你的人。」

陸小鳳道：「所以我們還特地在她們面前，演了齣戲！」

公孫大娘道：「直到現在爲止，她們還不知道我是自己願意跟你來的，並不是真的敗給了你！」

陸小鳳笑了。

公孫大娘瞪眼道：「你用不著笑，總有一天，我還要跟你再比過，還是三陣定勝負，看看究竟是你強，還是我強？」

陸小鳳道：「當然是你強，我只不過是個笨蛋。」

公孫大娘道：「你的確很笨，連我都一直覺得你很笨，可是你有一樣好處！」

陸小鳳道：「我也有好處？」

公孫大娘嫣然道：「你當然有，你有時會莫名其妙的忽然變得聰明起來！」

陸小鳳嘆道：「我自己的確有點莫名其妙！」

公孫大娘笑道：「不是你自己莫名其妙，是讓別人莫名其妙！」她用眼角瞟著金九齡，又道：「譬如說這個人，他現在就一定有點莫名其妙，不知道你究竟是怎麼會忽然聰明起來的！」

陸小鳳又笑了。

金九齡卻不禁長長嘆息，道：「我的確一直都低估了你！」

陸小鳳道：「也許我……」

金九齡打斷了他的話，道：「我一直將你當做好朋友，當做好人，想不到你竟會和繡花大盜勾結，來陷害我。」

陸小鳳不笑了，吃驚的看著他，就好像從沒有見過這個人一樣。

金九齡板著臉，冷冷道：「只可惜你們隨便怎麼樣陷害我，都沒有用的，我從十三歲入公門，到如今已近三十年，從來也沒有做過一件枉法的事，無論你們怎麼說，都絕不會有人相信！」

陸小鳳道：「可是你自己剛才明明已承認了！」

金九齡冷笑道：「我承認了什麼？」

陸小鳳好像也已說不出話來。直到現在，他還是沒有一點證據。

金九齡當然已看準了這一點，又道：「我難道會承認我自己是繡花大盜，天下會有這麼笨的人？這種話你們說出來，豈非要讓人笑掉大牙！」他冷冷的接著道：「何況，現在羊城和南海的兩班捕快，都已知道公孫大娘就是繡花大盜，你們現在就算殺了我，官府中也一樣會畫影圖形，通緝天下，你們遲早還是跑不了的！」

陸小鳳嘆了口氣，苦笑道：「看來這一戰又是你勝了。」

金九齡正色道：「天網恢恢，疏而不漏，邪必不能勝正，公道必定常存，所以你們不如還是乖乖的隨我去歸案的好。」

陸小鳳嘆道：「邪不勝正，正義常存，想不到你居然也明白這道理。」

金九齡道：「我當然明白。」

陸小鳳道：「你既然明白，就該知道你無論玩什麼花樣，都沒有用的！」

金九齡道：「我根本……」

陸小鳳打斷了他的話，道：「你以爲你剛才說的那番話，除了我們之外，就沒有別人聽見？」

金九齡臉色變了變，立刻恢復鎮定：「我並不是聾子，這附近若還有別人，休想能瞞得過我！」

陸小鳳道：「我知道你的耳目很靈，剛才只不過是一時疏忽，得意忘形，所以才沒有發現我，現在若還有別人在這附近三五丈內，的確瞞不過你！」

金九齡冷笑。

陸小鳳道：「你也知道若是有人在三五丈外，就根本聽不見你說的話。」他不讓金九齡開口，又道：「只可惜這些人是和平常人不同的！」

金九齡道：「哦？」

陸小鳳道：「這些人的耳朵比你還靈，你雖然聽不見他們，他們卻聽得見你。」他眼睛裡發著光，一字字接著道：「因爲他們全都是瞎子，瞎子的耳朵，總是特別靈的！」

金九齡臉色又變了。

陸小鳳大笑，道：「現在你們已經可以出來了！」

笑聲中，只聽屋瓦上響聲不絕，三個青衣婦人，帶著三個瞎了眼的男人掠下屋脊，走了進來。

這三個青衣婦人乍看面貌幾乎完全一樣，仔細一看，就可以看出她們都是經過易容改扮的，正是陸小鳳與公孫大娘賭最後一陣時，從小樓裡分別竄出去的那三個人。她們帶來的三個瞎了眼的男人，一個紫紅面膛，臉上帶著三條刀疤，一個顴骨高聳，神情肅然，另一個卻是錦衣華服，滿面病容的老人。看見了這三個人，金九齡的全身都已冰冷僵硬。他當然認得這三個人。這三個人的眼睛，就是被他刺瞎的，正是常漫天、江重威和華玉軒的主人華一帆。

江重威臉色鐵青，恨道：「我與你相交數十年，想不到你竟是個人面獸心的畜牲！」

常漫天道：「天網恢恢，疏而不漏，你若是真的明白這道理，為什麼要做這種事？」

華一帆氣得全身發抖，想說話，卻說不出。

金九齡看著他們，一步步往後退，找到張椅子坐下，似已再也站不起來。

公孫大娘道：「你一定想不到他們三位是怎麼會忽然來的！」

金九齡的確連做夢都想不到。

公孫大娘道：「我的姐妹，最沒有嫌疑的，就是老四和老七，所以我早就關照了她們，和我的貼身丫鬟蘭兒，叫她們分別去請江總管、常鏢頭和華老先生盡快趕到這裡！」

陸小鳳道：「我們早已算準，他們三位最遲今天都可以趕到這裡，所以我也約好了他們今天正午前後，在城樓上相見！」

一個青衣婦人吃吃的笑道：「陸小鳳去追那鴿子，我就追陸小鳳，等我知道這地方後，就把他們全都帶來了。」她的笑聲清悅而令人愉快，正是那個愛笑的紅衣少女。

另一個青衣婦人道：「但我們也知道你的耳目很靈，所以都不敢走得太近，你在說什麼，我的確沒有聽見，幸好他們三位每個字都聽得很清楚！」她的聲音甜而柔，正是公孫大娘的四妹歐陽情。

金九齡沒有動，也沒有開口。到了現在，他才真正已無話可說。

「邪不勝正，正義常存。」這句話他也許直到現在才真正明白。紅衣少女和歐陽情已走過去，雙雙扶起了公孫大娘，兩人忽然同時皺了皺眉，又皺了皺鼻子。

公孫大娘的臉居然也紅了，悄悄的在她們耳畔說了兩句話。兩個人都笑，紅衣少女又忍不住笑得彎下腰，笑得連氣都喘不過來。她們的確有權笑，也有理由笑了。只有問心無愧的人，才能笑得出，才能笑得如此愉快。笑不出來的人是金九齡。

常漫天恨恨道：「我知道你不但會繡花，還會繡瞎子，兩針繡一個瞎子，可是現在你還能繡得出什麼來？」

江重威道：「你現在就算還能繡出雙翅膀來，也休想再飛出法網。」

紅衣少女笑道：「他現在唯一應該繡的，就是口特別大的棺材，好讓孟偉和魯少華陪他一起躺進去。」

陸小鳳道：「我還得再提醒你一件事，你最好也不必再等他們帶著你的徒子徒孫來救你！」

金九齡不動，也不開口。

陸小鳳道：「現在孟偉還在南海等著向你報告我的行蹤，魯少華卻已病了，病得很重。」

紅衣少女笑道：「據說他忽然得了種怪病，他那雙老是喜歡伸出來問人要錢的手，已不見了！」

金九齡終於長長嘆息，道：「棋差一著，滿盤皆輸，想不到我金九齡竟有今日！」

江重威也不禁嘆息一聲，道：「其實我早算到你會有這一天的，你太喜歡花錢，太喜歡享受！」

歐陽情道：「別人都認爲你在女人身上不必花錢，只有我知道，像我們這種女人，眼睛裡一向是只認得錢，不認得人的，就算你是潘安再世，宋玉復生，也一樣要有錢才能進得了門。」

陸小鳳也忍不住笑了。他知道她說的是老實話。

歐陽情瞪了他一眼，忽又嫣然道：「但是你卻可以例外，這世上也只有你一個可以例外！」

陸小鳳道：「哦？」

歐陽情沉下了臉，冷冷道：「因爲你根本不是人，只不過是個長著四條眉毛的混蛋！」

陸小鳳嘆了口氣，像她這種女人，的確是不能得罪的。你只要得罪她一次，她一輩子都記得你。

公孫大娘忽然道：「現在我只有最後一件事要問你了！」

金九齡道：「問我？」

公孫大娘點點頭，道：「你最好趕快告訴我，薛冰在哪裡？」

金九齡忽又笑了笑，卻閉上了嘴。

公孫大娘怒道：「你難道還想用她來要脅我們？你難道還不知道我的手段？」

金九齡不理她，卻看著陸小鳳，緩緩道：「白雲城主劍法無雙，但他卻對你讚不絕口，說你是他平生僅見的武林奇才。」

陸小鳳在聽著，知道他一定還有下文。

金九齡道：「公孫大娘千變萬化，劍器第一，卻還是敗在你手裡！」

公孫大娘冷笑道：「你少拍他的馬屁，拍穿了也沒有用的！」

金九齡還是不理她，看著陸小鳳道：「我師兄苦瓜一向目中無人，但對你也另眼相看，因爲他總認爲你兩指一挾，是前無古人，後無來者的絕技。」

陸小鳳輕輕嘆了口氣。苦瓜大師如果知道自己唯一的師弟如此下場，心裡一定會難受得很。

金九齡道：「霍休、霍天青、閻鐵珊，他們都是當世的頂尖高手，但卻已都敗在你手下，由此可見，你縱然不是天下第一高手，也差不多了。」他又嘆了口氣，接著道：「而我卻只不過是六扇門裡的一個鷹爪孫而已，像我這種人，在那些武林高人眼裡，根本不值一文！」

陸小鳳道：「你究竟想說什麼？」

金九齡淡淡道：「我只不過想和你這位傲視天下的武林高手，賭一賭輸贏，比一比高下！」

公孫大娘冷笑道：「你現在已是甕中之鼈，還有什麼資格和人賭輸贏，比高下！」

金九齡連看都不看她一眼，道：「我若輸了，不但心甘情願的束手就縛，隨你去歸案，而且還立刻將薛冰的下落說出來！」

陸小鳳眼睛裡發出了光，顯然已被他打動。

金九齡道：「但你若輸了呢？」

陸小鳳道：「你說！」

金九齡道：「你若輸了，我也並不想要你放了我！」

公孫大娘厲聲道：「就算他要放，我也不答應！」

金九齡好像根本聽不見她說的話，道：「你若萬一敗在我手裡，我只要你答應我一件事。」

陸小鳳道：「你說！」

金九齡道：「我只想要你爲我保全一點名譽，莫要將這件事洩漏出去，我想，你看在我師兄面上，也該答應的！」

陸小鳳沒有說話，慢慢的走到窗口，推開窗子。窗外夕陽滿天，已近黃昏。

常漫天忽然道：「你千萬不能答應他，他這人狡猾如狐，其中必定還另有詭計！」

江重威道：「他武功之高也遠在我意料之外。」

常漫天道：「我從小闖道江湖，與人交手數百戰，負傷數十次，武功雖不高，經驗卻有的，但卻連我都看不出這人武功深淺，我甚至連他一招都擋不住。」

華一帆忽然也嘆了口氣，道：「此人的武功，實在深不可測，昔年我也曾和木道人、古松居士這些前輩高人切磋過功夫，但以我所見，就算他們二位的功夫，也比不上他！」

他們的話，陸小鳳好像連一句都沒有聽見。滿天夕陽中，正有一行秋雁飛過。

陸小鳳喃喃道：「明明還是盛夏，轉眼已近仲秋，時間過得好快，好快……」

金九齡也嘆息著道：「光陰如流水，一去不回頭，想到我們初見之日，到如今轉眼已近十年了，人生又有幾個十年？」

陸小鳳道：「公孫大娘體力仍未復，因爲我們生怕被你看出破綻，所以她的確是被迷倒過！」

金九齡道：「我也看得出那並不假！」

陸小鳳道：「現在她十成功夫中，最多只剩下五成，加上她的四妹和七妹，與我聯手，你縱有天大的本事，你也必死無疑！」

金九齡道：「我知道！」

陸小鳳道：「但我若答應與你交手，若是敗在你手裡，縱然不死，也必負傷！」他嘆息著，又道：「何況，你也知道我的脾氣，我若真的和你立約賭技，若是敗了，就絕不會厚顏再向你出手！」

金九齡道：「我一向知道你，你雖不是君子，卻是條男子漢！」

陸小鳳道：「所以我若敗了，他們就未必能攔得住你，今日你若走了，很可能就從此杳如黃鶴，逍遙法外！」

歐陽情道：「你既然已明白他的意思，又何必再跟他說廢話，難道你真是個混蛋？」

陸小鳳忽然笑了笑，道：「我說的並不是廢話！」

歐陽情冷笑道：「不是廢話是什麼？」

陸小鳳道：「我只不過告訴他，這一戰我既然不許敗只許勝，我答應他就一定有勝他的把握！」

歐陽情聳然道：「你已準備答應他？」

陸小鳳淡淡道：「我若不想答應他，說的這些就是廢話了！」

金九齡霍然長身而起，道：「好！陸小鳳果然不愧是陸小鳳！」

陸小鳳嘆道：「這句話我總算又聽到一次！」

金九齡道：「你準備在哪裡動手？」

陸小鳳道：「就在這裡！」

金九齡道：「就在這屋子裡？」

陸小鳳道：「一動不如一靜，我不想給機會讓你溜！」

金九齡大笑，道：「好！好極了！」他精神突然振奮，就似已變成了另一個人。

陸小鳳道：「你用什麼兵器？」

金九齡笑道：「當然是用一種你兩根手指捏不住的兵器！」

陸小鳳道：「你已有準備？」

金九齡道：「我心裡總是有種預感，好像已知道遲早總有和你交手的一天！」屋角有個衣櫥，他走過去，打開，衣櫥裡竟有一根槍、一柄刀、兩口劍、一雙鈎、一對戟、一條鞭、一把宣花斧、一條練子槍，還有一柄似鞭非鞭，似鎚非鎚的大鐵椎。這衣櫥竟無異是個具體而微的兵器庫。

陸小鳳嘆了口氣，道：「看來你果然隨時隨地都有準備！」

金九齡微笑道：「我是個很謹慎的人，沒把握的事，我是從來不做的！」

陸小鳳道：「沒把握的架你也不打？」

金九齡淡淡道：「我平生與人交手，還從未敗過一次。」這不是假話。

他凝視著陸小鳳，道：「但我也知道，你平生與人交手，也從未敗過一次！」

陸小鳳笑了笑，道：「無論什麼事，都有第一次的！」

金九齡道：「說得好！」他一伸手，選了件兵器，他選的竟是那柄重達七十斤以上的大鐵椎！

公孫大娘已聳然動容，沉聲道：「你們全退出去，在外面守住門窗！」

「你們」包括了她的姐妹，也包括了常漫天、江重威和華一帆。她知道這種大鐵椎的威力，這屋子雖不小，卻也並不大，這種兵器一施展開，這屋子裡無論是人是物，都很可能被打成粉碎！

陸小鳳也暗暗心驚。這人用的本是輕如鴻毛的繡花針，此刻卻變成了重達百斤的大鐵椎。難道他的武功真的已達到化境，已能舉重若輕，隨心所欲？

金九齡已在問：「你用什麼兵器？」

陸小鳳沉吟著，忽然發現衣櫥的角落裡，赫然也有一包繡花針。他就選了一根繡花針！

金九齡大笑，道：「好，我用大鐵椎，你用繡花針，若有外人在這裡看見，不認爲你是繡花大盜，那才是怪事。」

陸小鳳淡淡道：「我雖不是繡花大盜，卻也會繡花！」

金九齡目光閃動，道：「你會不會繡瞎子？」

陸小鳳道：「不會。」他的眼睛已變得亮如刀鋒，一字字接著道：「但我卻會繡死人！」

二

公孫大娘並沒有出去。她靜靜的站在屋角，臉上雖沒有表情，心裡卻實在擔心。這地方太小，金九齡選的兵器，威力卻太大。他招式一發動，陸小鳳只怕就很難有迴旋閃避的餘地！

大鐵椎長達五尺，繡花針卻只有一寸。他們用的兵器，一個至強，一個至弱，一個極重，一個極輕。柔雖能克剛，弱卻未必能勝強，輕更無法能制重！在兵器上，陸小鳳顯然已吃了虧。

金九齡忽然道：「你能不能也請出去？」

公孫大娘冷笑道：「你難道還怕我暗算你？」

金九齡笑了笑，道：「我知道你不是那種人，可是你留在屋子裡，對我也是種威脅！」

公孫大娘遲疑著，用眼角瞟著陸小鳳。

陸小鳳淡淡道：「我們在屋子裡交手，外面也一樣能看得見的！」

公孫大娘嘆了口氣，終於走了出去，忽又回過頭：「我的功夫現在已恢復了八、九成，你縱然戰敗，他也逃不了的！」

陸小鳳笑了笑，道：「我根本從未想到他能跑得了。」

金九齡微笑道：「這屋子已是死地，我現在也正想將自己先置之於死地而後生！」這句話說完，他的大鐵椎已出手！

這大鐵椎實際的重量是八十七斤。一柄八十七斤重的大鐵椎，在他手裡施展出來，竟彷彿輕如鴻毛。他用的招式輕巧靈變，也正像是在用繡花針一樣。這一招施出，竟暗藏著六、七種變化，卻聽不見絲毫風聲。陸小鳳嘆了口氣。

直到現在他才真的明白，金九齡實在是個深藏不露的人，武功實在是深不可測。直到現在他才相信，木道人、古松居士、苦瓜大師他們，的確不是這個人的對手。他的心念轉動極快，動作更快。他腳步輕輕一滑，繡花針已反手刺出，只聽「嗤」的一聲，針鋒破空，竟像是強弩出匣！

這根繡花針雖然輕如鴻毛，在他手裡施出來，卻彷彿重逾百斤。他用的招式剛猛鋒厲，竟也正像是在用一柄大鐵椎。霎眼間兩人已各自出手十餘招。至強至剛的兵器，用的反而是至靈至巧的招式！至弱至巧的兵器，用的反而是至剛至強的招式！

這一戰之精采，已絕不是任何人所能形容。江重威、華一帆、常漫天，面色都已不禁露出驚訝之色。他們雖看不見，卻聽得見。

屋子裡只聽得見繡花針的破空聲，反而聽不見大鐵椎的勁風。他們全都是身經百戰的高手，卻也無法想像這是怎麼回事。只聽繡花針破空之聲，「嗤嗤」不絕，愈來愈急，而且聽之在東，忽而在西，流竄變化，竟遠比飛蜂還快十倍。

華一帆忍不住長嘆道：「難怪木道人也常說陸小鳳是百年難逢的武林奇才，此言果然不虛！」

常漫天沉著臉，道：「但金九齡卻更可怕！」

華一帆道：「哦？」

常漫天道：「陸小鳳的出手如此迅急，招式變化如此快，但金九齡的大鐵椎施展開，竟還能連一點風聲都不帶出手，這豈非更令人不可思議！」他知道金九齡用的是大鐵椎，因爲他剛才已問過歐陽情。他交手經驗的豐富，遠不是養尊處優的華玉軒主人能比得上的，他的分析當然也遠比華一帆更精闢。

華一帆沉默了半晌，緩緩道：「久聞常總鏢頭身經戰役之多，少有人及，這話看來也不假！」

一句剛說完，突聽「呼」的一聲，如狂風驟起，如神龍出雲。

常漫天聳然道：「金九齡招式已變了！」

金九齡招式如此一變，變得剛烈威猛，無堅不摧，無物可當！屋子裡突然間已被大鐵椎的風聲籠罩，幾乎已沒有別人的容身之地。

江重威動容道：「難道他剛才一直都是在試探陸小鳳的出手招式，直到現在才使出真功夫來！」

常漫天道：「但陸小鳳的真功夫也使出來了！」

江重威道：「怎見得？」

常漫天道：「他的大鐵椎招式如此凌厲，若是換了別人，早已被逼出了屋子，但陸小鳳卻反而沒有動靜了，顯然還能從容應付，在待機而動。」

歐陽情看著他，眼睛裡不禁露出欽佩之色。這瞎子看得竟比有眼睛的人還準！陸小鳳的確還可以從容應付，他的人竟似已從有形變成了無形，竟似已變得可以隨意扭曲變化，竟似變成了一陣風。無論金九齡的大鐵椎怎麼樣逼他，他總是輕描淡寫的就閃了過去。

有時這大鐵椎明明已將他逼入了死地，誰知他身子突然一扭，就已化險爲夷。公孫大娘面上本來帶著憂鬱之色，現在卻已鬆了口氣。

常漫天忽然嘆道：「我本來還認爲陸小鳳不是敵手，現在才知道金九齡已必敗無疑！」

江重威又問：「怎見得？」

常漫天道：「金九齡現在已施展出至剛至強的招式，剛必易折，強必不能持久，他的力氣消耗，必定遠比陸小鳳快得多！」他臉上也發出了光，慢慢的接著道：「等到他已不能將大鐵椎控制自如，要砸爛屋子東西的時候，也就表示他氣力已將竭，陸小鳳已可反擊了！」

就在這時，突聽「砰」的一聲，「嘩啦啦」一片響。

歐陽情忍不住脫口道：「他已砸爛了那張桌子！」

又是「砰」的一響。紅衣少女道：「他連床也砸爛了！」

常漫天面上已露出微笑，道：「看來華玉軒主珍藏的字畫，已可穩穩收回了！」

華一帆面上也已露出喜色，道：「莫忘記還有你的鏢銀！」

就在這時，突然又是「轟」的一聲，天崩地裂的一聲大震！

金九齡額上已現冷汗，大鐵椎的運轉，已愈來愈慢，他也知道陸小鳳現在必定已將全力反擊。他踏前兩步，大鐵椎直刺而出。陸小鳳後退兩步，以退爲進，正待反擊。誰知金九齡突然反手一掄，大鐵椎突然脫手飛出，挾帶著狂風般的風聲，擲向陸小鳳。

這一擲之力，世上絕沒有任何人能硬接硬擋。陸小鳳只有聳然閃避。只聽「轟」的一聲天崩地裂般的大震，八十七斤重的大鐵椎，竟將牆壁撞破了個大洞。鐵椎餘勢未竭，直飛了出去。金九齡的人也藉著這一掄之力，跟著大鐵椎飛了出去！

這一著連陸小鳳都沒有想到。他只覺得眼前人影一閃，屋子裡的金九齡已不見了！

「砰」的一聲，大鐵椎撞上院牆，落在地上。金九齡的人卻已掠出牆外。公孫大娘聳然失色，正想去追，只聽「嗖」的一聲，陸小鳳已從她面前竄了過去。

常漫天失聲道：「好快的身法！」

公孫大娘嘆了口氣，苦笑道：「只可惜我的氣力未復，否則我也讓你聽聽我的身法！」她並沒有去追。陸小鳳既然已去追了，她已不必再去追。

常漫天道：「大娘只管放心，金九齡氣力已將竭，輕功也本就不如陸小鳳，他逃不了的！」

公孫大娘終於笑了笑，道：「陸小鳳的輕功，的確很少有人能比得上！」

現在金九齡也已明白，陸小鳳的輕功，竟遠比他想像中還要可怕。他出動在前，又佔了機先，可是七八個起落後，陸小鳳竟似已快追了上來。

他們的距離本來至少有十丈，現在竟已縮短成四五丈。這距離只要一個起落，就可趕上。奇怪的是，金九齡居然並沒有顯得太恐慌。前面一片園林，亭台樓閣，花木扶疏。

金九齡突然大呼：「陸小鳳才是繡花大盜，快來人擋他一擋！」

呼聲不絕，園中小閣裡，突然飛出了四條人影，赫然竟是公孫大娘的姐妹，二娘、三娘、青衣女尼和江輕霞。四個人燕子般飛來，三娘與青衣女尼在前，只聽「呼」的一聲，三娘手裡的長鞭，已捲住了陸小鳳的腿。

陸小鳳全心全意都放在金九齡身上，竟沒有避開這一鞭。三娘反手一抽，他的人就已將倒下。

這時金九齡已掠出數丈外，眼見已逃出了法網。青衣女尼掌中劍寒光閃動，直刺陸小鳳胸膛。

陸小鳳突然伸出兩根手指一夾，夾住了劍尖。青衣女尼只覺手腕一震，劍已離手。

陸小鳳用兩根手指捏住劍尖，反手擲了出去。沒有人能形容這一劍的力量和速度！

沒有人能想像！甚至沒有人會相信。就連「閃電」這兩個字，也不能形容這一劍的速度於萬一。

這一劍的速度就像是光。燈燃起，燈光就已到了每一個角落裡。

劍出手，劍光一閃，劍鋒已到了金九齡的後心！

金九齡忽然聽到了一聲很奇怪的聲音，他從來也沒有聽見過這種聲音。

然後他才覺得心裡刺痛，就好像傷心的人那種刺痛一樣。

他低下頭，就看見一股血從自己前心標了出來。血標出時，他才看見了穿胸而過的劍鋒。

看到劍鋒時，他的人已倒下！可是他還沒有死！這一劍太快，比死亡來得還快。

他還能看見陸小鳳竄過來——三娘的鞭子也被陸小鳳的兩指一夾，就斷成了兩截！

陸小鳳已扶起金九齡，大聲道：「薛冰呢？薛冰在哪裡？」

金九齡看著他，眼睛裡竟已露出種奇特而殘酷的笑意，輕輕道：「我現在就要去見她了，你卻要過很久很久才能見得到她，很久很久……」

他的聲音突然停止，心跳也突然停止。

他的眼睛還是帶著那種殘酷惡毒的笑意，彷彿已看見了薛冰……

十一 尾聲

陸小鳳已醉了。因爲他想醉，他非醉不可。

「我現在就要去見她了，你卻要過很久很久才能見到她，很久很久……」他明白金九齡之意，他怎麼能不醉？雖已沉醉，卻未沉睡，他還聽得見公孫大娘在向她的姐妹們解釋！

「陸小鳳並不是個笨蛋，我一直知道他不是個笨蛋，我相信他也看得出金九齡的陰謀！」

「可是我沒把握！」

「雖然沒把握，我也一定要揭穿金九齡的陰謀，沒有人能像他這麼樣陷害我！」

「我也一定要找出誰是他的共謀，我不能讓這種人留在我的姐妹中，就好像我不能讓一粒沙子留在我眼睛裡。」

「所以我故意帶陸小鳳到我們的聚會之處去，因爲我希望有機會能向他說出我的看法，希望他能和我聯手捉住那個真正的繡花大盜。」

「但我卻又不能明說，因爲我知道你們之中，有一個是金九齡的共謀！」

「我正苦於找不到機會，陸小鳳卻給了我機會！」

「他要跟我比喝酒。」

「我忽然明白了他的意思，所以我就立刻照他的意思做！」

「他快醉的時候，果然找了個機會，跟我說了兩句話，你們都沒有發現！」

「他說的是：『跟我走，我知道你不是繡花大盜！』」

「所以我就跟他走了！」

「可是爲了要瞞住那個奸細，我們還是要繼續將這齣戲演下去，所以我們又比了兩陣！」

「比到最後一陣時，我暗中示意，叫老四和老七跟我進去，我知道只有她們兩個人完全沒有嫌疑，因爲只有她們兩個人還是處女！」

身在青樓的歐陽情，居然還是處女。陸小鳳霍然抬起頭，吃驚的看了歐陽情一眼，又伏倒。

公孫大娘已又接著說下去：「我要她們和蘭兒立刻分頭去找江重威、華一帆和常漫天！」

「那奸細一定認爲那是我故意對陸小鳳佈下的疑兵之計，當然還是不會懷疑！」

「我跟陸小鳳走了後，立刻找了個隱秘的地方，將我們心裡懷疑的事，互相印證！」

「然後我們就訂下了那置之死地而後生的計劃！」大家都靜靜的聽著，沒有人開口。

公孫大娘又道：「到最後金九齡脫逃時，顯然已知道你們到了羊城，所以才故意走那條路。」

那園林是她們在羊城的聚會處。

公孫大娘目光如刀，從二娘、三娘、青衣女尼和江輕霞臉上掃過去，冷冷的接著道：「所以那奸細必定是你們四個人其中之一！」

二娘、三娘、青衣女尼的臉上都沒有表情，江輕霞的臉色卻已蒼白。

公孫大娘道：「江五妹，嫌疑本來最重，因爲只有她最了解王府的動靜，只有她能接近江重威，拿到江重威的鑰匙。」她笑了笑，又道：「但是陸小鳳卻推翻了我的想法，因爲他知金九齡是江重威的好友，也一樣能接近江重威，何況，五妹若真是他的同謀，他就絕不會要司空摘星將那塊緞子送到棲霞庵去。」

江輕霞看著已醉倒在桌上的陸小鳳，目中不禁露出感激之色。

公孫大娘道：「老六嫌疑也很重，因為她雖然身在空門，但最近我卻知道她已不能守身如玉！」

青衣女尼的臉紅了，又由紅變白。

公孫大娘道：「但後來我已知道她那秘密的情人是誰——你們也不必問我是誰，反正不是金九齡，我知道老六是個癡情的人，既已有了情人，就絕不會再和金九齡勾搭，所以她也沒有嫌疑！」

青衣女尼垂下頭，目中忽然流下淚來。

二娘和三娘卻還是神色不變，靜靜的坐在那裡。

公孫大娘的目光，突然刀鋒般盯在三娘臉上，道：「你本來沒有嫌疑的，但你卻不該在老七被制住時，還要向陸小鳳出手，逼著陸小鳳只有跟我們決一死戰，你更不該在陸小鳳去追金九齡時，施展殺著！」她突然沉下了臉，厲聲道：「二娘！你現在既已知道奸細是誰了，你還不出手？」

二娘還是坐著沒有動，可是銀刀已在手，突然反手一刀，刺向三娘的腰。這是致命的一刀。三娘卻完全沒有閃避，似已甘心情願的要挨這一刀！

但就在這時，公孫大娘手裡的筷子已飛出，一根筷子擊落了二娘的刀，一根筷子打中了她的穴道。二娘全身突然僵硬，就像突然變成了個石人。

公孫大娘看著她，緩緩道：「其實我早已知道是你了，你為了要供給金九齡揮霍，已虧空了很多，你知道我遲早總會發現的，所以你一定要殺了我，殺死我之後，也只有你才能接替我！」

二娘石像般僵硬的臉上，已沁出一粒粒發亮的汗珠。

公孫大娘道：「但我們畢竟還是姐妹，只要你還有一點悔過的心，只要你肯承認自己的過錯，我已準備忘記你以前的事！」她長長嘆了口氣，接著道：「但你卻不該向老三下那種毒手的，可見你非但沒有絲毫悔悟，還準備要老三來頂你的罪，替你死，你……」她沒有再說下去，卻又揮手拍開了二娘的穴道，黯然道：「你去吧，我讓你走，只希望你走了以後，自己能給我個了斷！」

二娘沒有走，她看看公孫大娘，目中充滿一種絕望的恐懼之色。

她知道自己已無路可走。銀刀落在桌上，她拿起來，突然反手一刀，割向自己的咽喉。

可是她的刀又被擊落。是被陸小鳳擊落的。

陸小鳳似已醉了，卻又未醉，揮手擊落了她的刀，喃喃道：「如此良辰，如此歡會，你爲什麼還要殺人？」

二娘咬著嘴唇，道：「我……我沒有要殺人，我要殺的是自己。」

陸小鳳笑了，癡癡的笑著道：「你自己難道不是人？」

二娘怔住。

陸小鳳喃喃道：「既已錯了，又何必再錯？心已死了，人又何必再死？舊恨已夠多，又何必再添新愁？血已流得夠多，又何必再流？」

二娘怔了半晌，忽然伏在桌上，失聲痛哭。

公孫大娘看著陸小鳳，忽然笑了笑，道：「好，我依你，我再依你這一次，可是……」

陸小鳳卻打斷了她的話，道：「話已說得夠多，又何必再說？人既已醉了，又何必再留？……」他搖搖晃晃的站起來，搖搖晃晃的走出去！

公孫大娘卻攔住了他：「你現在就要走？真的要走？」

陸小鳳道：「天下本無不散的筵席，此刻又何必不散？該走的總是要走，此刻又何必不走？」

公孫大娘道：「你要到哪裡去？」

陸小鳳道：「我既然已要走了，你又何必再問？」

公孫大娘凝視著他，悠悠的道：「我既然已問了，你又何必不說？」

陸小鳳笑了，大笑。

公孫大娘道：「其實我既不必問，你也不必說，因爲你的去處，也正是我的去處！」

陸小鳳忽然睜大眼睛，道：「你知道我的去處？」

公孫大娘微笑著道：「三百年中，武林中最負盛名的兩位劍客，就要在紫金山決鬥，這一戰不但勢必轟動天下，也必將永垂不朽，我又怎麼肯錯過？」

陸小鳳道：「你知道？」

公孫大娘道：「我還知道他們的決鬥之期並不是初一，而是十五，金九齡說是初一，只不過要你快走！」

陸小鳳道：「十五？八月十五？」

公孫大娘點點頭，曼聲吟：

「月圓之夜，紫金之巔，一劍西來，天外飛仙……」

決戰前後

一 兩雄相遇

一

秋。西山的楓葉已紅，天街的玉露已白。秋已漸深了。

九月十三，凌晨。李燕北從他三十個公館中的第十三個公館裡走出來，沿著晨霧瀰漫的街道大步前行，昨夜的一罈竹葉青和半個時辰的愛嬉，並沒有使得他看來有絲毫疲倦之色。

他身高八尺一寸，魁偉強壯，精力充沛，濃眉、銳眼、鷹鼻，嚴肅的臉上，總是帶著種接近殘酷的表情，看來就像是條剛從原始山林中竄出來的豹子。

無論誰看見他，都會忍不住露出幾分尊敬畏懼之色，他自己也從不會看輕自己。

十年以前，他就已是這古城中最有權力的幾個人其中之一，距離他身後一丈左右，還跟著一群人，幾乎要用奔跑的速度，才能跟得上他的步子。這群人之中有京城三大鏢局的總鏢師、有東西兩城「杆兒上的」的首領和團頭、有生意做得極成功的大老闆和錢莊的管事。

還有幾個人雖然已在京城落戶十幾年，但卻從來也沒有人能摸透他們的來歷和身分。

他們都是富有而成功的中年人，誰也不願意在如此凌晨，從自己溫暖舒服的家裡走出來，冒著寒風在街道上奔跑，可是每天早上，他們都非得這麼樣走一趟不可。

因爲李燕北喜歡在晨曦初露時，沿著他固定的路線走半個時辰。這地方幾乎已可算是他的王國。這時候他的頭腦總是特別清醒，判斷總是特別正確，他喜歡他的親信部下在後面跟著他，等著他發號施令。而且這已是他多年的習慣，就正如君王的早朝一樣，無論你喜歡不喜歡，都絕不能違背。

自從「鎭遠鏢局」的總鏢頭「金刀」馮崑，在一個嚴寒的早上被他從被窩裡拖出來，拋入永定門外已結了冰的河水裡之後，就從來沒有人敢再遲到缺席過一次。

陽光尙未昇起，風中仍帶著黑夜的寒氣，街旁的秋樹，木葉早已凋落，落葉上的露水，已結成一片薄薄的秋霜。

李燕北雙拳緊握，大步急行，已從城郭的小路，走到前門外市區的中心，忽然喚道：「孫沖！」

後面跟著的那群人中，立刻有個衣著考究，白面微鬚的中年人奔跑著趕上來，正是李燕北手下的大將之一，以打造各種兵刃和暗器名滿中原的「快意堂」堂主。

李燕北並沒有放慢腳步等他，連看都沒有看他一眼，只是沉著臉道：「我是不是已關照過你十五之前，絕不要再接大宗的生意？」

孫沖道：「是。」

李燕北道：「那末昨天晚上，你爲什麼還要把存在庫裡的六十六把鬼頭刀、五十口劍，和所有的弓箭全都賣了出去？」

孫沖垂下頭，臉色已變了。他想不到李燕北會這麼快就知道這件事，垂著頭，囁嚅著道：「那票生意的利潤很大，幾乎已有對本對利，而且……」

李燕北冷笑道：「而且生意總歸是生意，是不是？」

孫沖不敢再答腔，頭垂得更低。

李燕北臉上已現出怒容，雙拳握得更緊，忽然又問：「你知不知道買主是誰？」

孫沖遲疑著，搖著頭，眼珠子卻在偷偷的四面轉動。這時他們剛走上路面很窄的櫻桃斜街，兩旁的店舖當然還沒有開市。但就在這時，左右兩旁的窄巷中，突然有兩輛烏篷大車衝出來，將他們隔斷在路中間。

接著，車上蓋的烏篷也突然掀起——每輛車上都藏著十來條黑衣大漢，每個人手裡都挽著張強弓，每張弓的弦都已拉滿，箭已在弦。孫沖剛想衝到車上去，手腳卻已被李燕北的鐵掌扣住。

他臉色立刻慘變，張開嘴，想喊：「不能……」這句話還沒有喊出口來，弓弦已響，亂箭飛蝗般射出。

李燕北沉腰坐馬，反手一掄，竟將他的人掄了起來，迎上了飛蝗般的亂箭。霎眼間，孫沖的人已被射成個刺蝟。李燕北厲喝一聲，也想衝上篷車，誰知前面的一班弓箭手亂箭射出後，身子立刻伏下，後面竟赫然還有一班弓箭手。

二十八張強弓的弓弦也已引滿，箭也已在弦。李燕北的身子立刻僵硬。

跟著他的那群人，都已被第三輛大車隔斷在一丈外，他縱然是一身銅筋鐵骨，也萬萬擋不住這一輪又一輪飛蝗般的亂箭！

經過了二十年的掙扎，數百次艱辛苦戰，到頭來竟還是免不了要落入對頭的陷阱

李燕北眼睛裡血絲滿佈，看來也正像是一條已落入獵人陷阱的猛獸。只要弓弦再一響，這雄霸一方的京城大豪，也難免要被亂箭穿心。

誰知就在這一刹那間，左邊的屋簷上，突然響起了一陣極尖銳的風聲。青光一閃！劃過弓弦。

只聽「繃，繃，繃……」一連串如珠落玉盤的脆響，二十八張強弓的弓弦，竟同時被兩道青光劃斷！接著，又是「奪」的一聲，青光釘在右面的門板上，竟只不過是兩枚銅錢。

是誰有這麼驚人的指力，能以銅錢接連割斷二十八張弓弦？弓箭手的臉色也全都慘變，突然全都翻身跳下篷車，竄入了窄巷。

李燕北並沒有追。這些人並不是他的對象，還不配他出手。而且多年前他就已知道，殺戮並不能令人真心對他服從尊敬。

他只是沉聲道：「各位不妨慢慢走，回去告訴你們的主人，就說李燕北今日既然未死，總有一天會去找他的！」

左面的屋簷上，忽然又響起了一陣掌聲。

一個人帶著笑道：「好！好風度，好氣派！果然不愧是仁義滿京華的李燕北。」

李燕北也笑了：「只可惜仁義滿京華的李燕北，縱然有三頭六臂，也比不上陸小鳳的兩根手指！」

一個人大笑著從屋上躍下，輪廓分明的臉上，帶著滿臉風塵之色，但一雙眸子卻還是明亮的，眉毛也依舊漆黑。四條眉毛。除了他之外，世上絕沒有任何人的鬍子長得和眉毛同樣挺拔秀氣。

「你知道是我？」

「金錢鏢要用指力。」李燕北微笑：「能以兩枚銅錢割斷二十八張弓弦的，除了陸小鳳外，世上還有誰？」

二

陽光已昇起，豆汁鍋裡冒出來的熱氣，在陽光下看來，也像是霧一樣。

陸小鳳用火燒夾著豬頭肉，就著鹹菜豆汁，一喝就是三碗，然後才長長吐出口氣，擦著汗笑道：「三年未到京城，你知道我最懷念的是什麼？」

李燕北微笑道：「豆汁？」

陸小鳳大笑點頭：「第一懷念的是豆汁，第二是炒肝，尤其是薈仙居的火燒炒肝，還有潤明樓的褡褳火燒和餡餅周的餡餅。」

李燕北道：「我呢？」

陸小鳳笑道：「肚子不餓的時候，我才會想到你。」

李燕北道：「但你只怕卻想不到我也會有幾乎死在別人手裡的一天？」

陸小鳳承認：「我也想不到你會放他們走的！」

李燕北道：「你以為我喜歡殺人？」

陸小鳳又笑了：「你若喜歡殺人，自己只怕也已活不到今天。」

李燕北道：「可是你……」

陸小鳳道：「可是你至少也該問問，他們是誰派來的！」

李燕北也笑了笑：「我不必問。」

陸小鳳道：「你已知道？」

李燕北的笑容看來並不很愉快，淡淡道：「除了城南老杜外，誰有這麼大的膽子？」

陸小鳳道：「杜桐軒？」

李燕北點點頭，手裡剛拿起的一個油炸螺絲捲兒，已被捏得粉碎。

陸小鳳道：「這十年來，你跟他一向井水不犯河水，他早已該知道你並不是個容易被暗算的人，爲什麼還要來冒這種險？」

李燕北道：「爲了六十萬兩銀子，和他在城南的那塊地盤。」

陸小鳳不懂。

李燕北道：「我已跟他打了賭，就賭六十萬兩銀子，和他全部地盤。」這賭注實在不小。

陸小鳳忍不住長長吸了口氣：「你們賭的是什麼？」

李燕北道：「賭的就是九月十五的一戰！」

月圓之夜，紫金之巔，一劍西來，天外飛仙！

李燕北道：「那一戰的日子本來是八月十五日，地方本來是在秣陵的紫金山上，可是西門吹雪卻堅持要將日期延後一個月，地方也改在這裡。」

陸小鳳道：「我知道。」

李燕北道：「自從八月十五那一天之後，江湖中就再也沒有人看見過西門吹雪的行蹤！」

陸小鳳嘆了口氣，這件事他當然也知道。他也正在找西門吹雪，找得很苦。

李燕北道：「所以大家都認爲西門吹雪一定是怕了葉孤城，一定已躲起來不敢露面了。」

陸小鳳道：「但你卻知道他絕不是個這麼樣的人！」

李燕北點點頭，道：「所以別人雖然都已認爲他必敗無疑，但我卻還是要賭他勝！無論多少我都賭。」

陸小鳳道：「這機會杜桐軒當然不會錯過。」

李燕北道：「所以他跟我賭了。」

陸小鳳道：「用他的地盤賭你的地盤？」

李燕北道：「他若輸了，另外還得多加六十萬兩銀子。」

陸小鳳道：「我知道，一個月以前，就有人願意以三博二，賭葉孤城勝！」

李燕北道：「前兩天的盤口，已經到了以二博一，每個人都看好葉孤城，直到昨天上午爲止，杜桐軒還認爲他已十拿九穩。」

陸小鳳道：「直到昨天上午爲止？」

李燕北道：「因爲昨天下午，情況就已突然改變了！」

陸小鳳道：「哦？」

李燕北凝視著他，道：「你難道真的還沒有聽說葉孤城已負傷的消息？」

陸小鳳搖搖頭，顯得很吃驚：「他怎麼會負傷的？有誰能傷得了他？」

李燕北道：「唐天儀。」

陸小鳳皺眉道：「蜀中唐家的大公子？」

李燕北道：「不錯！」

陸小鳳道：「葉孤城久居海外，怎麼會和蜀中唐家的人有過節？」

李燕北道：「據說他們是在張家口附近遇上的，也不知爲了什麼，發生衝突，葉孤城雖然以一著『天外飛仙』重傷了唐天儀，可是他自己也中了唐天儀的一把毒砂。」

蜀中唐門的毒藥暗器，除了唐家的子弟外，天下無人能解。無論誰中了他們的毒藥暗器，就算當時不死，也活不了多久。

李燕北道：「這消息傳到京城，那些買葉孤城勝的人，一個個全都成了熱鍋上的螞蟻，有的人急得想上吊，有的人想盡了千方百計，去求對方將賭約作廢。」

陸小鳳道：「對方若是死了，這賭約自然也就等於作廢了！」

李燕北冷笑道：「所以杜桐軒才一心要將我置之死地！」

陸小鳳嘆了口氣，這件事的來龍去脈，他總算已完全明白。

李燕北道：「據說就在昨天晚上一夜之間，京城中至少已有三十個人因此而死，連西城王府裡的護院『鐵掌翻天』，都被人暗算在鐵獅子胡同後面的陋巷裡，因爲他已賭了八千兩銀子，買西門吹雪勝。」

陸小鳳嘆道：「想不到八千兩銀子就買了趙鐵掌的一條命！」

李燕北道：「有時八十兩銀子，也已足夠買人的一條命！」

陸小鳳看看面前的豬頭肉和火燒，忽然覺得胃口變得很壞。

「有沒有人親眼看見葉孤城和唐天儀的那一戰？」他忽然又問。

李燕北道：「沒有。」

陸小鳳再問：「既然沒有人親眼看見，又怎知道這消息是真的？」

李燕北道：「因爲大家都相信說出這消息來的人，絕不會說謊話！」

陸小鳳道：「這消息是誰傳來的？」

李燕北道：「老實和尙。」

陸小鳳說不出話了。對老實和尙的信用，無論誰都無話可說的。

李燕北道：「老實和尙是昨天午時過後到京城的，一到了之後，就去『耳朵眼』吃花素水餃，吃一個餃子，嘆一口氣！」

豬頭肉上的油，已在北國九月的冷風中凝結，看來也像是一層薄薄的白霜。

李燕北道：「那時天門四劍恰巧也在那裡吃餃子，就問他爲什麼嘆氣，他就說出了這消息來。」

聽見這件事的人，當然還不止天門四劍。

李燕北道：「除了老實和尙和天門四劍外，這半個月來，已趕到京城的武林豪傑，已有四五百位之多。」

陸小鳳看看豬頭肉上的油膩，忽然覺得想嘔吐。

李燕北道：「據我所知，九月十五之前，至少還有三四百位武林名人會到這裡來，其中至少有五位掌門人、十位幫主、二三十個總鏢頭，甚至連武當的長老木道人，和少林的護法大師們都會到，只要是能抽得開身的，誰也不願錯過這一戰。」

陸小鳳突然用力一拍桌子，冷笑道：「他們究竟將西門吹雪和葉孤城看成了什麼東西？看成了兩隻變把戲的猴子？看成了兩條在路上搶肉骨頭的野狗？」

豬頭肉和火燒被震得從桌上跳起來，又落下滾在路邊。

李燕北吃驚的看著陸小鳳。他從未看見過陸小鳳如此激動，也想不通陸小鳳爲什麼會如此憤怒。

他忍不住問：「你難道不是爲了要看這一戰而來的？」

陸小鳳握緊雙拳，道：「我只希望永遠也看不到他們這一戰！」

李燕北道：「但現在葉孤城既然已負傷，西門吹雪已絕不會失敗！」

陸小鳳道：「無論他們誰勝誰負都一樣！」

李燕北道：「西門吹雪難道不是你的朋友？」

陸小鳳道：「就因爲他是我的朋友，所以我才不願看著他像條狗一樣，爲了搶根看不見的肉骨頭而跟人拚命！」

李燕北還是不懂：「什麼是看不見的肉骨頭？」

陸小鳳道：「虛名。」

——別人眼中的虛名，就是那根看不見的肉骨頭。

陸小鳳冷笑道：「這一戰他若勝了，你就可以將杜桐軒的地盤據爲己有。那些自鳴清高的劍客們，也可看到一場精采的好戲，看出他們劍法中有什麼絕招，有什麼破綻。可是他自己呢？」

他自己豈非已勝了？可是他縱然勝了，又有什麼好處？又有誰能了解勝利者的那種孤獨和寂寞？

李燕北終於明白了陸小鳳的意思。他靜靜的凝視著陸小鳳，過了很久，才緩緩道：「這一戰是他們自己要打的，並沒有別人逼他們！」

當然沒有。世上絕沒有任何人能逼他們做任何事。

李燕北道：「我也是西門吹雪的朋友，我並不想要他跟人拚命，更不想利用他去搶老杜的地盤，可是他自己若要和人決鬥，我也沒法子阻攔！」他盯著陸小鳳，一字字接著道：「甚至連你也沒法子阻攔。」

陸小鳳不願承認，也不能否認。

李燕北道：「最重要的是，就連他們自己，也同樣無法阻攔！」

世上本就有很多事是這樣子的。一個人只要活在這世界上，就有很多事是他非做不可的，無論他是不是真的願意去做都一樣。

陸小鳳忽然輕輕嘆了口氣，道：「我累了，我想去洗個熱水澡！」

三

浴池是用青石砌成的，水很熱，陸小鳳把自己整個人泡在熱水裡，盡量放鬆了四肢，他實在覺得很疲倦，一種從心底深處發出來的疲倦和厭倦。

每當他做完一件大事，破了一件巨案後，他都會有這種感覺，但卻從沒有像這次這麼深。

繡花大盜、金九齡、魯少華、公孫大娘、江重威、歐陽情、薛冰……他連想都不願再想這些人。

尤其是薛冰。

只要一想起薛冰，他心裡就像是被針刺著——繡花針，惡毒而尖銳的繡花針。

爲了逃避這種痛苦，他甚至連公孫大娘都不願再見。所以一到了金陵，他就偷偷的溜了。

只可惜這世上卻偏偏還有些他不能逃避，也逃避不了的事。西門吹雪、葉孤城、杜桐軒、老實和尙……

他也不願再想下去，忽然道：「西門吹雪一定也已到了京城！」

「你有把握確定？」李燕北正伏在浴池的邊沿上，一條精赤著上身的大漢，正在用力替他擦背。這地方是他的地盤，他在這裡，就正如君王在自己的城堡裡同樣安全。

陸小鳳道：「西門吹雪一向有種奇怪的想法！」

「什麼想法？」

「他總認為殺人和被殺都是件非常神聖的事！」

「哦？」

陸小鳳道：「所以他無論和誰決鬥，一定會在幾天之前到那裡去，先齋戒三日，再焚香沐浴。」

李燕北忽然笑了笑，道：「你認為他這樣做很奇怪？」

「你認為不奇怪？」

「嗯。」

「為什麼？」

李燕北道：「因為我若是他，我也會這樣做的！」

他舉手示意，叫那大漢擦得再用力些，十多年醇酒美人的享樂生活，至今未在他身上留下任何醜陋的痕跡。他的腹部依舊平坦，肌肉依舊充滿了彈性，這每天一次的熱水澡和強力按摩，對他的幫助實在很大。

「齋戒和沐浴都可以使人的精神健旺，事先到決鬥的地方去，熟悉當地的情況，決戰時就可以佔盡地利，所以我一直認為西門吹雪絕不是個容易被擊敗的人，若沒有七分以上的把握，他根本就不會出手。」

陸小鳳道：「所以你也認爲他一定已到了京城？」

李燕北道：「嗯。」

陸小鳳道：「只不過直到今天，你還沒有發現他的行蹤？」

李燕北道：「還沒有！」

陸小鳳皺眉道：「兩個像他們那麼樣引人注意的人到了京城，竟連你都沒有聽到一點風聲，這倒真是件怪事。」

李燕北也皺了皺眉：「兩個人？還有一個是誰？」

陸小鳳道：「孫秀青。」

李燕北道：「是個女人？」

陸小鳳道：「是個很美的女人！」

李燕北道：「在決戰之前，他會帶著個女人在身邊？」

陸小鳳道：「別的女人他絕不會帶，可是這個女人卻不同。」

李燕北的濃眉皺得更深，過了很久，才長長嘆了口氣，道：「幸好葉孤城已負傷，否則……」

他翻了個身，聲音突然停頓，熱氣瀰漫的浴室門外，忽然出現了條幽靈般的人影。

李燕北厲聲喝問：「什麼人？」

這個人沒有回答他的話，卻陰惻惻一笑，道：「今天你不該到這裡來洗澡的！」

李燕北再次喝問：「爲什麼？」

「因爲杜桐軒既然能收買孫沖，就同樣也能收買替你擦背的人！」

精赤著上身的大漢臉色已變了，想衝出去，李燕北卻已擰住了他的臂。他本來也是個強壯而有力的人，可是在李燕北手下，他卻無掙扎反抗的餘地。他想掙扎時，已聽見自己肘骨擰斷的聲音。

「巾上有毒，若要解藥，到前門外的春華樓去等。」這人影的行動也快如鬼魂，袍袖一拂，人已不見。

李燕北大喝道：「朋友是什麼人？爲何不容李某報答相救之恩！」

只聽見這人的聲音遠遠傳來，道：「到了春華樓，你就知道我是誰了，那時你再報答也不遲！」說到最後一句話，聲音已遠在十餘丈外。

李燕北一把奪下那大漢手上擦背的布巾，大漢正失聲慘呼，李燕北已將毛巾塞入他嘴裡。他呼聲驟然停頓，身子突然一陣抽搐，全身立刻跟著收縮，突然間就倒在地上，動也不動了。這塊白布巾上竟赫然真的有毒。

剛才這大漢用力替他擦背時，巾上的毒性，已滲入他的毛孔，滲入他的肌膚裡。李燕北全身的肌肉，突然變得無法控制，不停的跳動起來。

陸小鳳也不禁動容：「好厲害的杜桐軒，好惡毒的手段！」

「剛才那個人又是誰？」李燕北用力握緊雙拳，控制著自己：「他怎麼會知道杜桐軒的陰謀？爲什麼要趕來救我？」要知道這答案只有一個法子，到春華樓去！

四

春華樓也在李燕北的地盤裡。他們是坐車去的，李燕北雖然喜歡走路，可是爲了怕毒性發作，也已不敢再多用一分力氣。

看見他的人，對他還是和平時同樣尊敬，遠遠的就彎下腰來躬身問安，誰也看不出這虎豹般的壯漢，性命已危在旦夕。李燕北對這些人當然已沒有平時那麼客氣——無論誰身體裡若是埋伏著一包隨時都可能會引燃的火藥，心情都不會太好的。

春華樓的地方很大，生意很好，他們來的時候，本來已座無虛席。可是李燕北無論到了什麼地方，都自然會有人站起來讓座的，他們選了張居中的桌子，面對著樓梯，只要有人上樓，他們一眼就可以看見。——沒有人上樓，只有人下樓。

看見李燕北的滿臉殺氣，知趣的人都已準備溜了，已有人在悄悄的結賬，也有人在竊竊私議……

突然間，所有的聲音一起停頓。所有的眼睛，都盯在一個人身上，一個剛走上樓來的人。

這人很高、很瘦，穿著極考究，態度極斯文，年紀雖不甚大，兩鬢卻已斑白，一張清癯瘦削的臉上，彷彿帶著三分病容，卻又帶著七分威嚴，令人絕不敢對他有絲毫輕視。

他穿著的是件寶藍色的長袍，質料顏色都極高雅，一雙非常秀氣、保養得也非常好的手上，戴著枚價值連城的漢玉斑指，腰畔的絲絛上，也掛著塊毫無瑕疵的白玉璧，看來就像是朝廷中的清貴，翰苑中的學士。

事實上，有多人都稱他爲學士，他自己也很喜歡這名字，但他當然並不是真的學士。

他是微笑著上樓來的，可是每個人看見他都似已笑不出了。尤其是李燕北，臉色更已發青。

沒有人想得到杜桐軒居然會出現在李燕北的地盤裡，就正如沒有人想得到豺狼會走入虎穴一樣。這十年來，杜桐軒的足跡確實也從未離開過城南一步。

杜學士一向都是個極謹慎、極小心的人，今天怎麼會忽然變了性？

更令人想不到的是，他居然筆直走到李燕北面前，微笑抱拳，道：「李將軍別來無恙？」

他喜歡別人叫他杜學士，李燕北卻最恨別人叫他李將軍。

陸小鳳笑了。他覺得無論學士也好，將軍也好，這兩個名字聽來都有點滑稽。

杜桐軒也在看著他，微笑道：「閣下莫非就是『心有靈犀一點通』的陸小鳳陸大俠？」

陸小鳳笑道：「你不是學士，他不是將軍，我也不是大俠，我們大家最好都不必客氣。」

杜桐軒居然面不改色，態度還是彬彬有禮。看他的樣子，就連陸小鳳都看不出他就是那殺人不眨眼的城南老杜。

李燕北目光刀鋒般盯著他，突然道：「我若是你，我絕不會到這裡來！」

杜桐軒道：「我不是你，所以我來了……」

李燕北道：「你不該來的！」

杜桐軒道：「我已來了。」

李燕北冷笑道：「你要來，可以來，要走，只怕就很不容易！」

杜桐軒居然又笑了：「李將軍要報答別人的救命之恩，用的難道就是這種法子？」

李燕北怔住。

杜桐軒已伸出那雙戴著漢玉斑指的手，拉開椅子坐下來，微笑道：「我本來以為你至少應該請我喝杯酒。」

李燕北終於忍不住問道：「剛才救我的人真是你？」

杜桐軒點點頭。

李燕北盯著他，道：「今天一日間，兩次要殺我的也是你？」

杜桐軒淡淡道：「有時我是個容易改變主意的人！」

李燕北道：「是什麼事讓你改變了主意？」

杜桐軒沒有回答這句話，卻忽然提高聲音道：「解藥。」

這兩個字剛說出口，他身後就忽然多了個人。一個枯瘦矮小的黑衣人，慘白的臉上完全沒有絲毫表情，卻配上了一雙深深凹下去的漆黑眼睛，若不是這雙眼睛，他看來就完全像是個死人。

酒樓上這麼多人，竟沒有一個人看清楚他是怎麼來的。死人般的臉，鬼魅般的身法——李燕北立刻發現他就是剛才在浴室外倏忽來去的人。他已伸出雙鷹爪般的手，將一隻慘碧色的小瓶擺在桌上。

杜桐軒道：「這就是解藥，你最好快趁毒性還未發作之前，趕快吃下去！」

李燕北握緊雙拳。要他在這麼多雙眼睛前，接受城南老杜給他的解藥，實在是件很難堪的事。可是他偏偏不能拒絕。

杜桐軒也知道他不能拒絕，悠然道：「我本是專程爲你送解藥來的，可是現在……」

李燕北道：「現在你又改變了主意？」

杜桐軒笑了笑道：「我只不過忽然又想起件事要問問你！」

李燕北道：「什麼事？」

杜桐軒道：「不知道你是不是願意將我們的賭注再增加一些？」

李燕北又怔了怔：「你還想把賭注再增加？」

杜桐軒道：「你不敢？」

李燕北道：「你還想增加多少？」

杜桐軒道：「你還有什麼可賭的？」

李燕北的手又在桌下握緊：「我在四大恆錢莊，還存著有八十萬兩銀子！」

杜桐軒道：「那麼我明天一早也存一百二十萬兩進去！」他眼睛裡發著光：「我不想佔你便宜，我們的賭注還是以三博二！」

李燕北的眼睛裡也發出了光，盯著他，一字字道：「我若輸光了，就立刻離開京城，只要你活著一天，我就絕不再踏入京城一步！」

杜桐軒道：「我若輸了，就立刻出關，只要你活著一天，我就絕不再入關一步。」

李燕北道：「一言為定？」

杜桐軒道：「擊掌為信。」

兩個人慢慢的伸出手，眼睛盯著對方的眼睛。酒樓上忽然又變得完全沒有聲音。這一場賭實在賭得太大，他們無異已將自己全部身家性命都押了上去。

大家看著他們的手，自己的心裡彷彿也在為他們捏著把冷汗。只聽「啪」的一聲，掌聲一響。這一響掌聲，也不知是為誰敲響了喪鐘？

李燕北的表情很沉重，過了很久，才慢慢的放下手。

杜桐軒卻笑得更得意：「你一定很奇怪，為什麼我明知葉孤城已負傷，還要跟你賭？」

李燕北並不否認，他實在很奇怪。每個人都在奇怪。杜桐軒一向小心謹慎，沒有把握的事，他本來絕不會做的。他為什麼會如此有把握？

這問題很快就有了答案！

五

風從窗外吹過，大家忽然嗅到了一陣奇異的花香，然後就看見六個烏髮垂肩，白衣如雪的少女，提著滿籃黃菊，從樓下一路灑上來，將這鮮艷的菊花，在樓梯上鋪成了一條花氈。

一個人踩著鮮花，慢慢的走了上來。他的臉很白，既不是蒼白，也不是慘白，而是一種白玉般晶瑩澤潤的顏色。

他的眼睛並不是漆黑的，但卻亮得可怕，就像是兩顆寒星。他漆黑的頭髮上，戴著頂檀香木座的珠冠，身上的衣服也潔白如雪。

他走得很慢，走上來的時候，就像是君王走入了他的宮廷，又像是天上的飛仙，降臨人間。

李燕北不認得這個人，從來也沒有看見過這個人，但卻已猜出這個人是誰！

「一劍西來，天外飛仙！」白雲城主葉孤城赫然來了！他沒有死！

他全身都彷彿散發著一種令人目眩眼花的光采，無論誰都看得出他絕不像是個受了傷的人。

李燕北看著他，連呼吸都已幾乎停頓，心已沉了下去。葉孤城並沒有看他，一雙寒星般的眼睛正盯著陸小鳳。陸小鳳微笑。

葉孤城道：「你也來了。」

陸小鳳道：「我也來了！」

葉孤城道：「很好，我知道你一定會來的！」

陸小鳳沒有再說什麼，因爲葉孤城的目光已忽然從他面上移開，忽然道：「哪一位是唐天容？」他嘴裡在問這句話的時候，眼睛已盯在左面角落裡一個人的身上。

這個人一張本來很英俊的面容，現在似已突然扭曲僵硬。他一直一個人靜靜的坐在角落裡，連陸小鳳上來時都沒有注意到他。他的年紀還很輕，衣著很華麗，眼睛裡卻帶著種食屍鷹般殘酷的表情。

這一雙眼睛也正在盯著葉孤城，一字字道：「我就是唐天容！」

在他和葉孤城之間坐著的七八桌人，忽然間全都散開了，退到了兩旁角落裡。

葉孤城道：「你知道我是誰？」

唐天容點點頭。

葉孤城道：「你是不是在奇怪，我怎麼直到現在還活著？」

唐天容嘴角的肌肉似在跳動，道：「是誰替你解的毒？」

這句話問出去，大家才知道老實和尚這次還是沒有說假話。葉孤城的確受了傷，的確中了唐家的毒砂。可是這種久已令天下武林中人聞名喪膽的毒藥暗器，在葉孤城身上竟似完全沒有什麼效力。

是誰替他解的毒？

大家都想聽葉孤城回答這句問話，葉孤城卻偏偏沒有回答，淡淡道：「本來無毒，何必解毒？」

唐天容道：「本來無毒？」

葉孤城道：「一點塵埃，又有何毒？」

唐天容臉色變了：「本門的飛砂，在你眼中只不過是一點塵埃？」

葉孤城點點頭。唐天容也不再說話，卻慢慢的站了起來，解開了長衫，露出了裡面一身勁裝。

他的服裝並不奇怪，也不可怕。可怕的是，緊貼在他左右胯骨的兩隻豹皮革囊，和插在腰帶上的一雙魚皮手套！

酒樓上又變得靜寂無聲，每個人都想走，卻又捨不得走。大家都知道就在這裡、就在這時，立刻就要有一場驚心動魄的惡戰開始。

唐天容脫下長衫，戴上手套。魚皮手套閃動著一種奇怪的碧光，他的臉色彷彿也是慘碧色的。

葉孤城靜靜的站著、看著，身後已有個白衣童子，捧上一柄形式極古雅的烏鞘長劍。劍已在手！

唐天容盯著他手裡的這柄劍，忽然道：「還有誰認爲本門的飛砂只不過是一點塵埃的？」

當然沒有！

唐天容道：「若是沒有別人，各位最好請下樓，免得受了誤傷！」

捨不得走的人也只好走。唐家毒砂在武林人的心目中，比瘟疫更可怕，誰也不願意沾上一點。

葉孤城卻忽然道：「不必走！」

唐天容道：「不必？」

葉孤城淡淡道：「我保證你的飛砂根本無法出手！」

唐天容臉色又變了。唐家毒藥暗器的可怕，並不完全在暗器的毒，更因爲唐家子弟出手的快！

縱然看見過他們暗器出手的人，也無法形容他們出手的速度。但這次唐天容的暗器竟真的未能出手。他的手一動，劍光已飛起！

沒有人能形容這一劍的燦爛和輝煌，也沒有人能形容這一劍的速度！那已不僅是一柄劍，而是雷神的震怒，閃電的一擊！劍光一閃，消失。

葉孤城的人已回到鮮花上。唐天容卻還是站在那裡，動也沒有動，手已垂落，臉已僵硬。然後每個人就都看見了鮮血忽然從他左右雙肩的琵琶骨下流了出來。眼淚也隨著鮮血同時流了下來。他知道自己這一生中，是永遠再也沒法子發出暗器的了。對唐家的子弟說來，這種事甚至比死更可怕、更殘酷！

現在葉孤城的目光，已又回到陸小鳳臉上。

陸小鳳忍不住道：「好一著天外飛仙！」

葉孤城道：「那本是天下無雙的劍法！」

陸小鳳道：「我承認！」

葉孤城眼睛裡忽然露出種奇怪的表情，問了句奇怪的話：「西門吹雪呢？」

陸小鳳道：「我不是西門吹雪。」奇怪的問話，也只有用奇怪的話回答。

葉孤城笑了，凝視著陸小鳳，緩緩道：「幸好你不是。」微笑著轉過身，走了下去。

然後這酒樓就忽然變得像是一鍋剛煮沸的滾水，起了一陣騷動。有的人大聲爭議，有的人搶著奔下樓，搶著將這消息傳出去。葉孤城既沒有死，也沒有傷。每個人都已看到了他的劍法！天下無雙的劍法！李燕北也看見了，看得很清楚，所以現在他眼前似已變得空無一物。

杜桐軒看著他，忽然笑道：「你現在總該知道，我爲什麼會改變主意了吧？」

李燕北沒有回答，也不必回答。

杜桐軒道：「我一向只殺人，不救人，這次卻破了例，因爲我不想你死！」他微笑著站起來，慢慢的接著道：「因爲死人不能付賬，賭賬。」

六

賭賬。只有死人，才可以不付這筆賭賬。只要李燕北還活著，就非付不可，言而無信的人，是沒法子在這地方混的！

現在那一戰雖然還未開始，但每個人都認爲李燕北已輸定了！輸了就非付不可。若是付了這筆賭賬，就算還活著，也已跟死人差不了許多。

李燕北慢慢的拿起了桌上的解藥，忽然笑了笑，道：「不管怎麼樣，杜桐軒總算救了我一次！」他笑得實在很勉強，拿著解藥的手，也彷彿在輕輕發抖。

陸小鳳道：「不管怎麼樣，你現在總算還活著，而且還沒有輸！」

李燕北點點頭道：「至少現在還沒有。」

陸小鳳凝視著他：「可是現在你已不像以前那麼有信心！」

李燕北沒有否認，也不能否認，沉默了很久，忍不住長長嘆了口氣道：「那一劍實在是天下無雙的劍法。」

陸小鳳道：「天下無雙的劍法，並不一定是必勝的劍法！」

李燕北道：「哦？」

陸小鳳道：「世上還沒有必勝的劍法！」

李燕北道：「我知道西門吹雪至今也沒有敗過，他本來至少應該有五成把握，可是現在……」

陸小鳳道：「現在怎麼樣？」

李燕北又笑了笑，笑得更勉強：「現在他若已到了京城，我就應該知道的！」

陸小鳳道：「你既然不知道，就表示他現在還沒有到京城？」

李燕北道：「可以這麼說！」

陸小鳳道：「他現在既然還沒有到京城，是不是就表示他對自己也已沒有把握？」

李燕北反問道：「你看呢？」

陸小鳳道：「我看不出，還沒有發生的事，我從不願去胡思亂想！」

李燕北又沉默了很久，忽然問道：「你認不認得跟著杜桐軒來的那個人？」

陸小鳳搖搖頭。

李燕北道：「但你想必也該看得出，他的輕功很不錯！」

陸小鳳道：「豈止很不錯，當今天下，輕功比他高的人，絕不會超出十個！」

李燕北道：「你的交遊和見識都很廣，你應該猜得出他是誰？」

陸小鳳沉吟著，道：「若不是他的身材瘦小，我一定會認爲他是司空摘星！」

李燕北道：「他不是？」

陸小鳳道：「絕不是！」

李燕北道：「所以你也想不出他是誰？」

陸小鳳道：「可是我總覺得這其中一定有點不對！」

李燕北道：「什麼不對？」

陸小鳳道：「無論他是什麼人，以他的身手，都不該做杜桐軒那種人的奴才！」

李燕北沒有再說什麼，又過了很久，才緩緩說道：「你剛到京城來，我知道你一定想到城裡去逛逛，你一定會遇見很多朋友。」

陸小鳳承認。他的確想看看究竟已有些什麼人到了這裡，他還想去找找老實和尙。

李燕北道：「今天晚上，我到金魚胡同的福壽堂去叫一桌菜，送到家裡去，我們在家裡吃飯！」

陸小鳳道：「好！」他忽又笑了笑：「卻不知是你哪個家？」

李燕北也笑了：「今天是十三，我本該在十三姨家裡吃晚飯的，她也早就想見見你，爲什麼會有四條眉毛。」

陸小鳳笑道：「我也想見見她，聽說她是位很出名的美人！」

李燕北大笑：「好，吃晚飯的時候，我叫人在這裡等著接你去！」

陸小鳳道：「若是遇見了花滿樓，我說不定會拉他一起去！」

李燕北道：「行。」

陸小鳳忽然嘆了口氣：「奇怪的是，他好像也跟著西門吹雪一起失蹤了，若是能找得到他，說不定就能找到西門吹雪！」

李燕北道：「爲什麼？」

陸小鳳道：「他找人總有種特別的本事，連我都說不出那究竟是怎麼回事！」

李燕北道：「你若到外面去走走，他說不定會先找你！」

陸小鳳道：「很可能。」

李燕北道：「那你現在還在等什麼？」

陸小鳳看著他，緩緩道：「等你先吃完藥！」

李燕北道：「你要看著我吃藥再走？」

陸小鳳點點頭。

李燕北又大笑：「你放心，我現在還不想死，我不能一下子就讓三十個女人同時做寡婦！」

二 斯人獨憔悴

一

九月十三，午後。陸小鳳從春華樓走出來，沿著又長又直的街道大步前行。

太陽已昇起。

他覺得這實在是個非常美麗的城市，街道平坦寬闊，房屋整齊，就連每一家店舖的店面，裝修得都遠比其他的城市精緻。

他也知道這城市中最美的，既不是街道和房屋，也不是那天下馳名的風景名勝，而是這裡的人情。無論你是從哪裡來的，無論你要到哪裡去，只要你來過，你就永遠也忘不了這城市。

過了正午，就開始有風。只要一開始有風，就會吹起滿天塵土，可是無論多麼大的塵土，也掩不住這城市的美麗。

陸小鳳雖然走得很快，卻完全沒有目的地。

他想找的人，連一個都沒有看見，卻看見很多他不想看見的人。

他第一個看見的是歐陽情。

歐陽情也在前門外的珠寶市裡閒逛，旁邊好像還有個衣著華麗，滿頭珠翠的婦人陪著。

這婦人彷彿很美，陸小鳳卻不敢多看一眼。看見了歐陽情他就立刻扭轉頭——他又想起了薛冰。

歐陽情明明也已看見了他，卻也裝作沒有看見，忽然挽著那婦人的手，坐上了一輛黑漆馬車。

直到馬車絕塵而去，陸小鳳才轉過頭，癡癡的看著車輪後揚起的塵沙，心裡也不知在想什麼。

他本該繼續想薛冰的，卻也不知爲了什麼，竟忽然想起了老實和尚。

對面街上，有幾個人正在向他含笑招呼，幾步外卻有個少年以手按劍，在瞪著他。

他認得那些人，其中有兩個是川湘一帶鏢局裡的總鏢頭，有一個武當門下的弟子，還有一個好像是川中袍哥的龍頭老大。但他卻不認得那個正在用眼睛狠狠瞪著他的佩劍少年。

這少年的眼睛居然很兇，一臉要過來找麻煩的神氣。陸小鳳卻不想找麻煩，所以他只向那邊幾個人點了點頭，就匆匆轉過身，走上了東面一條街。

忽然間，一隻手從街道旁的一家古玩字畫店伸出來，拍了拍他的肩。

「你果然來了，我就知道你會來的！」一個長著滿頭銀絲般白髮，身上卻穿著件破道袍的道人，大笑著從店裡走出來，後面還跟著個面容清癯，修飾整潔的老者。竟是木道人和古松居士。

陸小鳳只好也笑了笑，道：「我也知道你們一定會來的！」

木道人大笑。這位武當長老雖已年近古稀，卻還是滿面紅光，精神抖擻，而且遊戲風塵，脫略形跡，很少有人能看得出他就是當代最負盛名的三大劍客之一。

他拍著陸小鳳的肩，大笑道：「這一戰我當然不願錯過，我就算真的已老得走不動了，爬也要爬來。」

陸小鳳淡淡道：「你是不是想看看他們劍法中有什麼破綻，再找他們鬥一鬥？」

木道人也不生氣，卻嘆息著道：「我已老了，既不想再找人鬥劍，也不想再跟人拚酒，若有人要找我下棋，我倒願意奉陪。」

古松居士忽然道：「其實我們正在找你！」

陸小鳳道：「找我？找我幹什麼？」

古松居士道：「我們約好了一個人下午見面，正想找你一起去！」

陸小鳳道：「你們約好的人，爲什麼要我去？」

木道人搶著笑道：「因爲這個人你一定也想見見的！」他笑得彷彿很神秘。

陸小鳳忍不住問：「這人是誰？」

木道人笑得更神秘：「你既然想知道他是誰，爲什麼不跟我們一起去？」

陸小鳳當然不會不去的。他本就一向是個禁不起誘惑的人，而且比誰都好奇。

二

他們約會的地方很怪，竟是在城外一個久已荒廢的窯場裡，一個個積滿了灰塵的窯洞，看來就像是一座座荒墳。

陸小鳳皺眉道：「城裡有那麼多好去處，你們爲什麼偏偏要約人到這裡來見面？」

古松居士道：「因爲我們約的是個怪人！」

木道人道：「嚴格來說，應該是三個怪人——一個一輩子沒做過一天正經事的無賴、兩個比我還怪的老頭子！」

古松居士道：「但這兩個老頭子卻不是等閒人，據說世上從來也沒有他們不知道的事，更沒有他們解決不了的問題。」

木道人看著陸小鳳，笑道：「現在你想必已知道我們約的是誰了？」

陸小鳳當然已知道。就在這時，已有個又瘦又矮、頭大如斗的怪人，騎著匹騾子，搖搖晃晃的走過來，人還沒有到，遠遠就嗅到一股酒氣，這人竟好像永遠也沒有清醒的時候。

陸小鳳笑了。每次他看見龜孫子大老爺的時候，都忍不住要笑。

「這次閣下居然沒有等人去贖你出來，倒真是件怪事！」

孫老爺斜著眼睛白了他一眼，道：「你也來了，我……」

陸小鳳笑道：「你早就知道我會來的，對不對？」

孫老爺嘆了口氣，喃喃道：「不該來的人全來了，該來的反而沒有來……」他抬起腿，從騾子上跳下來，兩條腿好像還是軟的，幾乎就摔了個大跟斗。

木道人忍不住笑道：「說老實話，你有沒有完全清醒過一天？」

孫老爺的回答很乾脆：「沒有。」

木道人大笑道：「這人有個好處，他有時簡直比老實和尚還老實。」

孫老爺喃喃道：「醉鄉路穩宜常至，他處不堪行……醉裡乾坤大，壺中日月長，我又爲什麼要清醒？」

木道人大笑：「你實在是個有福氣的人，比我們都有福氣。」

孫老爺道：「因爲我比你們都聰明！」

木道人道：「哦？」

孫老爺道：「我至少不會花五十兩銀子，去問些根本不必問的事！」

古松居士沒有笑，他一向不是個喜歡說笑的人，板著臉道：「大通和大智兩位老先生呢？」

孫老爺道：「我既然約你們在這裡見面，他們當然就在這裡！」

古松居士道：「在哪裡？」

孫老爺隨手向前面一指：「就在那裡！」他指的是個窯洞。

古松居士皺眉道：「他們在那破窯洞裡幹什麼？」

孫老爺也白了他一眼，冷冷道：「你爲什麼不問他們自己去！」

陸小鳳忍住笑，道：「問這句話也得出五十兩銀子？」

孫老爺道：「當然，無論問什麼，都得要五十兩銀子，而且……」

陸小鳳道：「而且還是老規矩，只能在外面等，不能進去！」

孫老爺嘆了口氣，道：「看來還是你比較聰明！」

窯洞低矮而陰暗，即使像孫老爺這麼瘦小的人，也得彎下腰才能鑽得進去——一開始陸小鳳甚至在擔心他的頭比洞大。可是他終於鑽了進去，就像是個死人鑽進了墳墓，顯得又滑稽、又恐怖。

過了沒多久，就聽見他的聲音從裡面傳出來：「開始！」

三

第一個問話的人是木道人，這次約會顯然就是他安排的。他還沒有問的時候，陸小鳳就已經猜出他要問的是什麼了。

「九月十五的那一戰，你看究竟是西門吹雪能勝？還是葉孤城？」這本就是人人都想問的一個問題。若是真的能知道這問題的答案，一定有很多人情願花比五十兩銀子多五十倍的代價。

「你只花五十兩，就想知道這答案，未免太便宜了些。」回答這問題的是大智，陸小鳳聽見過他的聲音。

「但我卻還是不妨告訴你！」大智接著道：「這一戰他們兩個人都不會勝！」

「爲什麼？」這已是第二個問題，木道人第二次拋入了五十兩銀子。

「兩虎相爭，必有一傷，這句話雖古老，卻並不正確。」大智接著回答：「兩虎相爭的結果，通常是兩條老虎都要受傷，真正能得勝的，只有那些等在旁邊看的獵人。」

陸小鳳靜靜的聽著，眼睛裡已露出讚許之意。他覺得「大智」的確不愧是「大智」，只有真正具有大智大慧的人，才懂得用如此聰明的方法來回答問題。

「西門吹雪是不是已到了京城？」木道人再問。

「是。」

「他的人在哪裡？」

「在一個別人很難找到的地方，因爲在九月十五之前，他不想見人。」

這也是個很聰明巧妙的回答，卻沒有人能說回答不正確。木道人嘆了口氣，彷彿覺得自己這二百兩銀子花得不太値得。

「葉孤城是不是真的已被唐家的毒藥暗器所傷？」這次問話的是古松居士。

「是。」

「唐家的毒藥暗器，除了唐家的獨門解藥外，還有沒有別的法子可救？」

「有。」回答這句話的是大通，世上所有兵刃暗器，他絕沒有一種說不出來歷的。

古松居士也嘆了口氣，像是在爲葉孤城慶幸。但陸小鳳卻知道他並不是葉孤城的朋友，葉孤城的朋友並沒有幾個。

「你們爲什麼總是不願見人？」木道人忽然又問。

「因爲這世上根本沒有值得我們見的人！」

木道人苦笑，這五十兩銀子花得更冤，他轉向陸小鳳：「你有沒有什麼話要問的？」

陸小鳳並沒有什麼自己解釋不了的問題，可是自從他在珠寶市外，看見了歐陽情後，卻忽然想起了幾件奇怪的事。他認爲這些事大智也許能解釋。

「歐陽情真的還是個處女？」

這是個很奇怪的問題。木道人想不通他怎麼會在此時此刻，問出這麼樣的問題來。

過了很久，窯洞中才傳出回答：「是的。」

「老實和尚是不是真的很老實？」

「是的。」

陸小鳳眼中帶著沉思之色，又問道：「他的俗家姓什麼？究竟是什麼來歷？」

「沒有人知道他的來歷。」這回答簡直已不能算是回答。陸小鳳也不禁苦笑。

這銀子雖然花得太冤，可是他還有幾件事一定要問：「你知不知道跟著杜桐軒的那個人是誰？」

「是……」大通的回答突然被一陣奇異的吹竹聲打斷。幸好這聲音雖尖銳，卻短促，遠遠的一響就聽不見了。

「跟著杜桐軒的那黑衣人是誰？」陸小鳳再問。窯洞中仍無回應。陸小鳳等了很久，又再問了一遍。還是沒有回答。拿了別人的銀子，卻不肯回答別人問的話，這種事以前還從未發生過。

陸小鳳皺了皺眉，正想再問，突聽「嗖」的一聲，一條赤紅的小蛇從窯洞中箭一般竄了出來，在草叢中一閃，突然不見。這條蛇雖然短小，但動作卻比閃電還快，竄出去的方向，也正是剛才那陣吹竹聲響起來的地方。

陸小鳳臉色突然變了，大聲呼喚：「孫老爺，龜孫子大老爺！」

還是沒有回應，窯洞裡連一點聲音都沒有。陸小鳳突然跳起來，用力一腳踢下去，本已頹敗的磚窯，立刻被他踢破了個大洞。

月色從破洞中照進去，恰巧照在孫老爺臉上。他的臉已完全扭曲，死魚般凸出來的眼睛裡，充滿了驚懼之色，舌頭長長伸出，已變成死灰色，像是突然被人扼斷了咽喉。

他的咽喉並沒有斷，喉頭上卻有兩點血痕，血也是黑的。

木道人失聲道：「是剛才那條蛇？」

陸小鳳點點頭。無論誰都看得出，孫老爺一定是被剛才那條毒蛇咬死的。無論誰只要被那種蛇咬上一口，都必死無疑。

這並不奇怪，奇怪的是，窯洞裡竟赫然只有孫老爺一個人。

木道人再次失聲問道：「大通和大智呢？」

陸小鳳沉默著，過了很久，才緩緩道：「根本沒有大通和大智這兩個人。」

木道人怔住。他並不是真的不懂，但一時間卻實在想不通。

陸小鳳道：「大通就是孫老爺，大智也是他。」

木道人道：「他們三個人，本就是一個人？」

陸小鳳點點頭。

木道人道：「可是他們的聲音……」

陸小鳳道：「有很多人都能改變自己的聲音，有些人甚至還能同時做出十七八個人和一大群貓狗在屋子裡打架的聲音來。」

木道人沒有再問下去，江湖中的奇人怪事本就有很多，他見過的也不少。

古松居士卻皺起了眉，說道：「這孫老爺故意製造出大通和大智這麼樣兩個人來，爲的就是要騙人的銀子？」

陸小鳳冷冷道：「他並沒有騙人。」

「他沒有？」

「他雖然拿了別人的銀子，卻也爲別人解決過不少難題，他的見識和聰明，本不止値那麼一點銀子。」陸小鳳臉上帶著怒意，孫老爺是他的朋友，他不喜歡別人侮辱他的朋友。

古松居士顯然已看出他的怒意，立刻嘆息道：「我只不過在奇怪，以他的聰明才智，自己本可出人頭地，爲什麼要假借別人的名義？」

陸小鳳神色又變得很悲傷：「因爲他是個好人，對於名和利，他都看得很輕！」

——也因爲他的膽子太小、太怕事，所以總是在逃避。後面的話，陸小鳳沒有說出來，他一向喜歡孫老爺這個人。

「不管怎麼樣，他這麼樣做，並沒有傷害到別人，唯一傷害的只是他自己。」

木道人也不禁長長嘆息道：「這麼樣一個人，本不該死得太早的。」

古松居士嘆道：「他早該知道這種地方本就是毒蛇出沒之處。」

陸小鳳道：「但那條毒蛇卻絕不是自己來的！」

「爲什麼？」

「因爲只有受過訓練的毒蛇，才會咬人的咽喉。」

木道人動容道：「你認爲那條毒蛇是別人故意放在這裡，來暗算他的？」

陸小鳳點點頭，臉上又現出憤怒之色：「這條蛇顯然已久經訓練，只有在聽見吹竹聲時，才會發動攻擊。」

窯洞裡當然很暗。那條蛇又實在太小，孫老爺從陽光下走進來時，當然不會看見。

木道人也想起了剛才那陣吹竹聲：「吹竹的人，就是暗算孫老爺的人？」

陸小鳳道：「嗯。」

木道人道：「他爲什麼要害死孫老爺？」

陸小鳳道：「因爲他怕孫老爺說出了他的秘密！」

木道人道：「他是什麼人？有什麼秘密？」

陸小鳳握緊雙拳，一字字道：「不管他是什麼人，不管他有什麼秘密，我遲早總要查出來的。」

木道人又長長嘆息一聲，直到現在，他才完全明白，爲什麼只有孫老爺才能找得到大通和大智，爲什麼大通大智總是不願見人了。

但他卻永遠也想不到孫老爺究竟還知道多少別人不願他說出的秘密，更想不到他怎麼會知道這些秘密的。這些秘密也許已將隨著他的屍身，永遠埋藏在地下。陸小鳳是不是真的能發掘出來呢？

四

棺材店裡充滿了新刨木花的氣息，這種氣息本來是清香的，可是在棺材店裡嗅來，就總是令人覺得特別不舒服。

店裡有兩口上好的楠木棺材，彷彿最近還新油漆過一次。

「我要這一口。」陸小鳳選了其中之一，他爲朋友選的東西總是最好的。無論什麼都是最好的，棺材也一樣。

「這兩口棺材都已有人先訂下了。」棺材店的掌櫃姓陳，也許是因爲在棺材店做久了，所以縱然在笑的時候，看來也有點陰沉沉的。

陸小鳳道：「棺材也有人預訂？」

陳掌櫃點點頭：「是一位客人訂好了要在九月十五晚上用的，小的也正覺得有點奇怪，他好像已知道那天晚上有兩個人非死不可！」

九月十五！有兩個人非死不可！

陸小鳳臉色變了：「訂棺材的人是誰？」

陳掌櫃道：「他已將兩口棺材的錢全部付清，卻不肯留下姓名。」

陸小鳳道：「他是個什麼樣的人？」

陳掌櫃道：「是個駝背的老頭子。」

陸小鳳沒有再問，無論誰都可以扮成駝背的老頭子。他另外選了口棺材，已準備要走。

陳掌櫃卻忽然又道：「但那位客人卻留下了兩個名字，要我們刻在棺材上！」

陸小鳳霍然回身：「是兩個什麼名字？」

陳掌櫃道：「兩個人的名字都很特別，一個叫葉孤城，一個叫西門吹雪！」

木道人本來是個很樂天的人，但現在臉色也顯得很沉重。

「兩個人都不會勝的……真正能得勝的，是那些在旁邊等著看的獵人。」現在這些獵人中，居然有一個已替他們訂好了棺材。

木道人勉強笑了笑，道：「也許這只不過是個惡作劇。」

陸小鳳也笑笑，道：「很可能。」

他們臉上帶著笑，走在秋日還未西沉的陽光下，微風吹動他們的衣袂，街上的行人看來都是生氣蓬勃，天地間充滿了生機。但他們的心裡，卻已有了死亡的陰影。他們當然都知道這絕不是惡作劇。

木道人看著遠方藍天下的一朵白雲，忽然道：「你已見到了葉孤城？」

陸小鳳道：「嗯。」

木道人道：「他看來像不像已受了重傷的樣子？」

陸小鳳沒有直接回答這句話，淡淡道：「他一劍就洞穿了唐天容的雙肩琵琶骨。」受了重傷的人，當然絕不能一劍洞穿唐門高手的琵琶骨。唐天容本是唐門四大高手之一。

木道人沉吟著，道：「但老實和尚絕不會說謊，他也的確受了傷，那麼，是誰替他解的毒？」

這句話陸小鳳沒有回答，也不能回答，眼睛也在看著遠方的那朵白雲，忽然道：「我很早以前就想到白雲城去看看，卻一直沒有去過。」

木道人道：「我去過。」

陸小鳳道：「想來那一定是個好地方，到了春秋佳日，那裡一定是風光明媚，百花怒放！」

木道人道：「那裡的花並不多，葉孤城並不是個喜歡飲酒賞花的雅士！」

陸小鳳道：「他喜歡女人？」

木道人笑了笑，道：「喜歡女人的人，絕對練不成他那種孤高絕世的劍法！」

陸小鳳不再說話，臉上卻忽然露出種很奇怪的表情。每次他臉上帶著這種表情時，心裡都一定是在想著件奇怪的事。

木道人沉吟著，又道：「他既然已到了京城，當然也一定要先找個落腳的地方！」

陸小鳳道：「他不像西門吹雪，他落腳的地方一定不難找。」

木道人道：「我想去找他！」

陸小鳳道：「我知道你們是老朋友。」

木道人道：「你呢？」

陸小鳳看了看天色，道：「晚上我有個約會，現在只怕已有人在春華樓等我。」

木道人道：「那麼我們就在這裡分手。」

陸小鳳點點頭，忽然又問道：「一個既不喜歡女人，又不喜歡花的人，若是要六七個女孩子在他前面，用鮮花爲他鋪路，是爲了什麼？」

木道人道：「這種人一定不會做這種事的！」

陸小鳳道：「假如他做了呢？」

木道人笑道：「那麼他一定是瘋了。」

陸小鳳實在也想不通葉孤城為什麼會做出這種事的，他只知道一件事——葉孤城絕沒有瘋。

五

黃昏，黃昏之前，春華樓的客人還沒有開始上座，陸小鳳在樓下的散座裡，找了個位子，要了壺京城中人最愛喝的香片，在等著李燕北派人來接他。

現在時候還早，他本該再到處去逛逛的，他有很多人要找。花滿樓、西門吹雪、老實和尚……這些人他都要找，可是他忽然又想找個地方坐下來，靜靜的思索，他也有很多事要思索。

斜陽從門外照進來，帶來了一條長長的人影。人影印在地上，陸小鳳抬起頭，就看見了剛才手按長劍，對他怒目而視的年輕人。

這年輕人也在瞪著他，一隻細長有力的手，還是緊握在劍柄上。

劍柄上密密的纏著一層柔絲，好讓手握在上面時，更容易使力，還可以吸乾掌心因緊張而沁出的汗。只有真正懂得用劍的人，才懂得用這種法子。

陸小鳳一眼就可以看出這年輕人的劍法絕不弱，但他卻不認得這個人。

只要他見過一面的人，他就永遠也不會忘記，這年輕人卻好像認得他，忽然走過來，竟筆直走到他面前，臉上的表情，甚至比杜桐軒走向李燕北時更可怕。難道這年輕人跟他有什麼仇恨？

陸小鳳想不出，所以就笑了笑，道：「你……」

年輕人忽然打斷了他的話，厲聲道：「你就是那個長著四條眉毛的陸小鳳？」

陸小鳳道：「閣下是……」

年輕人冷笑，道：「我知道你不認得我，但我卻認得你，我想找你，已不止一天了。」

陸小鳳道：「找我？有何貴幹？」

年輕人用一種最直接的法子回答了這句話，他用的不是語言，是劍。忽然間，他的劍已出鞘，冰冷銳利的劍鋒，忽然間已到了陸小鳳咽喉。

陸小鳳笑了，他既沒有招架，也沒有閃避，反而笑了。

年輕人鐵青著臉，厲聲道：「你以爲我不敢殺你？」

他的劍並沒有刺下去，但他用的確實是殺人的劍法，迅速、輕銳、靈敏。陸小鳳見過這種劍法。四個月前，他在閻鐵珊的珠光寶氣閣，死在西門吹雪劍下的蕭少英，用的也正是這種劍法。

這年輕人無疑也是獨孤一鶴門下，「三英四秀」中的一個人。

「我不殺你，只因爲我還有話要問你。」他的劍鋒又逼近了一寸。

陸小鳳反而先問道：「你是張英風？還是嚴人英？」

年輕人臉色變了變，心裡也不能不承認陸小鳳的目光銳利：「嚴人英。」

陸小鳳道：「你想問西門吹雪的下落？」

嚴人英握劍的手上暴出青筋，眼睛裡卻露出紅絲，咬著牙道：「他殺了我師父，又拐走我師妹，本門中上下七十弟子，沒有一個不想將他活捉回山去，生祭先師的在天之靈。」

陸小鳳道：「可是你們找不到他。」

嚴人英道：「所以我要問你。」

陸小鳳嘆了口氣，苦笑道：「可惜你又問錯了人。」

嚴人英怒道：「你若也不知道他的下落，還有什麼人知道？」

陸小鳳道：「沒有人知道。」

嚴人英盯著他，忽然道：「出去！」

陸小鳳道：「出去？」

嚴人英道：「我不想在這裡殺你！」

陸小鳳道：「我也不想死在這裡，卻也不想出去。」

嚴人英手腕一抖，劍花錯落，已刺出七劍，劍劍不離陸小鳳咽喉方寸之間，陸小鳳又笑了。

他還是沒有招架，也沒有閃避，反而微笑著道：「你殺不了我的。」

嚴人英手心已在淌著汗，整個人都已緊張得像是根綳緊了的弓弦。

無論誰都看出他已緊張得無法控制自己，他手裡的劍距離陸小鳳咽喉已不及三寸。

春華樓的掌櫃和伙計，也都已緊張得在發抖，陸小鳳卻還是不動，他每一根神經都像是鋼絲鐵線般。

就在這時，街道上傳來一陣騷動，有人在大聲呼喊：「死人……死了人了……」

嚴人英想回頭去看，又忍住，但眼珠子卻忍不住轉了轉。就在他眼珠子這一轉間，平平穩穩坐在他面前的陸小鳳，竟已忽然不見了。

這個人的行動，竟似比他的劍還快。嚴人英臉色又變了，翻身竄出去，陸小鳳正背負著雙手，站在街心，街心上沒有別的人。

所有的行人，全都已閃避到街道兩旁的屋簷下，一匹白馬正踏著碎步，從街頭跑過來，馬背上還馱著一個人，一個人像空麻袋般伏在馬背上。

「死人！死了人了！」這人是誰？是怎麼死的？

只看見這人的衣著，嚴人英臉色已慘變，箭步竄出去，勒住了馬韁。

這人的裝束打扮，竟和嚴人英幾乎完全一樣。陸小鳳也已知道這人是誰了——他是怎麼死的？

嚴人英從馬背上抱下了他冰冷的屍體，屍體上幾乎完全沒有傷痕，只有咽喉上多了點血跡——就像是被毒蛇咬過的那種血痕一樣。

只不過這血跡並不是毒蛇的毒牙留下來的，而是劍鋒留下來的，一柄極鋒利、極可怕的劍。

陸小鳳皺起了眉，道：「張英風？」

嚴人英咬著牙，點點頭。陸小鳳嘆了口氣，閉上了嘴。

嚴人英忽然問道：「你看出他是死在什麼人劍下的？」

陸小鳳嘆息著點點頭，他看得出，世上也許只有一個人能使出如此鋒利、如此可怕的劍，就連葉孤城都不能。他的劍殺人絕不會有如此乾淨俐落。

嚴人英凝視著他師弟咽喉上的劍痕，喃喃道：「西門吹雪……只有西門吹雪……」

陸小鳳嘆道：「他想必已找到了西門吹雪，只可惜……」

只可惜現在他已無法說出自己是在哪裡找到西門吹雪的。這句話已用不著說出來，嚴人英也已明白。

「又是一條命！又是一筆血債！」他蒼白的臉上已有淚痕，突然嘶聲大呼。

「西門吹雪，你既然敢殺人，爲什麼不敢出來見人？」呼聲淒厲，就在這淒厲的呼聲中，暮色已忽然降臨大地。

天地間立刻充滿了一種說不出的悲涼肅殺之意，風砂又起，嚴人英抱著他的師弟的屍身，躍上了白馬，打馬狂奔而去，馬是從西面來的。

現在嚴人英又打馬向西馳去，他顯然想從這匹馬上，追出西門吹雪的下落。

陸小鳳迎著北國深秋刀鋒般的西北風，目送這人馬遠去，突聽身後有個人輕輕道：「我認得這匹馬！」

陸小鳳霍然回身，說話的人青衣布襪，衣著雖樸素，氣派卻不小，正是今天早上，跟著李燕北在凌晨散步的那些人其中之一。

「在下趙正我，是東城『杆兒上的』，別人都叫我『杆兒趙』。」

「杆兒上的」，又叫做「團頭」，也就是地面上所有乞丐的總管，在市井中的勢力極大。

陸小鳳當然也知道這種人的身分，卻來不及寒暄，立刻追問：「你認得那匹馬？」

杆兒趙聲音更低，道：「只有皇城裡才有這麼駿的白馬，別的人不管有多大的身家，也不敢犯禁的。」

白馬象徵尊貴，至尊至貴的只有皇家。

陸小鳳皺眉，道：「那匹馬難道是從紫禁城裡出來的？」

——西門吹雪難道一直躲在皇城裡？所以別人才找不到？但皇城裡禁衛森嚴，又怎麼容得下閒人躲藏？

杆兒趙已閉上嘴，這是京城裡最犯忌的事，他怎麼敢再多嘴？

陸小鳳沉思著，道：「你能不能叫你手下的弟兄們去查查，那匹馬是從哪裡來的？是誰最先看見的？」

杆兒趙遲疑著，終於點點頭，道：「這倒不難，只不過，在下本是奉命來接您到十三姨公館裡去的。」

陸小鳳道：「這件事更重要，你只要告訴我公館在什麼地方，我自己就能找到。」

杆兒趙又遲疑了很久：「好，就這麼辦，我叫趕車的小宋送您到捲簾子胡同去，十三姨的公館，就在胡同裡左面最後一家。」

坐在車上，陸小鳳的心又亂了，傷腦筋的問題已好像愈來愈多，是誰暗算了孫老爺？爲的又是什麼？西門吹雪的行蹤，爲什麼要如此隱秘？

六

胡同就是巷子，捲簾子胡同是條很幽靜的巷子，住的都是大戶人家，高牆裡寂無人聲，風中帶著石榴花的香氣，暮色已深，夜已將臨。

這一天卻還未過去，左面最後一家的門是嚴閉著的，李燕北的三十個公館，家家都是門禁森嚴，門口絕沒有閒雜的人。陸小鳳居然沒有敲門，就直接越牆而入。

他相信李燕北絕不會怪他，他們有這個交情。院子很寬大，種著石榴，養著金魚，暑天搭的天棚已拆了。火爐已搬出來清掃，用不著再過多久，屋子裡就得生火了。

前面的客廳裡燈火輝煌，左面的花廳裡也燃著燈，李燕北正在花廳裡嘆息！

他面前的紅木桌上，擺著一疊疊厚厚的賬簿，他的嘆息聲很沉重，心事也很重。

但他卻還是聽見了陸小鳳的聲音，他本就是個反應極靈敏的人，陸小鳳也並沒有特別小心留意自己的行動。李燕北推開了花廳的門，他已在門外。

「你知道是我？」

李燕北勉強作出笑臉：「除了你，還有誰敢這麼樣闖進來？」

陸小鳳也笑了笑，眼睛盯在那一疊疊賬簿上，心裡忽然覺得很難受，在京城裡，李燕北已辛苦奮鬥了二十多年，流過血，流過汗。

能在龍蛇混雜的京城裡站住腳，並不是件容易事，可是要倒下去卻很容易。

他爲什麼要將自己辛苦一生得來的基業，跟別人作孤注一擲？他這麼樣做是不是值得？

李燕北笑得更勉強，道：「我並不是已準備認輸了，只不過，有備無患，總比臨時跳牆的好，何況……」

何況，只要西門吹雪一敗，他立刻就得走，立刻就得拋下所有的一切，那也絕不是容易拋下的！

陸小鳳明白他的意思，也了解他的心情，忽然道：「西門吹雪已到了。」

李燕北眼睛亮起：「你看見了他？」

陸小鳳搖搖頭：「但我卻知道他的劍並沒有生鏽，他殺人還是和以前同樣乾淨俐落。」

李燕北眼睛的光采又黯淡下去，轉過身，堆好賬簿，緩緩道：「只不過，殺人的劍法，也並不是必勝的劍法。」

陸小鳳道：「我說過，世上本沒有必勝的劍法，卻也沒有必敗的。」

李燕北沉默著，忽然大笑：「所以我們還是先去喝酒。」他轉過身，拍著陸小鳳的肩，道：「現在下酒的菜色必已備好，我特地替你請的陪客也來了。」

陸小鳳很意外：「還有陪客？是誰？」

李燕北笑得彷彿又有些神秘：「當然是個你絕不會討厭的人！」

桌上已擺好四碟果子、四碟小菜、還有八色案酒——一碟薰魚、一碟糟鴨、一碟水晶蹄膀、一碟小割燒鵝、一碟烏皮雞、一碟舞驢公、一碟羊角蔥小炒的核桃肉、一碟肥肥的羊貫腸，還有個剛端上來的大燎羊頭。

陸小鳳眨著眼，笑道：「你想脹死我？」

李燕北又大笑，笑聲中，已有個衣著華麗，風姿綽約的少婦，腰肢款擺，走了進來。陸小鳳看見她，竟似突然發怔。

李燕北笑道：「這個人就是長著四條眉毛的陸小鳳，你豈非早就想看看他了。」

十三姨檢衽而禮，忽然笑道：「我們剛才已見過。」

李燕北也怔住：「你們幾時見過？」

十三姨嫣然道：「剛才我陪歐陽情到前門外去買珠子，歐陽情就把他指給我看過了。」

陸小鳳苦笑，又忍不住問道：「你們請的那位陪客就是她？」

李燕北道：「歐陽情你也認得？」

陸小鳳只有點頭。

李燕北大笑，道：「你當然應該認得，若連那樣的美人都不認得，陸小鳳還算什麼英雄？」

陸小鳳道：「她的人呢？」

十三姨道：「她還在廚房裡，正在替你做一樣她最拿手的點心，酥油泡螺。」

歐陽情居然會替陸小鳳做點心！

陸小鳳又不禁苦笑：「她是不是想毒死我？」

十三姨道：「你認爲她想毒死你？」

陸小鳳道：「我得罪過她一次，有些人是一次也不能得罪的，否則她就要恨你一輩子。」

十三姨道：「你認爲她就是這種人？」

陸小鳳並沒有否認。十三姨看著他，眼睛瞬也不瞬的看著他。女人本不該這麼樣看男人的，尤其在自己丈夫面前更不該，陸小鳳都已覺得很不好意思，十三姨卻一點也不在乎。

李燕北忍不住道：「你在看什麼？」

十三姨道：「我在看他究竟是不是個呆子。」

李燕北道：「他絕不是。」

十三姨道：「他看起來的確一點也不像，卻偏偏是個不折不扣的呆子！」

李燕北道：「哦？」

十三姨嘆了口氣，道：「人家本來早就要走的，知道他要來，忽然就改變了主意，人家本來從來也不肯下廚房，知道他要來，就在廚房裡忙了一整天，若是有個女人這樣的對你，你懂不懂是什麼意思？」

李燕北道：「我至少懂得她絕不是在恨我。」

十三姨嘆道：「連你都懂了，他自己卻偏偏一點也不懂，你說他是不是呆子？」

李燕北笑道：「現在我也覺得有點像了。」

陸小鳳又怔住，這意思他當然也懂，可是他連做夢都沒有想到過。

李燕北又道：「其實這也不能怪他的，女人家的心事，男人本來就猜不透的，何況他又是當局者迷。」

十三姨冷冷道：「我也不是在怪他，我只不過替小歐陽在打抱不平而已。」

李燕北大笑，拍著陸小鳳的肩，道：「我若是你，等一會小歐陽出來時，我一定要好好的……」這句話還沒有說完，風中突然傳來了一陣奇異的吹竹聲，竟赫然跟陸小鳳下午在磚窯外聽見的那種吹竹聲完全一樣。

陸小鳳臉色變了，失聲道：「去救歐陽……」四個字沒說完，他的人已穿窗而出，再一閃已遠在十丈外。

吹竹聲是從西南方傳來的，並不太遠，從這座宅院的西牆掠出去，再穿過條窄巷，就是個看來已荒廢了很久的庭園。

三 廢園異事

一

夜，夜色已濃，濃如墨。秋風荒草，白楊枯樹，一輪冰盤般的明月剛昇起，斜照著這陰森淒涼的庭園，看不見人，連鬼都看不見。

就算有鬼也看不見。陸小鳳迎著撲面而來的秋風，竟忍不住機伶伶打了個寒噤。

每次在兇殺不祥的事發生之前，他總會有種奇異的預感。現在他就有這種預感，沒有燈光，沒有星光，連月光都是陰森森、冷清清的。

枯樹在風月下搖曳，看來就像是一條條鬼影，突然間，黑暗中又響起了一陣吹竹聲。

陸小鳳箭一般竄過去，這次他終於看見了那吹竹的人，人就在前面的枯樹下，陸小鳳的身形卻又突然停了下來，他竟似又怔住。吹竹的人，竟只不過是個十來歲的孩子。

這孩子長得並不高，穿著件破袷襖，圓圓的臉，大大的眼睛，一面在擦鼻涕，一面在發抖，顯得又冷又怕。可是他手上卻赫然拿著個奇形的竹哨。

陸小鳳看著他，慢慢的走過去，這孩子完全沒發覺，東張張，西望望，忽然看見了地上的影子，立刻大叫一聲，拔腿就跑，他當然跑不了。

剛跑了幾步，陸小鳳已一把拉住他，孩子又立刻又殺豬般叫了起來。

等他叫完了，陸小鳳才說話：「我不是鬼，是人。」

孩子仰起臉，看了他一眼，雖然已確定他是個人，臉上還是充滿了驚駭恐懼之色，鼻涕又開始不停的往外流：「你……你真的不是鬼？」

陸小鳳道：「鬼沒有影子的，我有影子。」

孩子總算鬆了口氣，噘起嘴道：「那你為什麼要抓我？」

陸小鳳道：「我有幾句話要問你。」

孩子遲疑著，道：「問過了你就讓我走？」

陸小鳳道：「不但讓你走，而且還給你兩吊錢！」他本來是笑不出的，可是在孩子面前，他一向不願板著臉。

看見他的笑容，這孩子才定心，眨著眼道：「你要問什麼？」

陸小鳳柔聲道：「你叫什麼名字？你的家在哪裡？」

孩子道：「我叫小可憐，我沒有家！」小可憐當然是沒有家的，沒有家的孩子才會叫小可憐。

這孩子看來不但可憐，而且很老實，不會說謊的。

陸小鳳的聲音更溫和，道：「天這麼黑了，你一個人到這裡來怕不怕？」

小可憐挺起胸，道：「我不怕，什麼地方我都敢去。」嘴裡說不怕的人，心裡往往比誰都害怕。

陸小鳳道：「你覺得這地方很好玩？」

小可憐道：「一點也不好玩！」

陸小鳳道：「既然不好玩，你為什麼要到這裡來吹這竹哨子？」

小可憐道：「是個駝背的老頭子叫我來的，他也給我兩吊錢。」

又是個駝背的老頭子，去爲西門吹雪和葉孤城買棺材的是他，害死了孫老爺的也是他，他究竟是什麼人？

陸小鳳道：「這哨子也是他給你的？」

小可憐點點頭，道：「這哨子比廠甸賣的還好玩，聲音又特別響！」

他顯然很喜歡這哨子，情不自禁又拿起來吹了一下。尖銳的哨聲一響起，別的聲音就完全聽不見了。陸小鳳並沒有聽見別的聲音，但卻忽然又有了種奇怪的預感，忍不住要回頭去看看。

爲什麼會有這種感覺，他自己也說不出來，就在他回過頭的這一瞬間，他忽然看見有條赤紅的影子，從地上竄了起來，就像是一根箭，速度卻遠比箭更快！

甚至比閃電還快！紅影一閃，忽然間已到了陸小鳳的咽喉，也就在這同一刹那間，陸小鳳的手已伸出，用兩根手指一挾！

他挾住了樣東西，一樣又冷、又黏、又滑的東西，一條赤紅的毒蛇。

毒蛇的紅信已吐出，幾乎已舐到了陸小鳳的喉結上，可是牠已不能再動，陸小鳳的兩根手指恰巧揑住了牠的七寸。他的出手若是稍稍慢一點，揑的地方若是稍稍錯一點，揑的力量若是稍稍輕一點。那麼他現在就已是個死人！

從出道以來，陸小鳳的確可以說是闖過龍潭，入過虎穴！生死繫於一線間的惡戰，他已不知經過多少，殺人如草的惡漢，他也不知遇到多少個。但他從來也沒有遇見過比此刻更兇險的事。手裡揑著這條冰冷的毒蛇，他整個人都似已冰冷，只覺得胃在收縮，只想吐。

「蛇……這裡有毒蛇！」小可憐已大叫著，遠遠的跑了。

陸小鳳長長吸了一口氣，反手一摔，將毒蛇摔在一塊石頭上，再抬起頭來時，這又可憐、又很老實的孩子竟已不見蹤影。

風吹荒草，枯樹搖曳，陸小鳳站在秋風裡，又深深的呼吸了幾次，心跳才恢復正常，但就在這時，黑暗中又發出了一聲驚呼，呼聲竟赫然是那男孩子發出來的！

小可憐已暈倒在地上，陸小鳳趕過去時，這孩子已被嚇暈了。如此黑夜，如此荒園，這麼大的一個孩子，若是忽然看見了個死人，怎麼會不怕？

死人就在孩子的面前，是個駝背的老頭子，滿頭白髮蒼蒼，卻是被一根鮮紅的緞帶勒死的。訂棺材的是他，害人的也是他，他自己怎麼會也死在別人手裡？是誰勒死了他？爲什麼？

二

緞帶在夜色中看來，還是紅得發亮，紅得就像是鮮血一樣。陸小鳳見過同樣的緞帶，也看見過被這同樣的一條緞帶勒死的人。

公孫大娘短劍上的緞帶，就是這樣子的，羊城的「蛇王」，也就是被這種緞帶勒死的。這次下毒手的人是誰？莫非就是公孫大娘？

公孫大娘的確很可能也已到了京城，九月十五的那一戰，她也不願錯過，那麼這駝背老頭子又是誰呢？他爲什麼要害死孫老爺？公孫大娘又爲什麼要害死他？

陸小鳳從來也沒聽說過江湖中有這麼樣一個老頭子，他遲疑著，終於蹲下去——這老頭子身上，很可能還帶著些可以證明他身分的東西。

也很可能還藏著一條毒蛇！陸小鳳只覺得自己的指尖在發冷，用兩根手指，掀起了這老頭子的衣襟。沒有蛇，蛇會動的。

陸小鳳的手伸進去，突然又怔住，他眼睛看著的，是一顆白髮蒼蒼的頭顱，一張已老得乾枯了的臉。可是他的手感覺卻不同——這老頭子竟是個女人！

手摸著的，竟是個女人豐滿光滑的軀體，白髮果然是假的，臉上也果然戴著張製作得極精妙的面具。陸小鳳扯下白髮，掀開面具，就看見了一張雖已僵硬蒼白，卻還是非常美麗的臉！

他認得這張臉！這駝背的老頭子，竟赫然就是公孫大娘！

公孫大娘易容術之精妙，陸小鳳當然知道，他相信公孫大娘無論扮成什麼樣的人，這世上都沒有幾個人能看破她。

公孫大娘武功之高，陸小鳳也是知道的，這世上又有誰能活活的勒死她？這兇手的武功豈非更可怕。陸小鳳忍不住又機伶伶打了個寒噤。

他來到京華才一天，這一天中他遇見的怪事實在太多，他想不通公孫大娘爲什麼要害死孫老爺，更想不通公孫大娘怎麼會死在這裡。

假如想不通的事太多，就只有不想，假如愈想愈亂，也不如不想，這一向是陸小鳳的原則。

可是他縱然不想，彷彿還是可以隱隱感覺得到，就在這古老的城市中，某一個陰暗的角落裡，正有個人在用一雙比狐狸還狡猾、比毒蛇還惡毒的眼睛在盯著他，等著要他的命！

無論這人是誰，都必將是他生平未遇的、最可怕的對手。他好像已隱隱感覺到這個人是誰了！

三

燈光慘淡。慘淡的燈光，照在歐陽情慘白的臉上。她美麗的臉上已完全沒有血色，美麗的眼睛緊閉，牙齒也咬得很緊。

她是不是還能張開眼睛來？是不是還能開口說話？陸小鳳靜靜的站在床頭，看著她，只希望她還能像以前那樣瞪他幾眼，還能像以前那樣罵他幾句。李燕北和十三姨就在他身後，神情也很沉重。

「我們趕到廚房裡去的時候，她已經倒了下去！」

陸小鳳凝視著她的咽喉，她的咽喉並沒有血痕：「她的傷口在哪裡？」

十三姨道：「在手上，左手。」

陸小鳳鬆了口氣，毒蛇竄過來的時候，她想必也像陸小鳳一樣，想用手去抓住。她的反應雖然遠不及陸小鳳快，卻比孫老爺快了些，孫老爺的酒喝得太多。

李燕北道：「幸好你叫我們去救她，所以我們去得總算還不太晚。發現歐陽情的傷口後，他立刻封住了她左臂的穴道，阻止了毒性的蔓延。」

李燕北又道：「所以真正救回她這條命的並不是我，是你！」

十三姨道：「只不過我還是一直不明白，你怎麼知道她會被人暗算的？」

陸小鳳道：「其實我也不能確定。」

十三姨道：「但你卻救了她一命。」

陸小鳳苦笑，道：「有很多事我都是糊裡糊塗就做出來的，你們若要問我是怎麼做出來的，連我自己也不知道。」

十三姨道：「你雖然不知道，卻做了出來，有很多人就算知道，也做不出。」

李燕北道：「所以陸小鳳永遠都不愧是陸小鳳，世上也只有這麼樣一個陸小鳳。」

十三姨輕輕嘆了口氣，道：「這也難怪她為什麼會對你情深一往了。」

歐陽情真的對他情深一往？

十三姨又道：「她左手雖然被毒蛇咬了一口，人雖然已倒了下去，可是她的右手裡，卻還是緊緊拿著那碟酥油泡螺，死也不放，因爲那是她替你做的，因爲……」她沒有再說下去，她說的已夠多。就只這麼樣一件事，已足夠表現出歐陽情對他的情感。

陸小鳳看看歐陽情的臉，心裡忽然湧起一種誰也無法解釋的感情，他絕不能再讓歐陽情死，絕不能！薛冰的死，已帶給他終生都無法彌補的遺憾。

李燕北已等了很久，終於忍不住問道：「你已找到了那吹竹弄蛇的人？」

陸小鳳點點頭。

李燕北道：「是誰？」

陸小鳳道：「是個孩子。」

李燕北也吃了一驚，但立刻就問：「暗中是不是還另有主使的人？」他的確不愧是老江湖，對一件事的看法，他總是能看得比別人深，也比別人準。

陸小鳳道：「據那孩子說，叫他做這件事的，是個駝背的老人！」

李燕北道：「你也找到了那駝背老頭子？」

陸小鳳道：「這世上也許根本就沒有那麼樣一個駝背老人，我找著的一個是公孫大娘改扮的！」

李燕北道：「公孫大娘是什麼人？」

陸小鳳道：「公孫大娘是歐陽情的大姐，也是我的朋友。」

李燕北怔住。

十三姨卻不禁冷笑，道：「她總算有個好姐姐，你也總算有個好朋友。」

陸小鳳沉思著，緩緩道：「公孫大娘本來就是她的好姐姐，我的好朋友。」

十三姨道：「直到現在，你還是這麼樣想？」

陸小鳳承認：「因爲我相信真正的兇手，絕不是公孫大娘！」

十三姨道：「不是她是誰？」

陸小鳳握緊雙拳，道：「是個比霍休還狡猾老辣，比金九齡還陰沉惡毒的人，他的武功，也許比我所見過的所有人都高。」

霍休和金九齡都曾經被他當作最可怕的對手，都幾乎已將他置之於死地。他經歷了無數兇險，花費了無數心血，再加上三分運氣，才總算將他們兩人的真面目揭開。可是現在這個人卻更可怕！

李燕北道：「你怎麼知道公孫大娘不是真兇？」

陸小鳳道：「我不知道。」

十三姨道：「可是你能感覺得到？」

陸小鳳承認。

十三姨道：「你又是糊裡糊塗就感覺到的？」

陸小鳳也承認。

十三姨嘆道：「看來你真是個怪人，無論誰找到你這種人做對手，只怕都要倒楣的！」

陸小鳳苦笑道：「但這次要倒楣的人卻很可能是我！」

李燕北道：「現在公孫大娘呢？」

陸小鳳道：「死了！」

十三姨道：「那孩子？……」

陸小鳳道：「還暈倒在那裡！」

十三姨道：「你沒有救他回來？」

陸小鳳道：「我留他在那裡，就是救了他！」十三姨不懂。

李燕北卻道：「你認爲那孩子也是幫兇？」

陸小鳳道：「一個十來歲的孩子，絕不敢在黑夜裡到那種地方去的，而且那竹哨製作奇特，若不是練過內功的人，根本吹不響。」他笑了笑：「何況，他根本就沒有真的暈過去！」

李燕北道：「你爲什麼不帶他回來，問問他的口供？」

陸小鳳道：「他不會說的，我也不能對一個孩子逼問口供。」

李燕北道：「你至少可以暗中盯住他，也說不定就可以從他身上，追出那個真兇來。」

陸小鳳嘆道：「我若去盯他，這孩子就死定了。」

李燕北道：「你怕那真兇殺他滅口？」

陸小鳳道：「嗯！」

李燕北嘆道：「我的心腸已不能算太硬，想不到你的心卻比我還軟。」

陸小鳳沉默了很久，才緩緩道：「以前也有人說過我的脾氣雖然像茅坑裡的石頭，又臭又硬，心腸卻軟得像豆腐。」

十三姨嘆道：「非但像豆腐，簡直就像酥油泡螺！」她忽然又笑了笑，道：「那碟酥油泡螺還在外面，既然是她特別爲你做的，你至少總得吃一個。」

陸小鳳道：「我回來再吃。」

李燕北道：「你要出去？到哪裡去？」

陸小鳳道：「去找一個人。」

李燕北道：「找誰？」

陸小鳳道：「葉孤城。」李燕北又怔住。

陸小鳳道：「他既然能解唐家暗器的毒，既然能救自己，想必也能救歐陽情。」

歐陽情慘白的臉上已泛起一種可怕的死灰色，左臉已浮腫，李燕北點穴的手法，顯然並不高明，並沒有能完全阻止毒性的蔓延。

十三姨皺眉道：「像葉孤城那種脾氣的人，肯出手救別人？」

陸小鳳道：「他就算不肯，我也要去，就算要我跪下來求他，我也得求他來。」

他凝視著歐陽情的臉，一字字道：「不管怎麼樣，我都要想法子讓她活下去！」

四

夜更深，連生意最好，收市最晚的春明居茶館，客人都已漸漸少了，眼看著已經到了快打烊的時候。陸小鳳卻還是坐在那裡，看著面前一壺新沏好的香片發怔。

他已走過很多地方，找了很多家客棧，卻連葉孤城的影子都找不到，以葉孤城那麼樣的排場，那樣的聲名，本該是個很好找的人，無論他住在什麼地方，都一定會很引人注意。

可是他自從今天中午在春華樓露過那次面後，竟也像西門吹雪一樣，忽然就在這城中消失了，連一點有關他的消息都聽不到。

陸小鳳也想不通這是怎麼回事，葉孤城本沒有理由躲起來的，連那被他刺穿雙肩，勢必已將終生殘廢的唐天容都沒有躲起來。

唐天容的落腳處，是在鼓樓東大街的一家規模很大的「全福客棧」裡。據說已找過很多專治跌打外傷的名醫。他還沒有離開京城，並不是因為他的傷，而是因為唐家的高手，已傾巢而出，晝夜兼程趕到京城來，為他們兄弟復仇。這當然也必將是件轟動武林的大事。

第二件大事是，嚴人英雖沒有找到西門吹雪，卻找到了幾個極厲害的幫手。據說其中不但有西藏密宗的喇嘛，還有在「聖母之水」峰苦練多年的兩位神秘劍客，也不知為了什麼，居然都願意為嚴人英出力。

這兩件事對西門吹雪和葉孤城都同樣不利，第一批人要找的是葉孤城，第二批人要找的是西門吹雪，所以無論他們是誰勝誰負，只要還活著，就絕不會有好日子過。

陸小鳳打聽到的消息並不多，卻偏偏沒有一樣是他想打聽的，甚至連木道人和古松居士，他都已找不到。

茶客更疏了，茶博士手裡提著的大水壺已放下，不停的用眼角來瞟陸小鳳，顯然是在催促他快點走。陸小鳳只有裝作看不見，因為他實在也已沒有別的地方可去。

不找到葉孤城，他怎麼能回去面對歐陽情？

新沏的茶已涼，夜更涼。

陸小鳳嘆了口氣，端起茶碗，一口茶還沒有喝到嘴——突然間，寒光一閃，「叮」的一響，茶碗已打得粉碎。

寒光落下，竟是一枚三寸六分長的三稜透骨鏢。門口掛著燈籠，一個穿著青布袈裟，芒鞋白襪的和尚，正在對著他冷笑，方外的武林高手，幾乎沒有人用這種飛鏢的。

可是這和尚發鏢的手法卻又快又準，無疑已可算是此道的一流高手。陸小鳳既不認得他，也想不通他爲什麼突然出手暗算，最奇怪的是，他一擊不中，居然還留在外面不走。

陸小鳳笑了，他非但沒有追去，反而看著這和尚笑了笑。現在的麻煩已夠多，他已不想再惹別的麻煩，誰知這和尚還是不放鬆，一揮手，又是兩枚飛鏢發出，鏢尾繫著的鏢衣在風中獵獵作響，發鏢的力量顯然很強勁。

陸小鳳又嘆了口氣，他已看出這和尚找定了他的麻煩，他想不出去，也不行了。

飛鏢還未打到，他的人忽然間已到了門外。誰知這和尚看見他出來，立刻拔腿就跑，等到他不想再追時，這和尚又在前面招手。

奇怪的事，真是愈來愈多，所有的怪事好像全被陸小鳳一個人遇上了。

他不想再追下去，卻又偏偏不能不追，追出了兩條街，和尚突然在一條暗巷中停下，冷笑道：「陸小鳳，你敢不敢過來？」

陸小鳳當然敢，世上他不敢做的事還很少，他雖然明知自己一走入暗巷，這和尚就隨時都可以出手，暗巷中很可能還有他看不見的陷阱和埋伏，這和尚也很可能還有他不知道的絕技殺手。

但他還是走了進去。誰知他一走進去，這和尚竟忽然向他跪了下來，恭恭敬敬的磕了三個頭。

陸小鳳又怔住。

和尚卻在看著他微笑，道：「你不認得我？」

陸小鳳搖搖頭，他從來也沒見過這和尚。

和尚道：「這三稜透骨鏢你也不認得？」

陸小鳳眼睛亮了：「你是關中『飛鏢』勝家的人？」

和尚道：「在下勝通。」

這名字陸小鳳也不熟，飛鏢勝家並不是江湖中顯赫的名門大族。

勝通已接著道：「在下是來還債的！」

陸小鳳更意外，道：「還債？」

勝通道：「勝家滿門上下，都欠了陸大俠一筆重債！」

陸小鳳道：「你一定弄錯了，我從不欠人，也沒人欠我！」

勝通道：「在下沒有錯。」他說得很堅決，神情也很嚴肅：「六年前，本門上下，全都敗在霍天青手裡，滿門都被逐出關中，從此父母離散，兄弟飄零，在下也被迫入了空門，雖然有雪恥之心，怎奈霍天青武功高強，在下也自知復仇無望！」

陸小鳳道：「你以為我殺了霍天青，替你們出了氣，所以要來報恩？」

勝通道：「正是。」

陸小鳳只有苦笑，霍天青並不是死在他手上的，獨孤一鶴和蕭少英也不是，但別人卻偏偏都將這筆帳算在他身上，有仇的來復仇，有恩的來報恩。江湖中的恩怨是非，難道竟是真的如此難以分清？

陸小鳳嘆了口氣，道：「霍天青並不是……」

勝通彷彿根本不願聽他解釋，搶著道：「無論如何，若非陸大俠仗義出頭，霍天青今日想必還在珠光寶氣閣耀武揚威，又怎會落到那樣的下場！」

他這樣說倒也不是完全沒有道理，陸小鳳只有苦笑：「就算你欠了我的債，剛才你也已還了。」

勝通道：「叩頭只不過表示尊敬，又怎能算是報恩？」

陸小鳳道：「不算？」

勝通道：「絕不能算！」

陸小鳳道：「要怎樣才能算？」

勝通忽然從懷裡拿出個包紮很仔細的布包，雙手奉上：「這就是在下特地要送來給陸大俠的！」

陸小鳳只有接過來，他忽然發覺被人強迫接受「報恩」，那滋味也並不比被人強迫接受「報仇」好多少。以前他從來也沒有想到這一點，更令他想不到的是，這油布包裡包著的，竟是一條上面染著斑斑血跡，還帶著黃膿的白布帶，一打開包袱，就有股無法形容的惡臭散發出來。

陸小鳳連笑都笑不出了：「你特地來送給我的，就是這條布帶？」

勝通道：「正是。」

陸小鳳道：「你送這東西給我，爲的就是報恩？」

勝通道：「不錯。」

陸小鳳看著布帶上的膿血，實在覺得有點哭笑不得。這和尙打了他三鏢，又送了這麼樣一條臭布帶給他，還說是來報恩的。這麼樣報恩的法子，倒也少見得很。

——幸好他還是來報恩的，若是來報仇，那該怎麼辦呢？

陸小鳳現在唯一的希望，就是趕快把這和尚弄走：「現在你總算已報過了恩吧！」

勝通居然沒有否認，沉吟著又道：「這條布帶在平時看來，也許不值一文，但在此時此刻，卻價值連城。」

隨便要什麼人來，隨便怎麼看，也看不出這布帶是件價值連城的寶物，可是這和尚卻偏偏說得很嚴肅，看來居然並不像在開玩笑。

陸小鳳也不禁起了好奇心：「這布帶難道有什麼特別的地方？」

勝通道：「只有一點。」

陸小鳳道：「哪一點？」

勝通神情更慎重，壓低了聲音，道：「這布帶是從葉孤城身上解下來的！」

陸小鳳的眼睛立刻亮了，這又臭又髒的一條布帶，在他眼中看來，竟真是已比黃金玉帶更珍貴。

勝通道：「在下爲了避仇，也爲了無顏見人，所以特地選了個香火冷落的小廟出家，老和尚死了後，在下就是那裡唯一的住持！」

陸小鳳道：「葉孤城也在那裡？」

勝通道：「他是今天正午後來借宿的，廟裡的僧房本只有兩間，老和尚死了後，那僧房就從來也沒有人住過，更沒有香客借宿，今天居然會有人來，在下已覺得很意外。」

陸小鳳道：「他是一個人去的？」

勝通點點頭，道：「他來的時候，在下本沒有想到他就是名動天下的白雲城主！」

陸小鳳道：「後來你是怎麼知道的？」

勝通道：「他來了之後，就將自己關在房裡，每隔半個時辰，就要我送盆清水進去……」

他本來也是江湖中人，看見這種行跡可疑的人，當然會特別留意。

「除了清水外，他還要我特地去買了一匹白布，又將這油布包交給我，叫我埋在地下。」

葉孤城當然絕不會想到這香火冷落的破廟住持，昔年也是個老江湖，所以對他並沒有戒心。

「我入城買布時，才聽到葉孤城在張家口被唐門暗器所傷，卻在春華樓上重創了唐天容的事。所以就將這位白雲城主的裝束容貌，都仔細地打聽了出來。兩下一印證，我才知道到廟裡來借宿的那位奇怪客人，就是現在已震動了京華的白雲城主。」

陸小鳳長長吐出口氣，現在他總算已想通了兩件本來想不通的事。

——既不愛賞花，也不近女色的葉孤城，要美女在前面以鮮花鋪路，只不過是爲了掩飾自己身上傷口發出的膿血惡臭。

——陸小鳳在城裡找不到他，只因爲他根本沒有在客棧中落腳，卻投入了荒郊中的一個破廟裡。

——他當然不能讓別人知道他的傷非但沒有好，而且已更惡化。

——雄獅負傷後，也一定會獨自藏在深山裡，否則只怕連野狗都要去咬牠一口。

陸小鳳的心已沉了下去，他本來還期望能救治歐陽情的傷毒，現在才知道葉孤城自身已難保，又怎麼能救得了別人？

勝通道：「剛才我入城時，城裡十個人中，至少有八個人都認爲葉孤城已必勝無疑，打賭的盤口甚至已到了以七博一，賭葉孤城勝。」

春華樓的那一著「天外飛仙」，想必已震撼了九城。

勝通又道：「現在若有人知道這消息，看看這布帶，只怕……」他沒有說下去。

現在若有人知道這消息，京城中會變成什麼情況，他非但說不出，簡直連想都無法想像。

陸小鳳嘆了口氣道：「你說的不錯，這布帶的確可以算是價值連城的寶物，我實在受之有愧！」

「受之有愧」的意思，通常也就是「卻之不恭」。

勝通終於展顏而笑，道：「在下雖不是什麼了不起的大人物，卻也和陸大俠一樣，從不願欠人的債，只要陸大俠肯接下這點心意，在下也就心安了。」

陸小鳳沉吟著，忽又問道：「你的廟在哪裡？」

勝通道：「陸大俠莫非還想當面去見那位白雲城主？」

陸小鳳笑了笑，道：「我並不是不相信你，但卻實在想去看看他。」他笑容中帶著種兔死狐悲的傷感和寂寞，慢慢的接著道：「我和他雖然只匆匆見過兩次面，卻始終將他當做我的朋友……」

他知道葉孤城現在一定很需要朋友，也知道葉孤城的朋友並不多。此時此刻，一個真正的朋友對葉孤城來說，也許比解藥更難求。

五

屋子裡潮濕而陰暗，地方並不十分窄小，卻只有一床、一桌、一凳，故而更顯得四壁蕭然，空洞寂寞，也襯得那一盞孤燈更昏黃黯淡。壁上的積塵未除，屋面上結著蛛網，孤燈旁殘破的經卷，也已有許久未曾翻閱。

——以前住在這裡的老僧，過的又是種多麼淒涼寂寞的歲月？在他說來，死，豈非正是種解脫？

葉孤城斜臥在冷而硬的木板床上，雖然早已覺得很疲倦，卻輾轉反側，無法成眠。

他本來久已習慣寂寞。一個像他這樣的劍士，本就注定了要與人世隔絕的，正像是個苦行的僧人一樣，塵世間的一切歡樂，他都無緣享受。

因爲「道」，是一定要在寂寞和困苦中才能解悟的，劍道也是一樣，沒有家，沒有朋友，沒有妻子，沒有兒女，什麼親人都沒有。

在他的一生中，寂寞本就是他唯一的伴侶。但他卻還是無法忍受這種比寂寞還更可怕的淒涼和冷落。因爲他以前過的日子雖孤獨，卻充滿了尊榮和光彩。而現在……

風從窗外吹進來，殘破的窗戶響聲如落葉，屋子裡還是帶著種連風都吹不散的惡臭。他知道他的傷口已完全潰爛，就像是一塊生了蛆的臭肉一樣。

他本來是個孤高而尊貴的人，現在卻像是條受傷的野狗般躲在這黑洞裡，這種折磨和痛苦，本是他死也不願忍受的，可是他一定要忍受。因爲他一定要活到九月十五。

秋聲寂寂，秋風蕭索，這漫漫的長夜，卻叫他如何渡過？

假如現在有個親人，有個朋友陪著他，那情況也許會好得多，怎奈他偏偏命中注定了是個孤獨的人，從不願接受別人的友情，也從不將感情付給別人，他忽然發覺這竟是他一生中第一次想到自己也需要個朋友。

他又想起了很多事，想起了每日晨昏，從無間斷的苦練，想起了他的對手在他劍下流出來的鮮血，也想起了那碧海青天，那黃金般燦爛的陽光，白玉般美麗的浮雲……

他想死，又不想死。一個人的生命中，爲什麼總是要有這麼多無可奈何的矛盾？

傷口又開始在流膿，在發臭了，他想掙扎起來，再用清水洗一遍，換一塊包紮的布。雖然他知道這麼樣做，對他的傷勢並沒有幫助，甚至無異是在飲鴆止渴。但他只能這麼樣做。

他終於坐起來，剛下了床，突聽窗外有風聲掠過——那絕不是自然的風聲。——好厲害的暗器，好可怕的毒。

劍就在桌上。他一反手，已握住了劍柄，他的反應還是很快，動作也依舊靈敏。

「用不著拔劍。」窗外有人在微笑著道：「若是有酒，倒不妨斟一杯。」

葉孤城握劍的手緩緩放鬆，他已聽出了這個人的聲音：「陸小鳳？」

當然是陸小鳳，葉孤城勉強站起來，站直，掩起了衣襟，整起了愁容，大步走過去，拉開門。

陸小鳳正在微笑，看著他，道：「你想不到我會來？」

葉孤城默然轉身在那張唯一的凳子上坐下來，才緩緩說道：「你本不該來的，這裡沒有酒！」

陸小鳳微笑道：「但這裡卻有朋友。」

朋友！這兩個字就像是酒，一滿杯熱酒，流入了葉孤城的咽喉，流進胸膛。他忽然覺得胸中的血已熱，卻還是板著臉，冷冷的說道：「這裡也沒有朋友，只有一個殺人的劍手。」

「殺人的劍手也可以有朋友。」唯一的椅子雖然已被佔據，陸小鳳卻也沒有站著。他移開了那盞燈，也移開了燈畔的黃經和鐵劍，在桌上坐了下來：「你若沒有將我當朋友，又怎麼會將你的劍留在桌上？」

葉孤城閉上嘴，凝視著他，臉上的寒霜似已漸漸在溶化。一個人到了山窮水盡時，忽然發覺自己還有個朋友，這種感覺絕不是任何事所能代替的。甚至連愛情都不能。

葉孤城沉默了很久，緩緩道：「你以前好像並沒有跟我交朋友？」

陸小鳳道：「因爲以前你是名動天下不可一世的白雲城主！」

葉孤城的嘴角又僵硬：「現在呢？」

陸小鳳嘆了口氣，道：「在決戰之前，你本不該和唐天儀那種人交手的，你應該知道唐門的暗器確實無藥可解。」

葉孤城的臉色變了：「你已知道多少？」

陸小鳳道：「也許我已知道得太多！」

葉孤城又閉上嘴，沉默了許久，才緩緩道：「我本來的確不願跟他交手的！」

陸小鳳道：「可是你……」

葉孤城打斷了他的話，道：「可是他卻找上了我，一定要逼我拔劍，他說我……說我乘他不在時調戲了他的妻子。」

陸小鳳道：「你當然沒有。」

葉孤城冷笑。

陸小鳳道：「既然沒有，爲什麼不解釋？」

葉孤城道：「你若是我，你會不會解釋？」

陸小鳳在嘆息，他承認自己若是遇上這種事，也一定不會解釋的，因爲這種事根本不値得解釋，也一定無法解釋：「所以你只有拔劍。」

葉孤城道：「我只有拔劍！」

陸小鳳道：「但我卻還是不懂，以你的劍法，唐天儀本不該有出手傷你的機會。」

葉孤城冷冷道：「他本來就沒有。」

陸小鳳道：「但你卻受了傷。」

葉孤城的手握緊，過了很久，才恨恨道：「這件事我本不願說的，他能有出手的機會，只因我在拔劍時，突然聽見了一陣很奇怪的吹竹聲。」

陸小鳳臉色也變了：「於是你立刻發現有條毒蛇？……」

葉孤城霍然長身而起：「你怎麼知道？」

陸小鳳也握緊雙拳，道：「就在今天一日之中，我已有兩個朋友死在那種毒蛇吻下，還有一個倒在床上，生死不明。」

葉孤城的瞳孔在收縮，慢慢的坐下，兩個人心裡都已明白，這件事根本是有人在暗中陷害的。這究竟是誰的陰謀？爲的是什麼？

陸小鳳沉吟著，緩緩道：「你重傷之後，最有好處之人，本該是西門吹雪。」

葉孤城點點頭。

陸小鳳道：「但害你的人，卻絕不是西門吹雪！」

葉孤城道：「我知道，我相信他絕不是這種無恥的小人！」

陸小鳳道：「你真的相信？」

葉孤城道：「像這種卑鄙無恥的人，絕對練不成那種孤高絕世的劍法。」

陸小鳳長長吐了口氣，道：「想不到你居然也是西門吹雪的知己。」

葉孤城注視著桌上的劍，緩緩道：「我了解的並不是他的人，而是他的劍。」

陸小鳳卻在凝視著他：「也許你們本來也正是同樣的人。」

葉孤城雖沒有承認，也沒有否認。兩柄孤高絕世的劍，兩個孤高絕世的人，又怎能不惺惺相惜？

陸小鳳嘆道：「看來這世上不但有肝膽相照的朋友，也有肝膽相照的仇敵。」

當然有的，只不過後者遠比前者更難得而已。

葉孤城忽然又道：「據說已有很多人在我身上投下重注，賭我勝！」

陸小鳳苦笑道：「現在賭你勝的盤口是七比一。」

葉孤城目中帶著深思之色，道：「其中當然也有人賭西門吹雪勝的？」

陸小鳳道：「不錯。」

葉孤城道：「我若敗了，這些人豈非就可以坐收暴利？」

陸小鳳道：「你認爲陷害你的人，就是賭西門吹雪勝的人？」

葉孤城道：「你認爲不是？」

陸小鳳也閉上了嘴。

他雖然沒有說出來，但心裡卻知道絕不是，因爲這個人不但陷害了葉孤城，也同樣害了孫老爺、公孫大娘和歐陽情。他一定還有更可怕的陰謀、更大的目的，絕不止要贏得這筆賭注而已。

葉孤城又站起來，推開窗戶，看著窗外的明月，喃喃道：「現在已可算是九月十四了。」

陸小鳳道：「難道你還要如期應戰？」

葉孤城冷冷道：「你看我像是個食言悔約的人？」

陸小鳳道：「可是你的傷……」

葉孤城又笑了笑，笑得很淒涼：「傷是無救的，人也已必死，既然要死，能死在西門吹雪劍下，豈非也是一大快事？」

陸小鳳道：「你……你們可以改期再戰。」

葉孤城斷然道：「不能改！」

陸小鳳道：「爲什麼？」

葉孤城道：「我這一生中，說出來的任何話，都從未更改過一次。」

陸小鳳道：「莫忘記你們改過一次！」

葉孤城道：「那有特別的原因！」

陸小鳳道：「什麼原因？」

葉孤城沉下臉，道：「你不必知道！」

陸小鳳道：「我一定要知道！」

葉孤城冷笑。

陸小鳳道：「因爲我不但是西門吹雪的朋友，也是你的朋友，我有權知道。」

葉孤城慢慢的掩起窗子，又推開，窗外月明依舊。他一直都沒有回頭，彷彿不願讓陸小鳳看到他臉上的表情，又過了很久，忽然道：「你知不知道他已有孩子了？」

陸小鳳跳了起來，失聲道：「你說什麼？」

葉孤城並沒有再說一遍，他知道陸小鳳聽得很清楚。

陸小鳳當然已聽清楚，但卻實在不能相信：「你是說西門吹雪已有了孩子？」

葉孤城點點頭。陸小鳳再問：「是孫秀青有了身孕？」

葉孤城又點點頭，陸小鳳怔住，一個男人，在生死的決戰前，若是知道他深愛的女人腹中有了他的孩子，他應該怎麼辦？

陸小鳳終於明白：「原來是他去求你改期的，因爲他一定要先將孫秀真以後的生活安排好，他並沒有勝你的把握。」

葉孤城道：「他是個負責任的男人，也知道自己的仇人太多。」

陸小鳳道：「他若死在你手裡，他的仇家當然絕不會讓他的女人和孩子再活下去。」

葉孤城道：「他活著時從不願求人，就算死了，也絕不願求人保護他的妻子。」

陸小鳳道：「所以他要你再給他一個月的寬限，讓他能安排好自己的後事。」

葉孤城道：「你若是我，你答不答應？」

陸小鳳長長嘆息，現在他終於明白，西門吹雪爲什麼會突然失蹤。他當然要找個絕對秘密的地方，將他的妻子安頓下來，讓她能平平安安的生下他自己的孩子，這地方他當然絕不能讓任何人知道。

葉孤城仰視著天上的明月，月已圓：「月圓之夜，紫金之巔……」

陸小鳳忍不住又問道：「月圓之夜，還是改在月圓之夜，紫金之巔又改在哪裡？」

葉孤城又沉吟了很久，才緩緩道：「改在紫禁之巔。」

陸小鳳聳然動容，道：「紫禁之巔？紫禁城？」

葉孤城道：「不錯。」

陸小鳳臉色變了：「你們要在紫禁城裡，太和殿的屋脊上決戰？」

太和殿就是金鑾殿，也就是紫禁城裡，最高的一座大殿。紫禁之巔，當然也就在太和殿上。殿高數十丈，屋脊上鋪著的是滑不留足的琉璃瓦，要上去已難如登天，何況那裡又正是皇帝接受百官朝賀之處，禁衛之森嚴，天下絕沒有任何別的地方能比得上。這兩人偏偏選了這種地方做他們的決戰處。

陸小鳳忍不住長長嘆了口氣，苦笑道：「你們的膽子也未免太大了些。」

葉孤城淡淡道：「你若害怕，本就不必去。」

陸小鳳恍然道：「你們選了這地方，爲的就是不願別人去觀戰？」

葉孤城道：「這一戰至少不是爲了要給別人看的！」

陸小鳳又忍不住要問：「這一戰究竟是爲了什麼？」

葉孤城道：「就因爲他是西門吹雪，我是葉孤城！」

這並不能算是真正的答覆，卻已足夠說明一切。西門吹雪和葉孤城命中注定了就要一較高下的，已不必再有別的理由。兩個孤高絕世的劍客，就像是兩顆流星，若是相遇了，就一定要撞擊出驚天動地的火花。這火花雖然在一瞬間就將消失，卻已足照耀千古！

月明星稀，夜更深，葉孤城緩緩道：「你想知道的事，現在全都知道，你爲什麼還不走？」

陸小鳳卻還不肯走：「除了我之外，還有沒有別人知道你們的決戰處？」

葉孤城冷冷道：「我沒有告訴過別人，我沒有別的朋友。」他的聲音雖冷，這句話卻是火熱的。他畢竟已承認陸小鳳是朋友，唯一的朋友。

四 北斗七星陣

一

九月十四，凌晨，李燕北從他三十個公館裡走出來，沿著晨霧迷漫的街道大步而行。他步子雖然還是跨得很大，卻彷彿已顯得很沉重，他的腰雖然還是挺得筆直，但眼中卻已有疲倦之色，昨夜他根本沒有睡過。

十一年來，每當他在晨曦初露，沿著這同樣的路線散步時，後面總有一大群人跟著。但今天卻沒有，連一個人都沒有。

陽光尚未昇起，木葉上凝著秋霜，今天比昨天更冷，說不定已隨時都可能有雪花飄落。北國的冬天，總是來得特別早的，尤其是李燕北，對他來說，冬天早已來了，已到了他心裡。晨霧迷漫，對面也有個人沿著路邊，大步走過來，李燕北還沒有看清他的臉，已看到了一雙發亮的眼睛：「陸小鳳？」

「是我。」陸小鳳已在一株枯樹下停住腳，等著他：「有人若是每天早上都能到外面來走走，一定能活得比較長的。」他在笑，笑容卻並不開朗。

李燕北道：「你已在外面走了很久？」

陸小鳳道：「好像已有半個時辰了！」

李燕北道：「爲什麼不進去？」

陸小鳳又笑了笑，笑得更勉強：「我怕！」

李燕北吃驚的看著他：「你怕？你也有害怕的時候？」

陸小鳳道：「我有，而且時常都有。」

李燕北道：「你怕什麼？」他不等陸小鳳回答，已接下去道：「你不敢去見歐陽情？」

陸小鳳默然點頭。

李燕北拍了拍他的肩：「她還活著，她中的毒好像並沒有外表看來那麼嚴重！」

陸小鳳長長吐了口氣，忽然問道：「今天只有你一個人？」

李燕北點點頭，眼神顯得更疲倦，緩緩道：「今天別人都有他們自己的事要做！」

陸小鳳道：「那麼你也不該出來的！」

李燕北笑了笑，笑容也並不開朗。

陸小鳳道：「經過了昨天的事，你今天本該小心些。」

李燕北沉默著，和陸小鳳並肩而行，走了一段路，忽然道：「這十一年來，我每天早上，都要在這地區裡走一遍，一年三百六十五天，無論颳風下雨，我都沒有間斷過！」

這地區是屬於他的，他走在這些古老而寬闊的街道上，心裡總是充滿了驕傲和滿足，就正如大將在校閱自己的士卒，帝王在視巡自己的國土一樣。

陸小鳳了解他這種感覺：「我若是你，我很可能也會每天這麼樣走一趟！」

李燕北道：「你一定會的！」

陸小鳳道：「只不過我今天還是會破例一次！」

李燕北道：「你絕不會。」

陸小鳳道：「可是今天……」

李燕北道：「尤其是今天，更不能例外。」

陸小鳳道：「爲什麼？」

李燕北遲疑著，目光沿著街道兩旁古老精雅的店鋪一家家看過去，眼睛裡彷彿充滿了悲傷和留戀，過了很久，才緩緩道：「因爲今天已是我最後一次。」

「最後一次？」陸小鳳吃驚的看著他：「爲什麼會是最後一次？」

李燕北並沒有直接回答這句話，又沉默了很久，忽然道：「你有沒有看見過我的兒子？」

陸小鳳搖搖頭，他沒有看見過，他也不懂李燕北爲什麼忽然問起這件事。

「我有十九個兒子，最小的才兩歲。」李燕北慢慢的接著道：「他們都是我親生的，都是我血中的血，肉中的肉。」

陸小鳳在聽著，等著他說下去。

李燕北道：「我今年已五十，外表看來雖然還很強壯，其實卻已是個老人。」

陸小鳳勉強笑了笑，道：「你並不老，有人說，男人到了五十以後，人生才真正開始。」

「可是我已輸不起。」李燕北也想勉強笑一笑，卻笑不出：「因爲我不能看著我的孩子們挨餓受苦。」

陸小鳳終於完全明白他的意思：「難道你已將這地盤賣給了別人？」

李燕北垂下頭，黯然道：「我本來也不想這麼樣做的，可是他們給我的條件實在太優厚。」

陸小鳳道：「什麼條件？」

李燕北道：「他們不但願意承認我跟杜桐軒的賭注，願意爲我解決這件事，而且還保證將我全家大小全都平安送到江南去。」

他總算笑了笑，笑得卻很凄涼：「我知道江南是個好地方，每到了春天，鶯飛草長，桃紅柳綠，孩子們若能在那裡長大，以後絕不會長得像我這種老粗。」

陸小鳳看著他，忍不住長長嘆了口氣，道：「你的確是個老粗。」

李燕北苦笑道：「你自己沒有孩子，你也許不會懂得一個人做了父親後的心情。」

陸小鳳道：「我懂。」

李燕北道：「你既然懂，就應該知道我爲什麼會做這種事。」

陸小鳳道：「我知道。」

李燕北道：「這一戰西門吹雪若是敗了，我就立刻會變得無路可走。」

陸小鳳也知道，無論誰帶著十九個兒子時，他能走的路就實在已不多。

李燕北道：「昨天我見過葉孤城後，就知道我已根本沒有戰勝的機會。」

陸小鳳道：「不是你沒有，是西門吹雪。」

李燕北道：「可是他若輸了，我就會比他輸得更慘。」

陸小鳳道：「我明白。」

李燕北道：「那麼你就不該怪我。」

「我並沒有怪你。」陸小鳳道：「我只不過替你覺得可惜而已。」

「可惜，有什麼可惜？」

陸小鳳也沒有直接回答這句話，卻反問道：「你將這地盤讓給了誰？」

李燕北道：「讓給了顧青楓。」
陸小鳳道：「顧青楓是什麼人？」
李燕北道：「是個道士。」
陸小鳳愕然道：「道士？」
李燕北道：「道士也有很多種。」
陸小鳳道：「他是哪一種？」
李燕北道：「是既有錢，又有勢的那一種。」他又解釋著道：「道教有南北兩宗，南宗的宗師是龍虎山的張真人，北宗的宗師是白雲觀主。」
陸小鳳道：「他就是白雲觀主？」
李燕北點點頭，道：「白雲觀就在城外，當朝的名公巨卿，有很多都是白雲觀主的常客，甚至還有些已拜在他門下。」
陸小鳳冷笑道：「所以他表面雖然是個道士，其實卻無異是這裡的土豪惡霸？」
李燕北苦笑道：「他若不是這麼樣的人，又怎麼會要我將地盤讓給他？」
陸小鳳道：「這件事是不是已無法挽回？」
李燕北道：「我已接受了他的條件，也已將我名下的產業全都過戶給他。」
陸小鳳道：「你的門人子弟，難道也全都由他收買了過去？」
李燕北道：「真正控制這地區的，並不是我，而是我的幫會。」
陸小鳳道：「你已不是幫會的幫主？」
李燕北長嘆道：「現在這幫會的幫主也已是他，我已將十年前從前任幫主手裡接過來的龍旗令符當著證人之面交給了他。」

陸小鳳道：「證人是誰找來的？」

李燕北道：「雖然是他找來的，但卻也是我一向都很尊敬的江湖前輩。」

陸小鳳道：「是誰？」

李燕北道：「一位是武當的木道人，一位是黃山的古松居士，還有一位是老實和尚。」

陸小鳳怔住。他吃驚的停下腳步，連臉色都似已變了：「難怪我找不到他們，原來我走了之後，他們反而來了。」

李燕北道：「我並沒有在他們面前提起你。」

陸小鳳道：「既然是他們作的見證，這件事的確已沒有挽回的餘地。」

李燕北道：「我本來也沒有想挽回，這本是我自己決定的。」他看著陸小鳳的表情，又道：「但你卻好像還有什麼話要說。」

陸小鳳沉默著，終於慢慢的點了點頭，道：「我的確有件事要警告你。」

李燕北道：「什麼事？」

陸小鳳道：「江南不但是個好地方，也是個美人窩，你到了那裡後，最好老實些。」他笑了笑，接著道：「一個月只有三十天，你若是再娶三十個老婆，不打破頭才怪。」

李燕北也笑了，拍著陸小鳳的肩笑道：「你放心，用不著你說，我也會將那裡的美人全都留下來給你的。」

陸小鳳大笑道：「那麼我一定很快就會去找你，免得你改變了主意。」

他並沒有說出葉孤城的事，他幾次想說，又忍了下去。李燕北是他的朋友。朋友要走了，爲什麼不讓他帶著笑走？能夠讓朋友笑的時候，就絕不讓朋友生氣難受——這是陸小鳳的原則。可是他一定要分清誰是仇敵，誰是朋友。

「你準備什麼時候走？」他忽然問。

「也許還得過了明天。」面對著這古老而親切的城市，李燕北目光又不禁露出一種說也說不出的留戀和傷感：「我雖然已是個局外人，但卻還是想知道這一戰的結果。」

陸小鳳慢慢的點了點頭，他也了解李燕北此時的心情。

「你走的時候，我也許不會送你，可是你若再來，無論颳多大的風，下多大的雨，我也一定會去接你。」他勉強笑了笑：「我一向不喜歡送行。」離別總是令人傷感的，他雖然輕生死，卻重離別。

「我明白。」李燕北也勉強作出笑臉：「我這一次走，雖然永遠也不會再回來了，可是你若到了江南，我也一定會去接你。」

陸小鳳沒有再說什麼，陪著他走了一段路，忽然又問道：「木道人他們，是不是和顧青楓一起走的？」

「是。」

「你想他們會到哪裡去？」

「白雲觀。」李燕北道：「白雲觀的素齋和酒，也一向很有名。」

二

白雲觀彷彿就在白雲間，金碧輝煌，宏偉壯觀，霧還沒有散盡，遠遠看過去，這道觀的確就像是飄渺在白雲間的一座天上宮闕。鑲著黃銅獸環的黑漆大門已開了，卻看不見人，晨風間隱約傳來一陣陣誦經聲，道人顯然正在早課。

可是大殿裡也沒有人，幾片剛落下的黃葉，在庭院中隨風而舞。

陸小鳳穿過院子，走過香煙繚繞的大殿，從後面的一扇窄門走出去，忽然發現一個青衣黃冠的道人，正站在梧桐樹下，冷冷的看著他。梧桐沒有落葉，後院中的秋色卻更濃。

陸小鳳試探著問：「顧青楓真人在不在？」

道人沒有回答，一雙發亮的眼睛，在白霧中看來，就像是刀鋒般閃著寒光。一陣風吹過，陸小鳳忽然發現他肩後黃穗飄飛，竟揹著口烏鞘長劍。

「道長莫非就是顧真人？」

道人還是不開口，臉上也完全沒有表情。

陸小鳳笑了笑，喃喃道：「原來這老道是個聾子，我問錯人了。」

這道人並不是聾子，突然冷笑道：「你沒有問錯人，卻來錯了地方。」

「這裡不是白雲觀？」

「是。」

「白雲觀為什麼來不得？」

道人冷冷道：「別人都能來，只有你來不得。」

陸小鳳忍不住問：「你知道我是誰？」

道人冷笑著，忽然閃過身，梧桐樹的樹皮已被削去了一片，上面赫然用硃砂寫著八個字：「小鳳飛來，死於樹下。」

陸小鳳嘆了口氣，道：「你果然知道我是誰！」

道人冷冷道：「鳳棲梧桐，這棵梧桐就是你的葬身之地。」

陸小鳳忽然又問道：「你見過我？」

道人道：「沒有。」

陸小鳳道：「我們有舊恨？」

道人道：「沒有。」

陸小鳳道：「有新仇？」

道人道：「也沒有。」

陸小鳳苦笑道：「我們既然素不相識，又沒有新仇舊恨，你爲什麼一定要我的命？」

道人道：「因爲你是陸小鳳。」

陸小鳳苦笑道：「這理由好像就已夠了。」

道人道：「足夠了。」他的手一反，長劍已出鞘。

「好劍！」劍光如一泓秋水。道人以指彈劍，劍作龍吟。龍吟聲中，四面忽然又出現了六個裝束和他一樣的黃冠道人。六個人，六柄劍，也都是百煉精鋼鑄成的青鋒長劍。

劍柄的黃穗在風中飄飛，突然同時出手，赫然正是道派北宗，全真派的不傳之秘，北斗七星陣。那臉如枯木的道人，顯然就是發動劍陣的樞紐。

他的劍法精妙流動，雖然還不能和葉孤城、西門吹雪那種絕世無雙的劍客相比，可是劍走輕靈，意在劍先，已是江湖中的一流高手。

何況這北斗七星陣結構精密，配合無間，七柄劍竟彷彿有七十柄劍的威力，陸小鳳竟似已連還擊的機會都沒有。劍光如網，他就像是一條已落入網裡的大魚，在網中飛騰跳躍，卻還是逃不出網去。

劍網已愈收愈緊。

陸小鳳忽然嘆了口氣，道：「劍是好劍，劍法也是好劍法，只可惜你們這些人錯了。」

沒有人問他「錯在哪裡？」就算有人想問，也已來不及，就在這一瞬間，陸小鳳已突然出手，只見他身子滴溜溜一轉，手掌已托住了那青衣道人的右肘，輕輕一帶。

接著，就是一片金鐵交擊之聲，七柄長劍互相撞擊，火星四濺，陸小鳳的人已游魚般滑了出去，已不再是條被困在網中的魚。

也就在這一瞬間，突聽一聲冷笑，一道寒光長虹般飛來。這一劍的速度和威力，更遠在黃冠道人之上。陸小鳳身子剛脫出劍陣，劍光已到了他咽喉要害前的方寸之間。

森寒的劍氣，已刺入了他的肌膚毛孔。陸小鳳反而笑了，突然伸出兩根手指一挾！

對方還沒有聽見他的笑聲，劍鋒已被他挾住，他的出手竟遠比聲音更快。

劍氣已消失，陸小鳳用兩根手指挾住劍鋒，微笑著，看著面前的人——一個錦衣華服，白面微鬚的中年人，這個人也正在吃驚的看著他。

沒有人相信世上竟真有這麼快的出手，這個人顯然也不信。他自信劍法之高，已不在葉孤城、西門吹雪這些人之下，自信剛才那出手一擊，絕不會落空，現在他才知道自己已想錯了。

就在這時，梧桐樹後的屋簷下，忽然傳出了一個人的大笑聲，道：「我早就說過，葉孤城的

『天外飛仙』，陸小鳳的『靈犀一指』，都是絕世無雙的武功，你們如今總該相信了吧？」

另一個人在嘆息：「我們總算開了眼界，佩服佩服！」

錦衣華服的中年人忽然也嘆了口氣，道：「陸小鳳果然不愧是陸小鳳。」

三

捋鬚大笑的是木道人，微笑嘆息著的，想必就是白雲觀主顧青楓。有些人臉上好像永遠都帶著微笑，顧青楓就是這種人，他本來就是個儀容修潔，風采翩翩的人，微笑使得他看來更溫文而親切。

他微笑著走過來，揮袖拂去了梧桐上的硃砂，道：「陸公子現在想必已看出，這只不過是……」

陸小鳳替他說了下去：「只不過是個玩笑。」

顧青楓顯得很驚奇：「你知道？」

陸小鳳點點頭：「因爲有很多人都跟我開過這種玩笑。」

顧青楓目中露出歉意：「這玩笑當然並不太好。」

「不太好，也不太壞。」陸小鳳道：「至少每次有人跟我開這種玩笑時，我都會覺得自己運氣不錯。」

「爲什麼？」

陸小鳳淡淡道：「我的運氣若不好，這玩笑就不是玩笑了。」

他輕輕放下了手裡挾著的劍鋒，好像生怕劍鋒會割破他的手指一樣：「一個人的咽喉若是被刺了個大洞，至少他自已絕不會認爲那是玩笑。」

那錦衣華服的中年人也笑了，笑容中也帶著歉意：「我本來並不想開這種玩笑的，可是他們都向我保證，世上絕沒有任何人能一劍刺穿陸小鳳的咽喉，所以我就……」

陸小鳳又打斷了他的話，替他說了下去：「你就忍不住想試試？」

錦衣華服的中年人笑道：「他們也向我保證過，你絕不會生氣的。」

陸小鳳也笑了笑，道：「我就算想生氣，也不敢在大內的護衛高手面前生氣的。」

這人顯得很驚訝：「你認得我？」

陸小鳳微笑道：「除了『富貴神劍』殷羨殷三爺，還有誰能使得出那一著『玉女穿梭』？」

木道人又大笑：「我是不是也早就說過，這個人非但手上有兩下子，眼力一向也不錯。」

江湖中人都知道，皇宮大內中，有四大高手，可是真正見過這四個人的並不多。

「你眼力果然不錯。」殷羨大笑著，拍著陸小鳳的肩：「我已有十餘年未曾走過江湖，想不到你居然還是認出了我。」

陸小鳳笑道：「能使出『玉女穿梭』這一招的人並不少，可是能將這一招使得如此出神入化的，天下卻只有一個。」

他對這個人的印象並不錯。

在他想像中，大內高手們一定都是眼睛長在頭頂上的。這個人至少很和氣，笑得也很令人愉快。所以陸小鳳也希望能讓他覺得愉快些。

殷羨眼睛裡果然已發出了光，忽然緊緊握住了陸小鳳的手，道：「你說的是真話？」

陸小鳳道：「我從不說謊。」

殷羨道：「那麼你一定還要告訴我，我這招『玉女穿梭』比起葉孤城的『天外飛仙』怎麼樣？」

陸小鳳嘆了口氣，真話並不是能令人愉快的：「你一定要我說？」

殷羨道：「我知道你也接過他一招『天外飛仙』，所以，世上只有你一個人夠資格評論我們的高下。」

陸小鳳沉吟著，道：「我接他那一招時，背後是牆，我完全沒有後顧之憂，我接你這招時，背後卻還有七柄劍。」

殷羨眼睛裡的光又黯淡了下去，道：「所以我比不上他。」

陸小鳳道：「你的確比不上他！」

殷羨也嘆了口氣，道：「現在我總算已見識了你的『靈犀一指』，可是他的『天外飛仙』……」

顧青楓忽然笑了笑，道：「他的『天外飛仙』，你也很快就會看到的。」

殷羨道：「我一定能看得到？」

顧青楓道：「一定。」

殷羨眼睛裡又在閃著光，明天就是月圓之夕！

顧青楓道：「紫金之巔就是紫禁之巔！」他微笑著，又道：「所以就算別人看不到，你也一定能看得到。」

殷羨握緊了手裡的劍，喃喃的道：「紫禁之巔，他們居然敢選這麼樣一個地方……他們好大的膽子！」

顧青楓道：「若沒有驚人的功夫，又怎麼會有驚人的膽子？」

殷羨沉默著，忽然道：「你本不該將這件事告訴我的。」

顧青楓道：「爲什麼？」

殷羨道：「莫忘記我是大內的侍衛，我怎麼能讓他們擅闖禁地？」

顧青楓道：「你可以破例一次。」

殷羨道：「爲什麼要破例？」

顧青楓道：「因爲我知道你一定想見識他那著絕世無雙的『天外飛仙』！」

殷羨又嘆了口氣，苦笑道：「你這人最大的毛病，就是你知道的事太多了。」

陸小鳳也嘆了口氣，道：「的確太多了。」

顧青楓道：「你想不到我會知道這件事？」

陸小鳳道：「這本來是個秘密。」

顧青楓微笑道：「現在這已不是秘密，在京城裡，根本就沒有秘密。」

陸小鳳道：「所以你早就知道我會來？」

顧青楓道：「你是李燕北的朋友，若不是你，他只怕早已死在杜桐軒手裡！」

木道人忽然道：「我們本是去找你的，想不到卻做了他們的見證。」

陸小鳳道：「老實和尚呢？」

木道人道：「他是被我拖去的，我知道你本就在找他。」

顧青楓道：「只可惜我還是去晚了，沒有嚐到十三姨親手爲你做的大燎羊頭！」

陸小鳳道：「出家人也吃羊頭？」

顧青楓笑了笑，道：「不吃羊頭的出家人，又怎麼肯花一百九十五萬兩，買下李燕北的賭注？」

陸小鳳盯著他，道：「你是不是已有把握知道不會輸？」

顧青楓淡淡道：「若是有輸無贏的賭注，你肯不肯買？」

陸小鳳道：「不肯。」

顧青楓道：「你若已買了下來，是不是多少總有些把握？」

陸小鳳又笑了，道：「看來你也跟我一樣，也不會說謊。」

顧青楓道：「出家人怎麼能說謊？」

陸小鳳道：「只可惜若有人要你說實話，好像也不太容易。」

顧青楓笑道：「出家人打慣了機鋒，本就是虛虛實實，不虛不實，真真假假，不真不假的。」

殷羨忽又拍了拍陸小鳳的肩，笑道：「其實你也該學學他，偶爾也該打打機鋒，甚至不妨說兩句謊話。」

陸小鳳嘆道：「只可惜我一說謊就會抽筋，還會放屁。」

殷羨吃驚的看著他，道：「真的？」

陸小鳳道：「假的！」

四

禪房裡居然還坐著一屋子人，一個個全都畢恭畢敬的坐在那裡，就像是一群坐在學堂裡等放學的規矩孩子，他們當然不是孩子，也並不規矩。

陸小鳳見過他們，每一個都見過——這些人本來每天早上都要跟著李燕北後面走半個時辰的，自從「金刀」馮崑被拋入冰河裡之後，就從來也沒有人敢缺席過一次，可是從今天起，他們已不必再走了。

——今天只有你一個人？

——今天別人都有他們自己的事。

原來這就是他們自己的事。

陸小鳳看著他們，忽然笑了笑，道：「坐著雖然比走路舒服，可是肚子很快就會坐得凸出來的，肚子太大，也未必是福氣。」

每個人都垂下了頭，一個人的頭垂得最低。「杆兒趙」趙正我。

看見了他，陸小鳳立刻又想起了那匹白馬，馬背上馱著的死人，和那個少年氣盛的嚴人英。

「人是怎麼死的？馬是哪裡來的？」陸小鳳想問，卻不能問，現在的時候不對，地方也不對。

若是換了別人，只有裝著看不見，但陸小鳳不是別人。

顧青楓正在布酒，陸小鳳忽然衝過去，一把揪住了杆兒趙的衣襟，厲聲道：「就是你，我今天總算找到了你，你還想往哪裡逃？」

大家的臉色全變了，誰也不知道這是怎麼一回事，臉色變得最厲害的，當然還是杆兒趙，他自己也不知道這是怎麼回事。

顧青楓想過來勸，木道人也想過來勸，陸小鳳卻鐵青著臉，冷冷道：「我今天要跟這個人算一筆舊賬，非算不可的舊債，等我算完了，再來陪各位喝酒，若有誰想攔我……」他沒有說下去，也不必說下去，沒有人願爲杆兒趙得罪陸小鳳。

他居然就當著這麼多人面前，把杆兒趙拉了出門，拉出了白雲觀，拉進一個樹林裡。

太陽已昇起，昇得很高，今天又是好天氣。樹林裡仍然是陰森森的，陽光從林葉間漏下來，正照在杆兒趙臉上。

他的臉已嚇得發白，囁嚅著道：「究竟是什麼事？我跟陸大俠又有什麼舊賬？」

「沒有事。」陸小鳳忽然放開了手，微笑道：「也沒有舊賬，什麼都沒有。」

杆兒趙怔住，但臉上總算已有了血色：「難道這也只不過是玩笑？」

陸小鳳道：「這玩笑並不好，簡直比剛才跟他們的玩笑更糟。」

杆兒趙鬆了口氣，陪笑道：「玩笑雖不好，總比不是玩笑好。」

陸小鳳忽然又沉下臉，冷冷道：「只不過玩笑有時也會變得不是玩笑的。」

杆兒趙擦了擦頭上的冷汗，道：「我若已替陸大俠把消息打聽出來，它還會不會變？」

陸小鳳笑了：「不會，絕不會！」

五　初入禁城

一

九月十四，上午，陽光正照在紫禁城的西北角上。雖然有陽光照耀，這地方也是陰暗而陳腐的，沒有到過這裡的人，絕對想不到在莊嚴宏偉、金樓玉闕的紫禁城裡，也會有這麼樣一個陰暗卑賤的角落，陸小鳳就想不到。

宏偉壯麗的城牆下，竟是一片用木板和土磚搭成的小屋，貧窮而簡陋，街道也是狹窄齷齪的，兩旁有一間已被油煙燻黑了的小飯舖，嘈雜如雞窩的小茶館，佈滿了雞蛋和油醬的小雜貨店。

風中充滿了煙臭、酒臭、鹹魚和霉豆腐的惡臭，還有各式各樣連說都說不出的怪臭，再混合著女人頭上的刨花油香、炸排骨和燉狗肉的異香，就混合成一種無法形容，不可想像的味道。

陸小鳳就連做夢也想不到世上竟真有這麼樣的味道，他簡直不能相信這地方就在紫禁城裡。

可是他的確已進了紫禁城，是杆兒趙找了個太監朋友，帶他們進來的。

杆兒趙實在是個交遊廣闊的人，各式各樣的朋友他都有。

「紫禁城裡的西北角，有個奇怪的地方，我可以保證連陸大俠你都絕對不曾到那種地方去過，常人就算想去，也辦不到。」

「為什麼？」

「因為那是太監的親戚本家們住的地方，皇城裡的太監們，要出來一次很不容易，平常有了空，都到那地方去消磨日子，所以那裡各式各樣邪門外道的東西都有。」

「你想到那裡去看看？」

「我認得那個叫安福的太監，可以帶我們去。」

「可是我們為什麼要到那裡去？」

「因為我已打聽過，那匹白馬，就是從那附近出來的。」

「那麼你還等什麼？還不趕快去找安福？」

「只不過還有件事，我不能不說。」

「你說。」

「太監都是怪物，而且身上還有股說不出的臭氣！」

「為什麼會有臭氣？」

「因為他們身上雖然少了件東西，卻多了很多麻煩，洗澡尤其不方便，所以他們經常幾個月不洗澡。」

「你是不是叫我忍著點？」

「就因為他們都是怪物，所以最怕別人看不起他們，那個小安子若是對陸大俠有什麼無禮之處，陸大俠千萬要包涵。」

陸小鳳笑了：「你放心，只要能找到西門吹雪的下落，那個小太監就算要騎在我頭上，我也不會生氣。」他說這句話的時候，的確是在笑，他覺得這件事不但好笑，而且有趣。

可是現在他已笑不出了，他忽然發覺這件事非但一點也不好笑，而且無趣極了。

這個叫小安子的太監雖然沒有騎在他頭上，卻一直拉著他的手，對他表示親熱，甚至還笑嘻嘻的摸了摸他的鬍子。陸小鳳只覺全身上下，連寒毛帶著鬍子都在冒冷汗、打寒噤。

沒有被太監摸過的人，絕對想不到這種滋味是種什麼樣的滋味。

「這世上又有幾個人被太監摸過？」陸小鳳只覺得滿嘴發苦，又酸又苦，幾乎已忍不住要吐了出來。他居然還沒有吐出來，倒真是本事不小。

上次他挖了十天蚯蚓後，已覺得自己是世界上最臭的人，現在他才知道，那時若有個太監去跟他比一比，他還可以算是個香寶寶。現在小安子好像就拿他當做了個香寶寶，不但拉著他的手，看樣子好像還想嗅一嗅，不但摸了他的鬍子，看樣子好像還恨不得能摸摸他別的地方。

看著陸小鳳臉上的表情，杆兒趙實在忍不住想笑，他居然還沒有笑出來，倒也真是本事不小。

茶館裡的怪味道好像比外面更濃，伙計也是個陰陽怪氣的人，老是看著陸小鳳嘻嘻的直笑，還不時向小安子擠眼睛。陸小鳳也忍下了這個人。

他到這茶館裡來，只因爲小安子堅持一定要請他喝杯茶，不管怎麼樣，喝杯茶總比跟一個太監在路上拉拉扯扯好些。何況，茶葉倒是真正好的三燻香片。而且小安子總算已放開了他的手。

「這茶葉是我特地從宮裡面捎出來的，外面絕對喝不到。」

陸小鳳承認：「我倒真沒喝過這麼好的茶！」

「只要你高興，以後隨時都可以來喝。」小安子笑得瞇起了眼睛：「也許這也是緣份，我一瞧見你就覺得我們可以交個朋友。」

「我……我以後……以後會常來的！」陸小鳳忽然發現自己連口齒都變得不清了，簡直好像變成了個結巴。

幸好這時外面正好有個老太監走過，小安子又放開他的手，趕出去招呼。太監走起路來，總有點怪模怪樣，兩條腿總是分得開開的。

這老太監走路的樣子更怪，衣服卻比別的太監穿得考究些，說起話來總是擺著個蘭花手，看來就像是個老太婆，陸小鳳只有不去看他。

「那是我們的王總管。」小安子忽然又回來了：「王總管一回來，麻六哥的賭局就要開了，你想不想去玩幾把？」

陸小鳳趕緊搖頭，勉強笑道：「我有些事想麻煩你！」

「你說，儘管說。」小安子又想拉他的手：「不管什麼事，只要你說，我都照辦。」

「不知道你能不能去替我打聽打聽，最近有沒有外面的人到這裡來過。」

「行，我這就去替你打聽。」小安子笑道：「我也正好順便回去看看我的孩子老婆。」他總算走了，臨走的時候，還是摸了摸陸小鳳的手，杆兒趙低下頭，總算又忍住沒有笑出來。

陸小鳳瞪了他一眼，卻又忍不住悄悄的問道：「太監怎麼也會有孩子老婆？」

「那當然只不過是假鳳虛凰。」杆兒趙道：「可是太監有老婆的倒不少！」

「哦？」

「宮裡面的太監和宮女閒得無聊，也會一對對的配起來，叫做『對食』，有些比較有辦法的太監還特地花了錢，從外面買些小姑娘來做老婆。」

陸小鳳嘆了口氣，道：「做太監的老婆，那日子只怕很不好過。」

杆兒趙也不禁嘆了口氣，道：「實在很不好過。」

其實太監們本身又何嘗不是可憐的人，他們的日子又何嘗好過？

陸小鳳心裡忽然覺得很不舒服，立刻改變話題，說道：「我想西門吹雪無論怎樣都絕不會躲在這裡。」

杆兒趙道：「也許就因爲他算準別人想不到，所以才要躲到這裡來！」

「我以前也這麼樣想，可是現在……」陸小鳳苦笑道：「現在我到這裡來一看，叫我在這裡耽一天，我都要發瘋，何況西門吹雪？」他一向都比西門吹雪隨和得多。

杆兒趙道：「只不過那匹白馬倒的確是從這附近出去的！」

陸小鳳沉吟道：「張英風也很可能死在這裡的，」他看著外面窄小的屋子和街道：「在這裡殺了人後，想找個藏屍首的地方只怕都很難找到！」

杆兒趙道：「所以只有把屍首馱在馬背上運出去。」

陸小鳳點了點頭，又皺眉道：「但是，西門吹雪若不在這裡，張英風是死在誰手裡的？還有誰能使得出那麼快的劍？」這問題杆兒趙當然無法回答。

他們喝了杯茶，發了一會呆，小安子居然就已回來了，而且居然真的把消息打聽了出來。

「前天晚上，厤六哥就帶了個人回來，是個很神氣的小伙子。」

陸小鳳精神一振，立刻問道：「他是不是姓張，叫張英風？」

小安子道：「那就不太清楚了！」

陸小鳳又問道：「現在他的人呢？」

「誰管他到哪兒去了！」小安子笑道：「厤六哥是個老騷，看那小伙子年輕力壯，說不定已經把他藏了起來。」他瞇著眼睛，看著陸小鳳，好像也很有意思把陸小鳳藏起來。這些人在這種地方，本就是什麼事都做得出的。

「麻六哥的賭局在哪裡？」陸小鳳忽然站起來：「我的手忽然癢了，也想去玩兩把！」

「行，我帶你去！」小安子又拉起了他的手，笑道：「你身上的賭本若不夠，只管開口，要多少哥哥我都借給你。」

陸小鳳忽然嘆了口氣，喃喃道：「我現在的確想借一樣東西，只可惜你絕不會有。」

他現在唯一想要的東西，就是一副手銬，好銬住這個人的手。

二

麻六哥並不姓麻，也不是太監，麻六哥是個高大魁偉、滿身橫肉，胸膛上長滿了黑毛的大麻子，臉上總是帶著種自命不凡，不可一世的微笑。

他站在一群太監裡，就好像一隻大公雞，站在一群小母雞中一樣，顯得又威風、又得意。

這些太監們看著他的時候，也好像女人們看著自己的老公一樣，顯得又害怕、又佩服。

陸小鳳卻只覺得他們又可笑、又可憐、又可惡。

——可憐的人，是不是總一定有些可惡之處？

屋子裡就像是窯洞一樣，煙霧騰騰，臭氣薰天，圍著桌子賭錢的人，十個中有九個是太監，一面擲骰子，一面扒耳朵、捏腳，捏完了再嗅，嗅完了再捏，還不時東抓一把，西摸一把。

莊家當然就是麻六哥，得意洋洋的挺著胸站在那裡，每顆麻子裡都在發著紅光。杆兒趙沒有走進來。一到門口，他就開溜了。

「我再到別的地方去打聽打聽，過一會兒再轉回來。」他溜得真快。陸小鳳想拉也沒法子拉，只有硬著頭皮一個人往裡闖。

小安子居然還替他在前面開路：「伙計們，閃開點，靠靠邊兒，我有個好兄弟也想來玩幾手！」

一看見陸小鳳，麻六哥的眼睛就瞪了起來，而且充滿了敵意，也正像是一隻公雞忽然發現自己窩裡又有隻公雞闖進來了。

他一雙三角眼，上上下下打量了陸小鳳好幾遍，才冷冷道：「你想玩什麼？玩大的還是玩小的？玩真的還是玩假的？」

太監們一起笑了，笑的聲音也像是一群小母雞，笑得陸小鳳全身都起了雞皮。

小安子搶著道：「我這兄弟是大角兒，當然玩大的，愈大愈好！」

「你想玩大的？」麻六哥瞪著陸小鳳：「你身上的賭本有多少？」

陸小鳳道：「不多，也不少！」

麻六哥冷笑道：「你究竟有多少？先拿出來看看再說。」

陸小鳳笑了。氣極了的時候，他也會笑的。

「這夠不夠？」他隨手從身上掏出張已皺成一團的銀票，拋在桌上。

大家又笑了，這張銀票看起來簡直就像是張草紙，有個小太監笑嘻嘻的用兩根剛捏過腳的手指把銀票拈起來，展開一看，眼睛突然發直，「一萬兩？」

這張草紙般的銀票，居然是一萬兩，而且還是東四牌樓「四大恆」開出來的，保證十足兌現。

小安子笑了，挺起了胸脯，笑道：「我早就說過，我這兄弟是大角兒。」

看見這張銀票，麻六哥的威風已少了一半，火氣也小了，勉強笑道：「這麼大的銀票，怎麼找得開？」

「不必找。」陸小鳳淡淡道：「我只賭一把，一把見輸贏。」

「一把賭一萬兩？」麻六哥臉上已開始冒汗，每一顆麻子都在冒汗。

陸小鳳道：「只賭一把。」

麻六哥遲疑著，看著面前的幾十兩銀子，吶吶道：「我們這兒不賭這麼大的！」

陸小鳳道：「我也知道你賭本不夠，所以你輸了，我只要你兩句話。」

「你若輸了呢？」

「我輸了，這一萬兩就是你的！」

麻六哥眼睛又發亮，立刻問道：「你要我兩句什麼話？」

陸小鳳盯著他，一字一字道：「你前天晚上帶回來的人是不是張英風？他是怎麼死的？」

麻六哥臉色突然變了，太監們的臉色也變了，突聽一個人在門口冷冷的說道：「這小子不是來賭錢的，是來搗亂的，你們給我打。」

這人說話尖聲細氣，正是那長得像老太婆一樣的王總管。

「打！打死這小子！」麻六哥第一個撲上來，太監們也跟著撲過來，連抓帶咬，又打又撕。

陸小鳳當然不會被他們咬到，可是也不能真的對這些半男不女的可憐蟲用殺手。

他只有先制住一個人再說——擒賊先擒王，若是制住了麻六哥，別的人只怕就會被嚇住了。

誰知麻六哥手底下居然還有兩下子，不但練過北派的譚腿和大洪拳，而且練得還很不錯，一拳擊出，倒也虎虎生風，只可惜他遇見的人是陸小鳳。

陸小鳳的左掌輕輕一帶，就已將他的腕子托住，右手輕輕一拳打在他胸膛上，他百把多斤重的身子就被打得往後直倒。

屋子裡全是人。他倒下去，還是倒在人身上，等他站起來的時候，臉上已毫無血色，嘴角卻有鮮血沁出。

陸小鳳怔住，剛才那一拳，他並沒有用太大力氣，絕不會把人打成這樣子。

這是怎麼回事？麻六哥喉嚨裡「格格」的響，眼珠子也漸漸凸出。

陸小鳳忽然發現這是怎麼回事了——他左脅之下，竟已赫然被人刺了一刀，刀鋒還嵌在他的脅骨裡，直沒至柄。

無論誰挨了這一刀，都是有死無活的了，屋子裡的人實在太多太亂，連陸小鳳都沒有看出這是誰下的毒手？唯一的證據只有這把刀。

他衝過去，拔出了這把刀，鮮血飛濺而出，麻六哥的人又往後倒，倒下去的時候，彷彿還說了句話，卻沒有人聽得清。

太監們已一起大叫了起來，大叫著衝出去：「快來人呀，這兒殺了人了，快來抓兇手！」

陸小鳳雖然絕不會被他們抓住，可是這群太監會做出什麼事來，連他都想像不到。

他也不願意去想。三十六著，走為上策，陸小鳳雙臂一振，旱地拔蔥，「砰」的一聲，屋頂已被他撞破個大洞。

他的人已竄了出去。只見四面八方都已有人衝過來，有的拿著刀，有的提著棍子。

三

陸小鳳唯一的退路，就是越牆而出。可是紫禁城的城牆看來至少有十來丈高，普天之下，絕沒有人能一掠而出的，就算昔年以輕功名震天下的楚留香復生，也絕沒有這種本事。

幸好陸小鳳手裡還有把刀，他的人突然竄起，一掠四丈，反手一刺，刀鋒刺入城牆。

他的人已貼上城牆，再拔出刀，壁虎般滑了上去，快到牆頭時，腳尖一蹴，凌空翻身，一個「細胸巧翻雲」，飄飄的落在牆頭。

突聽城牆上一個人冷笑道：「你還想往哪裡跑？你跑不了的！」

陸小鳳只聽見聲音，還沒有看見人，也不知道人是不是已出手。

他腳尖一點，人又躍起，又凌空翻了個身，才看見了這個人。這個人居然躺在紫禁城的城垛子上曬太陽，身上穿的是件又髒又破的青布袍，腳上穿的是雙穿了底的破草鞋，頭皮卻光得發亮。

這個人竟是個和尚。

「老實和尙。」陸小鳳忍不住叫了出來，幾乎一下子跌到城牆下面去。

老實和尙笑了，大笑道：「休吃驚，莫害怕，和尙要抓的不是你，是這個小東西。」他用兩根手指捉住隻虱子，又笑道：「我這兩根手指一挾，雖然比不上你，可是天下的虱子，絕沒有一個能逃得了的。」他手指頭一用力，虱子就被捏扁了。

陸小鳳冷笑道：「上天有好生之德，和尙爲什麼也殺生？」

老實和尙道：「和尙若不殺虱子，虱子就要吃和尙。」

陸小鳳道：「佛祖不惜捨身餵鷹，和尙餵餵虱子又何妨？」

老實和尙道：「只可惜和尙的血本就不多，餵不得虱子。」

陸小鳳道：「所以和尙就不惜開殺戒？」

老實和尙不開口了。

陸小鳳道：「和尙既然開了殺戒，想必也殺過人的。」

老實和尙還是閉著嘴！

陸小鳳冷笑道：「和尙爲什麼不說話了？」

老實和尙嘆了口氣，道：「和尙不說謊，所以和尙不說話。」

陸小鳳目光如刀鋒，盯著他，道：「和尙從來也不說謊？」

老實和尙道：「和尙至少沒有對可憐人說過謊。」

陸小鳳道：「我是個可憐人？」

老實和尙嘆道：「看你一天到晚東奔西走，忙忙碌碌，哪裡有和尙悠閒？」

陸小鳳冷冷道：「和尙只怕也並不太悠閒！」

老實和尙道：「誰說的？」

陸小鳳道：「我說的。」他冷笑著又道：「你前兩天還在張家口，昨天就到了京城，又忙著替葉孤城傳消息，又忙著爲別人做證人，現在居然跑到紫禁城上來了，這麼樣一個和尙，也算悠閒？」

老實和尙卻又笑了，道：「和尙縱然不悠閒，至少心裡沒有煩惱。」

陸小鳳道：「雖然沒有煩惱，卻好像有點鬼鬼祟祟。」

老實和尙道：「和尙從來也不鬼祟！」

陸小鳳道：「不鬼祟的和尙，跑到這裡來幹什麼？」

老實和尙道：「因爲和尙知道有人要找一匹活人不騎，卻讓死人騎的白馬！」

陸小鳳冷笑道：「看來和尙不但消息靈通，還很喜歡管閒事！」

老實和尙道：「這件事和尙不能不管！」

陸小鳳道：「爲什麼？」

老實和尙道：「因爲和尙雖沒有兒子，卻有個外甥！」

陸小鳳道：「難道張英風是和尙的外甥？」

老實和尙點點頭，嘆道：「現在和尙已連外甥都沒有了。」

陸小鳳不說話了，因爲他也覺得很意外，這一天來他發現了很多怪事，每件事好像都互相有點關係，卻又偏偏串不到一條線上去。葉孤城、公孫大娘、孫老爺、歐陽情、李燕北、張英風，這些都是被害的人。他們在表面看來，都是絕對互不相關的。

但陸小鳳卻偏偏又覺得他們都是被一根線串著的，暗算葉孤城、歐陽情和孫老爺的，顯然還是同樣一個人，用的也是同樣一種手法。這三個人之間，卻又偏偏連一點關係都沒有。

陸小鳳忽然道：「張英風的確是死在這裡的！」

老實和尙道：「你已查出來？」

陸小鳳點點頭，道：「他的死，和這裡一個叫麻六哥的人很有關係！」

老實和尙道：「你問過麻六哥？」

陸小鳳道：「我想問的時候，他已經被人殺死滅口！」

老實和尙道：「但你卻不知道是誰殺了他！」

陸小鳳道：「我只知道他的死，又跟一個王總管很有關係！」

老實和尙道：「王總管又是何許人？」

陸小鳳道：「是個像老太婆一樣的老太監。」

老實和尙道：「他們爲什麼要殺張英風？」

陸小鳳嘆了口氣，道：「我並沒有說是他們殺了張英風。」

老實和尙道：「是誰殺了他？」

陸小鳳道：「不管是誰殺了他，都絕不會是西門吹雪。」

老實和尙道：「爲什麼不會？」

陸小鳳道：「因爲我可以保證，西門吹雪絕對不在這裡，也沒有到這裡來過！」

他嘴上雖然說得很有把握，其實心裡也一樣在懷疑。除了西門吹雪外，別人好像根本沒有要殺張英風的理由。除了西門吹雪外，別人也沒有那麼鋒利、那麼快的劍！

老實和尙忽然又嘆了口氣，道：「你說了半天，和尙總算明白了一件事！」

陸小鳳卻不明白：「什麼事？」

老實和尙道：「現在和尙雖然還是個迷迷糊糊的和尙，陸小鳳也一樣是個迷迷糊糊的陸小鳳！」

陸小鳳笑了，當然是苦笑。太陽漸漸升高，陽光正照著老實和尙的光頭。

陸小鳳看著他，看了半天，忽然道：「我這兩天好像總是遇著道士和尙！」

老實和尙道：「你是個有緣人，有緣的人才會常常遇著道士和尙！」

陸小鳳道：「我怎麼會忽然變得有緣了？」

老實和尙道：「你自己也不知道？」

陸小鳳冷笑道：「我知道，只因爲我又在管這件閒事，所以才會有緣的。」

老實和尙道：「哦？」

陸小鳳道：「和尚道士都是出家人，出家人本不該多事，但這件事牽涉到的出家人卻特別多！」

老實和尚、木道人、顧青楓，還有那小廟裡的勝通，的確都好像跟這件事很有關係。

「出家人穿的都是白襪子。」陸小鳳又說道：「既然有青衣樓，有紅鞋子，就很可能還有個白襪子。」

老實和尚又笑了，搖著頭笑道：「你這人雖迷糊，幻想倒很豐富。」

陸小鳳冷冷道：「不管怎麼樣，我總認爲在暗中一定有個出家人，在偷偷摸摸的做些見不得人的勾當。」

老實和尚道：「哦？」

陸小鳳道：「和尚就是出家人，你就是個和尚。」

老實和尚忽然抬起了一雙泥腳，笑道：「只可惜，我這個和尚穿的不是白襪子，而是肉襪子！」

陸小鳳道：「肉襪子也是白的。」

老實和尚道：「和尚的肉並不白！」

陸小鳳又說不出話了——當然也有很多話是他現在還不想說的。所以他已準備要走。

他要走的時候，才發現他已走不了。

他要往東走，就發現東面的城樓上有兩個人，背負著雙手，慢慢的走過來。要往南走，南面也有兩個人走了過來。若是想往下跳，城牆裡面是太監的窩，城牆外面卻已赫然多了好幾排弓箭刀斧手。

陸小鳳嘆了口氣，苦笑道：「看來這紫禁城實在不是陪和尚聊天的地方。」

四

城垛子很寬，兩個人並肩而行，也不會嫌擠，從東面走來的兩個人，一個面貌清癯，氣度高貴，一個臉色蒼白，面帶冷笑。從南面走過來的兩個人，一個目光如鷹，鼻子也好像鷹勾一樣，另一個卻正是殷羨。

這四個人的服飾都極華貴，態度都很高傲，氣派都不小。

陸小鳳又嘆了口氣，道：「看來大內的四位高手都已到齊了，和尚你說怎麼辦？」

老實和尚卻笑道：「幸好和尚沒殺人，也不是兇手，」他大笑著跳起來，忽然大聲問道：「哪一位是『瀟湘劍客』魏子雲魏大爺？」

面容清癯的老人道：「正是在下。」

「哪一位是『大漠神鷹』屠方屠二爺？」

目光如鷹的中年人冷冷道：「是我。」

殷羨搶著道：「魏老大旁邊的就是『摘星手』丁敖，我叫殷羨，大師你好！」

老實和尚道：「我不是大師，是個和尚，老老實實的和尚。」他指著陸小鳳道：「這個人卻不太老實，你們要找，就找他，千萬莫要找和尚。」

丁敖冷冷道：「我們來找的本就是他。」

陸小鳳居然又笑了：「是不是找我去喝酒？」

屠方沉著臉，道：「你擅入禁城，刀傷人命，你還想喝酒？」他顯然並不是個很有幽默感的人，遇到了這種人，陸小鳳只有苦笑。

「擅入禁城看來好像是真的，刀傷人命卻是假的。」

丁敖冷笑道：「你手裡的這柄刀並不假！」

陸小鳳道：「手裡有刀的，並不一定殺了人，殺了人的，手裡並不一定有刀。」

屠方道：「殺人的不是你？」

陸小鳳道：「不是。」

殷羨忽然道：「他若說不是，就一定不是，我知道他這人從來不說謊！」

丁敖冷冷道：「從來不說謊的人，我倒還沒有見過。」

魏子雲笑了笑，道：「那麼你今天只怕就已見到兩個！」

丁敖閉上了嘴。

魏子雲淡淡道：「殷羨若說他從不說謊，殺人的就一定不是他！」

屠方本來想開口的，卻也閉上了嘴。

魏子雲又道：「何況，像麻六哥那種人，就算再死十個，也和我們全無關係，陸大俠想必也看得出我們並不是爲此而來的！」

殷羨微笑道：「擅闖禁城的罪，這次也可以免了，因爲明天晚上一定會有第二次！」

魏子雲道：「白雲城主與西門吹雪，都是曠絕古今，天下無雙的劍客，他們明夜的一戰，想必也一定足以驚天動地，震鑠古今。」

殷羨道：「只要是練武的，我想絕沒有人願意錯過這一戰！」

魏子雲道：「我們雖然身在皇家，卻也是練武的人，故我們也一樣想見見這兩位當世名劍客的風采，更想見識見識他們天下無雙的劍法。」

殷羨道：「其實我們既然已知道這件事，就該加倍防守，佈下埋伏，讓他們根本來不得！」

魏子雲道：「但我們卻並不想做這種焚琴煮鶴，大殺風景的事，更不想因此而得罪天下英雄！」他慢慢的接著道：「一個人既然出身在江湖，就不該忘了根本，這一點陸大俠想必應該明白的！」

陸小鳳道：「我明白。」他的態度也變得很嚴肅，因為他忽然發現這位「瀟湘劍客」實在是個很誠懇的君子。

魏子雲道：「可是我們畢竟有責任在身，總不能玩忽職守，紫禁城畢竟也不是可容江湖人來去自如的地方。」

陸小鳳道：「這一點我也明白！」

魏子雲道：「實不相瞞，我們今天這麼樣做，為的就是想要陸大俠明白這一點。」

丁敖終於又忍不住冷笑道：「現在陸大俠想必也已看出，要想在這紫禁城裡隨意來去，並不是件很容易的事！」

陸小鳳也不能不承認，城下的刀斧生光，箭已在弦，城上的這四個人十餘年前就已名動江湖，若是同時出手，天下絕沒有任何人能擋得住他們的聯手一擊！

魏子雲道：「說來說去，我們只希望陸大俠能答應我們一件事！」

陸小鳳道：「請吩咐！」

魏子雲道：「我們只希望明天來的人不要太多，最好不要超過八位！」

陸小鳳終於明白他們的意思，他們想必已計算過，以大內的武衛之力，來的若只有八個人，縱然出了事，他們也有力量應付。

但是陸小鳳卻不懂：「爲什麼這件事要我答應？我並不能替別人作主，更不知道會有多少人要來？」

魏子雲道：「可是我們卻希望陸大俠作主。」

陸小鳳更不懂。

魏子雲不等他再問，已解釋著道：「除了白雲城主和西門吹雪外，其餘的六個人，我們希望由陸大俠來負責挑選。」

陸小鳳道：「你的意思是說，明天晚上，只有我指定的六個人，才能到這裡來？」

魏子雲道：「我們正是這意思！」

陸小鳳笑了，苦笑。他忽然發現這位「瀟湘劍客」雖然是個誠實君子，卻也是條老謀深算的老狐狸，來的人若是由他來挑選，萬一出了事，他當然更不能置身事外。

魏子雲道：「這裡有六條緞帶，陸大俠認爲誰能來，就給他一條，請他來的時候，繫在身上！」

殷羨道：「這種緞子來自波斯，是大內珍藏，在月光下會變色生光，市面上絕難仿造！」

魏子雲道：「我們已令人設法通知各地的武林朋友，讓他們知道這件事！」

丁敖冷冷道：「身上沒有繫這條緞帶的人，無論是誰，只要敢擅入禁城一步，一律格殺勿論！」

魏子雲已拿了一束緞帶，雙手捧過來，道：「此物就請陸大俠收下。」

陸小鳳看著這束閃閃發光的緞帶，就像是看著一堆燙手的熱山芋一樣，他知道自己只要接下這束緞帶，就不知道又有多少麻煩惹上身。

魏子雲當然也看得出他的意思，緩緩道：「陸大俠若不肯答應這件事，我們當然也不敢勉強，只不過……」

陸小鳳道：「只不過怎麼樣？」

魏子雲道：「只不過我們既有職責在身，爲了大內的安全，就只好封閉禁城，請白雲城主和西門吹雪易地而戰了。」

陸小鳳道：「那麼這責任就由我來負了，別人若要埋怨，也只會埋怨我！」

魏子雲淡淡道：「所以我們還是請陸大俠多考慮考慮。」

陸小鳳嘆了口氣，苦笑道：「看來我好像並沒有很多選擇的餘地！」

魏子雲微笑不語。

陸小鳳又嘆了口氣，喃喃道：「爲什麼這種能叫人燙掉手的熱山芋，總是要拋給我呢？」

老實和尚忽然笑了笑，道：「因爲你是陸小鳳。」

這理由就已夠好了，足夠。

五

陸小鳳將緞帶搭在肩上，慢慢的走下城樓。城下的弓箭刀斧手忽然已走光，走得就像他們出現時一樣乾淨俐落。守衛禁城的軍卒，當然都是久經訓練的戰士。

他們的武功雖不高，可是弩硬弓強，刀快斧利，再加上兵法的部署，無論什麼樣的武林高手遇見他們，都未必有把握能對付得了。何況，大內的護衛中，除了魏子雲他們外，也一定還有不少好手。

「除了你選的六個人外，無論誰擅闖禁城，一律格殺勿論！」

陸小鳳忽然問道：「和尙相不相信他們的話？」

老實和尙已走在他的前面，回過頭：「什麼話？」

陸小鳳道：「和尙若沒有緞帶，明天晚上敢不敢入禁城？」

老實和尙笑了笑，道：「和尙雖沒有膽子，可是和尙有帶子。」

陸小鳳道：「你有帶子？在哪裡？」

老實和尙道：「在你身上。」

陸小鳳也笑了：「我為什麼一定要給你根帶子？」

老實和尙道：「因為我是個和尙，老老實實的和尙。」

陸小鳳帶笑點了點頭，道：「這理由好像也夠好了。」

老實和尙道：「足夠。」

陸小鳳抽下根緞帶，抛在他身上，道：「你最好換套衣裳！」

老實和尙道：「為什麼？」

陸小鳳道：「這根帶子跟你的衣裳顏色不配！」

老實和尙道：「沒關係，和尙不考究這些，何況這根帶子還會變顏色！」

陸小鳳淡淡道：「我只不過想提醒你，衣裳可以換，帶子卻換不得的。」

老實和尙又笑了，忽然道：「投之以桃李，報之以瓊瑤，你給了和尙這根帶子，和尙也有樣東西送給你。」

陸小鳳道：「什麼東西？」

老實和尚道：「一句話。」

陸小鳳道：「我在聽。」

老實和尚看著他，道：「看你印堂發暗，臉色如土，最好趕快找個地方去睡一覺，直睡到明天晚上，否則……」

陸小鳳道：「否則怎麼樣？」

老實和尚嘆了口氣，道：「死人身上就算有五根帶子，也入不了禁城的。」

陸小鳳道：「這是威脅？還是警告？」

老實和尚道：「這只不過是句老實話，和尚說的都是老實話。」

老實和尚先走了，陸小鳳忽然發現他走路的姿勢很奇怪，也像是個太監一樣。

——和尚豈非本就跟太監差不多？

——可是和尚還能偷偷摸摸的去嫖姑娘！

——太監能有老婆，和尚為什麼不能去嫖姑娘？

陸小鳳嘆了口氣，決定不再繼續想這件事，他還有很多事要想。

木道人、顧青楓、古松居士、李燕北、花滿樓、嚴人英、唐家兄弟、密宗喇嘛、聖母之水峰的神秘劍客，還有七大劍派的高手。

這些人一定都不願錯過明天晚上那一戰的，緞帶卻只有五條，應該怎麼分配才對？也許怎麼分配都不對。

陸小鳳又不禁嘆了口氣，喃喃道：「要不到緞帶的人，倒的確很可能來要我的命，我好像真的應該一覺睡到明天晚上！」

六 第一根線

一

能一覺睡上二十多個時辰的，只有兩種人——有福氣的人，有病的人。陸小鳳既沒有病，也沒有這麼好的福氣。歐陽情卻已暈睡了一天一夜。看到她的臉，陸小鳳更沒法子去睡了。

十三姨也顯得很憂慮，輕輕道：「從昨天到現在，她只醒過來一次，只說了一句話！」

陸小鳳道：「一句什麼話？」

十三姨勉強笑了笑，道：「她問我，你有沒有吃她做的酥油泡螺？還要我問你，好不好吃？」

陸小鳳的心在收縮。看見那盤酥油泡螺還擺在桌上，他忽然覺得自己實在是個不知好歹的混蛋。

「一定好吃的。」他也勉強作出笑臉：「我一定要把它全吃光。」

十三姨道：「這種東西冷了就不酥了，我再去替你炸一炸。」

陸小鳳道：「不必，這是她親手炸的，我就這麼樣吃！」

十三姨嘆了口氣，道：「你總算還有點良心。」

陸小鳳坐下來，一口就吃了兩個，忽又問道：「李燕北呢？」

十三姨道：「走了。」

陸小鳳道：「到什麼地方去了？」

「不知道。」十三姨笑得更勉強：「他的家又不止這一個。」

陸小鳳只有用一個酥油泡螺塞住自己的嘴。他忽然發現在十三姨臉上高貴的脂粉下，也不知藏著多少淚痕？多少悲哀？

一個女人，在一個月裡，若有二十九個晚上都要獨自度過，這種寂寞實在很難忍受。

可是她忍受了下來，因爲她不能不忍受。這就是她的命運，大多數女人都有接受自己命運的韌力和天性。在這方面，她們的確比男人強得多。他了解十三姨這種女人，卻不了解歐陽情。

「有句話我本不該問的。」陸小鳳遲疑著道：「可是我又不能不問！」

「你可以問。」

陸小鳳道：「你是歐陽情的好朋友，好朋友之間就不會有什麼秘密，何況……」

十三姨替他說了下去：「何況我們是女人，女人之間更沒有秘密。」

陸小鳳又勉強笑了笑，道：「所以她的私事，你很可能知道的不少！」

十三姨道：「你究竟想問什麼？」

陸小鳳終於鼓足勇氣，道：「我聽公孫大娘說，她還是個處女，她究竟是不是？」

十三姨想也不想，立刻道：「她是的。」

陸小鳳道：「她做的是那種事，怎麼會還是個處女？」

十三姨冷笑道：「做那種事的，也有好女人，她不但是個好女人，而且還是很特殊的一個！」

陸小鳳只有又用酥油泡螺塞住自己的嘴。現在他當然已看出，十三姨以前一定也是做這種事的。所以她們才是好朋友。

一碟酥油泡螺，已經被陸小鳳吃光了，只要留下一個，他好像就會覺得很對不起自己的良心。

十三姨看著他吃完，忽然問道：「你為什麼會對這件事關心？她是不是處女，難道跟別人也有什麼關係？」

陸小鳳點了點頭，遲疑著道：「四五個月以前，有一天我在路上遇見了老實和尚，他說他頭一天晚上是跟歐陽……」這句話他卻沒有說完。他忽然倒了下去，人事不知。

十三姨居然就這麼樣冷冷的看著他倒下去，臉上居然露出一絲惡毒的微笑。

陸小鳳實在還不了解女人，更不了解十三姨這種女人。他只不過自己覺得自己很了解而已。

一個男人若是自己覺得自己很了解女人，無論他是誰，都一定會倒楣的，就連陸小鳳也一樣。

二

奇怪的是，有些人好像天生就幸運，就算倒楣也倒不了多久。陸小鳳顯然就是這個人。他居然沒有死。醒來的時候，就發現自己非但四肢俱全，五官無恙，而且還躺在一張很舒服、很乾淨的床上。

屋子也很乾淨，充滿了菊花和桂子的香氣。桌上已燃起了燈，窗外月光如水。

有個人靜靜的站在窗前，面對著窗外的秋月，一身白衣如雪。

「西門吹雪！」踏破鐵鞋都找不到的西門吹雪，怎麼會忽然在這裡出現？

陸小鳳跳了起來。他居然還能跳起來，只不過兩條腿還有點軟軟的，力氣還沒有完全恢復。

「好小子，你是從哪裡竄出來的？」陸小鳳赤著腳站在地上大叫：「這些天來，你究竟躲到哪裡去了？」

西門吹雪冷冷道：「一個人對自己的救命恩人，不該這麼樣說話的！」

「救命恩人？」陸小鳳又在叫：「你是我的救命恩人？」

「若不是我，你的人只怕也跟李燕北一樣，被燒成了灰！」

陸小鳳失聲道：「李燕北已死了？」

西門吹雪道：「他的運氣不如你，你好像天生就是個運氣特別好的人。」

他終於回過頭，凝視著陸小鳳。他的臉色還是蒼白而冷漠的，聲音也還是那麼冷，可是，他的眼睛裡，卻已有了種溫暖之意，一種只有在久別重逢的朋友眼睛裡，才能找到的溫暖。

陸小鳳也在凝視著他：「最近你的運氣看來也不壞。」

西門吹雪道：「運氣真正壞的，好像只有李燕北。」

陸小鳳道：「你知道他是怎麼死的？」

西門吹雪點點頭，道：「但我卻不知道你是從幾時開始，會信任那種女人的！」

陸小鳳道：「哪種女人？」他又躺了下去，因爲他忽然又覺得胃裡很不舒服：「像歐陽情那種女人？」

西門吹雪道：「不是歐陽情。」

陸小鳳道：「不是她？是十三姨？」

西門吹雪道：「酥油泡螺雖然是歐陽情做的，但下毒的卻是十三姨！」

他看著陸小鳳，目中彷彿露出笑意：「這消息是不是可以讓你覺得舒服些？」

陸小鳳的確已覺得舒服了很多，但他卻又不禁覺得奇怪：「你是從幾時開始了解男女間這種感情的？」

西門吹雪沒有回答這句話，卻又轉過身，去看窗外的月色。

月色溫柔如水，現在已是九月十四日的晚上了。

陸小鳳沉思著，道：「我一定已睡了很久！」

西門吹雪道：「十三姨是個對迷藥很內行的女人，她在那酥油泡螺裡下的藥並不重！」

陸小鳳道：「她知道下的若重了，我就會發覺。」

西門吹雪道：「她也知道你一定會將那碟酥油泡螺全吃下去。」

陸小鳳苦笑。對男女之間的感情，十三姨了解得當然更多。

「可是你怎會知道這些事的？」陸小鳳問道：「怎麼會恰巧去救了我？」

西門吹雪道：「你倒下去的時候，我就在窗外看著。」

陸小鳳道：「你就看著我倒下去？」

西門吹雪道：「我並不知道你會倒下去，也不知道那些酥油泡螺裡有毒！」

陸小鳳道：「你本就是去找我的？」

西門吹雪道：「但我卻不想讓別人看見我，我本想等十三姨走了之後，再進去的，誰知你一倒下去，她就拔出了刀。」

陸小鳳道：「李燕北也是死在那柄刀下的？」

西門吹雪點點頭。

陸小鳳道：「你問過她？她說了實話？」

西門吹雪冷冷道：「在我面前，很少有人敢不說實話。」

無論誰都知道，西門吹雪若說要殺人時絕不會是假話。他的手剛握住劍柄，十三姨就說了實話。

陸小鳳嘆息著，苦笑道：「我實在看不出她那樣的女人，居然真的能下得了毒手！」

西門吹雪道：「你爲什麼不問我，她是爲什麼要下毒手的？」

陸小鳳嘆道：「我知道她是爲了什麼，我還記得她說過的一句話。」

西門吹雪道：「什麼話？」

陸小鳳道：「李燕北的女人，並不止她一個，她是個不甘寂寞的女人，這種日子她過不下去，卻又沒法子逃避，所以只有殺了李燕北。」他苦笑著又道：「她怕我追究李燕北的下落，所以才會對我下毒手。」

西門吹雪道：「你忘了一件事！」

陸小鳳道：「什麼事？」

西門吹雪道：「一張一百九十五萬兩的銀票。」他冷笑著，又道：「若沒有這張銀票，她也不會下毒手，她也不敢！」

可是一個像她那樣的女人，身上若是有了一百九十五萬兩銀子，天下就沒有什麼地方是她不能去的，也沒有什麼事是她不敢做的了。

「她殺了你後，本就準備帶著那張銀票走的，她甚至連包袱都已打好。」

陸小鳳苦笑道：「一個人有了一百九十五萬兩銀子後，當然也不必帶很大的包袱。」

西門吹雪道：「你爲什麼不問我，她的下落如何？」

陸小鳳道：「我還要問？」遇見了這種人，西門吹雪的劍下是從來也沒有活口的。

「你想錯了。」西門吹雪淡淡道：「我並沒有殺她。」

陸小鳳吃驚的抬起頭：「你沒有殺她？爲什麼？」

西門吹雪沒有回答，也不必回答。

陸小鳳自己也已知道了答案：「你這個人好像變了……而且變得不少！」他凝視著西門吹雪，目中帶著笑意：「你是怎麼會變的？要改變你這個人並不容易。」

「你卻沒有變。」西門吹雪冷冷道：「該問的話你不問，卻偏偏要問不該問的！」

陸小鳳笑了，他不能不承認：「我的確有些事要問你。」

「你最好一件件的問。」

「歐陽情呢？」

「就在這裡，而且有人陪著。」

「是孫姑娘？」

「不是。」西門吹雪眼睛裡又露出那種溫暖愉快的表情：「是西門夫人。」

陸小鳳喜動顏色：「恭喜，恭喜，恭喜……」他接連說了七八遍恭喜，他實在替西門吹雪高興，也替孫秀青高興。朋友們的幸福，永遠就像是自己的幸福一樣。——陸小鳳實在是個可愛的人。

西門吹雪也不禁笑了。他很少笑，可是他笑的時候，就像是春風吹過大地。

「你想不到我會成家？」

「我實在想不到。」陸小鳳還在笑：「就連做夢也想不到。」但是他已想到，這一定就是西門吹雪爲什麼會改變的原因。

西門吹雪微笑道：「你呢？你準備什麼時候成家？」

陸小鳳的笑容立刻籠上了一陣陰影——是薛冰的影子，也是歐陽情的影子。

他立刻改變話題：「你怎麼會到那裡去找我的？」

「我知道你是李燕北的朋友，也知道他手下有幾個親信的人！」

「他們在你面前也不敢說謊？」

「絕不敢！」

「也不敢洩漏你的行蹤？」

「是我去找他們的。」西門吹雪道：「沒有人知道我住在這裡。」

這正是陸小鳳最想問的一件事：「這裡究竟是什麼地方？」

西門吹雪道：「你爲什麼不出去看看？」

穿過精雅的花園，前面竟是間糕餅店，四開間的門面，門上雕著極精緻的花紋，金字招牌上寫著三個斗大的字：「合芳齋」。陸小鳳看了兩眼就回來，回來後還在笑。

「這是家字號很老的糕餅店，用的人卻全是我以前的老家人。」西門吹雪面有得色：「你有沒有想到我會做糕餅店的老闆？」

「沒有。」

「你有沒有看過江湖中人賣糕餅的？」

「沒有。」

西門吹雪微笑道：「所以你們就算找遍九城，也找不到我的！」

陸小鳳承認：「就算打破我的頭，我也找不到。」

西門吹雪道：「你已知道我爲何要這麼樣做？」

陸小鳳笑道：「我知道，所以我不但要喝你的喜酒，還要等著吃你的紅蛋！」

西門吹雪的笑容中卻也有了陰影，沉默了很久，才緩緩道：「我去找你，只因爲我有件事要你替我做。」他爲什麼要改變話題？難道他不敢想得太遠？難道他生怕自己等不到吃紅蛋的那一天？

陸小鳳道：「不管你要我做什麼事，都只管說，我欠你的情。」

「我要你明天陪我到紫禁城去。」西門吹雪的雙手都已握緊：「我若不幸敗了，我要你把我的屍體帶回來。」

陸小鳳笑得已很勉強，道：「縱然敗了，也並不一定非死不可的。」

西門吹雪道：「戰敗了，只有死！」他臉上的表情又變得冷酷而驕傲。

他可以接受死亡，卻不能接受失敗！陸小鳳遲疑著，他本不願在西門吹雪面前說出葉孤城的秘密，葉孤城也是他的朋友。可是他縱然不說，這事實也不會改變，西門吹雪遲早總會知道。

「你絕不會敗！」他終於說了出來。

「爲什麼？」

「因爲葉孤城的傷勢很不輕。」

西門吹雪動容道：「但是我聽說他昨天還在春華樓重創了唐天容。」

陸小鳳嘆道：「唐天容不是西門吹雪。」

西門吹雪道：「他受傷是真的？」

陸小鳳道：「是的。」

西門吹雪臉色變了。聽到自己唯一的對手已受重傷，若是換了別人，一定會覺得自己很幸運，一定會很開心。但西門吹雪不是別人！

他臉色非但變了，而且變得很慘：「若不是因爲我，八月十五我們就已應該交過手，我說不定就已死在他劍下，可是現在……」

「現在他已非死不可？」

西門吹雪點了點頭。

陸小鳳道：「你不能不殺他？」

西門吹雪黯然道：「我不殺他，他也非死不可！」

陸小鳳道：「可是……」

西門吹雪打斷了他的話，道：「你也許還不了解我們這種人，我們可以死，卻不能敗！」

陸小鳳終於忍不住長長嘆息。他並不是不了解他們，他早已知道他們本是同一種人。

一種你也許會不喜歡，卻不能不佩服的人！

一種已接近「神」的人。

無論是劍法，是棋琴，還是別的藝術，真正能達到絕頂巔峰的，一定是他們這種人。因爲藝術這種事，本就是要一個人獻出他自己全部生命的。

「可是你現在已變了！」陸小鳳道：「我本來總認爲你不是人，是一種半瘋半癡的神，可是你現在卻已有了人性。」

「也許我的確變了，所以葉孤城若沒有受傷，我很可能不是他的對手。」西門吹雪表情更沉重：「可是現在他卻已沒有勝我的機會，這實在很不公平。」

陸小鳳道：「那麼你想……」

西門吹雪道：「我想去找他。」

陸小鳳道：「找到他又怎麼樣？」

西門吹雪冷笑道：「難道你認爲我只會殺人？」

陸小鳳眼睛亮了，他忽然想起西門吹雪也曾被唐門的毒藥暗器所傷。但西門吹雪到現在還活著。

「我帶你去。」陸小鳳又跳了起來，道：「這世上若有一個人能治好葉孤城的傷，這個人一定就是你！」

三

荒郊，冷月。月已圓。冷清清的月光，照著陰森森的院子，禪房裡已燃起了燈。

「白雲城主會住在這種地方？」

「他也跟你一樣，不願別人找到他！」

「你是怎麼找到的？」

「這裡的和尚俗家姓勝，叫勝通。」

「是他帶你來的？」

「我也做過好事，也救過人的。」陸小鳳微笑道：「你救了一個人後，永遠也想不到他會在什麼時候報答你。」這雖然並不是救人的最大樂趣，至少也是樂趣之一。

「葉兄，是我。」他開始敲門：「陸小鳳。」

沒有回應。葉孤城縱然睡了，也絕不會睡得這麼沉的——難道屋裡已沒有人？

陸小鳳皺起了眉，西門吹雪已破門而入。

屋子裡有人，死人！一個被活活勒死的人！

死的並不是葉孤城。

「這人就是勝通。」

「是誰殺了他？爲什麼要殺他？」

「他的恩人想必不止我一個。」陸小鳳苦笑道：「他帶了別人來，葉孤城卻已走了，那人以爲是他走漏了風聲，就殺了他洩憤！」這解釋不但合理，而且已幾乎可以算是唯一的解釋。

陸小鳳又嘆了口氣，道：「這已經是我看見的，第二個被勒死的人了！」

西門吹雪道：「第一個是誰？」

陸小鳳道：「公孫大娘。」

西門吹雪道：「他們是死在同一個人的手裡的？」

陸小鳳道：「很可能。」勒死勝通的，雖不是紅綢帶，可是用的手法卻很相像。

西門吹雪道：「公孫大娘又和這件事有什麼關係？」

陸小鳳苦笑道：「應該有的，但我卻還沒有想出來，我還沒有找到那根線！」

西門吹雪道：「什麼線？」

陸小鳳道：「一根能將這些事串起來的線。」

西門吹雪道：「你知道的有些什麼事？」

陸小鳳道：「葉孤城負傷，只因爲有人暗算了他，否則唐天儀根本無法出手。」

西門吹雪道：「是誰暗算了他？」

陸小鳳道：「是個會吹竹弄蛇的人。」

西門吹雪道：「歐陽情中的毒，也是蛇毒。」

陸小鳳道：「這人不但傷了葉孤城和歐陽情，害死了孫老爺，勒死勝通和公孫大娘的也是他！」

陸小鳳點點頭，道：「因爲我已確定勒死公孫大娘的，就是這個吹竹弄蛇的人，他本想轉移我的目標，嫁禍給公孫大娘。」

西門吹雪道：「你能確定？」

西門吹雪道：「你說的這五個人之間，好像完全沒有關係。」

陸小鳳道：「所以我才想不通，這個人爲什麼要對他們下毒手！」

西門吹雪道：「你有沒有找到可疑的人？」

陸小鳳道：「可疑的人只有一個。」

西門吹雪道：「誰？」

陸小鳳道：「老實和尙！」

老實和尙居然會暗算別人？這種事有誰會相信？

陸小鳳道：「我也知道沒有人會相信我的話，可是他的確最可疑！」

西門吹雪道：「你幾時開始懷疑他的？」

陸小鳳道：「從一句話開始的。」

西門吹雪道：「一句什麼話？」

陸小鳳道：「歐陽情是處女。」

西門吹雪道：「歐陽情是不是處女，跟老實和尙有什麼關係？」

陸小鳳道：「有。」

西門吹雪不懂，這其間的關係，本就沒有人會懂的。

陸小鳳道：「我爲了丹鳳公主那件事，去找孫老爺，那天孫老爺恰巧在歐陽情的妓院裡，我在路上又恰巧遇見了老實和尙。」

西門吹雪還是聽不出頭緒。

陸小鳳道：「我就問他，從哪裡來？到哪裡去？」

西門吹雪道：「他說什麼？」

陸小鳳道：「他說他是從歐陽情的床上來的！」

西門吹雪道：「但歐陽情卻是處女。」

陸小鳳道：「由此可見，老實和尙說的也並不完全是老實話。」

西門吹雪道：「這並不證明他殺了人！」

陸小鳳道：「每個人說謊都有理由，他說謊是爲了什麼？」

西門吹雪道：「你認爲那天晚上，他一定做了件見不得人的事，你問起他時，他只有隨口編了個謊話來推托。」

陸小鳳道：「那時他當然想不到我會認得歐陽情！」

西門吹雪道：「他爲什麼不說別人，偏偏要說歐陽情？」

陸小鳳道：「因爲歐陽情本是他一路的人！」

西門吹雪又不懂了。

陸小鳳道：「我破了青衣樓之後，才發現江湖中還有個叫『紅鞋子』的秘密組織，而且，青衣樓好像還要受她們的控制。」

西門吹雪道：「控制她們的，也是個秘密組織？」

陸小鳳點點頭，道：「青衣樓全是男人，紅鞋子全是女人；這個秘密組織中，卻很可能全都是出家人，很可能就叫做白襪子！」

西門吹雪道：「你認爲這個組織的首腦就是老實和尚？」

陸小鳳又點點頭，道：「我一向很少看見他，可是我在破青衣樓時，他卻忽然出現了，我去找紅鞋子，他又出現了，世上絕沒有這麼巧的事。」

西門吹雪道：「但是他並沒有阻止你去破青衣樓，也沒有阻止你去找紅鞋子！」

陸小鳳道：「因爲他知道那時我已有了把握，他就算阻止，也阻止不了的。」

西門吹雪也承認，無論誰要阻止陸小鳳的行動，都很不容易。

陸小鳳冷笑著，又道：「出家人穿的都是白襪子，他說他穿的是肉襪子，我說肉襪子也是白的，他說他的肉不白。」

西門吹雪道：「他的肉本就不白！」

陸小鳳笑道：「白襪子上若是沾了泥，還是不是白襪子？」

「是。」西門吹雪也只有承認：「所以你認爲他殺了公孫大娘和歐陽情，就是爲了滅口？」

陸小鳳道：「因爲我不但已認得她們，而且成爲她們的朋友，他生怕她們會洩露了他的秘密。」

西門吹雪道：「那天晚上，孫老爺也在歐陽情的妓院。」

陸小鳳道：「而且孫老爺知道的事太多。」

——一個人知道的秘密太多，長壽的希望就太少了。

西門吹雪沉思著，道：「不管怎樣，這也只不過是你的推測而已，你並沒有證據。」

陸小鳳道：「我的推測一向很少錯的！」

西門吹雪道：「所以你已找出一條線，將孫老爺、歐陽情、公孫大娘這三個人的死串起來了？」

陸小鳳道：「不錯。」

西門吹雪道：「那麼葉孤城呢？老實和尚爲什麼要暗算葉孤城？」

陸小鳳道：「因爲他想乘此機會，將他的勢力擴展到京城。」西門吹雪又不懂了。

陸小鳳道：「他知道李燕北和杜桐軒都在你們身上下了很重的賭注，因爲這兩人也想乘此機會，把對方的地盤奪過來。」

西門吹雪道：「李燕北賭的是我勝？」

陸小鳳道：「所以他就設法把李燕北的賭注買下了。」

西門吹雪道：「用那張銀票買的？」

陸小鳳點點頭，道：「出面的也是個出家人，叫顧青楓。」

西門吹雪道：「現在他認爲葉孤城已必敗無疑，杜桐軒也已有輸無贏。」

陸小鳳道：「所以他一下子就已將京城的兩大勢力全都消滅了，而且不費吹灰之力。」

西門吹雪嘆了口氣，道：「這麼複雜巧妙的計劃，世上只怕也只有你們兩個人想得出來。」

陸小鳳道：「這計劃不是我想出來的，是他！」

西門吹雪冷冷道：「但這些推測卻全都是你想出來的，你豈非比他更高？」

陸小鳳道：「你認爲我的推測並不完全對？」

西門吹雪道：「我並沒有這樣說。」

陸小鳳苦笑道：「但你卻一定是在這麼想，我看得出。」他忽然也嘆了口氣，道：「而且我自己也在這麼樣想的！」

西門吹雪道：「你自己也覺得這些推測並不完全合理？」

陸小鳳苦笑道：「所以我才會說，我還沒有找出那條線來！」

西門吹雪道：「現在你豈非已經找出一條線？」

陸小鳳道：「這條線還不夠好。」

他們當然不是站在那禪房中說話的。沒有人願意在一間破舊陰森，還有個死人的屋子裡停留這麼久。郊外的冷風，卻能使人的頭腦清楚，思想敏銳。他們在九月的星空下，沿著一條小徑慢慢的往前走，秋風吹動著路旁的黃草，大地淒涼而寂靜。他們已走了很遠。

「這條線還不能把所有的事完全串起來。」陸小鳳又道：「還有個人也死得很奇怪。」

「誰？」

「張英風。」

西門吹雪知道這個人。「三英四秀」本是同門，嚴人英的師兄，也就是孫秀青的師兄。孫秀青現在已經是西門夫人，張英風的事，西門吹雪不能不關心。

「他已死了？」

「昨天死的。」陸小鳳又重複了一遍：「死得很奇怪。」

「是誰殺了他？」

「本來應該是你。」

「應該是我？」西門吹雪皺了皺眉：「我應該殺他？」

陸小鳳點點頭，道：「因爲他這次到京城來，爲的本來是想找你報仇！」

西門吹雪冷冷道：「所以我有理由殺他。」

陸小鳳道：「他致命的傷口是在咽喉上，只有一點血跡。」

西門吹雪當然明白這是什麼意思。只有一種極鋒利、極可怕、極快的劍，才能造成這種傷勢，而且一劍致命，除了西門吹雪外，誰有這麼快的劍？

陸小鳳嘆了口氣，道：「只可惜我現在已知道殺他的人並不是你！」

「現在你已知道是誰？」

「有兩個人的嫌疑最大。」陸小鳳道：「一個太監，一個麻子。」

「能死在這兩個人手裡，倒也很難得。」西門吹雪並不是沒有幽默感的人。

「只可惜張英風也不是死在他們手裡的。」陸小鳳又在苦笑：「第一，我還想不出他們有什麼理由要殺張英風，第二，他們根本不是張英風的對手。」

「所以你認爲應該是兇手的，卻不是兇手！」

「所以我頭疼。」

「兇手究竟是誰？」

「我現在也想找出來。」陸小鳳道：「我總認爲張英風的死，跟這件事也有關係！」

「爲什麼？」

「因爲太監也可以算是出家人，他們穿的也是白襪子。」

西門吹雪沉吟著，忽然問道：「爲張英風收屍的是嚴人英？」

陸小鳳道：「不錯。」

西門吹雪道：「嚴人英在哪裡？」

陸小鳳道：「你想找他？」

西門吹雪道：「我想看看張英風咽喉上那致命的傷口，我也許能看出那是誰的劍！」

陸小鳳道：「我已經看過了，看得很仔細。」

西門吹雪冷冷道：「我知道你的武功很不錯，眼力也很不錯，可是對於劍，你知道的並不比一個老太婆多很多。」

陸小鳳只有苦笑。他不能爭辯，沒有人能在西門吹雪面前爭辯有關劍的問題。

「你一定要去，我就帶你去。」他苦笑著道：「只不過你最好小心些。」

「爲什麼？」

「嚴人英已找了人來對付你，其中有兩個密宗喇嘛，還有兩個據說是邊疆聖母之水峰上一個神秘劍派中的高手。」

西門吹雪冷冷道：「只要是用劍的人，遇見我就應該小心些。」

陸小鳳笑了：「所以應該小心的是他們，不是你。」

西門吹雪道：「絕不是。」

陸小鳳道：「還有那兩個喇嘛呢？」

西門吹雪道：「喇嘛歸你。」

和尚道士的問題，已經夠陸小鳳頭疼的了，現在喇嘛居然也歸了他。

陸小鳳喃喃道：「有的人求名，有的人求利，我找的是什麼呢？」

西門吹雪道：「麻煩。」

陸小鳳道：「一點也不錯，我找來找去，找的全都是麻煩。」

西門吹雪道：「現在你準備到哪裡去找？」

陸小鳳道：「全福客棧。」

全福客棧在鼓樓東大街，據說是京城裡字號最老、氣派最大的一家客棧。他們到的時候，夜已深了，嚴人英他們卻不在。

「嚴公子要去葬他的師兄。」店裡的伙計道：「跟那兩位喇嘛大師一起走的，剛走還沒多久！」

「到什麼地方去了？」

「天蠶壇。」

四

天蠶壇在安定門外。天子重萬民，萬民以農桑爲本，故天子祭先農於南郊，皇后祭先蠶於北郊。

「他們爲什麼要將張英風葬在天蠶壇？」

「因爲這個天蠶壇已被廢置，已成了喇嘛們的火葬處。」

「火葬？」

「邊外的牧民，死後屍體都由喇嘛火葬，入關後習俗仍未改。」陸小鳳道：「甚至連火葬時用的草，都是特地由關外用駱駝運來的。」

「這種草很特別？」

「的確很特別，不但特別軟，而且乾了後還是綠的。」

「這種草又有什麼用？」

「用來墊在箱子裡！」

「什麼箱子？」

「裝死人的箱子。」陸小鳳道：「死人火葬前，先要裝在箱子裡。」

「爲什麼？」

「因爲喇嘛要錢，沒有錢的就得等著。」陸小鳳道：「我曾經去看過一次，大殿裡幾乎擺滿了這種兩尺寬，三尺高的箱子。」

西門吹雪道：「箱子只有兩尺寬，三尺高？」

陸小鳳點點頭，臉上的表情看來就像是要嘔吐：「所以死人既不能站著，也不能躺著，只有蹲在箱子裡。」

西門吹雪也不禁皺起了眉。

陸小鳳又道：「大殿裡不但有很多這種箱子，還掛滿了黃布袋。」

「布袋裡裝的是什麼？」

「死人骨灰。」陸小鳳道：「他們每年將骨灰運回去一次，還沒有運走之前，就掛在大殿裡。」

「我們絕不能讓他們將張英風裝進布袋。」

「所以要去就得趕快去。」

七　天蠶壇之夜

一

夜更深。大殿裡燈光陰暗，這大殿的本身看來就像是座墳墓。九月的晚風本來是清涼的，但是在這裡，卻充滿了一種無法形容的惡臭。

那太監窩裡的氣味，已經臭得令人作嘔，這地方卻是另外一種臭，臭得詭異，臭得可怕。因爲這是腐屍的臭氣。有的箱子上還有血，暗赤色的血，正慢慢的從木板縫裡流出來。

突然間，「啵」的一響，木板裂開。箱子裡竟似有人在掙扎著，想衝出來——難道裡面的死人又復活？連西門吹雪都不禁覺得背脊在發冷。

陸小鳳拍了拍他的肩，勉強笑道：「你放心，死人不會復活的。」

西門吹雪冷笑。

陸小鳳道：「可是死人會腐爛，腐爛後就會發脹，就會把箱子脹破！」

西門吹雪冷冷道：「並沒有人要你解釋。」

陸小鳳道：「我是唯恐你害怕。」

西門吹雪道：「我只怕一種人！」

陸小鳳道：「哪種人？」

西門吹雪道：「囉嗦的人。」

陸小鳳笑了，當然並不是很愉快的那種笑。無論誰到了這裡來，都不會覺得愉快。

「奇怪，那些人爲什麼連一個都不在這裡？」陸小鳳又在喃喃自語，還不停的在木箱間走動。他寧願被人說囉嗦，也不願閉著嘴。一個人到了這種地方，若還要閉著嘴不動，用不了多久，就可能會發瘋。說話不但能使他的神經鬆弛，也能讓他暫時忘記這種可怕的臭氣。

「他們說不定正在後面焚化張英風的屍體，這裡唯一的爐子就在大殿後面。」

「唯一的爐子？」

「這裡只有一個爐子，而且還沒有煙囪。」

「你知道的事還真不少。」

「可惜有件事他卻不知道。」大殿後忽然有人在冷笑：「那爐子可以同時燒四個人，把你們四個人都燒成飛灰。」怪異的聲音，怪異的人！

喇嘛並非全都是怪異的，這兩個喇嘛卻不但怪異，而且醜陋。沒有人能形容他們的臉，看來那就像是兩個惡鬼的面具。用青銅烤成的面具。

他們身上穿著黃色的袈裟，卻只穿了一半，露出了左肩，左臂上戴著九枚青銅環，耳朵上居然也戴著一個。他們用的兵器也是青銅環，除了握手的地方外，四面都有尖鋒。無論誰在這種地方忽然看見這麼樣兩個人，都會被嚇出一身冷汗。陸小鳳卻笑了。

「原來喇嘛不會數數。」他微笑著道：「我們只有兩個人，不是四個。」

「前面兩個，後面還有兩個。」一個喇嘛咧開嘴獰笑，露出了一嘴白森森的牙齒，另一個的臉，卻像是死人的臉。

「後面還有兩個是誰？」陸小鳳不懂。

喇嘛獰笑道：「是兩個在等著你們一起上西天的人。」

陸小鳳又笑了：「我不想上西天，上面沒有我的朋友。」

不笑的喇嘛冷冷道：「殺！」銅環一震，兩個喇嘛已準備撲上來。

西門吹雪冷冷道：「兩個都是喇嘛。」

陸小鳳道：「只有兩個。」

西門吹雪道：「喇嘛歸你。」

陸小鳳道：「你呢？」

西門吹雪冷笑了一聲，突然拔劍。劍光一閃，向旁邊的一個木箱刺過去。

沒有人能想得到他爲什麼要刺這個木箱子。他的劍本不是殺死人的。

就在這同一瞬間，「哧」的一聲輕響，另一個木箱突然裂開，一柄劍毒蛇般刺了出來，直刺陸小鳳的「鼠蹊穴」。這一劍來得太快、太陰，而且完全出人意外。

死人也能殺人？陸小鳳就是陸小鳳，他突然出手，伸出兩根手指一挾，已挾住了劍鋒！

無論這木箱中是人也好，是鬼也好，他這兩指一挾，無論人鬼神魔的劍，都要被他挾住。

這本是絕世無雙的神技，從來也不會落空。也就在這同一瞬間，「嗤」的一響，西門吹雪的劍已刺入木箱。木箱裡突然發出一聲慘呼，木板飛裂，一個人直竄了出來。

一個漆黑枯瘦的人，手裡揮著柄漆黑的劍，滿臉都是鮮血。血是紅的。

陸小鳳嘆了口氣，道：「原來他們也是四個人！」

西門吹雪冷冷道：「四個人，七隻眼睛。」

從木箱中竄出來的黑衣人，左眼竟已被劍尖挑了出來。他瘋狂般揮舞著他的黑蛇劍，閃電般刺出了九劍，劍法怪異而奇詭。可惜他用的是劍。可惜他遇見的是西門吹雪！

西門吹雪冷冷道：「我本不願殺人的。」

他的劍光又一閃。只一閃！黑衣人的慘呼突然停頓，整個人突然僵硬，就像是個木偶般的站在那裡。鮮血還在不停的流，他的人卻已忽然倒下，又像是口忽然被倒空了的麻袋。

陸小鳳捏著劍尖，看著面前的木箱。箱子裡居然毫無動靜。

陸小鳳忽然道：「這裡面的一定不是喇嘛。」

西門吹雪道：「嗯。」

陸小鳳道：「我替你捏住了一把劍，你也替我捏一個喇嘛如何？」

西門吹雪道：「行。」他的人突然飛鷹般掠起，劍光如驚虹掣電向那個獰笑著的喇嘛刺了過去。他不喜歡這喇嘛笑的樣子。

喇嘛雙環一振，迴旋擊出，招式也是怪異而奇詭的。雙環本就是種怪異的外門兵刃，無論什麼樣刀劍只要被套住，縱然不折斷，也要被奪走。

劍光閃動間，居然刺入了這雙銅環裡，就像是飛蛾自己投入了火焰。喇嘛獰笑，雙環一絞。他想絞斷西門吹雪的這口劍！

「斷！」這個字的聲音並沒有發出來，因為他正想開聲叱吒時，忽然發現劍鋒已到了他的咽喉。

冰冷的劍鋒！他甚至可以感覺到這種冰冷的感覺，正慢慢的進入他的咽喉。

然後他就什麼感覺都沒有了，也不再笑了。西門吹雪不喜歡他笑的樣子。

不笑的喇嘛雖然已臉無人色，還是咬著牙要撲過來。

西門吹雪卻指了指陸小鳳，道：「你是他的。」

他慢慢的抬起手，輕輕的吹落了劍鋒上的一滴血，連看都不再看這喇嘛一眼。喇嘛怔了怔，看著這滴血落下來，終於跺了跺腳，轉身撲向陸小鳳。

陸小鳳一隻手揑著從木箱裡刺出來的劍，苦笑道：「這人倒真是不肯吃虧……」

「叮」的一聲響，打斷了他的話。喇嘛左臂上戴著的九枚銅環，忽然全都呼嘯著飛了過來，盤旋飛舞，來得又急又快，他的人也去得很快。

銅環脫手，他的人已倒竄而出，撞破了窗戶，逃得不見影蹤。

西門吹雪劍已入鞘，背負著雙手，冷冷的看著。這件事就好像已跟他全無關係。

又是「叮，叮，叮」一連串急響，如珠落玉盤，陸小鳳手指輕彈，九枚銅環已全部被擊落。

這種飛環本是極厲害的暗器，可是到了他面前，卻似變成了孩子的玩具。

西門吹雪忽然道：「你這根手指賣不賣？」

陸小鳳道：「那就看你用什麼來買？」

西門吹雪道：「有時我甚至想用我的手指換。」

陸小鳳笑了笑，悠然道：「我知道你的劍法很不錯，出手也很快，可是你的手指，卻最多也只不過能換我一根腳趾而已。」

箱子裡居然還是全無動靜。這柄劍絕不會是自己刺出來的，人呢？

陸小鳳敲了敲箱子：「難道你想一輩子躲在裡面不出來？」

沒有人回應。

「你再不出來，我就要拆你的屋子了。」

還是沒有回應。

陸小鳳嘆了口氣，道：「這人只怕還不知道我說出來的話，就一定能做得到的。」

他舉手一拍，箱子就裂開。人還在箱子裡，動也不動的蹲在箱子裡，鼻涕、眼淚、口水，已全都流了出來，還帶著一身臭氣，竟已活活的被嚇死。

陸小鳳怔住。聖母之水峰，神秘劍派，這些名堂聽起來倒滿嚇人的，想不到自己卻禁不起嚇。

西門吹雪忽然道：「這人並不是聖母之水峰上來的。」

陸小鳳道：「你怎麼知道？」

西門吹雪道：「我認得他們的劍法。」

陸小鳳道：「什麼劍法？」

西門吹雪道：「海南劍派的龍捲風。」

陸小鳳道：「他們是海南劍派的弟子？」

西門吹雪道：「一定是。」

陸小鳳道：「他們爲什麼要冒充聖母之水峰的劍客？」

西門吹雪道：「你本該問他自己的。」

陸小鳳嘆道：「只可惜這個人現在好像已說不出話來了。」

西門吹雪道：「莫忘記後面還有兩個人。」

後面的兩個人究竟是什麼？是一個死人，一個活人！

二

死人當然已不能動，活人居然也動不了。死人是張英風，活人竟是嚴人英。這心高氣傲的少年，此刻也像是死人般躺在爐子旁邊，好像也在等著被焚化。

陸小鳳扶起了他，看出他並沒有死，只不過被人點住了穴道。

西門吹雪一揮手，就替他解開了，冷冷的看著他。

他也看見了西門吹雪蒼白冷酷的臉，掙扎著想站起來：「你是誰？」

「西門吹雪。」

嚴人英的臉一陣扭曲，又倒下，長長嘆了口氣，道：「你殺了我吧！」

西門吹雪冷笑。

嚴人英咬著牙，道：「你爲什麼不殺我，反而救了我？」

陸小鳳也嘆了口氣，道：「因爲他本就不想殺你，是你想殺他！」

嚴人英垂下了頭，看樣子就好像比死還難受。

西門吹雪忽然道：「點穴的手法，用的也是海南手法。」

陸小鳳皺眉道：「他們本是他請來的幫手，爲什麼反而出手對付他？」

西門吹雪冷冷道：「這句話你也應該問他自己的！」

陸小鳳還沒有問，嚴人英已說了出來。

「他們不是我請來的。」他咬著牙道：「是他們自己找上了我。」

「他們自告奮勇，要幫你復仇？」

嚴人英點點頭：「他們自己說他們全都是先師的故友。」

陸小鳳道：「你就相信了？」

嚴人英又垂下了頭。他實在還太年輕，江湖中的詭譎，他根本還不懂。

陸小鳳只有苦笑：「你知不知道他們爲什麼要殺你？」

嚴人英遲疑著，道：「他們一到這裡，就出手暗算我，我好像聽到他們說了句話。」

「什麼話？」

「不是我們要殺你，是那三個蠟像害死了你。」這就是他們在嚴人英倒下去時說的話！

「什麼蠟像？」

嚴人英道：「是我大師兄捏的蠟像。」

「我們同門七個人，他是最聰明的一個，而且還有雙巧手。」他又解釋著道：「他看著你的臉，手藏在衣袖裡，很快就能把你的像捏出來，而且跟你的人完全一模一樣。」

「莫非他本是京城『泥人張』家裡的人？」

「京城本是他的老家。」嚴人英道：「地面上的人他都很熟。」——所以他才會認得麻六哥。

「他跟我分手的時候，身上並沒有蠟像的，可是我裝殮他屍身時，卻有三個蠟像從他懷裡掉了出來。」

「現在這三個蠟像呢？」陸小鳳立刻追問。

「就在我身上。」嚴人英道：「可是他捏的這三個人我卻全不認得。」

陸小鳳卻認得，至少可以認出其中兩個，他幾乎一眼就看出來：「這是王總管和麻六哥。」

張英風的確有一雙巧手，只可惜第三個蠟像已被壓扁了。

陸小鳳道：「這三個蠟像，一定是他在臨死前捏的，因爲他已知道這三個人要殺他。」

西門吹雪道：「你認爲這三個人就是殺他的真兇？」

陸小鳳道：「一定是。」

西門吹雪道：「他臨死前，還想他師弟替他報仇，所以就捏出了兇手的真面目。」

陸小鳳道：「不錯。」

西門吹雪道：「可是在那種生死關頭，他到哪裡去找蠟來捏像？」

「他用不著找。」嚴人英答覆了這問題：「他身上總是帶著一大團蠟的，沒事的時候，就拿在手裡捏著玩。」

陸小鳳道：「看來他這雙巧手並不是天生的，而是練出來的。」

其實那不但要苦練，還得要有一種別人無法了解的狂熱與愛好。無論什麼事都一樣，你要求的若是完美，就得先對它有一種狂熱的愛好。就像西門吹雪對劍的熱愛一樣。

西門吹雪臉上也不禁露出種被感動的表情，因爲他了解。對這種感情，沒有人比他了解得更清楚的了。他少年時，甚至在洗澡、睡覺的時候，手裡都在抱著他的劍。

陸小鳳道：「張英風要麻六哥帶他去那太監窩，本是爲了去找你的！」

西門吹雪道：「但是他卻在無意間撞破了王總管和麻六哥的秘密！」

陸小鳳道：「所以他們要殺了他滅口。」

西門吹雪道：「王總管和麻六哥雖無能，第三個人卻是高手。」

陸小鳳道：「他自己也知道自己絕不是這人的敵手，自知必死無疑，所以他就把他們的像偷偷捏了出來，好讓人替他報仇！」因爲他已斷定別人絕不會想到這三個人會是兇手。由此可見，這三個人在商議著的秘密，一定是個很驚人的秘密。

陸小鳳道：「那裡房屋狹窄，人又特別多，他們找不到可以藏屍之處，在倉促間又沒法子毀屍滅跡。」

西門吹雪道：「所以他們就將屍身馱在馬背上運出來。」

陸小鳳道：「他們本來是想嫁禍給你的，讓你來跟峨嵋派的人火併，這本是個一石二鳥之計。」

現在真相雖已大白，可是最重要的一件事，他們卻還是不知道——第三個蠟像已被壓扁了。

這「第三個人」是誰？他到那太監窩去找王總管，要商議的究竟是什麼秘密？這秘密是不是也跟明天晚上那一戰有關係？

西門吹雪凝視著這個被壓扁了的蠟像，道：「無論如何，這人絕不是老實和尚！」

這人有頭髮。張英風非但能捏出一個人的容貌，甚至連這人的髮髻都捏了出來。

「這人好像很胖。」

「並不胖，他的臉被壓扁了，所以才顯得胖。」

「他有鬍子，卻不太長。」

「看來年紀也不太大。」

「他的臉色好像發青。」

「這不是他本來的臉色，是蠟的顏色。」

陸小鳳嘆了口氣，苦笑著道：「看來我們現在只知道他是個有鬍子的中年人，既不太胖，也不太瘦。」這種人京城裡也不知有幾千幾萬個，卻叫他到哪裡去找？

爐子裡火已燃起。喇嘛們想必已準備將嚴人英和張英風一起焚化。

「他們顯然也是王總管派出來的，爲的就是準備要將嚴人英殺了滅口，想不到我們也趕來了。」

「也許不是王總管派出來的，那『第三個人』才是真正的主謀。」

「不管怎麼樣，喇嘛也是出家人，穿的也是白襪子。」

「海南派中的道士也很多。」

火光閃動，照著張英風的臉，也照著他咽喉上那個致命的傷口。

「你看得出這是誰的劍？」

「我看不出。」西門吹雪道：「只不過，世上能使出這種劍法殺人的，並不止我一個！」

「除了你之外，還有幾個？」

「也不多，活著的絕不會超出五個。」

「哪五個？」

「葉孤城、木道人，還有兩、三個我說出名字來你也不知道的劍客，其中有一個就是隱居在聖母之水峰上的。」

「你知道那個人？」

西門吹雪冷笑，道：「我就算不知道他的人，至少也知道他的劍。」

陸小鳳道：「瀟湘劍客魏子雲呢？」

西門吹雪搖搖頭，道：「他的劍法沉穩有餘，鋒銳不足，殷羨更不足論。」

陸小鳳沉吟著，道：「說不定還有些人劍法雖高，平時卻不用劍的！」

西門吹雪道：「這種可能雖不大，卻也並不是完全沒有可能。」

陸小鳳道：「老實和尚若是用劍，就一定是高手，我一向總認爲他的武功是深藏不露，深不可測的。」

西門吹雪道：「老實和尚沒有頭髮，也沒有鬍子。」

陸小鳳笑了笑，道：「連人都有假的，何況頭髮鬍子？」他好像已認定了老實和尚。

嚴人英一直站在旁邊發怔，忽然走過來，向西門吹雪當頭一揖。

西門吹雪冷冷道：「你不必謝我，救你的人不是我，是陸小鳳。」

嚴人英道：「我並不是謝你，救命之恩，也無法謝。」他臉上帶著種很奇怪的表情，在閃動的火光中看來，也不知是想笑？還是想哭？「我這一揖，是要你帶回去給我師妹的。」

「爲的是什麼？」

「因爲我一直誤解了她，一直看不起她，覺得她不該和師門的仇人在一起。」嚴人英遲疑著，終於鼓足勇氣說出來：「可是我現在已懂得，仇恨並不是我以前想像中那麼重要的事……」

——仇恨也並不是非報不可的，世上有很多種情感，都遠比仇恨更強烈、更高貴。這些話他並沒有說出來，他說不出。可是他心裡已了解，因爲現在他心裡的仇恨，就已遠不如感激強烈。

他忽然抱起他師兄的屍體，邁開大步走了，遠方雖仍是一片黑暗，光明卻已在望。

陸小鳳目送他遠去，嘆息著道：「他畢竟是個年輕人，我每次看到這種年輕人時，總會覺得這世界還是滿不錯的，能活著也不錯。」

生命本就是可愛的。人生本就充滿了希望。西門吹雪的眼睛裡，又露出那種溫暖之意。這並不是因爲火光在他眼睛裡閃動，而是因爲他心裡的冰雪已溶化。

陸小鳳看著他，忽然拍了拍他的肩，道：「今天你總算已救了一個人，救人的滋味怎麼樣？」

西門吹雪道：「比殺人好！」

三

「第三個人」的蠟像，在火光下看來卻還是怪異而醜陋。無論誰的臉若被壓扁，都不會好看。

「現在麻六哥也已被殺了滅口，知道他是誰的，已只有一個人！」

「王總管？」

「嗯。」

「你想去找他？」

「不想。」陸小鳳嘆了口氣：「現在他很可能已回到深宮裡，我就算找，也一定找不到。」

「就算能找到，他也絕不會說出這秘密。」

陸小鳳凝視著手裡的蠟像，眼睛忽然發出了光：「我還有個法子可以知道這個人是誰。」

西門吹雪道：「什麼法子？」

陸小鳳道：「我可以去找泥人張，他一定有法子能將這蠟像恢復原狀。」

西門吹雪看著他，目中又有了笑意：「你實在是個聰明人。」

陸小鳳笑道：「我本來就不笨。」

西門吹雪道：「現在你就去找？」

陸小鳳搖搖頭，目光也變得很溫暖：「現在我只想去看一個人。」

他並沒有說出這個人的名字，西門吹雪卻已知道他要說的是誰了。

星光漸稀，漫漫的長夜終於過去。光明已在望。

八　奇異老人

一

九月十五，凌晨。陸小鳳從合芳齋的後院角門走出來，轉出巷子，沿著晨霧迷漫的街道，大步前行。

他雖然又是一個晚上沒有睡了，但卻並不疲倦，洗過一個冷水澡後，他更覺得自己精神健旺，全身都充滿了鬥志。

他已下了決心，一定要將這陰謀揭破，一定要找出那個在幕後主謀的人。蠟像還在他懷裡，他發誓要將這個人的臉，也像蠟像般壓扁。

「泥人張就住在櫻桃斜街後面的金魚胡同裡，黑漆的門，上面還有招牌，很容易找。」

現在他已見過了歐陽情。歐陽情雖然沒有開口說話，可是，臉色已變得好看多了，顯然已脫離險境。——西門吹雪不但有殺人的快劍，也有救人的良藥。

「救人好像真的比殺人愉快些。」陸小鳳在微笑，他只希望殺人的人，以後能變成救人的人。

他已見過孫秀青。明朗爽快的孫秀青，現在也已變了，變得溫柔而嫻靜。因爲她也不再是縱橫江湖的俠女，已是個快要做母親的女人。

「你們忘了請我喝喜酒吧？」

陸小鳳看到歐陽情溫柔的眼波，心裡也在問自己：「我是不是真的也該有個家了？」

現在當然還太早。可是一個男人只要自己心裡有了這種想法，實現的日子就也不會太遠。落葉歸根，人也總是要成家的。何況他的確已流浪得太久，做一個無拘無束的浪子，雖然也有很多歡樂，可是歡樂後的空虛和寂寞，卻是很少有人能忍受的。

也很少有人能了解，失眠的長夜，曲終人散時的惆悵，大醉醒來後的沮喪……那是什麼滋味，也只有他們自己心裡才知道。

泥人張已是個老人。他似已忘了自己還有張英風那麼樣一個不肖的子弟。

在老人們眼中看來，不肯安份的成家立業，反而要到外面去闖蕩的年輕人，就是不學好。

陸小鳳當然也沒有提起張英風的死。老，本身就是一種悲哀，他又何必再讓這個老人多添一分悲哀。

可是一提到他的本行，這駝背的老人立刻就好像已能挺起胸，眼睛裡也發出驕傲的光。

「我當然能將這蠟像復原，不管它本來是什麼樣子，我都能讓它變得和以前一模一樣。」老人傲然道：「你到這裡來，可真是找對了人。」

陸小鳳的眼睛也亮了：「要多少時候才能做好？」

「最多一個時辰。」老人很有把握：「你一個時辰後再來拿。」

「我能不能在這裡等？」

「不能。」老人顯露了他在這一行中的權威和尊嚴：「在我做活兒的時候，誰也不許在我旁邊瞧著。」這是他的規矩。

在做這件事的時候，他說的話就是命令，因為他有陸小鳳所沒有的本事，所以陸小鳳只好走。

何況，有一個時辰的空，豈非正好到前面街上的太和居去喝壺茶。

二

太和居是個很大的茶館，天一亮就開門了，一開門就坐滿了人。因爲京城的茶館子，並不像別的地方那麼單純，來的人也並不是純粹爲了喝茶。

尤其是早上，大多數人都是到這裡來等差使做的。泥瓦匠、木廠子、搭棚舖、飯莊子、裁縫局、槓房、租喜轎的，各式各樣的商家；頭一天答應了一件買賣，第二天一早就得到茶館來找工人，來晚了就怕找不到好手。

茶館裡看來雖是很雜亂，其實每一行都有每一行的地盤，棚匠絕不會跟泥瓦匠坐到一塊兒去，因爲坐錯了地方，就沒有差使。

這就叫做「坎子」，哪幾張桌面，是哪一行的坎子，絕對錯不了。陸小鳳並不是第一次到京城來的，他也懂得這規矩，所以就在靠門邊找了個座位，沏了壺「八百一包」的好茶。

在這裡茶葉不是論斤論兩賣的，一壺茶，一包茶葉，有兩百一包的，有四百一包的，最好的就是八百一包的。八百就是八個大錢。

京城裡的大爺講究氣派，八個大錢當然沒有八百好聽。

陸小鳳剛喝了兩口茶，準備叫伙計到外面去買幾個「花麻兒」來吃的時候，已有兩個人在他對面坐了下來。

在茶館裡跟別人搭座，並不是件怪事。可是這兩個人的神情卻很奇怪，眼神更奇怪，兩個人四隻眼睛全都瞬也不瞬的盯在他臉上。

兩個人的衣著都很考究，眼神都很亮，兩旁太陽穴隱隱凸起，顯見都是高手。

年紀較長的一個，氣勢凌人，身上雖然沒有帶兵刃，可是一雙手上青筋暴起，骨節崢嶸，顯然有劈碑裂石的掌力。

年紀較輕的一個，服飾更華麗，眉宇間傲氣逼人，氣派竟似比年長的更大，一雙發亮的眼神裡，竟佈滿了血絲，好像也是通宵沒有睡，又好像充滿了悲哀和憤怒。

他們盯著陸小鳳，陸小鳳卻偏偏連看都不去看他們。

這兩個人對望了一眼，年長的忽然從身上拿出了個木匣子，擺在桌上，然後才問：「閣下就是陸小鳳？」

陸小鳳只好點了點頭，嘴唇也動了動。

他嘴上多了這兩撇眉毛一樣的鬍子，也不知多了多少麻煩。

「在下卜巨。」

「你好。」陸小鳳道。

他臉上不動聲色。就好像根本沒聽見過這名字，其實他當然聽過的。

江湖中沒有聽過這名字的人，只怕還很少。「開天掌」卜巨，威震川湘，正是川湘一帶三十六幫悍盜的總瓢把子，龍頭老大。

卜巨眼角已在跳動，平時他眼角一跳，就要殺人，可是現在卻只有忍著，沉住了氣道：「閣下不認得我？」

陸小鳳道：「不認得。」

卜巨冷笑道：「這匣子裡的東西，你想必總該認得的？」

他打開匣子，裡面竟赫然擺著三塊晶瑩圓潤，全無瑕疵的玉璧。

陸小鳳是識貨的人，他當然看得出這三塊玉璧，每一塊都是價値連城的寶物。

但他卻還是搖了搖頭，道：「這些東西我也沒見過。」

卜巨冷冷道：「我也知道你沒見過，能親眼看見這種寶物的人並不多。」他忽然將匣子推到陸小鳳面前：「可是現在我只要你答應一件事，這就是你的！」

陸小鳳故意問道：「什麼事？」

卜巨道：「這三塊玉璧，換你的三條帶子。」

陸小鳳道：「什麼帶子？」

卜巨冷笑道：「眞人面前不說假話，你決定是答應？還是不答應？」

陸小鳳笑了。這兩個人一坐下來，他就已想到他們是爲了什麼來的。

——「我已設法令人通知各地的江湖朋友，身上沒有這種緞帶的，最好莫要妄入禁城，否則一律格殺勿論。」聽到魏子雲說這句話的時候，他已知道會有這種麻煩來了。

卜巨已漸漸沉不住氣了，又在厲聲問：「你答不答應？」

陸小鳳道：「不答應！」他的回答很簡單，也很乾脆。他並不是個怕麻煩的人。

卜巨霍然長身而起，一雙手骨節山響，臉上已勃然變色。可是他並沒有出手，因爲那年輕人已拉住了他，另一隻手卻也拿了樣東西出來，擺在桌上。

一枚毒蒺藜。唐家威懾天下，見血封喉的毒蒺藜。

在陽光中看來，這枚毒蒺藜不但鋼質極純，而且打造得極複雜精巧，葉瓣中還藏著七根極細的鋼針，打在人身上後，鋼針崩出，無論是釘到骨頭上，還是打入血管裡，都必死無疑。

這種暗器通常都不會放在桌上讓人看的，很少有人能看得這麼仔細。就連陸小鳳也不能不承認，這種暗器的確有種不可思議的魔力，縱然擺在桌上，也一樣可以感覺得到。

年輕人忽然道：「我姓唐。」

陸小鳳道：「唐天縱？」

年輕人傲然道：「正是。」

他也的確有他值得自傲的地方，在唐家的兄弟中，他年紀雖最小，可是他的武功卻最高，風頭也最健。

陸小鳳道：「你是不是想用你的暗器來換我的緞帶？」

唐天縱冷冷道：「暗器是死的，你若不懂怎麼樣使用它，我縱然將囊中暗器全送給你，也一樣沒有用！」

陸小鳳嘆了口氣，道：「原來你只不過是給我看看而已。」

唐天縱道：「能看見這種暗器的人已不多。」

陸小鳳道：「我也可以把緞帶拿出來讓你看看，能看見這種帶子的人也不多！」

唐天縱道：「只可惜它殺不了人。」

陸小鳳道：「那也得看它是在什麼人手裡，有時一根稻草也同樣可以殺人的。」

唐天縱沉下了臉，盯著他，擺在桌上的手忽然往下一按，桌上的毒蒺藜立刻憑空彈起，只聽得「嗤」的一響，已飛起了三丈，「奪」的，釘入了屋樑，竟直沒入木，看來這少年不但暗器高妙，手上的功夫也很驚人。

陸小鳳卻好像根本沒看見。

唐天縱臉色更陰沉，道：「這才真正是殺人的武器。」

陸小鳳道：「哦！」

唐天縱道：「三塊玉璧，再加上一條命，你換不換？」

陸小鳳道：「誰的命？」

唐天縱道：「你的。」

陸小鳳又笑了，道：「我若不換，你就要我的命？」

唐天縱冷笑。

陸小鳳慢慢的倒了杯茶，喝了兩口，他忽然想到了一件事。唐天縱和卜巨既然能找得到他，別的人也一樣能查出他的行蹤。

泥人張既然能將那蠟像復原，就一定有人想將他殺了滅口。陸小鳳放下茶杯，已決定不再跟這兩個人糾纏下去，這已是他最後一條線索，泥人張絕不能死。

唐天縱道：「你拿定了主意沒有？」

陸小鳳笑了笑，慢慢的站起來，把桌上的三塊玉璧拿起來，放進自己衣袋裡。

卜巨展顏道：「你換了？」

陸小鳳道：「不換。」

卜巨變色道：「不換爲什麼要拿走我的玉璧？」

陸小鳳悠然道：「我陪你們說了半天話，就得換點東西來，我的時間一向很寶貴。」

卜巨霍然長身而起。這次唐天縱也沒有拉他，一雙手已探入了腰畔的豹皮革囊。

陸小鳳卻好像還是沒看見，微笑著道：「你們若要緞帶，也不是一定辦不到，只不過我有我的條件。」

卜巨忍住怒氣，道：「什麼條件？」

陸小鳳道：「你們每人跪下來給我磕三個頭，我就一人給你們一條。」

卜巨怒吼，揮掌。唐天縱的手也已探出。

只聽「啵」的一響，卜巨的手裡忽然多了個茶壺，茶壺已被他捏得粉碎，茶水濺滿了他身上的紫緞長袍，他居然沒有看清茶壺是怎麼樣到他手裡的。

他的手本想往陸小鳳肩頭上抓過去，誰知卻抓到了這個茶壺。

唐天縱一隻手雖已伸出豹囊，手裡雖已握著滿把暗器，卻也不知爲了什麼，竟偏偏沒有發出來。

再看陸小鳳，竟已到了對街，正微笑著向他們招手，道：「茶壺是你弄破的，你賠，茶錢我也讓你付了，多謝多謝。」

卜巨還想追過去，忽然聽見唐天縱嘴裡在「絲絲」的發響，一張臉由白變青，由青脹紅，滿頭冷汗滾滾而落，竟像是已被人點了穴道。

陸小鳳是幾時出手的？

卜巨鐵青的臉忽然變得蒼白，長長吐出口氣，重重的倒在椅子上。

門外卻忽然有個人帶著笑道：「我早就說過，你們若想要陸小鳳聽話，就得先發制人，只要他的手還能動，你們就得聽他的了。」

一個人施施然走進來，頭顱光光，笑得就像是個泥菩薩：「和尙說的一向都是老實話，你們現在總該相信了吧！」

三

陸小鳳並沒有看見老實和尚。他若看見了，心裡一定更著急，現在他雖然沒看見，但已經急得要命。不但急，而且後悔，他本不該留下泥人張一個人在那裡的，他至少也該守在門外。

只可惜陸小鳳這個人若有機會坐下來喝壺好茶，就絕不肯站在別人門外喝風。

現在他只希望那「第三個人」還沒有找上泥人張的門去。他甚至在心裡許了個願，只要泥人張還能好好的活著，好好的把那蠟像復原交給他，他發誓三個月之內絕不再喝茶，無論多好的茶都不喝。

泥人張還好好的活著，而且看樣子比剛才還活得愉快得多。因為那蠟像已復了原，銀子已賺到了手。一個人的年紀大了，花銀子的機會雖然愈來愈少，賺銀子的興趣卻愈來愈大。

賺錢和花錢這兩件事通常都是成反比的，你說奇怪不奇怪？

陸小鳳一走進門，看見泥人張，就鬆了口氣，居然還沒有忘記在心裡提醒自己。——三個月之內絕不能喝茶，無論多好的茶都不喝。

喝茶也有癮的，喜歡喝茶的人，若是不能喝茶，那實在是件苦事。幸好他也沒有忘記提醒自己，他還能喝酒，好酒。

泥人張兩隻手都伸了出來，一隻手是空的，一隻手裡拿著蠟像。

陸小鳳當然明白他的意思。

有本事的人，替人做了事，立刻就要收錢，只要遲一下子，他都會不高興的，事實上，他不要你先付錢，已經是很客氣的了。

空手裡多了張銀票後，泥人張才把另外一隻手鬆開，臉上才有了笑容。陸小鳳卻笑不出了。這蠟像的臉，竟是西門吹雪的臉。

「金魚胡同」是條很幽雅的巷子，九月的陽光曬在身上，既不太冷，也不太熱。在天氣晴朗的日子裡，若能到這條巷子裡來走走，本是件很愉快的事。

陸小鳳心裡卻一點也不愉快。他絕不相信西門吹雪就是殺死張英風的兇手，更不相信西門吹雪會和那些太監們同流合污。最重要的是，他相信西門吹雪絕不會說謊，更不會騙他。可是這個蠟像的臉卻偏偏就是西門吹雪的。

他本想問問泥人張：「你會不會弄錯？」他沒有問。

因爲他一向尊重別人的技能和地位，在這方面，泥人張無疑是絕對的權威。你若說泥人張把蠟像弄錯了，那簡直比打他一記耳光還要令他難堪。

陸小鳳從不願讓別人難受，可是他自己心裡卻很難受。這蠟像本是他最有力的線索，可是他有了這條線索後，卻比以前更迷糊了。這究竟是怎麼回事？他實在想不出。

不冷不熱的陽光，照著他的臉，也照著他手裡蠟像的臉。他一面往前面走，一面看著這蠟像，剛走出巷子，忽然又跳了起來，轉頭奔回去，就好像有條鞭子，在後面抽著他一樣，他又發現了什麼？

泥人張見客的地方，就是他工作的地方，屋子裡三面都是窗戶，一張大桌子上擺滿了各式各樣的瓷土顏料、刻刀畫筆。除了替人捏泥塑像外，他還替人刻圖章，畫喜神。

陸小鳳第三次來的時候，這老人正伏在桌上刻圖章，有人推門走進來，他連頭都沒有抬。

屋裡的窗子雖多，卻還是好像很陰暗，老人的眼力當然也不太好，一張臉幾乎已貼在桌子上。

陸小鳳故意咳嗽兩聲，老人沒有反應，陸小鳳咳嗽的聲音又大了一些，老人還是沒有抬頭，也沒有動，連手裡的刀都沒有動。

刀不動怎能刻圖章？

難道這老人也已遭了別人的毒手？陸小鳳的心沉了下去，人卻跳了起來，一步竄到他背後，想扳過他的身子來看看。

誰知道這老人卻忽然開了口：「外面的風大，快去關上門。」

陸小鳳又嚇了一跳，苦笑著退回去，輕輕掩上了門，只覺得自己就像是個犯了疑心病的老太婆。

泥人張道：「你是來幹什麼的？」

陸小鳳道：「我是來換蠟像的！」

泥人張道：「換什麼蠟像？」

陸小鳳道：「你剛才交的貨不對，我想把原來那個換回來！」

走到巷口，他才發現泥人張交給他的蠟像顏色發黃，嚴人英給他的蠟像卻是淡青色的，顯然已被這老人掉了包，讓西門吹雪替那兇手揹黑鍋，這老人若不是兇手的同黨，就是已經被買通了。

陸小鳳道：「我是來要你把我那蠟像還原的，並沒有要你另外替我捏一個。」

他慢慢的走過來，眼睛盯在這老人握刀的手上，刻圖章的刀也一樣能殺人的，他不想別人拿他當圖章一樣，在他咽喉上刻一刀。

誰知泥人張卻將手裡的刀放了下來，才慢慢的回過頭，道：「你在說什麼？我不懂。」

陸小鳳也糊塗了，他已看見了這老人的臉，這個泥人張，竟不是他剛才看見的那個。

他一口氣幾乎憋死在嗓子眼裡，過了半天才吐出來，又盯著這老人的臉看了幾眼，忍不住問道：「你就是泥人張？」

老人露出滿嘴黃牙來笑了笑，道：「王麻子剪刀雖然有真有假，泥人張卻是只此一家，別無分號的！」

陸小鳳道：「剛才的那個人呢？」

泥人張瞇著眼睛四面看了看，道：「你說的是什麼人？我剛從外面回來，剛才這地方連個鬼影子都沒有。」

陸小鳳只覺得滿嘴發苦，就好像被人塞了個爛桃子在嘴裡。

原來他剛才遇見的那泥人張竟是冒牌貨，別人要他上當，簡直比騙小孩還容易。

泥人張看了看他手裡的蠟像，忽然道：「這倒是我捏出來的，怎麼會到了你手裡？」

陸小鳳立刻問道：「你看見過這個人？」

泥人張道：「沒有。」

陸小鳳道：「你沒有見過這個人，怎麼能捏出他的像來？」

泥人張笑了笑，道：「我沒有看見過關公，也一樣能捏出關老爺的像來！」

陸小鳳道：「是不是有人畫出了這個人的像貌，叫你照著捏的？」

泥人張笑道：「這次你總算明白了。」

陸小鳳道：「是誰叫你來捏這個像的？」

泥人張道：「就是這個人。」他轉身從桌上拿起了個泥人，道：「他來的時候，我手上正好有塊泥，就順便替他也捏了個像，卻忘了拿給他。」

陸小鳳眼睛又亮了，只可惜老人的手恰巧握著這泥人的頭，他還是沒有看見他最想看的這張臉。

泥人張還在搖著頭，嘆著氣，喃喃道：「一個人年紀大了，腦袋就不管用了，不是忘記了這樣，就是忘記了那樣。」

陸小鳳忽然笑道：「你腦筋雖然不好，運氣卻好極了。」

泥人張道：「什麼運氣？」

陸小鳳道：「你若沒有忘記把這泥人交給他，你就少賺了五百兩銀子。」

泥人張眼睛裡也發出了光，道：「現在你能讓我賺五百兩銀子？」

陸小鳳道：「只要你把這泥人給我，五百兩銀子就已賺到了手！」

泥人張已笑得連嘴都合不攏，立刻把手裡的泥人送到陸小鳳面前。

陸小鳳剛想去接，突聽「崩」的一聲輕響，泥人的頭突然裂開，七八點寒星暴射而出，直打向他的咽喉。

這泥人裡竟藏著筒極厲害的機簧暗器，距離陸小鳳的咽喉還不到兩尺！

兩尺間的距離、閃電般的速度、絕對出人意料之外的情況、七根見血封喉的毒針！

看來陸小鳳這次已死定了！

無論誰在這種情況下，都已死定了，這樣的距離、這樣的速度、這樣的暗器，天上地下，絕沒有任何一個人能躲過去。

這一次暗算，顯然已經過深思熟慮，不但已十拿九穩，簡直已萬無一失！

就連陸小鳳也萬萬躲不過去。

可是他並沒有死，因爲他手裡還有個蠟像。「崩」的一響，機簧發動時，他的手一震，手指彈出，蠟像就從他手裡跳了起來，恰巧迎上了這七點寒星。

毒針打在蠟像上，餘力未盡，蠟像還是打在他的咽喉上。蠟像雖然打不死人，他還是吃了一驚。

就在這時，泥人張已凌空掠起，箭一般竄出了窗戶，等到陸小鳳發現時，他的人已在窗外。

這「泥人張」的反應居然也不慢，一擊不中，立刻全身而退。

可是他剛竄出去，就發出了一聲驚呼，呼聲很短促，其中還夾著「砰」的一聲響，就好像有樣東西重重的撞在木頭上。

響聲過後，呼聲就突然停頓。陸小鳳趕出去時，他的人已倒在院子裡，像是已暈了過去。另外有個人站在他旁邊，用一雙手抱著頭，卻是個光頭。

陸小鳳叫了出來：「老實和尙！」

老實和尙摸著頭，苦笑道：「看來和尙的名字已經應該改了，應該叫做倒楣和尙！」

陸小鳳道：「和尙幾時倒了楣？」

老實和尙道：「和尙若不倒楣，怎麼會有人把腦袋硬往和尙的腦袋上撞？」

就在這片刻間，「泥人張」腦袋上已腫起了又青又紫的一大塊。

陸小鳳又好笑，又奇怪，他當然知道兩個人的腦袋是絕不會湊巧碰上的，他想不通老實和尚為什麼要幫他這個忙。

老實和尚還在摸著頭，喃喃道：「幸好和尚的腦袋還硬。」

陸小鳳笑道：「所以和尚雖然倒楣，泥人張卻更倒楣。」

老實和尚道：「你說他是泥人張？」

陸小鳳道：「他不是？」

老實和尚道：「這人若是泥人張，和尚就是陸小鳳了。」

其實陸小鳳當然也知道這個泥人張是冒牌的，可是他也想不通，那第一個真的泥人張為什麼要把蠟像掉了包來騙他。

老實和尚道：「和尚雖然長得不漂亮，卻也曾來找泥人張捏過一個像。」

陸小鳳道：「所以和尚認得泥人張！」

老實和尚點點頭，道：「你是不是也想找他捏個像？」

陸小鳳笑道：「卻不知他能不能捏出我這四條眉毛來？」

老實和尚道：「你就算有八條眉毛，他也絕不會捏少一條，連一根都不會少，只可惜他現在已只能等著別人替他捏像了！」

陸小鳳皺眉道：「為什麼？」

老實和尚道：「和尚剛才是從後面繞過來的，後面有口井。」

陸小鳳道：「井裡有什麼？」

老實和尚嘆了口氣，道：「我勸你還是自己去看看的好！」

井裡當然有水。可是這口井裡，除了水外，還有血。泥人張的血！

「和尚就是嗅到井裡的血腥氣，才過來看。」老實和尚雙手合什，苦著臉說道：「看了還不如不看，阿彌陀佛，我佛慈悲。」

他看見的是四個死人，現在陸小鳳也看見，泥人張一家大小四口，已全都死在井裡。

陸小鳳一直沒有開口，他不想在老實和尚面前吐出來，他一肚子都是苦水。

現在他才知道，他看見的兩個泥人張，原來都是冒牌的。

第一個冒牌泥人張只管將蠟像掉包，嫁禍給西門吹雪。若是陸小鳳不上當，就一定會再來的，第二個泥人張就等在那裡要他的命！

這正是個不折不扣的連環毒計，一計不成，計中還有計。

陸小鳳嘆了口氣，忽然覺得自己的運氣還算不錯，居然還能活到現在。

老實和尚卻嘆了口氣，道：「我早就說過，你霉氣直透華蓋，一定要倒楣的！」

陸小鳳道：「我倒了什麼楣？」

老實和尚道：「你什麼事都不好做，偏偏要找死人來捏像，這難道還不算倒楣？」

陸小鳳看著他，道：「就算我是來找死人捏像的，和尚是幹什麼來的？」

老實和尚好像被問住了，半天說不出話來。

幸好就在這時，那個頭已被撞腫的「泥人張」忽然發出了呻吟。

他們到後院來的時候，當然沒有忘記把這個人也一起帶來。

老實和尚鬆了口氣，道：「看樣子他總算已快醒了，和尚總算沒有把他撞死！」

陸小鳳盯著他，道：「你本來是不是想把他撞死的？」

老實和尚趕緊雙手合什，道：「阿彌陀佛，罪過罪過，上天有好生之德，和尚若有這種想法，豈非要被打下十八層地獄？」

陸小鳳笑了笑，道：「那地方豈非也不錯，至少還可以遇見幾個老朋友，何況，和尚不入地獄，誰入地獄？」

老實和尚搖著頭，喃喃道：「千萬不能跟這個人鬥嘴，千萬不能……」

陸小鳳忍不住笑道：「和尚是在唸經？」

老實和尚嘆了口氣，道：「和尚只不過在提醒自己，免得以後下拔舌地獄。」

陸小鳳本來還想說話的，卻又忍住。因爲他看見地上的人終於已醒，正捧著腦袋，掙扎著想坐起來。

陸小鳳看著他，他也看見了陸小鳳，眼睛裡立刻露出了恐懼之色，看見了老實和尚後，顯得更吃驚。看樣子他是認得這個和尚的。

老實和尚臉上卻連一點表情也沒有，陸小鳳居然也沒有開口。兩個人就這麼樣不聲不響的站在他面前，看著他。

他雖然不是真的泥人張，卻真的已是個老人。陸小鳳知道自己用不著開口，他也該明白這是什麼意思的。

老人果然嘆了口氣，道：「我知道你們一定有話要問，也知道你們要問的是什麼。」

他當然應該知道，無論誰被暗算了之後，都一定會盤問對方的姓名來歷，是受誰主使的。一個人活到五六十歲，這種道理他怎麼會不懂？

老人道：「可是你們要問的話，我一句也不能說，因爲一說出來，我就非死不可。」

陸小鳳道：「你怕死？」

老人苦笑道：「我雖然已是個老頭子，雖然明知道已活不了多久，但卻比年輕的時候更怕死！」

他說的都是實話。一個人年紀若愈大，就愈不想死的，所以逞勇輕生的都是年輕人，跳樓上吊也都是年輕人——你幾時看見過老頭子自殺的？

陸小鳳板著臉，道：「你既然怕死，難道就不怕我們殺了你？」

老人道：「我不怕！」

陸小鳳奇怪了：「爲什麼不怕？」

老人道：「因爲你看樣子就不像喜歡殺人的，也不像要殺我的樣子。」

陸小鳳道：「你看得出？」

老人道：「我已活到這麼大年紀，若連這點事都看不出，豈非白活了？」他居然在笑，笑得就像是條老狐狸。

陸小鳳瞪著他，忽然道：「這次你錯了！」

老人道：「哦？」

陸小鳳道：「你沒有看錯我，我的確不會殺你，但是你看錯了叫你來的那個人，你既然沒有殺了我，無論你說不說出他的秘密，都一樣必死無疑。」

老人的笑容已僵硬，眼睛裡又露出了恐懼之色。

陸小鳳道：「你當然很了解他的手段，你若要走，我絕不會攔住你，你死了也不能怨我！」

老人站起來，卻沒有動。

陸小鳳道：「我一向很少殺人，卻救過不少人！」

老人道：「你……你肯救我？」

陸小鳳道：「你肯說？」

老人遲疑著，一時間還拿不定主意。

陸小鳳道：「你不妨考慮考慮，我……」

他的聲音忽然停頓，甚至連呼吸都已停頓。他忽然發現這老人的眼白已變成慘碧色，慘碧色的眼睛裡，卻有一滴鮮紅的血珠沁了出來。等他衝過去時，老人的眼角已裂開，但他卻好像一點也不覺得痛苦。

陸小鳳一把抓住他的手，手已冰冷僵硬，不禁變色道：「快說，只要說出他的名字來。」

老人嘴唇動了動，臉上忽然露出詭秘的笑容，笑容剛出現，就已凍結。他的人也已僵硬，全身的皮膚都已經乾硬如牛皮。陸小鳳碰一碰他，就發出「噗」的一聲響，聲音聽來就好像是打鼓一樣的。

老實和尙也吃了一驚，失聲道：「這是殭屍木魅散。」

陸小鳳輕輕吐出口氣，道：「毒散入血，人化殭屍。」

老實和尙道：「難道他來的時候就已中了毒，毒性直到現在才發散？」

陸小鳳道：「若不是被你撞暈了，他一出大門，只怕就已要化做殭屍。」

老實和尙道：「所以這一計無論成不成，他都已必死無疑。」

陸小鳳嘆了口氣，道：「這麼周密的計劃，這麼大的犧牲，爲的究竟是什麼？」

老實和尚道：「爲的是要殺你！」

陸小鳳苦笑道：「若是只爲了殺我，他們付出的代價就未免太大了些！」

老實和尚道：「你也未免把自己看得太不値錢了些！」

陸小鳳道：「他們要殺我，只不過怕我擋住他們的路而已！」

老實和尚道：「你認爲他們另有目的？」

陸小鳳道：「嗯。」

老實和尚道：「什麼目的？」

陸小鳳道：「他們付出了這麼多代價，要做的當然是件大事！」

老實和尚道：「什麼大事？」

陸小鳳道：「你爲什麼不去問問你的菩薩？」

老實和尚道：「菩薩只會聽和尚唸經，和尚卻聽不見菩薩的話。」

陸小鳳道：「那末你爲什麼要做和尚？」

老實和尚笑了笑，道：「因爲做和尚至少比做陸小鳳好，陸小鳳的煩惱多，和尚的煩惱少！」

他忽然拍手高歌：「你煩惱，我不煩惱，煩惱多少，都由自找，你要去找，我就走了！」歌聲未歇，他的人真的走了。

「煩惱多少，都由自找。」陸小鳳望著他背影苦笑道：「只可惜就算我不去找它，它也會來找上我的。」

四

天高氣爽，秋日當空。陸小鳳慢慢的走出巷子，忽然發現有一個人站在巷口，衣飾華麗，臉色蒼白，竟是唐門子弟中的第一高手唐天縱。

他爲什麼要在這裡等著？是不是又有麻煩要找上門來了？

陸小鳳笑了笑，道：「你那朋友呢？茶壺的錢他賠了沒有？」

唐天縱看著他，眼睛裡滿佈血絲，忽然跪下來，向陸小鳳磕了三個頭。

陸小鳳怔住。

——我的條件很簡單，你們每人跪下來跟我磕三個頭，我就一人給你們一條緞帶。

這條件本是陸小鳳自己說出來的，但是他卻想不到唐天縱真的會這麼樣做。

一個像他這麼樣驕傲的年輕人，寧可被人砍下腦袋，也不肯跪下來磕頭。

可是唐天縱卻磕了，不但著著實實的磕了三個頭，而且磕得很響。

這眼高於頂的年輕人，竟不惜忍受這種屈侮？爲的究竟是什麼？

陸小鳳嘆了口氣，道：「難道你一定要去找葉孤城？你找到他也未必能報得了仇。」

唐天縱已站起來，瞪著他，一句話也不說，一個字也不說。

陸小鳳只有從腰上解下條緞帶遞過去，唐天縱接過緞帶，回頭就走。

九 難得糊塗

一

九月十五，正午。陽光燦爛。陸小鳳從金魚胡同裡走出來，沿著雖古老卻繁華的街道大步前行，雖然又是通宵未睡，他看來還是活力充沛，神氣得很。

街道上紅男綠女來來往往，兩旁的大小店鋪生意興隆，他雖然已惹上了一身麻煩，心情還是很愉快。因爲他喜歡人。

他喜歡女人，喜歡孩子，喜歡朋友，對全人類他都有一顆永遠充滿了熱愛的心。大多數人也都很喜歡他。他身上穿的衣服雖然已有點髒了，可是眼睛依然發亮，腰桿還是筆挺，從十四歲到四十歲的女人，看見他時，還是不免要偷偷的多看兩眼。

本來繫在他腰上的緞帶，現在他都已解下來，搭在肩上。六條緞帶他已送出去兩條，一條給了老實和尚，一條給了唐天縱。

現在他只希望能將剩下來的這四個燙手的熱山芋趕快送出去，唯一的問題是，他還沒有選擇好對象。

前面有個耍猴戲的人，已敲起了鑼，孩子們立刻圍了上去。

一個白髮蒼蒼的老人，拄著根枴杖，蹣跚著從一家藥材舖裡走出來，險些被兩個孩子撞倒。

陸小鳳立刻趕過去扶住了他，微笑道：「老先生好走。」

白髮老人彎著腰，喘息著，忽然抬頭向陸小鳳擠了擠眼睛，伸了伸舌頭，做了個鬼臉。

陸小鳳吃了一驚。他什麼怪事都見過，倒還沒有看見過老頭子朝他做鬼臉的。

等到他看清楚這老頭子的一雙眼睛時，他又幾乎忍不住要叫了起來。

司空摘星！這老頭子原來是偷遍天下無敵手的「偷王之王」扮成的。

陸小鳳雖然沒叫出來，手裡卻用了點力，狠狠在他膀子上捏了一下子，壓低聲音道：「好小子，你怎麼也來了？」

司空摘星道：「連你這壞小子都來了，我這好小子為什麼不能來？」

陸小鳳手上的力氣又加重了些，道：「你是不是想來偷我的緞帶？」

司空摘星疼得咬牙咧嘴，不停的搖頭。

陸小鳳道：「你不想？」

司空摘星道：「不想，真的不想。」

陸小鳳看見他臉上的表情，總算鬆開了手，帶著笑道：「莫非你改行了？」

司空摘星長長吐出口氣，揉著膀子道：「倒也沒有改行！」

陸小鳳道：「既然沒有改行，為什麼不偷？」

司空摘星道：「我既然已經有了，為什麼還要偷？」

陸小鳳道：「你有了什麼？」

司空摘星道：「緞帶。」

陸小鳳怔了怔，道：「你已經有了根緞帶？」

司空摘星道：「嗯。」

陸小鳳道：「你是從哪裡找來的？」

司空摘星笑了笑，道：「剛才從一個朋友身上拿來的！」

陸小鳳道：「這朋友就是我？」

司空摘星又嘆了口氣，道：「你知道我的朋友並不多。」

陸小鳳咬了咬牙，伸出手，又想去抓人。

司空摘星這次卻不肯讓他抓住了，遠遠的避開，笑道：「你身上有四條帶子，我只拿了一條，已經算是很客氣的了，你還不滿意？」

陸小鳳瞪著他，忽然也笑了，道：「我本來還以爲你是個聰明人，誰知道你也是笨蛋！」

司空摘星眨著眼，等他說下去。

陸小鳳道：「你也不想想，若是真的緞帶，我怎麼肯隨隨便便的搭在身上？」

司空摘星失聲道：「難道這緞帶是假的？」

陸小鳳也朝他擠了擠眼睛，伸了伸舌頭，做了個鬼臉。

司空摘星怔了半天，就好像變戲法一樣從袖子裡抽出條緞帶，喃喃道：「看來這好像真的，又有點似假的。」

陸小鳳笑道：「我知道你從來不偷假東西，想不到今天也上了當。」

司空摘星道：「你可千萬不能把這件事說出去，砸了我的招牌。」

陸小鳳悠然道：「你偷了我的東西，我爲什麼連說都不能說？」

司空摘星道：「我若還給你呢？」

陸小鳳道：「還給我，我還是要說，偷王之王居然也會偷了樣假貨，那些偷子偷孫若是聽見這件事，大牙至少要笑掉七八顆。」

司空摘星道：「我若先把緞帶還給你，再請你去大吃一頓呢？」

陸小鳳故意遲疑著，道：「這麼我倒不妨考慮考慮，還得看你請我吃什麼？」

司空摘星道：「整隻的紅燒排翅，再加上兩隻大肥鴨，你看怎麼樣？」

陸小鳳好像還不太願意，終於勉強點了點頭，其實卻已幾乎忍不住要笑得滿地打滾了。

——這小子還是上了我的當。

看見司空摘星恭恭敬敬的把緞帶送過來，他更忍不住要笑，不但要笑得打滾，而且還想翻跟斗。

誰知司空摘星忽然又把手縮了回去，搖著頭道：「不行，絕不行！」

陸小鳳立刻道：「什麼事不行？」

司空摘星又嘆口氣，道：「鴨子太肥，魚翅太膩，吃多了一定會瀉肚子，我們是老朋友，我絕不能害你！」

陸小鳳又怔住。

司空摘星眨著眼，道：「何況，我也想通了，假帶子總比沒有帶子好，你說對不對？」他好像也忍不住要笑，終於還是笑了出來，大笑著翻了三個跟斗，人已掠上屋脊，向陸小鳳招了招手，就忽然不見了。

陸小鳳卻已連肚子都要被氣破，咬著牙恨恨道：「這小子是我的剋星，遇見他我就倒楣。」

他的話還沒有說完，忽然發現本來在看猴子戲的孩子們都已圍了過來，一個個都在仰著臉，看著他，好像覺得他比那會玩把戲的猴子還有趣。

陸小鳳苦笑道：「你們為什麼不到那邊去看猴子玩把戲？」

一個孩子搖著頭道：「猴子不好看，你好看。」

陸小鳳又好氣，又好笑，卻又忍不住問道：「我有什麼好看的？」

孩子道：「你跟那老公公是朋友，一定也像他一樣會飛。」

陸小鳳總算明白了，這些孩子原來是來看飛人的。

孩子們又在央求：「大叔你飛給我們看看好不好？」

陸小鳳嘆了口氣，忽又笑道：「我教你們一首歌，你們唱給我聽，我就飛給你們看。」

孩子們立刻拍手歡呼：「好，我們唱，我們以後天天都唱。」

陸小鳳又開心了，立刻教孩子們一句句的唱：「司空摘星，是個猴精，猴精搗蛋，是個渾蛋，渾蛋不乖，打他屁股。」

孩子們學得倒真好，一下子就學會了，大聲唱了起來，唱個不停。

陸小鳳自己聽聽也覺得好笑，愈聽愈好笑，笑得捧著肚子，也接連翻了三個跟斗，翻上了屋脊，向孩子們招了招手，笑道：「你們一有空就唱，我一有空就來飛給你們看。」

二

肩上的四條緞帶果然已少了一條，連陸小鳳都不能不承認，那個猴精的確有兩手，居然能在他眼前把東西偷走。

剛才他幾乎把肚子都氣破，後來又幾乎把肚子笑破，現在他只覺得肚子裡已空空的，簡直餓得要命。幸好現在正是吃飯的時候，大大小小的酒樓飯舖裡，刀勺亂響，就算不餓的人，聽見了也會餓。若是再不進去大吃一頓，那麼他這個既沒有被氣破、也沒有被笑破的肚子，只怕很快就要被餓破了。

「來一大碗紅燒魚翅、一隻烤鴨、兩斤薄餅，外加三斤竹葉青，四樣下酒菜。」

他找了家最近的飯館，找了張最近的桌子，一坐下來就好像餓死鬼投胎一樣，要了七八樣東西。然後他就坐在那裡等。

七八樣吃的東西連一樣都沒有來，外面卻有七八個人走了進來，走在前面的一個人，錦衣華服，顧盼自雄，兩鬢雖已斑白，打扮得卻還是像個花花公子，腰上的玉帶晶瑩圓潤，上面還鑲滿了比龍眼還大的珍珠，比拇指還大的翡翠。

就只這一條玉帶，已是價值連城，玉帶上掛著的一柄劍，卻遠比玉帶還珍貴。

跟在他後面的，也都是意氣風發，不可一世的年輕人，穿著一個比一個華麗花俏，眼睛好像全都長在頭頂上，可是一個個全都腳步輕健，動作靈活，看來又都是武林中身手不弱的少年英雄。

這些人走進來，只打量了陸小鳳一眼，就找了張最大的桌子坐下來。

他們雖然沒有將別人看在眼裡，總還算是看了陸小鳳一眼。

陸小鳳卻連一眼都懶得看他們，但他卻還是認出了掛在玉帶上的那柄劍。

一柄黑魚皮鞘，白金吞口，形式奇古的長劍，鮮紅的劍穗上，繫著個白玉雕成的雙魚。只要認出了這柄劍，就一定能認出佩劍的人。

這個錦衣佩劍的中年人，當然就是江南虎丘，雙魚塘，長樂山莊的主人，「太平劍客」司馬紫衣了。

「金南宮，銀歐陽，玉司馬」這句話說的正是武林三大世家。

自古以玉爲貴，長樂山莊無疑是其中最富貴的一家，司馬紫衣除了家傳的武功外，還是昔年「鐵劍先生」的唯一衣鉢弟子，少年英俊，文武雙全，再加上顯赫的家世，不到二十歲就已名滿天下。現在他雖已人到中年，非但少年的驕狂仍在，英俊也不減當年。

能親眼見到這麼樣一個人的風采，本是件很榮幸的事。可是陸小鳳卻寧願能看到一碗已煨得爛透了的紅燒魚翅。

魚翅的火候煨得正好，酒也溫得恰到好處，陸小鳳拿起了筷子，正準備好好的吃一頓，卻已看見一個紫衣佩劍，劍上懸著白玉雙魚的年輕人向他走了過來。

他從心裡嘆了口氣，知道又有麻煩要找上門來了，所以趕快趁這年輕人還沒有走到面前的時候，先用魚翅塞滿了自己的嘴。

紫衣少年扶劍而立，又冷冷的打量了他兩眼，才抱了抱拳，道：「閣下想必就是陸小鳳。」

陸小鳳點點頭。

紫衣少年道：「在下胡青，來自姑蘇虎丘，雙魚塘，長樂山莊，那邊坐著的就是家師，閣下想必也已知道。」

陸小鳳又點點頭。

胡青道：「明人面前不說暗話，家師特地叫我來借閣下肩上的緞帶一用，再請閣下過去用酒。」

這次陸小鳳既沒有點頭，也沒有搖頭，卻指了指自己的嘴，他嘴裡的魚翅還沒有嚥下去，當然也沒法子開口說話。

胡青皺了皺眉，雖然顯得很不耐煩，卻也只有站在那裡等著，好不容易等陸小鳳吃完了，立刻又問道：「閣下現在就請將緞帶交給我如何？若是閣下自己還想留下一條也無妨。」

他說得輕鬆極了，好像認為他既然過來開了口，就已經給了陸小鳳天大的面子。

陸小鳳慢吞吞的嚥下魚翅，慢吞吞的拿起酒杯，喝了一口，又輕輕嘆了口氣，表示對魚翅和酒都很滿意，然後才微笑著道：「司馬莊主的盛名，我已久仰，司馬莊主的好意，我也很感激，至於這緞帶……」

胡青道：「緞帶怎麼樣？」

陸小鳳淡淡道：「緞帶不借。」

胡青的臉色變了，反手握住了劍柄。

陸小鳳卻連看也不看他一眼，又挾了塊魚翅放進嘴裡，仔細咀嚼，慢慢欣賞。

胡青瞪著他，手背上青筋顫動，彷彿已忍不住要拔劍，背後卻有人咳嗽了兩聲，道：「你那『借』字用得不好，這樣的東西，誰也不肯借的。」

司馬紫衣居然也不惜勞動自己的大駕走過來，卻又遠遠停下，好像在等著陸小鳳站起來迎接。

陸小鳳沒看見。他對面前這盆魚翅的興趣，顯然比對任何人都濃厚得多。

司馬紫衣只有自己走過來，伸出一隻保養得很好的手，朝桌子上點了點。

胡青立刻從懷裡拿出疊銀票，放在桌上。

司馬紫衣又用那隻手摸了摸他修飾潔美的小鬍子，道：「玉璧雖好，總不如金銀實惠，卜巨不解人意，當然難免碰壁。」

京城裡的消息傳得真快，一個時辰前的事，現在居然連他都已知道。

司馬紫衣道：「我的意思，閣下想必也定有同感。」

陸小鳳點點頭，表示完全同意。

司馬紫衣道：「這裡是立刻兌現的銀票五萬兩，普通人有了這筆錢財，已可無憂無慮的過一輩子了。」

陸小鳳也完全同意。

司馬紫衣接著又道：「五萬兩銀票，只換兩條緞帶，總是換得過的。」

陸小鳳還是完全同意。

司馬紫衣臉上露出微笑，好像已準備走了，這交易已結束。

誰知陸小鳳忽然開了口，道：「閣下爲什麼不將銀票也帶走？」

司馬紫衣道：「帶到哪裡去？」

陸小鳳道：「帶到綢緞舖去。」

司馬紫衣不懂。

陸小鳳道：「街上的綢緞舖很多，閣下隨便到哪家去換，都方便得很。」

司馬紫衣沉下了臉，道：「我要換的是你這緞帶。」

陸小鳳笑了笑，道：「我這緞帶不換。」

司馬紫衣看來總是容光煥發的一張臉，已變得鐵青，冷冷道：「莫忘記這是五萬兩銀子。」

陸小鳳嘆了口氣，道：「你若再讓我安安靜靜的吃完這碗魚翅，我情願給你五萬兩！」

司馬紫衣鐵青的臉又脹得通紅，旁邊桌上已有人忍不住噗哧一聲笑了出來。

笑聲剛響起，劍光也飛出，只聽「叮」的一響，劍尖已被筷子挾住。

發笑的是個已有了六分酒意的生意人，出手的是胡青，他的手腕一翻，腰畔長劍已毒蛇般刺了出去，誰知陸小鳳的出手卻更快，突然伸出筷子來輕輕一挾，劍尖立刻被挾住，就好像一條蛇被捏住了七寸。

胡青臉色驟變，吃驚的看著陸小鳳。

陸小鳳道：「他醉了。」

胡青咬著牙，用力拔劍，這柄劍卻好像已在筷子上生了根。

陸小鳳淡淡道：「這裡也沒有不許別人笑的規矩，這地方不是長樂山莊。」

胡青額上已有了汗珠，忽然間，又是劍光一閃，「叮」的一響——他手裡的劍已斷成兩截！

司馬紫衣一劍削出，劍已入鞘，冷冷道：「退下去，從今以後，不許你再用劍。」

胡青垂著頭，看著手裡的斷劍，一步步往後退，退出去七八步，眼淚忽然流了下來。

陸小鳳嘆了口氣，道：「可惜可惜！」

司馬紫衣道：「可惜？」

陸小鳳道：「可惜了這把劍，也可惜了這個年輕人，其實他的劍法已經是很不錯，這把劍也是很不錯。」

司馬紫衣沉著臉，冷冷道：「能被人削斷的劍，就不是好劍！」

陸小鳳道：「他的劍被削斷，也許只不過因爲劍尖被挾住。」

司馬紫衣道：「能被人挾住的劍，留著也沒有用。」

陸小鳳看著他，道：「你一劍出手，就絕不會被挾住？」

司馬紫衣道：「絕不會。」

陸小鳳笑了，忽然笑道：「我的緞帶既不借，也不換，當然更不賣！」

司馬紫衣冷笑道：「你是不是要我搶？」

陸小鳳道：「你還可以賭。」

司馬紫衣道：「怎麼賭？」

陸小鳳道：「用你的劍賭。」

司馬紫衣還是不懂。

陸小鳳道：「你一劍刺出，若是真的沒有人能挾住，你就贏了，你非但可以拿走我的緞帶，還可以隨便拿走我的腦袋。」

司馬紫衣道：「我並不想要你的腦袋。」

陸小鳳道：「可是你想要我的緞帶！」

司馬紫衣瞪著他，道：「除此之外，沒有別的法子？」

陸小鳳道：「沒有。」

司馬紫衣沉吟著，忽然道：「我要刺你左肩的肩井穴，你準備好。」

陸小鳳微笑著拍了拍自己的左肩，道：「我的衣服不太乾淨，又已經兩天沒洗澡，你的劍若刺進去，最好快些拔出來，免得弄髒了你的劍。」

司馬紫衣冷冷道：「只要有血洗，劍髒了也無妨！」

陸小鳳道：「卻不知我的血乾不乾淨？」

司馬紫衣道：「你現在就會知道了。」

「了」字出口，劍已出手，劍光如閃電，直刺陸小鳳的左肩。劍很長，本不容易拔出來，但是他卻有種獨特的方法拔劍，劍一出鞘，就幾乎已到陸小鳳的肩頭。

陸小鳳就伸出兩根手指來一挾！這本來是個極簡單的動作，可是它的準確和迅速，卻沒有人能形容，甚至沒有人能想像。

這動作雖簡單，卻是經過千錘百煉的，已是鐵中的精英，鋼中的鋼。

司馬紫衣的心沉了下去，血也在往下沉，他的劍已被挾住！

他四歲時就已用竹練劍，七歲時就有了把純鋼打成的劍。他學劍已經四十年，就只練這拔劍的動作，已研究過一百三十多種方法，他一劍出手，已可貫穿十二枚就地灑落的銅錢。

可是現在他的劍還是被挾住了，在這一瞬間，他幾乎不能相信這是真的。他看著陸小鳳的手，幾乎不能相信這真的是隻有血有肉的手。

陸小鳳也在看著自己的手，忽然道：「你這一劍並沒有使出全力來，看來你的確並不想要我的腦袋。」

司馬紫衣道：「你……」

陸小鳳笑了笑，道：「我不是個好人，你卻不壞，你不想要我的腦袋，我送你條緞帶！」

他解下條緞帶，掛在劍尖上，就大步走了出去，連頭都沒有回。他生怕自己會改變主意。

肚子裡雖然還沒有吃飽，陸小鳳心裡卻很愉快。因爲他知道司馬紫衣現在一定已明白了兩件事，無論誰的劍都可能被挾住。有些人是吃軟不吃硬的。

他相信司馬紫衣受到這個教訓後，一定會改改那種財大氣粗，盛氣凌人的樣子。

這對他又有什麼好處呢？他完全沒有去想，陸小鳳做事本就從來也沒有爲自己打算過。

可是他肚子卻在抗議了。他的肚子雖不大，兩口魚翅卻也塡不滿。對他來說，想要舒舒服服的吃頓飯，已變成件很困難的事。

只要他還有緞帶在身上，無論他到什麼地方去，不出片刻，就會有麻煩找上門來。

剩下的這兩條緞帶應該怎麼送出去？應該送給誰？其中有一條他是準備留給木道人的，木道人偏偏人影不見。不該來的人全都來了，該來的人都沒有來。

因爲這些人該來的時候不來，不該來的時候卻偏偏要來。陸小鳳好像總是會遇見這種人，這種事的。他嘆了口氣，忽然發覺老實和尙正從前面走過來，手裡拿著饅頭在啃，看見陸小鳳，就像是看見了鬼一樣，立刻想溜之大吉。

陸小鳳卻已趕過去，一把拉住了他，道：「你想走？往哪裡去？」

老實和尙翻了翻眼，道：「和尙既沒有惹你，又沒有犯法，你拉著和尙幹什麼？」

陸小鳳眨了眨眼，笑道：「因爲我想跟和尙談個交易。」

老實和尙道：「和尙不跟你談交易，和尙不想上你的當。」

陸小鳳道：「這次我保證你絕不會上當。」

老實和尙看著他，遲疑著，道：「什麼交易？你先說說看。」

陸小鳳道：「我用這兩根緞帶，換你手上的這個饅頭。」

老實和尙道：「不換。」

陸小鳳叫了起來，道：「爲什麼不換？」

老實和尙道：「因爲和尙知道天下絕沒有這種便宜事。」他又翻了翻白眼，道：「卜巨用三塊玉璧跟你換，你不換，司馬紫衣用五萬兩銀子跟你換，你也不換，現在你卻要來換和尙的饅頭，你又沒有瘋。」

陸小鳳道：「難道你以爲我有陰謀？」

老實和尙道：「不管你有沒有陰謀，和尙都不上當。」

陸小鳳道：「你一定不換？」

老實和尙道：「一定不換。」

陸小鳳道：「你不後悔？」

老實和尙道：「不後悔。」

陸小鳳道：「好，不換就不換，可是我要說的時候，你也休想要我不說。」

老實和尙忍不住問道：「說什麼？」

陸小鳳道：「說一個和尙逛妓院的故事。」

老實和尙忽然把饅頭塞到他手裡，抽下他肩上的緞帶，掉頭就走。

陸小鳳大聲道：「莫忘記其中有一條是木道人的，你一定要去交給他，否則我還是要說。」

老實和尙頭也不回，走得比一匹用鞭子抽著的馬還快，陸小鳳笑了，只覺得全身輕飄飄的，從來也沒有這麼樣輕鬆愉快過。

他總算已將這些燙山芋全都拋了出去，肩上的一副千斤重擔，也總算交給了別人。

饅頭還沒有冷透，他咬了一口，只覺得這饅頭簡直比魚翅還好吃。他居然忘了把最後一條緞帶留給一個人，居然忘得乾乾淨淨。

他本來一直都在懷疑老實和尙就是這陰謀的主腦，現在好像也已忘了。你說他究竟是糊塗？還是聰明？

三

日色已漸漸偏西。現在距離陸小鳳把緞帶塞給老實和尚的時候，已有一個多時辰，沒有人知道他在這一個多時辰裡是幹什麼去了。

他好像一直在城裡東遊西蕩，兜了不少圈子，就算有人在盯他的梢，也早已被他甩脫，他當然不能把任何人帶到合芳齋。

他是從後門進來的，後園裡人聲寂寂，風中飄動著菊花和桂子的香氣，連石榴樹下，大水缸裡養的金魚，都好像懶得動。

穿過菊花叢，就可以看見有個人正坐在六角小亭裡，倚著欄杆癡癡的出神。

菊花是黃的，欄杆是紅的，她卻穿著翠綠色的衣裳，柳腰盈盈一擺，蒼白的臉上病容未減，新愁又生，彷彿弱不勝衣。

園中的秋色雖美，卻還不及她的人美，陸小鳳好像直到現在才發現，歐陽情竟是這麼樣一個美麗的女人，這是不是因為他現在才知道她一直都在偷偷的愛著他？

風吹著欄杆下面的菊花，小徑上已有了三兩片落葉。他悄悄的走過去，忽然發現歐陽情的一雙發亮的眼睛也正在看著他。

他們並沒有見過很多次面，事實上，他們說過的話加起來也許還不到十句。

可是現在陸小鳳心裡卻有種說不出的微妙感覺，心也跳得快了，居然好像有點手足失措。

她心裡又是什麼滋味？至少陸小鳳並沒有從她臉上看出什麼特別不同的地方，她看著他時，跟以前並沒有什麼兩樣。看來她若不是很沉得住氣，就一定很會裝模作樣。

世上的女人又有幾個是不會裝模作樣的？

陸小鳳在心裡嘆了口氣，走上小亭，勉強笑了笑，道：「你的病好了？」

歐陽情點了點頭，指了指對面的石凳，道：「坐。」

陸小鳳本來是想坐在她旁邊的，可是人家既然表現得很冷淡，他也不能太熱情——唉，女人為什麼總喜歡裝模作樣？

這是不是她們都知道，男人喜歡的，就是會裝模作樣的女人？歐陽情若是表現得很熱情，陸小鳳只怕早已被嚇跑了。

現在他卻乖乖的坐在對面的石凳上，心裡雖然有很多話說，卻連一句也說不出來，只好搭訕著問道：「西門吹雪呢？」

歐陽情道：「他在屋裡陪著大嫂，我想他們一定有很多話說。」

陸小鳳站起來，又坐下，他本來是想進去找西門吹雪的，但他卻不願歐陽情把他看成個不知趣的人。

決戰已迫在眉睫，生死勝負還未可知，這一別很可能就已成永訣。

他的確也該讓他們夫妻安安靜靜的度過這最後的一個下午，說一些不能讓第三者聽見的話。

庭院深深，香氣浮動，秋色美如夢境，他們豈非也只有兩個人，豈非也有很多話要說？

可是他卻偏偏想不起該說什麼？他好像已變成了個第一次和情人幽會的大孩子。

歐陽情忽然道：「這個人你認得？」

陸小鳳道：「哪個人？」

歐陽情往旁邊指了指，陸小鳳發現欄杆上擺著個蠟像。王總管的蠟像。

陸小鳳想不通她為什麼會對這太監的蠟像如此有興趣：「難道你認得這個人？」

歐陽情道：「我見過他，他到我們那裡去過。」

「她們那裡」豈非是個妓院？

陸小鳳更奇怪，忍不住道：「你知不知道這個人是個太監？」

歐陽情淡淡道：「我們那裡什麼樣的客人都有，不但有太監，還有和尚。」

她好像還沒有忘記那天的事，還沒有忘記陸小鳳得罪過她。

陸小鳳卻似乎已完全忘了，他心裡確實有很多重要的問題要想。

歐陽情又道：「到我們那裡去的太監，他並不是第一個，那天他也不是一個人去的！」

陸小鳳立刻又問道：「還有什麼人？」

歐陽情道：「去的時候，他只有一個人，可是後來又有兩個海南派的劍客去找他，好像是早就約好了的。」

陸小鳳道：「你怎麼知道是海南派的劍客？」

歐陽情道：「我看得出他們的劍。」

海南劍派的門下，用的劍不但特別狹長，而且形式也很特別。

歐陽情道：「我也看出這老頭子是個太監，隨便他怎麼改扮我都看得出。」

陸小鳳道：「那天孫老爺也在？」

歐陽情道：「嗯。」

陸小鳳的眼睛亮了。王總管約那兩個海南劍派的人在妓院中相見，想必是為了要商量一件很機密的事。

他們發現歐陽情和孫老爺也到了京城，生怕被認出來，所以才要殺了他們滅口，公孫大娘的死，一定也跟這件事有關係。那兩個海南劍客，顯然就是死在天蠶壇的那兩個。

陸小鳳長長吐出口氣，這條線總算已找了出來，現在他只要能將這條線和別的線連在一起，就可以把這秘密揭穿了。剛才他是不是已找到這條線？一個多時辰就可以做很多事的。

歐陽情忽然又道：「只要有太監到我們那裡去，我總是會把他們帶回我屋裡的！」

陸小鳳道：「爲什麼？」

歐陽情道：「因爲他們根本不是男人。」她冷冷的接著道：「愈是沒有用的男人，愈喜歡表現得有男人氣概，我就算要他們睡在地上，他們也不敢說出來，反而會加倍付錢，因爲他們生怕別人知道他們的弱點。」

陸小鳳忍不住問道：「那天晚上，老實和尚在你房裡，也是睡在地上的？」

歐陽情點點頭。

陸小鳳道：「難道他也是個太監？」

歐陽情道：「雖然不是太監，也不是男人。」

陸小鳳又吐出口氣，現在他也明白老實和尚爲什麼要說謊了。

「沒有用」這三個字，無論什麼樣的男人都會認爲是奇恥大辱，所以有些男人寧可付了錢去睡在女人屋裡的地上，也不願別人發現他「沒有用」。

老實和尚也是個男人，這點虛榮心連和尙也一樣會有的。

歐陽情看著王總管的蠟像，冷笑著道：「那天晚上，這老頭子連碰都不敢碰我，生怕我發現他是個太監，他一定想不到，就因爲我已看出他不是個真正的男人，所以才會留下他。」她臉上忽然露出種很奇怪的表情，忽然問道：「你知不知道爲什麼直到現在還沒有男人碰過我？」

陸小鳳搖搖頭。

歐陽情道：「因爲我討厭男人。」

陸小鳳忍不住問道：「你也討厭我？」

歐陽情冷冷的看了他一眼，雖然沒有承認，也沒有否認，陸小鳳笑了。他忽然發現了一件事——歐陽情並沒有愛上他，連一點這種意思都沒有。

若不是十三姨再三那麼樣說，陸小鳳自己也絕不會這麼樣想。只不過那些話全都是十三姨說的，她故意要陸小鳳認爲歐陽情已愛上他，也許只不過是要陸小鳳吃下那碟酥油泡螺。歐陽情自己非但沒有說過一個字，連一點意思都沒有表現過。

發現了這件事，陸小鳳心裡雖然也有點酸溜溜，覺得不是滋味，卻又不禁鬆了口氣，就好像又卸下了一副擔子，他的態度立刻變得自然了，一見鍾情這種事，他本來就不很相信。

歐陽情卻忍不住問道：「你在笑什麼？」

陸小鳳道：「我……我在笑老實和尙，我剛把兩個燙手的熱山芋拋給了他！」

歐陽情道：「熱山芋？」

陸小鳳道：「熱山芋就是緞帶。」

歐陽情更不懂：「什麼緞帶？」

陸小鳳立刻就向她解釋，說到司空摘星偷他的緞帶時，他又不禁要生氣，說到老實和尙，他就哈哈大笑，開心得就像是個孩子。

歐陽情看著他，眼睛裡又露出種很奇怪的表情。這個人用兩條價値萬金的緞帶，去換了人家一個饅頭，居然還像是佔了天大的便宜，開心得要命。她實在也沒有見過這種人。

陸小鳳道：「只可惜你的病還沒有完全好，否則我一定替你留一條，讓你去開開眼界。」

歐陽情道：「現在你的緞帶連一根都沒有了？」

陸小鳳道：「連半條都沒有了。」

歐陽情道：「今天晚上你去不去？」

陸小鳳道：「當然要去。」

歐陽情道：「你的緞帶呢？」

陸小鳳怔住。

直到現在他才想起，他居然竟忘了替自己留下條緞帶。難道老實和尚就因爲生怕他想起這一點，所以緞帶一到手，就逃得比馬還快。

看著陸小鳳臉上的表情，歐陽情也忍不住噗哧一聲笑了。這麼糊塗的人，倒還少見得很。

陸小鳳愁眉苦臉的坐在那裡發了半天怔，忽然跳起來，衝出去。

西門吹雪和孫秀青正好從花徑上走過，吃驚的看著他。陸小鳳竟連招呼都來不及打，就已從他們面前衝了過去，就好像被人用掃把趕走似的。

孫秀青看著倚在欄杆上的歐陽情，忍不住道：「是不是你把他氣走的？」

歐陽情微笑著搖了搖頭，她笑得那麼甜，無論怎麼看，都不像讓人生氣的樣子。

孫秀青道：「是不是你欺負了他？」

歐陽情嫣然道：「這個人用不著別人欺負，他自己會欺負自己。」

孫秀青上上下下看了她幾眼，帶著笑道：「你對他好像已了解得很快。」

歐陽情道：「我只知道他是個糊塗蟲。」

孫秀青道：「但卻是最聰明的一個糊塗蟲。」

歐陽情道：「他聰明？」

孫秀青道：「對他自己的事，他的確很糊塗，因爲他從來也沒有爲自己打算過，若有人真的認爲他糊塗，想騙騙他，那個人就要倒楣了。」

歐陽情淡淡道：「其實無論他是個聰明人也好，是糊塗蟲也好，都跟我一點關係都沒有。」

孫秀青眨了眨眼，道：「你不喜歡他？」

歐陽情冷笑道：「難道你認爲所有的女人都應該喜歡他？」

孫秀青道：「我不是在說所有的女人，我是在說你！」

歐陽情道：「你爲什麼不說說別的事？」

孫秀青道：「你對他沒興趣？」

歐陽情道：「沒有。」

孫秀青又笑了，道：「你用不著瞞我，我看得出。」她摸著自己的肚子，眼睛裡閃動著幸福而驕傲的光，微笑著又道：「我不但也是個女人，而且快有孩子了，像你們這種小姑娘，隨便什麼事都休想能瞞得過我的。」

歐陽情不說話了，蒼白的臉上卻泛起了紅暈。

西門吹雪忽然道：「你們女人真奇怪。」

孫秀青道：「有什麼奇怪？」

西門吹雪道：「你們心裡愈喜歡一個男人，表面上愈要裝出冷冰冰的樣子，我實在不懂你們這是為什麼！」

孫秀青道：「你要我們怎麼樣？難道要我們一見到喜歡的男人，就跳到他懷裡去？」

西門吹雪道：「你們至少可以對他溫柔一點，不要把他嚇走。」

孫秀青道：「我剛認得你的時候，對你溫不溫柔？」

西門吹雪道：「不溫柔。」

孫秀青道：「可是你並沒有被我嚇走。」

西門吹雪看著她，眼睛裡又露出溫暖的笑意，道：「像我這種男人，是誰也嚇不走的！」

孫秀青嫣然道：「這就對了，女人喜歡的，就是你這種男人。」

她走過去，握住了西門吹雪的手，柔聲道：「因為女人像羚羊一樣，是要人去追的，你若沒有勇氣去追她，就只有看著她在你面前跑來跑去，永遠也休想得到那雙寶貴的角。」

西門吹雪微笑道：「現在你已把你的角給了我？」

孫秀青輕輕的嘆了口氣，道：「現在我也連皮帶骨都給了你。」

他們互相依偎著，靜靜的站在九月的夕陽下，似已忘記了旁邊還有人在看著，似已忘了這整個世界。

夕陽雖好，卻已近黃昏。他們還能這麼樣依偎多久？

歐陽情遠遠的看著他們，心裡雖然在為他們的幸福而歡愉，卻又覺得有種說不出的恐懼，為他們的幸福而恐懼。

因為她早已知道西門吹雪這個人，也早已知道西門吹雪的劍。他的劍，本不是屬於凡人的。

一個有血肉、有感情的人，絕對使不出那種鋒銳無情的劍法，那種劍法幾乎已接近「神」。

西門吹雪本就不是個有情感、有血肉的凡人，他的生命已奉獻給他的劍，他的人已與他的劍融爲一體，也已接近「神」。

可是現在他已變成了一個平凡的人，已有了血肉，有了感情，他是不是還能使得出他那種無情的劍法？他能不能擊敗葉孤城？

夕陽雖好，卻已將西沉，月亮很快就要升起來，今夜的月亮，勢必要被一個人的血映紅。那會是誰的血？

十 月圓之夜

一

九月十五日，黃昏。夕陽艷麗，彩霞滿天。陸小鳳從合芳齋的後巷中衝出來，沿著已被夕陽映紅的街道大步前行！

他一定要在月亮升起前找回一條緞帶，今夜的決戰，他絕不能置身事外。絕不能！

因為葉孤城和西門吹雪都是他的朋友，因為他發現，就在今夜的圓月下，就在他們的決戰之時，必定會有件驚人的事發生，甚至比這次決戰更驚人。

已送出去的緞帶，當然不能再要回來，可是被偷走的緞帶就不同了，被人偷走的東西不但可以要回來，也可以偷回來，甚至可以搶回來。他已決定不擇手段。現在唯一的問題是，要怎麼才能找到司空摘星！

這個人就像是風一樣，也許比風更不可捉摸，不想找他的人，雖然常常會遇見他，想找他的人，卻永遠也找不到。

幸好陸小鳳總算有條線索，他還記得司空摘星剛才是從一家藥材舖走出來的，那家藥財舖的字號是「老慶餘堂」。

司空摘星一向無病無疼，比大多數被他害過的人都健康得多，當然不會去買藥吃。他既然是從一家藥舖走出來的，這家藥舖就多多少少總跟他有點關係。

「老慶餘堂」的金字招牌，在夕陽下閃閃的發著光，一個孩子站在門口踢毽子，看見陸小鳳走過來，就立刻把兩根手指伸進嘴裡，打了個呼哨。

街前街後，左鄰右舍，忽然間就有十來個孩子奔了出來，看著陸小鳳嘻嘻的笑。

他們還認得陸小鳳，當然也還記得那首可以把人氣死，又可以把人笑死的兒歌。

陸小鳳也在笑，他以爲這些孩子一定又準備唱「司空摘星，是個猴精」了。

誰知孩子們竟拍手高歌：

「小鳳不是鳳，是個大臭蟲，
臭蟲腦袋尖，專門會鑽洞，
洞裡狗拉屎，他就吃狗屎，
狗屎一吃一大堆，臭蟲吃了也會飛。」

這是什麼詞兒？簡直不像話。

陸小鳳又好笑，又好氣，卻忘了他編的詞兒也並不比這些詞兒高明，也很不像話。

他當然知道是誰編的，司空摘星顯然又來過這裡。

好不容易等到這些孩子停住了口，他立刻問道：「那個白頭髮的老頭子是不是又來過了？」

孩子們點著頭，搶著道：「這首歌就是他教我們唱的，他說你最喜歡聽這首歌了，我們若是唱得好，你一定會買糖給我們吃。」

陸小鳳的肚子又幾乎要被氣破，挨了罵之後，還要買糖請客，這種事有誰肯做？

孩子們眨著大眼睛，又在問：「我們唱得好不好？」

陸小鳳只有點點頭道：「好，好極了。」

孩子們道：「你買不買糖給我們吃？」

陸小鳳嘆了口氣，苦笑道：「我買，當然買。」

沒有人肯做的事，陸小鳳卻往往會肯的，他怎麼能讓這些天真的孩子們失望？他果然立刻就去買糖，買了好多好多糖，看見孩子們拍手歡呼，他自己心裡也覺得甜甜的，比吃了三百八十斤糖還甜。

孩子們拉著他的衣角，歡呼著道：「那老公公說的不錯，大叔你果然是個好人。」

陸小鳳很奇怪，道：「他居然會說我是好人？」

孩子們道：「他說你小的時候就很乖。」

陸小鳳更奇怪，道：「他怎麼知道我小時候乖不乖？」

孩子們道：「他看著你從小長到大，還抱你撒過尿，他當然知道。」

陸小鳳恨得牙癢癢的，只恨不得把那猴精用繩子綁起來，用毛竹板子重重的打。

孩子們道：「那老公公剛才還在這裡，大叔你若早來一步，說不定就遇上他了。」

陸小鳳道：「現在他的人呢？」

孩子們道：「又飛了，飛得好高好高，大叔你飛得有沒有他高？」

陸小鳳拍拍衣襟，道：「我自己也不知道，你們現在最好看著我，看看是誰飛得高。」

司空摘星既然已不在這裡，他也準備飛了。

誰知孩子們卻又在搶著道：「大叔你慢點走，我們還有件事忘了告訴你。」

「什麼事？」

「那老公公留了個小包在這裡，你請我們吃糖，他就叫我們把這小包交給你，你若不請，他就叫我們把這小包丟到陰溝裡去。」

一個跑得最快的孩子，已跑回藥材舖，提了個小包袱出來，陸小鳳做夢也沒有想到，包袱裡包著的，竟是兩條緞帶。

緞帶在夕陽下看來已變成了紅的，除了緞帶之外，還有張紙條：「偷你一條，還你兩條，我是猴精，你是臭蟲，你打我屁股，我請你吃屎。」

陸小鳳笑了，大笑：「這小子果然從來也不肯吃虧。」他既然已將緞帶偷走了，為什麼又送了回來？還有一條緞帶是哪裡來的？

這些問題陸小鳳都沒有去想，看見了這兩條踏破鐵鞋無覓處的緞帶，居然一點功夫都不花就到了他手裡，他簡直比孩子看見糖還高興：「你們看著，是誰飛得高？」

他大笑著，凌空翻了三個跟斗，掠上屋脊，只聽孩子們在下面拍手歡呼：「是你飛得高，比那老公公還高！」

孩子們眼明嘴快，說的話當然絕不會假。陸小鳳心裡更愉快，只覺得身子輕飄飄的，就好像長了雙翅膀一樣，幾乎已可飛到月亮裡去了。

月亮雖然還沒有升起，夕陽卻已看不見了。

二

夕陽西下，夜色漸臨，陸小鳳又從後巷溜回了合芳齋，窗子裡已亮起燈，燈光柔和而安靜，窗子是開著的，從花叢間遠遠的看過去，就可以看見孫秀青和歐陽情。

她們都是非常美麗的女人，在燈下看來更美，可是她們臉上，卻帶著種說不出的悲傷，連燈光都彷彿也變得很淒涼，西門吹雪莫非已走了？

他當然已走了，屋子裡只有這盞孤燈陪伴著她們。門也是虛掩著的，陸小鳳居然忘了敲門，他心裡也很沉重，西門吹雪是什麼時候走的？

陸小鳳想問，卻沒有問，他不敢問，也不忍問。桌上有三隻空杯，一壺酒，他自己已倒了一杯，慢慢的喝下去，又倒了一杯，很快的喝下去。

孫秀青忽然道：「他走了。」

陸小鳳道：「我知道。」

孫秀青道：「他說要提早一點走，先出城去，再從城外進來，讓別人認為他一直都是不在京城裡！」

陸小鳳道：「我明白。」

孫秀青道：「他希望你也快點去，因為他……他沒有別的朋友。」

陸小鳳說不出話了，孫秀青也沒有再說什麼，轉過頭，凝視著窗外的夜色。夜色更深，一輪圓月已慢慢的升起，風也漸漸的涼了。

也不知過了多久，孫秀青才輕輕的說道：「今天的夕陽很美，比平時美得多，可是很快就看不見了。」她閉上眼睛，淚珠已落，又過了很久，才接著道：「美麗的事，為什麼總是分外短暫？為什麼總是不肯在人間多留片刻？」

她是問蒼天？還是在問陸小鳳？陸小鳳實在不知道應該怎麼回答，這問題根本就沒有人能回答。

他又喝了杯酒，才勉強笑了笑，道：「我也走了，我一定會把他帶回來！」

他不敢再說別的話，也不敢去看歐陽情！多出來的一條緞帶，他本來是準備給歐陽情的，讓她也去看看那百年難遇的決戰。

可是現在他連提都沒有提起這件事。他知道歐陽情一定會留下來陪著孫秀青，他了解孫秀青的心情，那絕不是焦急、恐懼、悲傷……這些話所能形容的。現在他唯一的希望，就是真的能把西門吹雪帶回來。

他正準備走出去的時候，歐陽情忽然拉住了他的手，他回過頭，就看見了她的眼睛，眼睛裡已有了淚光，就算是呆子，也應該看得出她的關懷和情意。陸小鳳當然也看得出來，卻幾乎不能相信——現在看著他的這個歐陽情，真的就是剛才那個冷冰冰的歐陽情！

她為什麼忽然變了？直到現在，陸小鳳才發現自己對女人的了解，實在少得可憐。

幸好他總算知道，一個女人若是真的討厭一個男人，絕不會用這種眼色看他，更不會拉他的手。

她的手冰冷，卻握得很用力。因為她也直到現在才了解，一個女人失去她心愛的男人時，是多麼痛苦和悲哀。

兩個人就這麼樣互相凝視著，過了很久，歐陽情才輕輕的問道：「你也會回來？」

陸小鳳道：「我一定會回來！」

歐陽情道：「一定？」

陸小鳳道：「一定！」

歐陽情垂下頭，終於慢慢的放開了他的手，道：「我等你。」

我等你。一個男人若是知道有個女人在等著他，那種感覺絕不是任何事所能代替的。

我等你。這是多麼溫柔美妙的三個字。陸小鳳彷彿已醉了，他醉的並不是酒，而是她那種比酒更濃的情意。

三

明月在天。陸小鳳又有了個難題——他一定要把身上多出來的一條緞帶送出去，卻不知道送給誰。所有夠資格佩上這緞帶的人，他連一個都看不見。

街上的人倒不少，酒樓茶館裡的人更多，三教九流，五花八門，各式各樣的人都有，三三兩兩的聚在一起，竊竊私議。

陸小鳳用不著去聽他們說什麼，就知道他們必定是在等著今夜一戰的消息，其中有很多人，必定已在西門吹雪和葉孤城身上買下了賭注。

這一戰的影響力不但已轟動武林，而且已深入到京城的下層社會裡，古往今來武林高手的決戰，從來也沒有發生這種情況。

陸小鳳覺得很好笑，他相信西門吹雪和葉孤城自己若是知道了，也一定會覺得很好笑。

就在這時，他看見一個人從對面一家茶館裡走出來。這人很高、很瘦、穿著極考究，態度又極斯文，兩鬢斑斑，面容清癯，穿著件質料顏色都很高雅的寶藍色長袍，竟是「城南老杜」杜桐軒。

這裡雖然已不是李燕北的地盤，卻還是和杜桐軒對立的，他怎麼會忽然又出現在這裡？而且連一個隨從保鏢都沒有帶。

陸小鳳忽然趕過去，拍了拍他的肩，道：「杜學士，你好！」

杜桐軒一驚，回頭，看見了陸小鳳，也勉強笑了笑，道：「托福托福！」

陸小鳳道：「你那位保鏢呢？」他說的當然就是那條忽來去，神秘詭異的黑衣人。

杜桐軒道：「他走了！」

陸小鳳道：「為什麼要走？」

杜桐軒道：「小池裡養不下大魚，他當然要走！」

陸小鳳眼珠子轉了轉，故意壓低聲音，道：「你一個人就敢闖入李燕北的地盤，我佩服你！」

杜桐軒笑了笑，淡淡道：「這裡好像已不是李老大的地盤。」

陸小鳳道：「他雖然已死了，可是他還有一班兄弟！」

杜桐軒道：「一個人死了，連妻子都可以改嫁，何況兄弟！」聽到了李燕北的死訊，他臉上連一點驚訝的樣子都沒有。

陸小鳳也笑了笑，道：「看來你不但已知道李老大死了，也知道他的兄弟都投入了白雲觀！」

杜桐軒面無表情，冷冷道：「幹我們這一行，消息若不靈通，死得就一定很快。」

陸小鳳道：「顧青楓莫非是你的朋友？」

杜桐軒道：「雖然不是朋友，倒也不能算是冤家對頭！」

陸小鳳笑道：「這就難怪你會一個人來了。」

杜桐軒道：「閣下若有空，隨時都可以到城南去，無論多少人去都歡迎！」

陸小鳳眼珠子又轉了轉，道：「你既然已在葉孤城身上下了重注，今夜的這一戰，你一定也想去看看的！」

杜桐軒沒有否認，也沒有承認。

陸小鳳道：「我這裡還多出條緞帶，你若有興趣，我可以送給你！」

杜桐軒沉默著，彷彿在考慮，過了很久，忽然道：「卜巨卜老大也在這茶館裡。」

陸小鳳道：「哦？」

杜桐軒道：「你爲什麼不將多出來的一條緞帶去送給他？」

陸小鳳怔住。

這緞帶別人千方百計，求之不得，現在他情願白送出去，杜桐軒居然不要。

杜桐軒拱了拱手，道：「閣下若沒有別的指教，我就告辭了，幸會幸會！」

他居然說走就走，毫無留戀。

陸小鳳怔了半天，抬起頭，才發現卜巨也從茶館裡走出來，看了他一眼，又看了看他肩上的緞帶，忽然笑道：「閣下的緞帶還沒有賣光。」

他笑得很古怪，笑容中好像帶著種說不出的譏諷之意。

陸小鳳道：「我這緞帶是不賣的，卻可以送人，你若還想要，我也可以送給你！」

卜巨看著他，笑得更古怪，道：「只可惜我不喜歡磕頭。」

陸小鳳道：「用不著磕頭。」

卜巨道：「真的？」

陸小鳳道：「當然是真的。」

卜巨道：「真的我也不要。」

他忽然沉下了臉，拂袖而去，連看都不再看陸小鳳一眼。

陸小鳳又怔住，這個人上午還不惜以三塊玉璧來換一條緞帶，現在卻連白送都不要了。

陸小鳳實在想不通這是怎麼回事，也沒空再去想了，圓月已升起，他一定要盡快趕入紫禁城，他絕不能去遲。

四

太和殿就在太和門裡，太和門外的金水玉帶河，在月光下看來，就像是金水玉帶一樣。

陸小鳳踏著月色過了天街，入東華門、隆宗門，轉進龍樓鳳闕下的午門，終於到了這禁地中的禁地，城中的城。

一路上的巡卒守衛，三步一崗，五步一哨，若沒有這種變色的緞帶，無論誰想闖進來都很難，就算能到了這裡，也休想再越雷池一步。

這地方雖然四下看不見人影，可是黑暗中到處都可能有大內中的侍衛高手潛伏。

大內藏龍臥虎，有的是專誠禮聘來的武林高人，有的是胸懷大志的少年英雄，也有的是爲了躲仇家，避風頭，暫時藏身在這裡的江洋大盜，無論誰也不敢低估了他們的實力。

月光下，只有一個人盤膝坐在玉帶河上的玉帶橋下，頭頂也在發著光！

「老實和尚。」陸小鳳立刻趕過去，笑道：「和尚來得倒真早。」

老實和尚在啃饅頭，看見陸小鳳，趕緊把饅頭藏起來，嘴裡含含糊糊的嗯了一聲，只希望陸小鳳沒看見他的饅頭。

陸小鳳卻又笑道：「看見了你手上的東西，我才想起了一件事。」

老實和尚道：「什麼事？」

陸小鳳道：「想起了我又忘了吃晚飯。」

老實和尚翻了翻白眼，道：「你是不是又想來騙和尚的饅頭？」

陸小鳳瞪眼道：「我幾時騙過你？兩條緞帶換一個饅頭，你難道還覺得吃了虧？」

老實和尚眼珠子轉了一轉，忽然也笑了，道：「和尚不說謊，和尚身上現在還有三個半饅頭，你想不想換？」

陸小鳳道：「想！」

老實和尚道：「你想用什麼來換？」

陸小鳳道：「我全付家當都在身上，你要什麼，我就給你什麼。」

老實和尚上上下下看了他兩眼，苦笑道：「看來你的家當也並不比和尚多。」

陸小鳳笑道：「我至少比和尚多兩撇鬍子，幾千根頭髮。」

老實和尚道：「你的頭髮鬍子和尚都不要，和尚只要你答應一件事，就把饅頭分你一半。」

陸小鳳道：「什麼事？」

老實和尚道：「只要你下次見到和尚，裝作不認得，和尚就天下太平了。」

陸小鳳大笑，拍了拍他的肩頭，在他旁邊坐下來，還在不停的笑。

老實和尚道：「你答不答應？」

陸小鳳道：「不答應！」

老實和尚道：「你不想吃饅頭了？」

陸小鳳道：「想。」

老實和尚道：「那末你爲什麼不答應？」

陸小鳳道：「因爲我已有了饅頭。」

老實和尚怔了怔，道：「你的饅頭是從哪裡來的？」

陸小鳳道：「是從司空摘星那裡來的！」

老實和尚又怔了一怔，道：「司空摘星？」

陸小鳳笑道：「若不是我跟他學了兩手，怎麼能偷到和尚的饅頭？所以饅頭當然是從他那裡來的！」

老實和尚說不出話了，他已發覺身上的饅頭少了一個。

饅頭已在陸小鳳手裡，就好像變戲法一樣。忽然就變了出來。

老實和尚嘆了口氣，喃喃道：「這個人什麼事不好學，卻偏偏要去學做小偷。」

陸小鳳笑道：「小偷至少不挨餓。」他先把半個饅頭塞進嘴裡去，然後問道：「你坐在這裡等什麼？」

老實和尚板著臉，道：「等皇帝老爺睡著。」

陸小鳳道：「現在我們還不能進去？」

老實和尚道：「不能。」

陸小鳳道：「我們要等到什麼時候？」

老實和尚道：「到時候你就會知道的！」

陸小鳳站起來，四下看了一眼，道：「西門吹雪和葉孤城來了沒有？」

老實和尚道：「不知道。」

陸小鳳道：「別的人呢？」

老實和尚道：「不知道。」

陸小鳳道：「你連一個人都沒有看見？」

老實和尚道：「只看見了一個半人。」

陸小鳳道：「一個半人？」

老實和尚道：「一個人是殷羨，就是他要我在這裡等的！」

陸小鳳道：「半個人是誰？」

老實和尚道：「是你，你最多只能算半個人。」

陸小鳳又笑了，只見黑暗中忽然出現一條人影，身形如飛，施展的竟是內家正宗「八步趕蟬」輕功，接連幾個起落，已到了眼前，青衣布襪，白髮蕭蕭，正是武當名宿木道人。

陸小鳳笑道：「和尚果然老實，居然沒有把道士的東西吞下去。」

老實和尚道：「和尚只會吞饅頭，饅頭卻常常會被人偷走！」

木道人瞟了陸小鳳一眼，故意皺眉道：「是什麼人這麼沒出息，連和尚的饅頭也要偷。」

陸小鳳道：「只要有機會，道士的東西我也一樣會偷的！」

木道人也笑了，道：「至少這個人還算老實，居然肯不打自招。」

就在這時，黑暗中又出現了一條人影。

陸小鳳只看了一眼，就皺起眉，道：「還有條緞帶你給了誰？」

老實和尚道：「給了嚴人英。」

木道人立刻道：「這人不是嚴人英。」

老實和尚道：「也不是唐天縱，更不是司馬紫衣。」

這人的身法很奇特，雙袍飄飄，就好像是藉著風力吹來的，他自己連一點力氣都捨不得使出來。

嚴人英、唐天縱、司馬紫衣，都沒有這麼高的輕功，事實上，江湖中有這麼高輕功的人，加上陸小鳳最多也只不過三五個。

老實和尚道：「這人是誰？」

陸小鳳道：「他不是人，連半個人都不能算，完全是個猴精。」

這句話還沒有說完，黑暗中的人影忽然旗花火箭般直竄了過來，衣袂帶風，獵獵作響，好像要一頭撞在陸小鳳身上，剛衝到陸小鳳面前，忽然又凌空翻了三個跟斗，輕飄飄的落下！滿頭白髮蒼蒼，彎著腰不停的咳嗽。

陸小鳳板著臉，道：「你們知不知道這猴精是誰？」

木道人微笑道：「司空摘星，是個猴精，我下午已經聽見過了。」

司空摘星嘆了口氣，道：「看來我的易容術好像已變得一點用都沒有！」

木道人道：「你不該施展這種輕功的，除了司空摘星外，誰有這麼高的輕功？」

陸小鳳道：「我！」

司空摘星笑道：「狗屎一吃一大堆，臭蟲吃了也會飛。」

陸小鳳故意裝作聽不見，瞪著他身上的緞帶，道：「你偷了我一條，還了我兩條。」

司空摘星道：「我這人一向夠朋友，知道你忘了替自己留下一條，就特地替你找了兩條。」

陸小鳳道：「你是從哪裡找來的？」

司空摘星道：「莫忘記我是偷王之王！」

陸小鳳道：「難道你把司馬紫衣和唐天縱的都偷了來？」

司空摘星笑了笑，忽然伸手向前面一指，道：「你看看前面來的是誰？」

遠方又有兩條人影掠過來，左邊的一個人身形縱起時雙肩上聳，好像隨時都在準備掏暗器，用的正是唐家獨門輕功身法。右邊的一個人身法卻顯得很笨拙，好像因爲硬功練得太久，若不是唐天縱特地等他，早已遠遠落在後面。

老實和尙道：「唐家的少爺果然來了！」

木道人道：「還有一個人是誰？」

老實和尙道：「是卜巨。」來的果然是卜巨，看見陸小鳳，他臉上又露出那種帶著譏諷的微笑，好像是在向陸小鳳示威——你不給老子緞帶，老子還是來了。

他身上居然也繫著條緞帶，顏色奇特，在月光下看來，忽而淺紫，忽而銀灰，無疑也是用變色綢做成的，這種緞帶本來只有六條，陸小鳳身上兩條，老實和尙、木道人、司空摘星各一條，再加上他們兩條，已變成七條。

六條緞帶怎麼會變成七條？多出來的這條是哪裡來的？

卜巨得意洋洋的走上橋頭，唐天縱臉色鐵青，連眼角都沒有看陸小鳳。

陸小鳳知道就算問他們，他們也不會說，何況這時他已沒時間去問。

太和門裡，已竄出條人影，背後斜揹長劍，一身御前帶刀侍衛的服色，穿在他身上竟嫌小了些，最近他顯然又發福了，但他的身法卻還是很靈活輕健，正是大內高手中的殷羨殷三爺。

他的臉色也是鐵青的，沉著臉道：「我知道諸位都是武林中頂尖兒的人物，可是諸位知不知道這裡是什麼地方？這裡可不是茶館，諸位要聊天說笑，可來錯地方了。」

他的人一來，就先打了頓官腔，大家也只好聽著，這件事他們擔的關係實在很大，心情難免會緊張，脾氣也就難免暴躁些。何況，這裡的確也不是聊天說笑的地方。

殷羨臉色總算和緩了些，看了看這六個人，道：「現在諸位既然已全都到了，就請進去吧，過了大月台，裡面那個大殿，就是太和殿。」

木道人道：「也就是金鑾殿？」

殷羨點點頭，道：「皇城裡最高的就是太和殿，那兩位大爺既然一定要在紫禁之巔上過手，諸位也不妨先上去等著。」

他看了看卜巨，又看了看其中一個連腰都直不起來的白髮老頭子，冷冷道：「諸位既然敢來，輕功當然全都有兩下子，可是我還想提醒諸位一聲，那地方可不像平常人家的屋頂，能夠上去已算不容易，上面鋪著的又是滑不留腳的琉璃瓦，諸位腳底下可得留點神，萬一從上面摔下來，大家的漏子都不小。」

卜巨的臉色很沉重，已笑不出來，司空摘星好像也在偷偷的嘆氣，陸小鳳一直到現在連開口的機會都沒有。

現在他剛想開口，殷羨忽然道：「你暫時先別上去，還有個人在等著你。」

陸小鳳道：「誰？」

殷羨道：「你若想見他，就跟我來。」

他雙臂一振，旱地拔蔥，身子斜斜的竄了出去，好像有意在這些人面前顯露一下他的輕功。

他的輕功確實不弱，一竄之勢，已出去三四丈。陸小鳳遠遠的在他後面跟著，並不想壓住他的風頭，殷羨更有心賣弄，又一個翻身，竟施展出燕子飛雲的絕頂輕功。

誰知他身形剛施展，突聽「颼」的一聲，一個人輕飄飄的從他身旁掠過，毫不費力就趕過了他，卻是那連腰都直不起來的白髮老頭子。

五

一進了太和門，陸小鳳的心情就不同了，非但再也笑不出，連呼吸都輕了些。天威難犯，九重天子的威嚴，還是他們這些武林豪傑不敢輕犯的。

就連陸小鳳都不敢，丹墀下的兩列品級台，看來雖然只不過是平平常常的幾十塊石頭，可是想到大朝賀時，文武百官分列左右，垂首肅立，等著天子傳呼時的景象，陸小鳳也不禁覺得身子裡的血在發熱。

世上的奇才異士，英雄好漢，絞盡腦汁，費盡心血，有的甚至不惜拚了性命，爲的也只不過是想到這品級台上來站一站。

丹墀後的太和殿，更是氣象莊嚴，抬頭望去，閃閃生光的殿脊，彷彿矗立在雲端。太和殿旁是保和殿。保和殿旁、乾清門外的台階西邊，靠北牆有三間平房，黑漆的門緊閉，窗子裡隱約有燈光映出來，黯淡的燈光照著門上掛的一塊白柚木牌，上面赫然竟寫著四個觸目驚心的大字：「妄入者斬！」

殷羨居然就把陸小鳳帶到了這裡，居然就在這道門停下，道：「有人在裡面等你，你進去吧！」

陸小鳳立刻搖了搖頭，苦笑道：「我還認得字，我也不想被人斬掉腦袋。」

殷羨也笑了笑，道：「我叫你進去，天大的關係，也有我擔當，你怕什麼？」

陸小鳳看著他，看起來他倒不像要害人的樣子，可是到了這種掌管天下大事的內閣重地，陸小鳳也不能不特別謹慎，還是寧可站在外面。

殷羨又笑了笑，道：「你是不是想不出誰在裡面等你？」

陸小鳳搖搖頭，道：「究竟是誰？」

殷羨道：「西門吹雪。」

陸小鳳怔了怔，道：「他怎麼進去的？」

殷羨四下看了看，壓低聲音，道：「我們也都在他身上下了注，對他當然不能不優待些，先讓他好好的歇著，才有精神去接住那一招『天外飛仙』。」

陸小鳳也笑了。

殷羨又道：「這地方雖然是機密重地，可是現在皇上已就寢了，距離早朝的時候也還早，除了我們這些侍衛老爺，絕不會有別人到這裡來！」他帶著笑，拍了拍陸小鳳的肩，又道：「所以你只管放心進去吧，若有什麼對付葉孤城的絕招，也不妨教給他兩手，反正我們都是站在他這邊的！」

剛才雖然官腔十足，現在卻像是變了個人，連笑都顯得親切，而且還替陸小鳳推開了門。

陸小鳳也微笑著拍了拍他的肩，輕輕道：「幾時你有空到外面，我請你喝酒。」

屋子並不大，陳設也很簡陋，卻自然有種莊嚴肅殺之氣，世上千千萬萬人的生死榮辱，在這裡輕描淡寫的一句話就決定了。

無論誰第一次走進這屋子，都無疑是他一生中最興奮的時候。陸小鳳悄悄的走進來，心跳得也彷彿比平時快了很多。

西門吹雪正背負著雙手，靜靜的站在小窗下，一身白衣如雪，他當然聽見有人推門進來，卻沒有回頭，好像已知道來的一定是陸小鳳。

陸小鳳也沒有開口。

門已掩起，燈光如豆，屋子裡陰森而潮濕，他只覺得手腳也是冰冷的，很想喝杯酒，這地方當然沒有酒，但卻也不知道有多少人的辛酸血淚。

陸小鳳在心裡嘆了口氣，終於明白自己並不是天下煩惱最多的人，天天要到這屋子來的那些人，煩惱都遠比他多得多。

西門吹雪還是沒有回頭，卻忽然道：「你又到我那裡去過？」

陸小鳳道：「剛去過。」

西門吹雪道：「你已見過她？」

陸小鳳道：「嗯。」

西門吹雪道：「她……她是不是還能撐得住？」

陸小鳳勉強笑了笑，道：「你也該知道她並不是個柔弱的女人，三英四秀在江湖中的名頭，並不見得比我們差！」

他臉上雖在笑，心卻已沉了下去。決戰已迫在眉睫，決定他生死命運的時刻就在眼前，可是這個人心裡卻還在掛念著他的妻子，甚至連他的劍都放了下來！

陸小鳳幾乎不能相信這個人就是以前那個西門吹雪，但他又不禁覺得有些安慰，因爲西門吹雪畢竟也變成有血有肉的人了。

西門吹雪霍然回過頭，看著他，道：「我們是不是朋友？」

陸小鳳道：「是！」

西門吹雪道：「我若死了，你肯不肯替我照顧她？」

陸小鳳道：「不肯。」

西門吹雪的臉色更蒼白，變色道：「你不肯？」

陸小鳳道：「我不肯，只因爲你現在已變得不像是我的朋友了，我的朋友都是男子漢，絕不會未求生，先求死的。」

西門吹雪道：「我並未求死。」

陸小鳳冷笑道：「可是你現在心裡想的卻只有死，你爲什麼不想想你以前的輝煌戰績，爲什麼不想想擊敗葉孤城的法子？」

西門吹雪瞪著他，過了很久，才低下頭，凝視著桌上的劍，他忽然拔出了他的劍。

他拔劍的手法還是那麼迅速，那麼優美，世上絕沒有第二個人能比得上。

司馬紫衣拔劍的動作雖然也很輕捷巧妙，可是跟他比起來，卻像是屠夫從死豬身上拔刀。

陸小鳳忽然也問道：「我是不是你的朋友？」

西門吹雪遲疑著，終於點了點頭。

陸小鳳道：「我說的話，你信不信？」

西門吹雪又點點頭。

陸小鳳道：「那麼我告訴你，我幾乎有把握接住世上所有劍客的出手一擊，只有一個是例外。」

他盯著西門吹雪的眼睛，慢慢的接著道：「這個人就是你！」

西門吹雪凝視著手裡的劍，蒼白的臉上，忽然露出種奇異的紅暈。

燈光似已忽然亮了些，劍上的光華也更亮了。

陸小鳳立刻覺得有股森嚴的劍氣，直迫他眉睫而來，他知道西門吹雪恢復了信心。

對一個情緒低落的人來說，朋友的一句鼓勵，甚至比世上所有的良藥都有用。

陸小鳳目中露出笑意，什麼話都沒有再說，輕輕的轉身走了出去。

門外月明如水！

九月十五日，夜。

月明如水。

陸小鳳從那扇「妄入者死」的黑漆門中走出來，沿著北牆下的陰影，走向太和殿，正想找個合適的地方掠上去，忽然發現大殿的陰影下，居然有個人動也不動的站在那裡，顯得說不出的孤獨頹廢。

他用不著再看第二眼，就知道這個人是卜巨，他已看出卜巨的輕功並不高，要掠上這飛闕入雲的金鑾殿，卻一定要有絕頂的輕功。

卜巨剛才對他那種笑容，他還沒有忘記，他想過去對卜巨那麼樣笑一笑，可是他走過去的時候，臉上露出的卻只有同情和安慰。

只不過同情有時也像譏諷一樣傷人。

卜巨看了他一眼，霍然扭轉頭。

陸小鳳忽然道：「從前有隻麻雀，總覺得自己很了不起，因爲牠會飛上天，牠看見條老虎，就要和老虎比比，看誰飛得高，你知不知道老虎怎麼辦？」

卜巨搖搖頭。

他本來已準備要走的，可是他想不通陸小鳳爲什麼會說起故事來，不由自主也想聽下去。好奇心本是人人都有的。

陸小鳳道：「老虎當然不會飛，牠只不過吹了口氣，就把麻雀吞下肚去。」

他笑了笑，道：「從那次之後，再也沒有麻雀去找老虎比飛了，因爲麻雀倒也已明白，能飛得高的，並不一定就是了不起的英雄好漢。」

卜巨也笑了，笑容中充滿了感激，心裡充滿了溫暖，他忽然發現陸小鳳並不是他以前想像中的那種混蛋。

陸小鳳拍了拍他的肩，道：「你有沒有看過老虎爬繩子？」

卜巨道：「沒有。」

陸小鳳道：「我也沒有，可是我想看看。」

卜巨道：「你有沒有看見過身上帶著繩子的老虎？」

陸小鳳道：「沒有。」

卜巨道：「那麼現在你就已看見了。」

他身上本就準備了條長索，卻一直沒有勇氣拿出來，他寧死也不願丟人。

陸小鳳微笑著接過繩子，抬起頭輕輕吐出口氣，苦笑道：「這上面只怕連麻雀都未必飛得上去。」

從下面看上去，太和殿的飛簷，就像是個鈎子，連月亮都可以鈎住。

這麼高的地方，天下絕沒有任何人能一掠而上，陸小鳳也不能。

可是他有法子。

卜巨從下面看著他，只見他忽而如壁虎遊牆，忽而如靈猿躍枝，接連幾個起落後就已看不見了。

別人都是從前面上去的，他並沒有看見，因爲那時候他已一個人偷偷的溜到後面來，但他卻相信他們的輕功絕對比不上陸小鳳。

因爲他已將陸小鳳當做自己的朋友。

飛簷上已有長索垂下，他心裡覺得更溫暖！——能交到陸小鳳這種朋友，實在真不錯。

大殿上鋪滿了黃金般的琉璃瓦，在月下看來，就像是一片黃金世界。

陸小鳳將長索繫上飛簷，轉過頭，忽然怔住了！

這上面本來應該只有五個人，可是他一眼看過去，就已看見十三四個，每個人身上都有條變色的緞帶，其中還不包括他所知道的那五個人，老實和尙還在殿脊另一邊。

他並沒有看清這些人的臉，高聳的殿脊後，已有個人竄過來，臉色蒼白，面帶冷笑，正是大內四高手中的丁四爺丁敖。

陸小鳳忍不住問道：「這是怎麼回事？」

丁敖冷笑道：「我正想問你。」

陸小鳳道：「問我？」

丁敖道：「我們交給你幾條緞帶？」

陸小鳳道：「六條。」

丁敖道：「現在來的人卻已有二十一個，他們這些緞帶是從哪裡來的？」

陸小鳳嘆了口氣，苦笑道：「我也正想問你。」

殿脊上又有兩個人走過來，殷羨走在前面，後面的是「瀟湘劍客」魏子雲。

殷羨走得很快，顯得很緊張，魏子雲卻是氣度安閒，步履從容。

在這種陡如急坡，滑如堅冰的琉璃瓦上，要慢慢的走遠比奔跑縱跳困難，在這種情況下，還能保持從容鎮定更不容易。

陸小鳳已看出這位號稱大內第一高手的「瀟湘劍客」，絕不是空有虛名的人，他的武功和定力，都絕不在任何一位武林名家之下。

殷羨衝過來，沉聲道：「你們問來問去，問出了什麼沒有？」

陸小鳳苦笑著搖搖頭。

魏子雲道：「這種事本來不是三言兩語就能問得出來的，現在也不是追根究柢的時候。」

殷羨道：「現在我們應該怎麼辦？」

魏子雲道：「加強戒備，以防有變。」

他沉吟著，又道：「你傳話下去，把這地方的守衛暗卡全都增加一倍，不許任何人隨意走動。」

殷羨道：「是。」

魏子雲道：「老四去調集人手，必要時我們不妨將乾清門侍衛和裡面輪休的人也調出來，從現在起，無論誰都只許走出去，不許進來。」

丁敖道：「是。」

他們顯然已經練成了一種特別的身法，上下大殿，身子一翻，就沒入飛簷後。

魏子雲這才抬起頭，對陸小鳳笑了笑，道：「我們四面去看看如何？」

陸小鳳道：「好極了。」

這地方並不是一眼就能看得完的，看來也不似是間屋頂，卻有點像是片廣場，中間有屋脊隆起，又像是片山坡。

這邊的人一共有十三個，大多數都是單獨一個人站在那裡，靜候決戰開始，絕不跟別的人交談。

他們身上都沒有帶兵刃，帽子都壓得很低，有的臉上彷彿戴著極精巧的人皮面具，顯然都不願被人認出他們本來面目。

魏子雲和陸小鳳從他們面前走過去，他們也好像沒有看見。

這些人是什麼來歷？行蹤爲什麼如此詭秘？

魏子雲還是走得很慢，說話的聲音也很低，緩緩道：「你能不能看出他們的身分來歷？」

陸小鳳搖搖頭。

魏子雲道：「以我看，這些人很可能都是黑道上的朋友。」

陸小鳳道：「哦？」

魏子雲道：「這兩天京城裡黑道朋友也到了不少，據說其中有幾位是早已金盆洗手的前輩豪傑，也有幾位是身揹重案，又有極厲害仇家的隱名高手，都久已不曾在江湖中走動。」

陸小鳳道：「這就難怪他們不願以真面目示人了。」

魏子雲道：「這些人行蹤秘密，來意卻不惡，也許只不過因爲靜極思動，想來看當代兩位名劍客的身手風采。」

陸小鳳嘆了口氣，道：「但願如此。」

魏子雲道：「令我想不通的是，他們身上怎麼也會有這種緞帶？」

陸小鳳沉吟著，道：「除了皇宮大內外，別的地方絕沒有這種緞帶？」

魏子雲道：「絕沒有。」

他又解釋著道：「這種變色緞還是大行皇帝在世時，從波斯進貢來的，本就不多，近年來已只剩下一兩匹，連宮裡的姑娘都很珍惜。」

陸小鳳不說話了，他忽然想起了司空摘星。

魏子雲道：「我倒也知道有位『偷王之王』已到了京城，而且已到了這裡。」

陸小鳳忍不住道：「你認爲緞帶是他盜出去的？」

魏子雲笑了笑，道：「這件事我們昨天早上才決定，在我們決定之前，這種緞帶在他眼中看來，絕不會有什麼價值，他當然不會冒險來偷盜。」

陸小鳳道：「可是昨天晚上……」

魏子雲淡淡道：「昨天晚上我們四個人都在裡面，通宵未睡，輪流當值，就算有隻蒼蠅飛進來，我們也不會讓他再飛出去。」

他聲音裡充滿自信，陸小鳳鬆了口氣，道：「所以你並沒有懷疑他。」

魏子雲道：「沒有。」

陸小鳳道：「你懷疑的是誰？」

魏子雲聲音壓得更低，道：「能將這緞帶盜出去的，只有四個人。」

陸小鳳道：「四個人？」

魏子雲道：「就是我們兄弟四個人。」

陸小鳳輕輕吐出口氣，這句話本來是他想說的，想不到魏子雲自己反而說了出來，看來這位「瀟湘劍客」不但思慮周密，而且耿直公正。

魏子雲道：「其實你也該想到，據說外面已有人肯出五萬兩銀子買一條緞帶，黑道上的朋友錢財來得容易，出價可能更高。」

陸小鳳嘆道：「人爲財死，財帛動人心，爲了錢財，有些人的確是什麼事都能做得出的。」

魏子雲也嘆了口氣，道：「殷羨交遊廣闊，揮金如土，丁敖正當少年，難免風流，屠老二雖是比較穩重，可是胸懷大志，早已想在江湖中獨創一派，自立宗主，所以一直都暗中跟他以前的朋友保持連絡，這些都是很花錢的事，只憑一份六等侍衛的俸祿，是養不活他們的。」

他抬起頭，凝視著陸小鳳，又道：「但他們都是我的好兄弟，若沒有真憑實據，我心裡縱然有所懷疑，也不能說出來，免得傷了兄弟間的和氣。」

陸小鳳道：「難道你想要我替你找出真憑實據來？」

魏子雲又笑了笑，道：「這件事你也難脫關係，若能查出真相，豈非大家都有好處？」

陸小鳳只有苦笑。

他忽然發現自己的確沒有看錯這個人，這人有時的確是條老狐狸。

大殿屋脊的另一邊，人反而比較少些，除了老實和尙、司空摘星、木道人、唐天縱和剛上來的卜巨外，就只是多了嚴人英和古松居士兩個人。

司馬紫衣居然沒有來，古松居士解釋道：「司馬莊主有事急著趕回江南，卻將緞帶讓給了我。」

陸小鳳了解司馬紫衣的心情，以他的爲人，當然非回去不可。

他也無顏再見陸小鳳。

一些有了一派宗主身分的武林前輩，愛惜羽毛，自尊自重，當然絕不會去買來歷不明的緞帶，別人也不會拿去賣給他們。

所以這些人反而沒有露面。

魏子雲道：「我已將禁城的四門全都封鎖，從現在起，絕不會再有人進來。」

陸小鳳道：「葉孤城呢？」

魏子雲道：「白雲城主早已到了。」

陸小鳳道：「他人在哪裡？」

魏子雲道：「他們約定在子時交手，我已將他安排在隆宗門外戶部朝房裡歇下，不過，看來他好像……」

陸小鳳道：「好像怎樣？」

魏子雲嘆道：「他的臉色很不好，有人說他重傷未癒，好像並不是謠傳。」

他沒有接著說下去，忽又笑了笑，道：「那幾位朋友好像都在等你過去，你只管請便。」

那邊的確有好幾雙眼睛都在看著陸小鳳——司空摘星的眼睛在笑，老實和尚的眼睛在生氣，卜巨和嚴人英的眼睛裡充滿感激。

陸小鳳走過去拍了拍嚴人英的肩，微笑道：「你怎麼來遲了？」

嚴人英道：「我……我本來不敢來的。」

陸小鳳道：「不敢？爲什麼不敢？」

嚴人英的臉彷彿有些發紅，苦笑道：「若不是老實大師助了我一臂之力，我就算來了，很可能也只有在下面站著。」

陸小鳳笑道：「老實大師！我倒還是第一次聽見有人這樣稱呼他。」

他笑嘻嘻的看著老實和尚，好像又想過去找這和尚的麻煩。

誰知他剛走了兩步，突然閃電出手，刁住了司空摘星的手腕。

司空摘星嚇了一大跳，失聲道：「緞帶我已還給了你，你還找我麻煩幹什麼？」

陸小鳳沉著臉，冷冷道：「我就是要問你，你這兩條緞帶從哪裡偷來的？」

司空摘星道：「我一定要告訴你？」

陸小鳳道：「你若不說，我就要你這隻手永遠再也休想偷人家的東西。」

他的手在用力，竟已將司空摘星的手捏得格格作響。

司空摘星嘆了口氣，苦笑道：「其實我就算說出來，你也未必會相信。」

陸小鳳道：「你說說看！」

司空摘星道：「這兩條緞帶我倒真不是偷來的，是別人買來送給我的，因爲他欠我的情。」

陸小鳳道：「這人是誰？」

司空摘星道：「人家花了好幾萬兩銀子買東西送給我，只要我替他保守秘密，我就算對你很夠朋友，至少也不能這麼快就出賣他呀！」

陸小鳳道：「你要等到什麼時候才能出賣他？」

司空摘星道：「最少也得等兩三天。」

兩三天之後，這件事也許已事過境遷，再說出來也沒有用了。

陸小鳳目光閃動，道：「那個人是不是只要你替他保守兩三天的秘密？」

司空摘星雖沒有承認，也沒有否認。

陸小鳳道：「現在你一定不說？」

司空摘星淡淡道：「你就算捏碎我這隻手也沒關係，我反正已準備改行。」

陸小鳳也知道他偷東西的時候雖然常常六親不認，卻絕不是個會出賣朋友的人，他忽然笑了笑，道：「其實你不說，我也知道。」

司空摘星笑道：「你知道？你爲什麼不說給我聽聽。」

陸小鳳道：「附耳過來。」

他果然在司空摘星耳邊輕輕的說了一個人的名字。

司空摘星忽然笑不出了，陸小鳳眼睛裡卻發出了光，他已看出自己並沒有猜錯。

七八條斷斷續續、零零碎碎的線索，現在終於已將它連接起來，只不過還差最後一顆扣子而已。

司空摘星又在嘆息著，喃喃道：「這人說我是猴精，其實他自己才是……」

他的話忽然被打斷，殷羨忽然又從飛簷下出現，道：「白雲城主來了。」

月光下果然出現條白衣人影，身形飄飄，宛如御風，輕功之高，竟不在司空摘星之下。

司空摘星又嘆了口氣，道：「想不到葉孤城也有這麼高的輕功。」

陸小鳳眼睛裡卻帶著種奇怪的表情，過了很久，才吐出口氣，帶著笑道：「輕功若不高，又怎能使得出那一著『天外飛仙』？」

月已中天。

殿脊前後幾乎都站滿了人，除了那十三個不願露出真面目的神秘人物，還有七位都穿著御前帶刀侍衛的服色，顯然都是大內中的高手，也想來看看當代兩大劍客的風采。

從殿脊上，居高臨下，看得反而比較清楚一些。

在月光下看來，葉孤城臉上果然全無血色，西門吹雪的臉雖然很蒼白，卻還有些生氣。

兩個人全都是白衣如雪，一塵不染，臉上全都完全沒有表情。

在這一刻間，他們的人已變得像他們的劍一樣，冷酷鋒利，已完全沒有人的情感。

兩個人卻是互相凝視著，眼睛裡都在互相發著光。

每個人都距離他們很遠，他們的劍雖然還沒出鞘，劍氣卻已令人心驚。

——這種凌厲的劍氣，本就是他們自己本身發出來的。

——可怕的也是他們本身這個人，並不是他們手裡的劍。

葉孤城忽然道：「一別經年，別來無恙？」

西門吹雪道：「多蒙成全，僥倖安好。」

葉孤城道：「舊事何必重提，今日之戰，你我必當各盡全力。」

西門吹雪道：「是。」

葉孤城道：「很好。」

他說話的聲音本已顯得中氣不足，說了兩句話後，竟似已在喘息。

西門吹雪卻還是面無表情，視若不見，揚起手中劍，冷冷道：「此劍乃天下利器，劍鋒三尺七寸，淨重七斤十三兩。」

葉孤城道：「好劍！」

西門吹雪道：「確是好劍！」

葉孤城也揚起手中劍，道：「此劍乃海外寒劍精英，吹毛斷髮，劍鋒三尺三，淨重六斤四兩。」

西門吹雪道：「好劍！」

葉孤城道：「本是好劍！」

兩人的劍雖已揚起，卻仍未出鞘——拔劍的動作，也是劍法中不可缺少的一門，兩人顯然也要比個高下。

魏子雲忽然道：「兩位都是當代之劍術名家，負天下之重望，劍上當必不致淬毒，更不會秘藏機簧暗器。」

四下寂靜無聲，呼吸可聞，都在等著他說下去。

魏子雲道：「只不過這一戰曠絕古今，必傳後世，未審兩位是否能將佩劍交換查視，以昭大信？」

葉孤城立刻道：「謹遵台命。」

西門吹雪沉默著，過了很久，終於也慢慢的點了點頭。

假如在一個月前，他是絕不會點頭的，生死決戰之前，制敵利器怎可離手？

但現在他已變了，緩緩道：「我的劍只能交給一個人。」

魏子雲道：「是不是陸小鳳陸大俠？」

西門吹雪道：「是。」

魏子雲道：「葉城主的劍呢？」

葉孤城道：「一事不煩兩主，陸大俠也正是我所深信的人。」

司空摘星忽然嘆了口氣，喃喃道：「這小子連和尚的饅頭都要偷，居然還有人會相信他，奇怪奇怪。」

他說話的聲音雖低，但是在此時此刻，每個字別人都聽得清清楚楚。

木道人忍不住要笑了，卜巨忽然也大聲道：「陸大俠仁義無雙，莫說是一口劍，就算是我的腦袋，我卜巨也一樣交給他。」

嚴人英立刻也跟著道：「在下嚴人英雖然是個無名小卒，可是對陸大俠的仰慕，也和這位卜幫主完全一樣。」

其實嚴人英當然不是無名小卒，「開天掌」卜巨不但名頭響亮，說起話來更聲若洪鐘，兩個人搶著替陸小鳳說話，好像生怕別人誤會了他。

司空摘星只有苦笑，悄悄對陸小鳳道：「莫忘記大家是來看葉孤城和西門吹雪的。」

陸小鳳道：「我知道。」

司空摘星道：「可是大家現在卻全都看著你。」

陸小鳳笑了笑，大步走出去，先走到西門吹雪面前，接過他的劍，回頭就走，又去接下葉孤城的劍，將兩柄劍放在手裡，喃喃道：「果然都是好劍。」

魏子雲道：「這就請陸大俠將這兩柄劍讓他們兩位交換，過一過目。」

陸小鳳道：「你要我把西門吹雪的劍交給葉孤城，把葉孤城的劍交給西門吹雪麼？」

魏子雲道：「不錯。」

陸小鳳道：「不行。」

魏子雲怔了怔，道：「為什麼不行？」

陸小鳳忽然道：「這麼好的兩口劍，到了我手裡，我怎麼捨得再送出去？」

魏子雲怔住。

陸小鳳把劍鞘挾在脅下，手腕一反，兩劍全都出鞘，劍氣沖霄，光華耀眼，連天上的一輪圓月都似已失去了顏色。

大家心裡都在暗問自己：「這兩柄劍若是到了我手裡，我是不是捨得再送出去？」

陸小鳳又道：「利器神物唯有德者居之，這句話各位聽說過沒有？」

沒有人回答，沒有人知道該怎麼辦。

陸小鳳道：「這句話我聽說過，我也看出了這兩柄劍上沒有花樣。」

這句話說完，劍已入鞘，他忽然抬起手，將一柄劍拋給了西門吹雪，一柄劍拋給了葉孤城，就揚長走了回去。

大家又全怔住。

司空摘星忍不住道：「你這是幹什麼？」

陸小鳳淡淡道：「我只不過讓他們明白，下次再有這種事，千萬莫要找我，我的麻煩已夠多了，已不想再管這種無聊的事。」

司空摘星道：「這是無聊的事？」

陸小鳳道：「兩個人無冤無仇，卻偏偏恨不得一劍刺穿對方的咽喉，這種事若不是無聊，還有什麼事無聊？」

司空摘星已明白陸小鳳的意思，是希望西門吹雪和葉孤城彼此手下都留點情，比武較技，並不一定非要殺人不可。

這意思別人當然也已明白，魏子雲乾哼兩聲道：「子時已過，明日還有早朝，兩位這一戰盼能以半個時辰爲限，過時則以不分勝負論，高手較技，本就爭在一招之間，半個時辰想必已足夠。」

他再也不提換劍的事，決戰總算已將開始，大家又屏聲靜氣，拭目而待。

西門吹雪左手握著劍鞘，右手下垂至膝，剛才的事，對他竟完全沒有絲毫影響，他的人看起來還是像把已出了鞘的劍，冷酷、尖銳、鋒利。

葉孤城的臉色卻更難看，反手將長劍挾在身後，動作竟似有些遲鈍，而且還不停的輕輕咳嗽。跟西門吹雪比起來，他實在顯得蒼老衰弱得多，有的人眼睛裡已不禁露出同情之色，這一戰的勝負，已不問可知了。

西門吹雪卻仍然面無表情，視而不見。他本就是個無情的人。

他的劍更無情！

葉孤城終於挺起胸，凝視著他手裡的劍，緩緩道：「利劍本爲兇器，我少年練劍，至今三十年，本就隨時隨刻都在等著死於劍下。」

西門吹雪在聽著。

葉孤城又喘了口氣，才接著道：「所以今日這一戰，你我劍下都不必留情，學劍的人能死在高手劍下，豈非也已無憾？」

西門吹雪道：「是。」

有的人已不禁在心裡拍手，他們來看的，本就是這兩位絕代劍客生死一搏的全力之戰，劍下若是留餘力，這一戰還有什麼看頭？

葉孤城深深呼吸，道：「請。」

西門吹雪忽然道：「等一等。」

葉孤城道：「等一等？還要等多久？」

西門吹雪道：「等傷口不再流血。」

葉孤城道：「誰受了傷？誰在流血？」

西門吹雪道：「你！」

葉孤城吐出口氣，低下頭，看看自己的胸膛，身子忽然像是搖搖欲倒。

大家跟著他看過去，才發現他雪白的衣服上，已滲出了一片鮮紅的血跡。他果然受了傷，而且傷口流血不止，可是這個驕傲的人卻還是咬著牙來應付，明知必死，也不肯退縮半步。

西門吹雪冷笑道：「我的劍雖是殺人的兇器，卻從不殺一心要來求死的人。」

葉孤城厲聲道：「我豈是來求死的？」

西門吹雪道：「你若無心求死，等一個月再來，我也等你一個月。」

他忽然轉過身，淩空一掠，沒入飛簷下。

葉孤城想追過去，大喝道：「你……」

一個字剛說出，嘴裡也噴出一口鮮血，人也支持不住了。

現在他非但已追不上西門吹雪，就算是個孩子，他只怕也都追不上。

大家你看著我，我看著你，又一次怔住。

這一戰本已波瀾起伏，隨時都有變化，現在居然忽又急轉直下，就像是一台戲密鑼緊鼓的響了半天，文武場面都已到齊，誰知主角剛出來，就忽然已草草收場，連敲鑼打鼓的人都難免要失望。

司空摘星忽然笑了，大笑。

老實和尚瞪眼道：「你笑什麼？」

司空摘星笑道：「我在笑那些花了幾萬兩銀子買條緞帶的人。」

可是他笑得還嫌早了些，就在這時，陸小鳳已飛躍而起，厲聲道：「住手！」

十一 深宮驚變

司空摘星笑得太早，陸小鳳出手時卻已太遲了。

唐天縱已竄到葉孤城身後，雙手飛揚，發出了一片烏雲般的毒砂。

本已連站都站不穩的葉孤城，一驚之下，竟凌空掠起，鷂子翻身，動作輕靈矯捷，一點也不像身負重傷的樣子。

只可惜他也遲了一步。

唐門子弟的毒藥暗器只要一出手，就很少有人能閃避，何況唐天縱早已蓄勢待發，出手時選擇的時候、部位，都令人防不勝防。

只聽一聲慘呼，葉孤城身子忽然重重的跌下來，雪白的衣服上，又多了一片烏雲。

這正是唐家見血封喉的追魂砂，在距離較近時，威力遠比毒蒺藜更可怕。

江湖中人都知道，這種毒砂只要有一粒打在臉上，就得把半邊臉削下去，若是有一粒打在手上，就得把一隻手割下去。

葉孤城身上中的毒砂，已連數都數不清了，忽然滾到唐天縱腳下，嘶聲叫道：「解藥，快拿解藥來！」

唐天縱咬著牙，冷冷道：「我大哥二哥都傷在你劍下，不死也成殘廢，你跟我們唐家仇深如海，你還想要我的解藥？」

葉孤城道：「那……那是葉孤城的事，與我完全沒有關係。」

唐天縱冷笑道：「難道你不是葉孤城？」

葉孤城掙扎著搖了搖頭，忽然伸出手，用力在自己臉上一抹一扯，臉上竟有層皮被他扯了下來，卻是個製作得極其精妙的人皮面具。

他自己的臉枯瘦醜陋，一雙眼睛深深下陷，赫然竟是替杜桐軒做過保鏢的那個神秘黑衣人。

陸小鳳見過這個人兩次，一次在浴室裡，一次在酒樓上。

這人身法怪異，陸小鳳原就知道他絕不是特地到京城來爲杜桐軒做保鏢的，可是陸小鳳也沒有想到他竟做了葉孤城的替身。

月光雖皎潔，總不如燈火明亮，陸小鳳又知道葉孤城身負重傷，必定面有病容，他和葉孤城見面的次數本不多，對葉孤城的聲音笑貌並不熟悉。

葉孤城本就是初入中原，江湖中人見過他的本就沒有幾個。

若非如此，這黑衣人的易容縱然精妙，也萬萬逃不過這麼多雙銳利的眼睛。

唐天縱的眼睛已紅了，吃驚的看著他，厲聲道：「你是什麼人？葉孤城呢？」

這人張開嘴，想說話，舌頭卻已痙攣收縮，連一個字都說不出來。

唐門的追魂毒砂，果然在頃刻間就能追魂奪命！

唐天縱忽然從身上拿出個木瓶，俯下身，將一瓶解藥全都倒在這人嘴裡，爲了要查出葉孤城的下落，就一定要保住這人性命。

除了他之外，沒有人知道葉孤城的人在哪裡，也沒有人想得到，這名重天下，劍法無雙的白雲城主，竟以替身來應戰。

司空摘星苦笑道：「這究竟是怎麼回事？簡直連我也糊塗了。」

陸小鳳冷冷道：「糊塗的是你，不是我！」

司空摘星道：「你知道葉孤城自己爲什麼不來？你知道他的人在哪裡？」

陸小鳳目中光芒閃動，忽然竄過去，找著魏子雲道：「你知不知道宮裡有個姓王的老太監？」

魏子雲道：「王總管？」

陸小鳳道：「就是他，他能不能將緞帶盜出來？」

魏子雲道：「太子還未即位時，他本是在南書房伴讀的，大行皇帝去世，太子登基，他就成了當今皇上面前的紅人……」

陸小鳳道：「我只問你，除了你們外，他是不是也能將緞帶盜出來？」

魏子雲道：「能呀！」

陸小鳳眼睛更亮，忽然又問道：「現在皇上是不是已就寢了？」

魏子雲道：「皇上勵精圖治，早朝從不間斷，所以每天都睡得很早。」

陸小鳳道：「睡在哪裡？」

魏子雲道：「皇上登基雖已很久，卻還是和做太子時一樣讀書不倦，所以還是常歇在南書房。」

陸小鳳道：「南書房在哪裡呢？快快帶我去！」

殷羨叫了起來，搶著道：「你要我們帶你去見皇上？你瘋了？」

陸小鳳道：「我沒有瘋，可是你們若不肯帶我去，你們就快瘋了。」

殷羨皺眉道：「這人真的瘋了，不但自己胡說八道，還想要我們腦袋搬家。」

陸小鳳嘆了口氣，道：「我不是想要你們腦袋搬家，是想保全你們的腦袋。」

魏子雲眼睛裡帶著深思之色，忽然道：「我姑且再信你這一次。」

殷羨失聲道：「你真的要帶他去？」

魏子雲點點頭，道：「你們也全都跟著我來。」

忽然間，「喀嚓」一聲響，一顆血淋淋的人頭從殿脊上直滾下來。

接著，一個無頭的屍身也直滾而下，穿的赫然竟是大內侍衛的服色。

魏子雲大驚回頭，六個侍衛已被十二個身上繫著緞帶的夜行人挾持，還有個紫衣人手裡拿著柄雪亮的彎刀，刀尖還在滴著血。

這十三個人剛才好像互不相識，想不到卻是一條路上的。

殷羨怒道：「你居然敢在這裡殺人？你不知道這是砍頭的罪名？」

紫衣人冷冷道：「反正頭也不是我的，再多砍幾個也無妨。」

殷羨跳起來，作勢拔劍。

紫衣人道：「你敢動一動，這裡的人頭就又得少一個。」

殷羨果然不敢動，卻忽然破口大罵，什麼難聽的話都罵了出來，無論誰也想不到，像他這種身分的人，也能罵得出這種話。

紫衣人道：「住口！」

殷羨道：「我已不能動，連罵罵人都不行？」

紫衣人道：「你是在罵誰？」

殷羨道：「你聽不出我是在罵誰？我再罵給你聽聽。」他愈罵愈起勁，愈罵愈難聽，紫衣人氣得連眼睛都紅了，彎刀又揚起，忽然間，「嗤」的一響，半截劍鋒從他胸口冒出來，鮮血箭一般的標出來。

只聽身後一個人冷冷道：「他管罵人，我管殺人……」

下面的話紫衣人已聽不清楚，就在這一瞬間，他身後的丁敖已將劍鋒拔出，他面前的殷羨、魏子雲、陸小鳳已飛身而起。

他最後聽見的，是一陣骨頭碎裂的聲音。很多人骨頭碎裂的聲音。

天街的月色涼如水，太和殿上的月色更幽冷了。

鮮血沿著燦爛如黃金的琉璃瓦流下來，流得很多，流得很快。

十三個始終不肯露出真面目的黑衣人，現在都已倒下，已不再有人關心他們的來歷身分。

現在大家所關心的，是另一件更神秘、更嚴重的事——

陸小鳳爲什麼一定要逼著魏子雲帶他到南書房去見皇帝？

一向老成持重的魏子雲，爲什麼肯帶他去？

葉孤城和西門吹雪的這一戰，雖足以震爍古今，但卻只不過是江湖中的事，爲什麼會牽涉驚動到九重天子？

這其中還隱藏著什麼秘密？

司空摘星看了看仰面向天的西門吹雪，又看了看低頭望地的老實和尚，忍不住問道：「和尚，你知不知道這究竟是怎麼回事？」

老實和尚搖搖頭，道：「這件事你不該問和尚的。」

司空摘星道：「我應該去問誰？」

老實和尚道：「葉孤城。」

九月十五，深夜，月圓如鏡。

年輕的皇帝從夢中醒來時，月光正從窗外照進來，照在床前的碧紗帳上。

碧紗帳在月光中看來，如雲如霧，雲霧中竟彷彿有個人影。

這裡是禁宮重地，皇帝還年輕，晚上從來用不著人伺候，是誰敢三更半夜，鬼鬼祟祟的站在皇帝床前窺探？

皇帝一挺腰就已躍起，不但還能保持鎮定，身手顯然也很矯捷。

「什麼人？」

「奴婢王安，伺候皇上用茶。」

皇帝還在東宮時，就已將王安當作他的心腹親信，今夜他雖然並沒有傳喚茶水，卻也不忍心讓這忠心的老人難堪，只揮了揮手，道：「現在這裡用不著你伺候，退下去。」

王安道：「是。」

皇帝說出來的每句話，都是不容任何人違抗的命令。皇帝若要一個人退下去，這人就算已被打斷了兩條腿，爬也得爬出去。

奇怪的是，這次王安居然還沒有退下去，事實上他連動都沒有動，連一點退下去的意思都沒有。

皇帝皺起了眉，道：「你還沒有走？」

王安道：「奴婢還有事上稟。」

皇帝道：「說。」

王安道：「奴婢想請皇上去見一個人。」

三更半夜，他居然敢驚起龍駕，勉強當今天子去見一個人，難道他已忘了自己的身分，忘了這已是大逆不道，可以誅滅九族的罪名？

他七歲淨身，九歲入宮，一向巴結謹慎，如今活到五六十歲，怎麼會做出這種事？

皇帝雖然沉下了臉，卻還是很沉得住氣，過了很久，才慢慢的問了句：「人在哪裡？」

「就在這裡。」

王安揮手作勢，帳外忽然亮起了兩盞燈。

燈光下又出現了一個人。

一個很英挺的年輕人，身上穿著黃袍，下幅是左右開分的八寶立水裙。

燈光雖然比月光明亮，人卻還是彷彿站在雲霧裡。

皇帝看不清，拂開紗帳走出去，臉色驟然變了，變得說不出的可怕。

站在他面前的這年輕人，就像是他自己的影子——同樣的身材、同樣的容貌，身上穿著的，也正是他的衣服。

「袍色明黃，領袖俱石青片金緣，繡文金龍九，列十二章，間以五色雲，領前後正龍各一，左右及交襟處行龍各一，袖端正龍各一，下幅八寶立水裙左右開。」

這是皇帝的朝服。

皇帝是獨一無二的，是天之子，在萬物萬民之上，絕不容任何人僭越。

這年輕人是誰？怎麼會有當今天子同樣的身材和容貌？怎麼會有這麼樣大的膽子？

王安看著面前這兩個人，臉上卻帶著一種無法形容的詭笑，忽然道：「皇上想必不知他是誰？」

年輕的皇帝搖搖頭，雖然已氣得指尖冰冷，卻還是在勉強控制著自己。

他已隱約感覺到，王安的微笑裡，一定藏著極可怕的秘密。

王安拍了拍年輕人的肩，道：「這位就是大行皇帝的嫡裔，南王爺的世子，也就是當今天子的嫡親堂弟。」

皇帝忍不住又打量了這年輕人兩眼，沉著臉道：「你是奉詔入京的？」

南王世子垂下頭，道：「不是。」

皇帝道：「既未奉詔，就擅離封地，該是什麼罪名，你知不知道？」

南王世子頭垂得更低。

皇帝道：「皇子犯法，與民同罪，朕縱然有心相護，只怕也……」

南王世子忽然抬起頭，道：「只怕也免不了是殺頭的罪名。」

皇帝道：「不錯。」

南王世子道：「你既然知法，爲何還要犯法？」

皇帝怒道：「你……」

南王世子又打斷了他的話，厲聲道：「知法犯法，罪加一等，朕縱然有心救你一命，怎奈祖宗的家法尚在……」

皇帝大怒道：「你是什麼人？怎敢對朕如此無禮？」

南王世子道：「朕受命於天，奉詔於先帝，乃是當今天子。」

皇帝雙拳緊握，全身都已冰冷。

現在他總算已明白這是件多麼可怕的陰謀，但他卻還是不敢相信。

南王世子道：「王總管。」

王安立刻躬身道：「奴婢在。」

南王世子道：「先把這人押下去，黎明處決。」

王安道：「是。」

南王世子道：「念在同是先帝血脈，不妨賜他個全屍，再將他的屍骨兼程送回南王府。」

王安道：「是。」

他用眼角瞟著皇帝，忽然嘆了口氣，喃喃道：「我真不懂，放著好好的小王爺不做，卻偏偏要上京來送死，這是幹什麼呢？」

皇帝冷笑。

這陰謀現在他當然已完全明白，他們是想要李代桃僵，利用這年輕人來冒充他，替他做皇帝，再把他殺了滅口。

然後以南王世子的名義，把他的屍骨送回南王府，事後縱然有人能看出破綻，也是死無對證的了。

王安道：「皇子犯法，與民同罪，這道理你既然也知道，你還有什麼話說？」

皇帝道：「只有一句話。」

王安道：「你說，我在聽。」

皇帝道：「這種荒謬的事，你們是怎麼想得出來的？」

王安眨了眨眼睛，終於忍不住大笑，道：「我本來不想說的，可是我實在憋不住了。」

皇帝道：「你說。」

王安道：「老實告訴你，自從老王爺上次入京，發現你跟小王爺長得幾乎一模一樣，這件事就已經開始進行。」

皇帝道：「他收買了你？」

王安道：「我不但喜歡賭錢，而且還喜歡嫖。」

說到「嫖」字，他一張乾癟的老臉，忽然變得容光煥發，得意洋洋，卻故意嘆了口氣，才接著道：「所以我的開銷一向不小，總得找個來路才行。」

皇帝道：「你的膽子也不小。」

王安道：「我的膽子倒不大，不是十拿九穩的事，我是絕不會幹的。」

皇帝道：「這件事已十拿九穩？」

王安道：「我們本來還擔心魏子雲那些兔崽子，可是現在我們已想法子把他們引開了。」

皇帝道：「哦？」

王安道：「喜歡下棋的人，假如聽見外面有兩位大國手在下棋，還能不能耽在屋子裡？」

答案當然是不能。

王安道：「學劍的人也一樣，若知道當代最負盛名的兩位大劍客，就在前面的太和殿上比劍，他們也一樣沒法子在屋子裡耽下去。」

皇帝忽然問道：「你說的莫非是西門吹雪和葉孤城？」

王安顯得很吃驚，道：「你也知道？你也知道這兩個人？」

皇帝淡淡道：「以此兩人的劍術和盛名，也就難怪魏子雲他們會動心。」

王安悠然道：「人心總是肉做的。」

皇帝道：「幸好朕身邊還有幾個不動心的人。」

這句話剛說完，四面木柱裡，忽然同時發出「格」的一聲響，暗門滑開，閃出四個人來。

這四個人身高不及三尺，身材、容貌、服裝、裝飾打扮，都完全一模一樣。

尤其是他們的臉，小眼睛、大鼻子、凸頭癟嘴，顯得說不出的滑稽可笑。

可是他們手裡的劍，卻一點也不可笑。

一尺七寸長的劍，碧光閃動，寒氣逼人，三個人用雙劍，一個人用單劍，七柄劍凌空一閃，就像是滿天星雨繽紛，亮得人眼睛都睜不開。

可是，就算你張不開眼睛，也應該認得出這四個人——雲門山，七星塘，飛魚堡的魚家兄弟。

這兄弟四個人，是一胎所生，雖然長得不高，但是兄弟四人，心意相通，四人聯手，施展出他們家傳飛魚七星劍，在普天之下的七大劍陣中，雖然不能名列第一，能破他們這一陣的人，也已不多。

他們不但劍法怪異，性情更孤僻，想不到竟被羅致在大內，作了皇帝的貼身護衛。

劍光閃亮了皇帝的臉。

皇帝道：「斬！」

七柄劍光華流竄，星芒閃動，立刻就籠罩了南王世子和王安。

王安居然面色不變。

南王世子已揮手低叱道：「破。」

叱聲出口，忽然間，一道劍光斜斜飛來，如驚芒掣電，如長虹經天。

滿天劍光交錯，忽然發出了「叮，叮，叮，叮」四聲響，火星四濺，滿天劍光忽然全都不見了。

唯一還有光的，只剩下一柄劍。

一柄形式奇古的長劍。

這柄劍當然不是魚家兄弟的劍。

魚家兄弟的劍，都已斷了，魚家兄弟的人，已全都倒了下去。

這柄劍在一個白衣人的手裡，雪白的衣服，蒼白的臉，冰冷的眼睛，傲氣逼人，甚至比劍氣還逼人。

這裡是皇宮，皇帝就在他面前。可是這個人卻好像連皇帝都沒有被他看在眼裡。

皇帝居然也還是神色不變，淡淡道：「葉孤城？」

白衣人道：「山野草民，想不到竟能上動天聽。」

皇帝道：「天外飛仙，一劍破七星，果然是好劍法。」

葉孤城道：「本來就是好劍法。」

皇帝道：「卿本佳人，奈何從賊？」

葉孤城道：「成就是王，敗就是賊。」

皇帝道：「賊就是賊。」

葉孤城冷笑，平劍當胸，冷冷道：「請。」

皇帝道：「請？」

葉孤城冷冷道：「以陛下之見識與鎮定，武林之中已少有人能及，陛下若入江湖，必可名列十大高手之中。」

皇帝笑了笑，道：「好眼力。」

葉孤城道：「如今王已非王，賊已非賊，王賊之間，強者爲勝。」

皇帝道：「好一個強者爲勝。」

葉孤城道：「我的劍已在手。」

皇帝道：「只可惜你手中雖有劍，心中卻無劍。」

葉孤城道：「心中無劍？」

皇帝道：「劍直，劍剛，心邪之人，胸中焉能藏劍？」

葉孤城臉色變了變，冷笑道：「此時此刻，我手中劍已經夠了。」

皇帝道：「哦？」

葉孤城道：「手中的劍能傷人，心中的劍卻只能傷得自己。」

皇帝笑了，大笑。

葉孤城道：「拔你的劍。」

皇帝道：「我手中無劍。」

葉孤城道：「你不敢應戰？」

皇帝微笑道：「我練的是天子之劍，平天下，安萬民，運籌於帷幄之中，決勝於千里之外，以身當劍，血濺五步是爲天子所不取。」

他凝視著葉孤城，慢慢的接著道：「朕的意思，你想必也已明白。」

葉孤城蒼白的臉已鐵青，緊握了劍柄，道：「你寧願束手待斃？」

皇帝道：「朕受命於天，你敢妄動？」

葉孤城握劍的手上，青筋暴露，鼻尖上已沁出了冷汗。

王安忍不住大聲道：「事已至此，你不殺他，他就要殺你。」

南王世子道：「他一定會動手的，名揚天下的『白雲城主』，不會有婦人之仁。」

葉孤城臉上陣青陣白，終於跺了跺腳道：「我本不殺手無寸鐵之人，今日卻要破例一次。」

皇帝道：「爲什麼？」

葉孤城道：「因爲你手中雖無劍，心中卻有劍。」

皇帝默然。

葉孤城道：「我也說過，手中的劍能傷人，心中的劍卻必傷自己。」

他手裡的劍已揮起。

月滿中天。

月更圓。

秋風中浮動著桂子的清香，桂子的香氣之中，卻充滿了肅殺之意。

風從窗外吹進來，月光從窗外照進來，風和月同樣冷。

劍更冷。

冷劍刺出，熱血就必將濺出。

可是，就在這一刹那間，一個人忽然從窗外飛了進來。

他的身法比風更快，比月光更輕，可是他這個人在江湖中的份量卻重逾泰山。

只有這個人，才能阻止葉孤城刺出的一劍。

只有這個人，才能使葉孤城震驚。

「陸小鳳！」

葉孤城失聲而呼道：「你怎麼會來的？」

陸小鳳道：「因爲你來了。」

葉孤城忽然長長嘆了口氣，道：「我何必來，你又何必來？」

陸小鳳也嘆了口氣，道：「你不該來，我不必來，只可惜我們現在都已來了。」

葉孤城道：「可惜。」

陸小鳳道：「實在可惜。」

葉孤城再次嘆息，手中的劍忽又化作飛虹。

一劍西來，天外飛仙。

這飛虹般的劍，並不是刺向陸小鳳的。

陸小鳳閃身，劍光已穿窗而出，人也穿窗而出，他的人和劍，已合而爲一。

速度，不但是種刺激，而且是種很愉快的刺激。

快馬、快船、快車，和輕功，都能給人這種享受。

可是，假如你是在逃亡的時候，你就不會領略到這種愉快和刺激了。

葉孤城是一個很喜歡速度的人，在海上、在白雲城、在月白風清的晚上，他總是喜歡一個人迎風施展他的輕功，飛行在月下。

每當這種時候，他總是覺得心情分外寧靜。

此時正月白風清，此地乃金樓玉闕，他已施展他最快的速度，可是他的心卻很亂。

他在逃亡，他有很多想不通——

這計劃中，究竟有什麼錯誤和漏洞？

陸小鳳怎麼會發現這秘密？怎麼會來的？

沒有人能給他答覆，就正如沒有人知道，此刻吹在他臉上的風，是從哪裡來的。

月色淒迷，彷彿有霧，前面皇城的陰影下，有一個人靜靜的站著，一身白衣如雪。

葉孤城看不清這個人，他只不過看見一個比霧更白、比月更白的人影。

但他已知道這個人是誰。

因爲他忽然感覺到一種無法形容的劍氣，就像一重看不見的山峰，向他壓了下來。

他的瞳孔忽然收縮，肌肉忽然繃緊。

除了西門吹雪外，天上地下，絕不會再有第二個人能給他這種壓力。

等到他看清了西門吹雪的臉，他的身形就驟然停頓。

西門吹雪掌中有劍，劍仍在鞘，劍氣並不是從這柄劍上發出來的。

他的人比劍更鋒銳、更凌厲。

他們兩個人的目光相遇時，就像劍鋒相擊一樣。

他們都沒有動，這種靜的壓力，卻比動更強、更可怕。

一片落葉飄過來，飄在他們兩個人之間，立刻落下，連風都吹不起。

這種壓力雖然看不見，卻絕不是無形的。

西門吹雪忽然道：「你學劍？」

葉孤城道：「我就是劍。」

西門吹雪道：「你知不知道劍的精義何在？」

葉孤城道：「你說！」

西門吹雪道：「在於誠。」

葉孤城道：「誠？」

西門吹雪道：「唯有誠心正意，才能達到劍術的巔峰，不誠的人，根本不足論劍。」

葉孤城的瞳孔突又收縮。

西門吹雪盯著他，道：「你不誠。」

葉孤城沉默了很久，忽然也問道：「你學劍？」

西門吹雪道：「學無止境，劍術更是學無止境。」

葉孤城道：「你既學劍，就該知道學劍的人只要誠於劍，並不必誠於人。」

西門吹雪不再說話，話已說盡。

路的盡頭是天涯，話的盡頭就是劍。

劍已在手，已將出鞘。

就在這時，劍光飛起，卻不是他們的劍。

葉孤城回過頭，才發現四面都已被包圍，幾乎疊成了一圈人牆，數十柄寒光閃耀的劍，也幾乎好像一面網。

不但有劍網，也有槍林、刀山。

金戈映明月，寒光照鐵衣，紫禁城內的威風和煞氣，絕不是任何人能想像得到的。

一向冷靜鎮定的魏子雲，現在鼻尖上也已有了汗珠，手揮長劍，調度全軍，一雙眼睛，始終沒有離開過葉孤城，沉聲道：「白雲城主？」

葉孤城點頭。

魏子雲道：「城主遠在天外，劍如飛仙，人也如飛仙，何苦自貶於紅塵，作此不智事？」

葉孤城道：「你不懂？」

魏子雲道：「不懂。」

葉孤城冷冷道：「這種事，你本就不會懂的。」

魏子雲道：「也許我不懂，可是……」

目光如鷹，緊隨在魏子雲之後的「大漠神鷹」屠方，搶著道：「可是我們卻懂得，像你犯這種罪是千刀萬段，株連九族的死罪。」

他雖然以輕功和鷹爪成名，中年之後，用的也是劍。

他的劍鋒長而狹，看來和海南劍派門下用的劍差不多，其實，他的劍法卻是崑崙真傳。

葉孤城用眼角瞟著他的劍，冷笑道：「你知不知道你犯的是什麼罪？」

屠方聽不懂這句話。

葉孤城道：「你練刀不成，學劍又不精，敢對我無禮，你犯的也是死罪。」

屠方臉色更陰沉，劍鋒展動，立刻就要衝上去。

他一衝上去，別人當然不會坐視，葉孤城縱然有絕世無雙的劍法，就在這頃刻之間，也得屍橫當地，血濺五步。

可是他還沒有衝出去，已有人阻止了他。

西門吹雪忽然道：「等一等！」

屠方道：「等什麼？」

西門吹雪道：「先聽我說一句話。」

此時此刻，雖然已劍拔弩張，西門吹雪要說話，卻還是沒有人能不聽。

魏子雲點頭示意，屠方身勢停頓。

西門吹雪道：「我若與葉孤城雙劍聯手，普天之下，有誰能抵擋？」

沒有人。

這答案也絕對沒有人不知道。

魏子雲吸了口氣，鼻尖上又有汗珠沁出。

西門吹雪盯著他，道：「我的意思，你是不是已明白？」

魏子雲搖搖頭。

他當然明白西門吹雪的意思，卻寧願裝作不明白，他一定要爭取時間，想一個對策。

西門吹雪道：「我七歲學劍，七年有成，至今未遇敵手。」

葉孤城忽然嘆了口氣，打斷了他的話，道：「只恐瓊樓玉宇，高處不勝寒……人在高處的寂寞，他們這些人又怎麼會知道呢？你又何必對他們說？」

西門吹雪的目光凝向他，眼睛裡的表情很奇怪，過了很久，才緩緩的道：「今夜是月圓之夕。」

葉孤城道：「是的！」

西門吹雪道：「你是葉孤城？」

葉孤城道：「是的。」

西門吹雪道：「你掌中有劍，我也有。」

葉孤城道：「是的！」

西門吹雪道：「所以，我總算已經有了對手。」

魏子雲搶著道：「所以你不願讓他伏法而死？」

屠方道：「難道你連王法都不管了麼？」

西門吹雪道：「此刻，我但求與葉城主一戰而已，生死榮辱，我都已不放在心上。」

魏子雲道：「在你眼中看來，這一戰不但重於王法，也重於性命？」

西門吹雪目光彷彿在凝視著遠方，緩緩道：「生有何歡，死有何懼，得一知己，死而無憾，能得到白雲城主這樣的對手，死更無憾。」

對一個像他這樣的人說來，高貴的對手，實在比高貴的朋友更難求。

看他臉上那種深遠的寂寞，魏子雲眼睛的表情也變得很奇怪，也不禁嘆了口氣，道：「生死雖輕若鴻毛，王法卻重於泰山，我雖然明白你的意思，怎奈……」

西門吹雪道：「難道你逼著我陪他先闖出去，再易地而戰麼？」

魏子雲雙手緊握，鼻尖上汗珠滴落。

西門吹雪冷冷道：「這一戰勢在必行，你最好趕快拿定主意。」

魏子雲無法拿定主意。

他一向老謀深算，當機立斷，可是現在，他實在不敢冒險！

忽然間，一個人從槍林刀山中走出來，看見這個人，大家好像都鬆了口氣。

這世上假如還有一個人能對這種事下決定，這個人就一定是陸小鳳。

十二　强敵已逝

彷彿有霧，卻沒有霧。明月雖已西沉，霧卻還沒有升起。
陸小鳳從月光下走過來，眼睛一直在盯著西門吹雪。
西門吹雪不看他。
陸小鳳忽然道：「這一戰，真的勢在必行麼？」
西門吹雪道：「嗯。」
陸小鳳道：「然後呢？」
西門吹雪道：「然後沒有了。」
陸小鳳道：「你的意思是說，這一戰無論你是勝是負，都不再管這件事？」
西門吹雪道：「是。」
陸小鳳忽然笑了一笑，轉過身子拍了拍魏子雲的肩，道：「這件事你還拿不定主意？」
魏子雲道：「我……」
陸小鳳道：「我若是你，我一定會勸他們趕快動手。」
魏子雲道：「請教？」
陸小鳳道：「因爲這一戰，無論是誰勝誰負，對你們都有百利而無一害，那麼，還等什麼呢？」
魏子雲還在考慮。

陸小鳳道：「我所說的利，是漁翁得利的利。」

魏子雲抬起頭，看了看葉孤城，看了看西門吹雪，又看了看陸小鳳，終於長長的出了一口氣，道：「今夜雖是月圓之夕，這裡卻不是紫禁之巔。」

陸小鳳道：「你的意思是說，要讓他們再回到太和殿上去麼？」

魏子雲居然笑了笑，道：「他們這一戰既然勢在必行，爲什麼要讓那幾位不遠千里而來的人，徒勞往返？」

陸小鳳也笑了，道：「瀟湘劍客果然人如其名，果然灑脫得很。」

魏子雲也拍了拍他的肩，微笑了，道：「陸小鳳果然不愧爲陸小鳳。」

明月雖已西沉，看起來卻更圓了。

一輪圓月，彷彿就掛在太和殿的飛簷下，人卻已在飛簷上。

人很多，卻沒有人聲。

就連司空摘星、老實和尙，都已閉上了嘴，因爲他們也同樣能感受到那種逼人的壓力。

忽然間，一聲龍吟，劍氣沖霄。

葉孤城劍已出鞘。劍在月光下看來，彷彿也是蒼白的。

蒼白的月，蒼白的劍，蒼白的臉。

葉孤城凝視著劍鋒，道：「請。」

他沒有去看西門吹雪，連一眼都沒有看，竟然沒有去看西門吹雪手裡的劍，也沒有去看西門吹雪的眼睛。

這是劍法的大忌。高手相爭，正如大軍決戰，要知己知彼，才能百戰百勝。

所以對方每一個輕微的動作，每一個眼神、每一個表情，甚至連每一根肌肉的跳動，也都應該觀察得仔仔細細，連一點都不能錯過。

因爲每一點都可能是決定這一戰勝負的因素。

葉孤城身經百戰，號稱無敵，怎麼會不明白這道理？

這種錯誤，本來是他絕不會犯的。

西門吹雪目光銳利如劍鋒，不但看到了他的手、他的臉，彷彿還看到了他的心。

葉孤城又說了一遍：「請。」

西門吹雪忽然道：「現在不能。」

葉孤城道：「不能？」

西門吹雪道：「不能出手。」

葉孤城道：「爲什麼？」

西門吹雪道：「因爲你的心還沒有靜。」

葉孤城默然無語。

西門吹雪道：「一個人心若是亂的，劍法必亂，一個人劍法若是亂的，必死無疑。」

葉孤城冷笑道：「難道你認爲我不戰就已敗了？」

西門吹雪道：「現在你若是敗了，非戰之罪。」

葉孤城道：「所以你現在不願出手？」

西門吹雪沒有否認。

葉孤城道：「因爲你不願乘人之危？」

西門吹雪也承認。

葉孤城道：「可是這一戰已勢在必行。」

西門吹雪道：「我可以等。」

葉孤城道：「等到我的心靜？」

西門吹雪點點頭道：「我相信我用不了等多久的。」

葉孤城霍然抬起頭盯著他，眼睛裡彷彿露出了一抹感激之色，卻又很快被他手裡的劍光照散了。對你的敵手感激，也是種致命的錯誤。

葉孤城道：「我也不會讓你等多久的，在你等的時候，我能不能找一個人談談話？」

西門吹雪道：「說話可以讓你心靜？」

葉孤城道：「只有跟一個人說話，才可以使我心靜。」

西門吹雪道：「這個人是誰？」

這句話他本不必問的。

葉孤城說的當然是陸小鳳，因爲他心裡的疑問，只有陸小鳳一個人能答覆。

陸小鳳坐了下來，在紫禁之巔，滑不留足的琉璃瓦上坐了下來。

明月就掛在他身後，掛在他頭上，看來就像是神佛腦後的那圈光輪。

葉孤城凝視著他，已凝視了很久，忽然道：「你不是神。」

陸小鳳道：「我不是。」

葉孤城道：「所以我想不通，你怎麼會知道那麼多秘密的？」

陸小鳳笑了一笑，道：「你真的認爲這世上有能夠永遠瞞住人的秘密？」

葉孤城道：「也許沒有，可是我們這計劃……」

陸小鳳道：「你們這計劃，的確很妙，也很周密，只可惜無論多周密的計劃，都難免有漏洞。」

葉孤城道：「我們的漏洞在哪裡？你是怎麼看出來的？」

陸小鳳沉吟著，道：「我也不知道自己是怎麼看出來的，我只不過覺得，有幾個人本來不該死的，卻不明不白的死了。」

葉孤城道：「你說的是張英風、公孫大娘、和歐陽情？」

陸小鳳道：「還有龜孫子大老爺。」

葉孤城道：「你一直想不通爲什麼會有人要對他們下毒手麼？」

陸小鳳道：「現在我已想通。」

葉孤城道：「你說！」

陸小鳳道：「這計劃久已在秘密進行中，王總管和南王府的人，一直都在保持連絡，他們見面的地方，就是歐陽情的妓院。」

葉孤城道：「因爲他們認爲，絕不會有人想得到太監和喇嘛居然也逛妓院。」

陸小鳳道：「但你不放心，因爲你知道龜孫子大老爺和歐陽情都不是平常人，你總懷疑他們已發現這秘密，所以你一定要殺了他們滅口。」

葉孤城道：「其實我本不必殺他們的。」

陸小鳳道：「的確不必。」

葉孤城道：「可是這件事關係實在太大，我不能冒一點險。」

陸小鳳道：「也正因如此，所以我才發現，在你們這次決戰的幕後，一定還隱藏著個極大的秘密，絕不僅是因爲李燕北和老杜的豪賭。」

葉孤城嘆了口氣，道：「你總該知道張英風是非死不可的。」

陸小鳳道：「因爲張英風急著要找西門吹雪，他找到了那個太監窩，卻在無意間發現了你也在那裡，他當然非死不可。」

葉孤城道：「你想必也已知道，他捏的那第三個蠟像就是我。」

陸小鳳道：「就因爲這個蠟像，所以泥人張才會死。」

葉孤城道：「那天你去遲了一步。」

陸小鳳嘆了口氣，道：「因爲我走了不少冤枉路。」

葉孤城道：「我殺公孫大娘，就是爲了要引你走入歧途。」

陸小鳳道：「你還希望我懷疑老實和尙。」

葉孤城冷笑道：「難道你真的以爲他很老實？」

陸小鳳忽然又笑了一笑，道：「我雖然常常看錯人，做錯事，走錯路，但有時候卻偏偏會歪打正著。」

葉孤城道：「歪打正著？」

陸小鳳道：「我若不懷疑老實和尙，就不會去追問歐陽情，也就不會發現王總管和南王府的喇嘛那天也到那裡去過。」

葉孤城道：「你問出了這件事後，才開始懷疑到我？」

陸小鳳嘆息著道：「其實我一直都沒有懷疑到你，雖然我總覺得你絕不可能被人暗算，更不可能傷在唐家的毒藥暗器下，但我卻還是沒有懷疑到你，因爲……」

他凝視著葉孤城，慢慢的接著道：「因爲我總覺得你是我的朋友。」

葉孤城扭轉頭，他是不是已無顏再面對陸小鳳？

陸小鳳道：「你們利用李燕北和杜桐軒的豪賭作煙幕，再利用這一次決戰作引子，你先安排好一個人在杜桐軒那裡，作你的替身，你出現時，滿身簪花，並不是怕人嗅到你傷口的惡臭，而是怕人發覺你身上並沒有惡臭。」

陸小鳳又嘆了口氣，接著道：「這些計劃實在都很妙，妙極了。」

葉孤城沒有回頭。

陸小鳳道：「最妙的還是那些緞帶。」

葉孤城道：「哦？」

陸小鳳道：「魏子雲以緞帶來限制江湖豪傑入宮，你卻要王總管在內庫中又偷出一疋變色綢，製成緞帶，交給白雲觀主，由他再轉送出去，來的人一旦多了，魏子雲就只有將人力全都調來太和殿防守，你們才可以從容在內宮進行你們的陰謀。」

葉孤城仰面向天，默然無語。

陸小鳳道：「只可惜人算不如天算，你雖然算準了西門吹雪絕不會向一個負了傷的人出手，卻忘了還有一個一心想報兄仇的唐天縱。」

葉孤城道：「唐天縱？」

陸小鳳道：「若不是唐天縱出手暗算了你的替身，我可能還不會懷疑到你。」

葉孤城道：「哦？」

陸小鳳道：「我發現了你的秘密，我立刻想到南王府，又想到王總管，直到那時，我才明白你們的陰謀，是件多麼可怕的陰謀。」

葉孤城忽然笑了。

陸小鳳道：「你在笑？」

葉孤城道：「我不該笑？」

陸小鳳看著他，終於點了點頭，道：「只要還能笑，一個人的確應該多笑笑。」

只不過笑也有很多種，有的笑歡愉，有的笑勉強，有的笑諂媚，有的笑酸苦。

葉孤城的笑是哪一種？

不管他的笑是屬於哪一種，只要他還能在此時此地笑得出來，他就是個非平常人所能及的英雄。

他忽然拍了拍陸小鳳的肩道：「我去了。」

陸小鳳道：「你沒有別的話說？」

葉孤城想了想道：「還有一句。」

陸小鳳道：「你說。」

葉孤城扭轉頭道：「不管怎麼樣，你總是我的朋友……」

陸小鳳看著他大步走出去，走向西門吹雪，忽然覺得秋風已寒如殘冬……

這時候，月已淡，淡如星光。

星光淡如夢，情人的夢。

情人，永遠是最可愛的，有時候，仇人雖然比情人還可愛，這種事畢竟很少。

仇恨並不是種絕對的感情，仇恨的意識中，有時還包括了瞭解與尊敬。

只可惜可愛的仇人不多，值得尊敬的仇人更少！

怨，就不同了。

仇恨是先天的，怨恨卻是後天的，仇恨是被動的，怨恨卻是主動的。

你能不能說西門吹雪恨葉孤城？

你能不能說葉孤城恨西門吹雪？

他們之間沒有怨恨，他們之間只有仇恨。他們的仇恨，只不過是一種與生俱來，不能不有的，既奇妙又愚笨，既愚笨又奇妙的仇恨！

也許，葉孤城恨的只是——既然生了葉孤城，爲什麼還要生西門吹雪。

也許，西門吹雪所恨的也是一樣。

恨與愛之間的距離，爲什麼總是那麼令人難以衡量？

現在，已經到了決戰的時候。

真正到了決戰的時候，天上地下，已經沒有任何人、任何事能夠阻止這場決戰。

這一刻，也許很短暫，可是有很多人爲了等待這一刻，已經付出了他們所有的一切！

想起了那些人，陸小鳳忽然覺得有種說不出的心酸。

這一戰是不是值得？

那些人的等待是不是值得？

沒有人能回答，沒有人能解釋，沒有人能判斷。

甚至連陸小鳳都不能。

可是，他也同樣的感覺到那種逼人的煞氣和劍氣，他甚至所感受的壓力也許比任何人都大得多。

因爲西門吹雪是他的朋友，葉孤城也是。

——假如你曾經認爲一個人是你的朋友，那麼這個人永遠都是。

所以，陸小鳳一直都在盯著西門吹雪和葉孤城的劍，留意著他們每一個輕微的動作，和每一個眼神、每一個表情，甚至每一根肌肉的跳動。

他在擔心西門吹雪——

西門吹雪的劍，本來是神的劍，劍的神。

可是現在，他已不再是神，是人。

因爲他已經有了人類的愛、人類的感情。

人總是軟弱的，總是有弱點的，也正因如此，所以人才是人。

葉孤城是不是已抓到了西門吹雪的弱點？

陸小鳳很擔心，他知道，無論多小的弱點，都是足以致命的。

他知道，就算是葉孤城能放過西門吹雪，西門吹雪也不能放過自己。

勝就是生，敗就是死，對西門吹雪和葉孤城這種人來說，這其間絕無選擇的餘地。

最怪的是，他也同樣擔心葉孤城！

他從未發覺葉孤城有過人類的愛和感情！

葉孤城的生命就是劍，劍就是葉孤城的生命。只不過生命本身就是場戰爭，大大小小、各式各樣的戰爭。

無論是哪種戰爭，通常都只有一種目的——勝。

勝的意思，就是光榮，就是榮譽。

可是現在對葉孤城說來，勝已失去了意義，因爲他敗固然是死，勝也是死。

因爲他無論是勝是敗，都無法挽回失去的榮譽，何況無論誰都知道，今夜他已無法活著離開紫禁城了。

所以他們兩個人雖然都有必勝的條件，也都有必敗的原因。

這一戰究竟是誰負？誰勝？

這時候，星光月色更淡了，天地間所有的光輝，都已集中在兩柄劍上。

兩柄不朽的劍。

劍已刺出！

刺出的劍，劍勢並不快，西門吹雪和葉孤城兩人之間的距離還有很遠。

他們的劍鋒並未接觸，就已開始不停的變動，人的移動很慢，劍鋒的變動卻很快，因爲他們一招還未使出，就已隨心而變。

別的人看來，這一戰既不激烈，也不精采。

魏子雲、丁敖、殷羨、屠方，卻都已經流出了冷汗。

這四個人都是當代的一流劍客，他們看出這種劍術的變化，竟已到了隨心所欲的境界，也正是武功中至高無上的境界！

葉孤城的對手若不是西門吹雪，他掌中的劍每一個變化擊出，都是必殺必勝之劍。

他們劍與人合一，這已是心劍。

陸小鳳手上忽然也沁出了冷汗，他忽然發現西門吹雪劍勢的變化，看來雖然靈活，其實卻呆滯，至少比不上葉孤城的劍那麼輕靈流動。

葉孤城的劍，就像是白雲外的一陣風。

西門吹雪的劍上，卻像是繫住了一條看不見的線——他的妻子、他的家、他的感情，就是這條看不見的線。

陸小鳳也已看出來了，就在下面的二十個變化間，葉孤城的劍必將刺入西門吹雪的咽喉。

二十個變化一瞬即過。

陸小鳳指尖已冰冷。

現在，無論誰也無法改變西門吹雪的命運。

陸小鳳不能，西門吹雪自己也不能。

兩個人的距離已近在咫尺！

兩柄劍都已全力刺出！

這已是最後一劍，已是決勝負的一劍。

直到現在，西門吹雪才發現自己的劍慢了一步，他的劍刺入葉孤城的胸膛時，葉孤城的劍已必將刺穿他的咽喉。

這命運，他已不能不接受。

可是就在這時候，他忽又發現葉孤城的劍勢有了偏差，也許只不過是一兩寸間的偏差，這一兩寸的距離，卻已是生與死之間的距離。

這錯誤怎麼會發生的？

是不是因爲葉孤城自己知道自己的生與死之間，已沒有距離？

劍鋒是冰冷的。

冰冷的劍鋒，已刺入葉孤城的胸膛，他甚至可以感覺到劍尖觸及他的心。

然後，他就感覺到一種奇異的刺痛，就彷彿看見他初戀的情人死在病榻上時，那種刺痛一樣。

那不僅是痛苦，還有恐懼，絕望的恐懼！

因爲他知道，他生命中所有歡樂和美好的事，都已將在一瞬間結束。

現在他的生命也已將結束，結束在西門吹雪的劍下！

可是，他對西門吹雪並沒有怨恨，只有種任何人永遠都無法了解的感激。

在這最後一瞬間，西門吹雪的劍也慢了，也準備收回這一著致命的殺手。

葉孤城看得出。

他看得出西門吹雪實在並不想殺他，卻還是殺了他，因爲西門吹雪知道，他寧願死在這柄劍下。

——既然要死，爲什麼不死在西門吹雪的劍下？

——能死在西門吹雪的劍下，至少總比別的死法榮耀得多！

西門吹雪了解他這種感覺，所以成全了他！

所以他感激！

這種了解和同情，唯有在絕世的英雄和英雄之間，才會產生。

在這一瞬間，兩個人的目光接觸，葉孤城從心底深處長長吐出一口氣！

「謝謝你。」

這三個字他雖然沒有說出口，卻已從他目光中流露出來！他知道西門吹雪也一定會了解的！

他倒下去！

明月已消失，星光也已消失，消失在東方剛露出的曙色裡！

這絕世無雙的劍客，終於已倒下去。他的聲名，是不是也將從此消失？

天邊一朵白雲飛來，也不知是想來將他的噩耗帶回天外？還是特地來對這位絕世的劍客，致最後的敬意？

曙色已臨，天地間卻彷彿更寒冷、更黑暗。

葉孤城的臉色，看來就彷彿這一抹剛露出的曙色一樣，寒冷、朦朧、神秘！

劍上還有最後一滴血！

西門吹雪輕輕吹落，仰面四望，天地悠悠，他忽然有種說不出的寂寞。

西門吹雪藏起了他的劍，抱起了葉孤城的屍體，劍是冷的，屍體更冷。

最冷的卻還是西門吹雪的心。

轟動天下的決戰已過去，比朋友更值得尊敬的仇敵已死在他劍下。這世上還有什麼事能使他的心再熱起來？血再熱起來？

他是不是已決心永遠藏起他的劍？就像是永遠埋藏起葉孤城的屍體一樣？無論如何，這兩樣都是絕不容許任何人侵犯的。他對他們都同樣尊敬。

丁敖忽然衝過來，揮劍攔住了他的去路，厲聲道：「你不能將這人帶走，無論他是死是活，你都不能將他帶走。」

西門吹雪連看都沒有看他一眼！

丁敖又道：「這人是朝廷的重犯，爲他收屍的人，也有連坐之罪。」

西門吹雪道：「你想留下我？」

丁敖冷笑道：「難道我留不住你？」

西門吹雪額上青筋凸起。

丁敖道：「西門吹雪與葉孤城雙劍聯手，天下也許無人能擋，但可惜葉孤城現在已經是個死人，這裡卻還有禁衛三千。」

這句話剛說完，他忽然聽到他身後有人在笑！

一個人帶著笑道：「葉孤城雖然已經是個死人，陸小鳳卻還沒有死。」

陸小鳳又來了！

丁敖霍然回身，喝道：「你想怎麼樣？」

陸小鳳淡淡道：「我只不過想提醒你，西門吹雪和葉孤城都是我的朋友。」

丁敖道：「難道你想包庇朝廷的重犯？你知不知道這是什麼罪？」

陸小鳳道：「我只知道一點。」

丁敖道：「說！」

陸小鳳道：「我只知道不該做的事，我絕不去做，應該做的事，你就算砍掉我的腦袋，我也一樣要去做。」

丁敖臉色變了。

屠方、殷羨已衝過來，侍衛們弓上弦，刀出鞘，劍拔弩張，又是一觸即發。

忽然間，又有一個人跳起來，大聲道：「你們雖然有禁衛三千，陸小鳳至少還有一個朋友，也是個不怕砍掉頭的朋友。」

這個人是卜巨。

木道人立刻跟著道：「貧道雖然身在方外，可是方外人也有方外之交。」

他轉過頭來，看著老實和尚，道：「和尚呢？」

老實和尚瞪了他一眼，道：「道士能有朋友，和尚爲什麼不能有？」

他又瞪了司空摘星一眼，道：「你呢？」

司空摘星嘆了口氣，道：「這裡的侍衛大老爺們不但都是高手，而且都是大官，我是個小偷，小偷怕的就是官，所以……」

木道人道：「所以怎麼樣？」

司空摘星苦笑道：「所以我是很不想承認陸小鳳是我的朋友，只可惜我又偏偏沒法子不承認。」

木道人道：「很好。」

司空摘星道：「很不好！」

木道人道：「不好？」

司空摘星道：「假如他們要留下西門吹雪，陸小鳳是不是一定不答應？」

木道人道：「是。」

司空摘星道：「假如他們要對付陸小鳳，我們是不是不答應？」

木道人道：「是。」

司空摘星道：「那麼我們是不是一定要跟他們幹起來？」

木道人默認！

司空摘星道：「我剛剛已計算過，假如我們要跟他們幹起來，我們每個人，至少要對付他們三百一十七個。」

他嘆了口氣，接著道：「雙拳難敵四手，兩隻手要對付六百多隻手，那滋味一定不好受。」

木道人突然笑了一笑，道：「莫忘記你有三隻手。」

司空摘星也笑了。

他們的笑很輕鬆，在天子腳下，紫禁城裡，面對著寒光耀眼的刀山槍林，他們居然還能笑得很輕鬆。

丁敖他們卻已緊張起來，侍衛們更是一個個如臨大敵！

這一戰若是真的打起來，那後果就真的不可想像了。

看起來這一戰已是非打不可！

魏子雲面色沉重，雙手緊握，緩緩道：「各位都是在下心慕已久的武林名家，在下本不敢無禮，只可惜職責所在……」

陸小鳳打斷了他的話，道：「你的意思，我們都懂，我們這些人的脾氣，我也希望你能懂。」

魏子雲道：「請教。」

陸小鳳道：「我們這些人，有的喜歡錢，有的喜歡女人，有的貪生，有的怕死，可是一到了節骨眼上，我們就會把朋友的交情，看得比什麼都重。」

魏子雲沉默了很久，才嘆息著點了點頭，道：「我懂。」

陸小鳳道：「你應該懂。」

魏子雲道：「還有件事，你也應該懂。」

陸小鳳道：「哦？」

魏子雲道：「這一戰的結果，必定是兩敗俱傷，慘不忍睹，這責任應該由誰負？」

陸小鳳沒有開口，心裡也一樣沉重。

魏子雲環目四顧，長長嘆息，道：「無論這責任由誰負，看來這一戰已是無法避免，也沒有人能阻止了。」

陸小鳳沉思著，緩緩道：「也許還有一個人能阻止。」

魏子雲道：「誰？」

陸小鳳遙視著皇城深處，眼睛裡帶著種很奇怪的表情。

就在這時，大殿下已有人在高呼：「聖旨到。」

一個黃衣內監，手捧詔書，匆匆趕了過來。

大家一起在殿脊上跪下聽詔：

「奉天承運，天子詔曰，召陸小鳳即刻到南書房，其它各色人等，即時出宮。」

天子金口玉言，說出來的話永無更改。

各色人等中，當然也包括了死人，所以這一戰還未開始，就已結束！

十三 尾聲

九月十六。

黃昏，明月又將升起，今夜的月，必將比十五的月更圓。

司空摘星沿著金鰲玉帶的欄杆，來來回回的已不知走了多少次，他想數清這條橋上究竟有多少欄杆，卻一直沒有數出來，因爲他有心事——

陸小鳳爲什麼還沒有出來？

皇帝留著他幹什麼？

天威難測，伴君如伴虎，像陸小鳳那種灑脫不羈的人，耽在皇帝身旁，一句話說錯了，一件事做錯了，腦袋就很可能要搬家。

這一點，不但司空摘星擔心，只要是陸小鳳的朋友，每個人都在擔心，陸小鳳的朋友不少。

魏子雲已經進去探望過好幾次，南書房裡好像一直都沒有動靜。

沒有奉詔，誰也不敢闖入南書房，魏子雲當然也不敢。所以他每一次從裡面出來，大家的心裡就會又多加重一分。

等到他第六次從裡面出來，有的人已急得快要發瘋了，魏子雲反而不像前幾次出來時那麼垂頭喪氣，眼睛裡居然好像發著光。

看見他眼睛裡的表情，司空摘星立刻迎上去，道：「是不是有了消息？」

魏子雲點點頭。

司空摘星道：「那小子已經出來了？」

魏子雲搖搖頭。

司空摘星道：「你看見了他？」

魏子雲又搖搖頭。

司空摘星幾乎叫了起來，道：「這算哪門子消息？」

魏子雲道：「我雖然沒有看見他，但聽見他的聲音。」

司空摘星道：「什麼聲音？」

魏子雲道：「當然是笑聲。」

他自己也笑了笑，接著道：「除了笑聲外，你想他還會發出什麼聲音來？」

司空摘星瞪大了眼睛，道：「他笑的聲音是不是很大？」

魏子雲道：「他笑的時候是什麼樣子，你應該比我更清楚。」

司空摘星眼睛瞪得更大，道：「在皇帝面前，他也敢像平常那麼樣笑？」

魏子雲道：「你想天下還有什麼事是他不敢做的？」

司空摘星嘆了口氣，道：「我想不出。」

魏子雲道：「我也想不出。」

司空摘星道：「我更想不出，在南書房裡，會有什麼事能讓他笑得那麼開心？」

魏子雲壓低了聲音，道：「聽說他們在喝酒。」

司空摘星道：「他們是誰？」

魏子雲聲音壓得更低，道：「『他們』就是皇帝和陸小鳳。」

司空摘星眼珠子都快瞪得掉了下來，道：「你這是聽誰說的？」

魏子雲道：「我在裡面的時候，剛好有個小太監送酒進去。」

司空摘星道：「你就順便托他進去打聽打聽裡面的動靜？」

魏子雲嘆了口氣，道：「我答應替他在外面買棟房子，他才肯的。」

司空摘星道：「他又聽見了什麼？」

魏子雲道：「只聽見了一句話。」

司空摘星道：「一句話就一棟房子？這價錢未免太貴了些罷？」

魏子雲道：「不貴。」

魏子雲道：「那句話也許比一萬棟房子還值錢。」

他實在真能沉得住氣，直到現在，還不肯把那句話痛痛快快的說出來。

司空摘星已急得在冒汗，急著問道：「這句話究竟是誰說的？究竟是句什麼話啊？」

魏子雲道：「那句話是皇帝說的，他答應了陸小鳳一件事。」

司空摘星道：「什麼事？」

魏子雲道：「隨便什麼事。」

司空摘星道：「隨便陸小鳳要求什麼事，他都答應？」

魏子雲道：「天子無戲言，普天之下，也絕沒有皇帝做不到的事。」

司空摘星怔住了，真的怔住了。

說話的雖然只有他一個人，在旁邊聽說的卻不止一個，聽見了這句話，每個人都怔住了。

普天之下，莫非王土，率土之濱，莫非王民，天子說出來的一句話，簡直就像是神話中的魔棒一樣，可以點鐵成金，化卑賤爲高貴，化腐朽爲神奇。

也不知過了多久，司空摘星才長長吐出了口氣，道：「那小子要的是什麼呢？」

魏子雲道：「不知道，那小太監只聽到一句話。」

司空摘星道：「其實，用不著別人說，我也可以猜得出那小子要的是什麼？」

魏子雲道：「哦？」

司空摘星道：「皇宮大內中，一定藏著有各式各樣的美酒。」

魏子雲道：「你認爲他要的是酒？」

司空摘星道：「有沒有人不要命的？」

魏子雲道：「就算有，也很少。」

司空摘星道：「酒就是那小子的命，他不要酒要什麼？」

老實和尚忽然道：「要命根子。」

司空摘星道：「命根子？」

老實和尚道：「酒雖然是他的命，女人卻是他的命根子。」

木道人道：「你真的認爲他會求皇帝賜他一個女人？」

老實和尚道：「也許不是一個女人，是三百六十五個。」

木道人大笑道：「這是和尚的想法，和尚大概是想女人想瘋了，我們絕不能以和尚之心，去度陸小鳳之腹。」

老實和尚道：「道士的想法是什麼？」

木道人道：「那小子雖然是個酒色之徒，卻不糊塗，總該知道有了錢，就不怕沒有酒和女人，何況他一向揮金如土，總是缺錢用。」

老實和尚嘆了口氣，道：「難怪別人說，人愈老愈貪，原來老道士也是財迷。」

卜巨一直想開口，終於忍不住道：「我若是他，我一定會要皇帝封我爲大將軍，率軍西征，立威於四方，揚名於天下。」

魏子雲立刻同意。

名、利、女人、權勢，豈非正是一個男人幻想中的一切？除此之外，他還能要求什麼呢？

司空摘星道：「也許他要的不止一樣，這小子的心，一向黑得很。」

老實和尚道：「不管怎麼樣，他要的總是我們猜的這幾樣事其中之一。」

忽然之間，永定門裡有人道：「不是。」

一個人大步從裡面走出來，神采飛揚，容光煥發——陸小鳳終於出現了，大家立刻迎上去，搶著問道：「難道我們全都猜錯了？」

陸小鳳點點頭。

老實和尚道：「你要的究竟是什麼？」

陸小鳳道：「不可說，不可說。」

他分開人叢，大步向前走，隨便人家怎麼問，他也不開口。

他好像決心要讓這些人活活憋死。

可是，這些人也並不是那種很容易就肯死心的人，陸小鳳在前面走，他們就在後面跟著。

老實和尚拉了拉司空摘星的衣袖，悄悄道：「你是這小子的剋星，天下假如還有一個人能讓他開口，這人一定就是你。」

司空摘星眼珠子轉了轉，道：「一點也不錯。」

他也大步趕上去，拉住了陸小鳳，道：「你是不是已決心不說了？」

陸小鳳道：「是。」

司空摘星道：「好！」

陸小鳳道：「好什麼？」

司空摘星道：「你若不說，我就……我就……」然後，他在陸小鳳的耳旁，悄悄的說了幾句話。

陸小鳳忽然停下腳步，站在那裡，怔了半天，長長嘆了口氣，悄悄的說了幾句話。

司空摘星立刻也怔住，臉上的表情就好像同時吞下了三個雞蛋、兩個鴨蛋，和四個大饅頭。

陸小鳳又開始大步往前走。

司空摘星也跟著往前走，剛走了第一步，就開始笑了，大笑，笑得幾乎連眼淚都流了出來。

老實和尚又拉他的衣袖，道：「他告訴了你什麼？」

司空摘星一面笑，一面搖頭，道：「不可說，不可說。」

老實和尚道：「莫忘記剛才是誰教你去的，而且，假如你真的不說，我就……」

他也附在司空摘星耳邊說了幾句話。

司空摘星也立刻停下腳步，發了半天怔，也在他耳旁邊說了幾句話。

老實和尚也怔住了，然後也笑了，大笑，笑得就好像如來佛剛配給他三個大尼姑、兩個小尼姑，和四個不大不小的尼姑。

然後，木道人又逼著他說出了那件事，魏子雲又求木道人說了，丁敖、屠方、殷羨、卜巨，也就全都知道了。

然後每個人都開始在笑，大笑……

九月十六，夜，天階月色涼如水，陸小鳳沿著月色涼如水的天階，大步前行，意氣風發，精神抖擻，全身都充滿了活力。

他沒有笑，可是跟在他身邊的每個人卻全都在笑，大笑，笑得前仰後合，笑得就像是一群孩子。

他們大笑著走過天階，走入燈火輝煌的街道，路上的人、窗子裡的人、店舖裡的人，都在吃驚的看著他們，沒有人能想到，這些人都是當今天下武林中的絕頂高手，也沒有人知道他們為什麼笑得這麼開心，絕沒有人知道，永遠沒有人知道……

《決戰前後》完，相關情節請續看《銀鉤賭坊》